Brandon Sanderson

布蘭登・山德森

Brandon Sanderson

布蘭登・山德森

BEST 嚴選

奇幻基地出版

軍團

布蘭登・山德森精選集 II

Legion: Skin Deep

布蘭登・山德森 著

李玉蘭、李鐳、周翰廷、陳錦慧、聞若婷 譯

Brandon Sanderson

BEST 嚴選

緣起

在繁花似錦的奇幻文學花園裡，你或許還在門外徘徊，不知該如何抉擇進入的途徑；也或許你已經置身其中，卻因種類繁多，或曾經讀過不合口味的作品，而卻步、遲疑。

BEST嚴選，正如其名，我們期許能透過奇幻基地對奇幻文學的了解，以及對讀者的理解，站在出版者與讀者的雙重角度，為您精選好作家與好作品。

他們是名家，您不可不讀：幻想文學裡的巨擘，領域裡的耀眼新星。
它們最暢銷，您怎可錯過：銷售量驚人的大作，排行榜上的常勝軍。
這些是經典，您務必一讀：百聞不如一見的作品，極具代表的佳作。
奇幻嚴選，嚴選奇幻。請相信我們的眼光，跟隨我們的腳步，文學的盛宴、幻想世界的冒險，就要展開。

軍團：膚淺

Legion: Skin Deep

獻給葛雷格·克列爾，第一個讀過我作品的人。
我的朋友，謝謝你的鼓勵！

1

「她的目的是什麼？」艾薇今天用了看起來很危險的髮簪，梳起一個圓髻。她的雙手抱胸，在桌邊不停地走來走去。

我試著不去理會她，但是不太成功。

「或許是想釣個金龜婿？」托比亞斯拉了張椅子坐到我身邊。他是個有著深色皮膚的優雅男子，一如既往穿著沒有領帶的休閒西裝，十分自在地融入這個充滿水晶燈光與鋼琴樂音的場所。「很多女人都是看上史蒂芬的財產，而不是他的聰明才智。」

「她是地產大亨的女兒，」艾薇不認同地揮揮手。「光是呼吸就很有錢。」她在桌邊彎下腰來，端詳和我共進晚餐的女伴。「說到呼吸，她的鼻子看來跟胸部一樣下了不少工夫。」

我擠出笑容，試著將注意力維持在女伴身上。我已經很習慣艾薇與托比亞斯的存在，也信任他們。

但要是你的幻覺如影隨行地跟著你，要享受約會可真是他媽的困難。

「所以說……」我的約會對象絲薇雅（Sylvia）靦腆地微笑。「馬爾康跟我說你是偵探？」

絲薇雅穿著黑色緊身洋裝，身上的鑽石配件光采奪目。我跟她有個太過擔心我的共同好友，因此有過一面之緣。我很好奇絲薇雅在同意進行這場盲目約會之前，對我做了多少研究。

「偵探？」我說。「對，可以這麼說。」

「我就說嘛！」她咯咯笑著回應我。

「老實說，」我對絲薇雅說。「『偵探』兩字可能給妳錯誤的印象，我只不過是幫人們處理特定問題而已。」

「就跟蝙蝠俠一樣！」絲薇雅說。

托比亞斯聞言忍不住噴出口中的檸檬汁，果汁在桌布上濺下污點——但絲薇雅當然看不到。

「跟妳說的……不太一樣。」我說。

「我開玩笑的。」絲薇雅又喝了一口酒。我們才剛坐下，她就喝了不少。「你都處理什麼樣的問題？比如，電腦問題、保安問題、邏輯問題？」

「是的。三種都有，還有其他領域。」

「我……覺得這些不像是特定的問題。」絲薇雅說。

她說對了。「很難解釋。我是專家，但是專精許多領域。」

「像是？」

「什麼都行，要視問題而定。」

「她似乎在隱瞞什麼。」艾薇的雙手仍然交叉在胸前。「史蒂夫（注），我告訴你，她別有目的。」

「每個人都有。」我回答。

「你說什麼？」絲薇雅皺著眉頭發問，侍者在此時藉著手上的布巾從桌上拿走了沙拉盤。

「沒事。」

絲薇雅靠上椅子，又喝了一口酒。「你在跟他們講話，對吧？」

「所以妳研究過我。」

「你知道的，女孩子都得小心點。這世界上真的有很多變態。」

「我向妳保證，」我說。「一切都在我的掌控下。我看得見幻覺，但我可以分辨真偽。」

「小心點，史蒂芬。」托比亞斯在我身旁說道。「第一次約會就這樣坦白很危險。或許你可以改聊建築？」

我發現自己正不自覺地用叉子敲著麵包盤，趕緊住手。

「這棟建築是瑞頓．麥凱設計的。」托比亞斯冷靜沉穩的聲音繼續說。「注意餐室的開放性，它具有可移動的燈具與向上攀升的幾何設計。店家每年都可以改變內部裝潢，讓這間餐廳既是餐室，又是裝置藝術。」

「我的心理狀態沒那麼有趣。」我說。「跟這棟建築不同。妳知道設計這間餐廳的是瑞頓．麥凱嗎？他——」

「所以你看得到別的東西。」絲薇雅打斷了我。「像是幻覺？」

我嘆了口氣。「沒有那麼廣泛。我看得見不存在的人。」

「像那部電影一樣。」她說。「那個人也是這樣。」

「對，就像那樣。只是他瘋了，而我沒有。」

注：艾薇和其他女性面向習慣暱稱他為史蒂夫（Steve），而非史蒂芬原本的名字 Stephen。

「噢喔，這下好了。」艾薇說。「你特別解釋自己並不瘋狂，真是個安撫人的好方法。」

「妳不是心理治療師嗎？」我反駁她。「少些冷嘲熱諷會讓我舒服點。」

這個標準對艾薇來說太高了，冷嘲熱諷算是她的天性，但她也擅於表現「深沉的失望」與「略勝一籌的智慧」。她是我的好友，雖然是幻想出來的。

她對我和女人的關係有一套分析——至少從珊德菈拋棄我們以來都是如此。

絲薇雅僵硬地望著我，我這才發現自己對艾薇講話太大聲了。絲薇雅發現我在看她，硬是擠出跟食用色素一樣虛假的笑容，讓我畏縮了一下。不管艾薇怎麼講，她很有吸引力，而且無論我的生活多麼充實，我還是非常孤單。

「所以說……」絲薇雅說到一半就停下。主菜上桌了，她點了精緻小巧的萵苣捲，我則點了分量足夠的雞肉。「所以，呃……就在剛才，你跟他們其中一人講話？一個幻想出來的人物？」她顯然認為這個問題並不失禮。或許這位淑女的禮儀大全裡，有個章節曾談到如何拿別人的心理狀態當話題。

「是的。」我說。「她是其中一位，名叫艾薇。」

「一位……女士？」

「一個女人。」我說。「她偶爾才會表現出淑女風範。」

艾薇哼了一聲。「史蒂夫，你的紳士風範真讓人傾倒。」

「你有多少女性人格？」絲薇雅發問，還沒動她的餐點。

「他們不是人格。」我說。「他們跟我不是同一人。我不是解離性認同病患。如果硬要說的話，我是精神分裂症患者。」

有些心理學家在這類議題上有爭論，但是除了我的幻覺以外，我並沒有其他精神分裂的症狀，我的狀況不符合任何疾病。但是有什麼差別？我適應良好。通常是這樣。

我對絲薇雅露出微笑，她還是沒有開動。「影響不大。我的面向可能只是孤單童年的後遺症，畢竟那時不常有人陪我。」

「很好。」托比亞斯說。「趁現在將話題從你的古怪行為轉移到她身上。」

「對。」艾薇說。「看看她隱瞞了什麼。」

「妳有兄弟姊妹嗎？」我問。

絲薇雅遲疑了一下，然後終於拿起餐具。我第一次對於有人拿餐具的動作感到這麼高興。

「兩個姊姊。」她說。「瑪莉雅是行銷公司的顧問。喬琪雅住在開曼群島，她是個律師……」

聽到她繼續說話，讓我鬆了口氣。托比亞斯舉起手上那杯檸檬汁恭喜我。我免去一場災難。

「你終究得跟她談到我們。」艾薇說。「她可沒辦法忽視我們。」

「對，」我輕聲說。「但現在我要搞定第一次約會。」

「你剛才說什麼？」絲薇雅看向我們，遲疑要不要繼續講下去。

「沒什麼。」我說。

「她談到她的父親。」托比亞斯說。「退休的銀行業人士。」

「他在銀行業做多久呢？」我提問。多虧我們當中有人專心在聽。

「四十八年！我們一直跟他說不要繼續……」

我露出微笑，在她說話時切起我的雞肉。

「周邊淨空！」我身後有個聲音冒出來。

我愣住了，轉過頭去。J.C.穿著餐廳制服，手上托著一疊髒盤子。他精瘦、強壯，還有一張國字臉，是個冷血殺手，至少他是這麼宣稱的。我想這代表他喜歡殺害兩棲動物。

他當然也是幻覺。J.C.本人、他托著的盤子，還有他精巧隱藏在白色侍者外套裡頭的偽裝，以及放在腰間槍套的手槍……都是幻覺。儘管如此，他曾經好幾次救了我的命。

但不代表我希望看見他。

「你在這裡做什麼？」我悄聲說。

「注意有沒有殺手。」J.C.說。

「我在約會耶！」

「這代表你會分心。」J.C.說。「這是暗殺的絕佳時刻。」

「我叫你留在家裡了！」

「對，我知道，殺手也會知道。這就是我必須過來的原因。」他用手肘推推我，我也感覺到了。雖然他是幻覺人物，但我卻覺得他完全真實。「她長得不錯，瘦子。幹得好。」

「她身上大半地方動過手腳。」艾薇冷冷地說。

「我的車子也一樣。」J.C.說。「看起來還是不錯啊。」他對艾薇露出笑容，接著俯身對我說。「你能不能……」他朝艾薇的方向點點頭，接著舉起手在胸前做出測量胸圍的動作。

「J.C.，」艾薇忍不住說。「你是不是要讓史蒂夫把我想像成有大胸部的女人？」

J.C.聳聳肩。

「你，」她說。「是這顆星球上最讓人討厭的禽獸。說真的，你應該感到驕傲，沒有人比你還下流。沒有人。」

這對情侶分分合合。很顯然，他們又在我沒看到的時候分手了。我一直無法理解這是怎麼辦到的——他們是我的面向中，第一次有愛情糾葛的一對。

奇怪的是，J.C.完全沒有辦法直接開口要我把艾薇的身材想像成別的樣子。他不喜歡承認自己是幻覺，這讓他覺得不舒服。

J.C.繼續觀察室內。如果不提他的過度焦慮，他其實是個觀察敏銳的好護衛。他會注意到我忽略的事物，所以他出現是件好事。

「怎麼了？」我問他。「有什麼不對勁嗎？」

「他只是疑心病。」艾薇說。「記得他把郵差當作恐怖份子那次嗎？」

J.C.不再掃視室內，注意力集中到三桌以外的女人身上。深色皮膚的她穿著剪裁精緻的褲裝，在我注意到她時把頭迅速轉向了窗戶。窗戶映照出我們的位置，外面天已黑，她可能正在看我們。

「我去確認看看。」J.C.說著離開餐桌。

「史蒂芬……」托比亞斯說。

我把視線轉回餐桌，發現絲薇雅又盯著我看，她像是忘記手上的東西一樣鬆鬆地握著叉子，眼睛圓睜。

我硬擠出笑聲。「抱歉，有東西讓我分心了。」

「什麼東西？」

「沒什麼。妳剛才提到令堂……」

「什麼讓你分心了？」

「一個面向。」我不情願地說。

「你的意思是，一個幻覺。」

「是的。我把他留在家裡，他卻自己跑來了。」

絲薇雅的視線專心地注視她的餐點。「很有趣，再跟我多說一些吧。」

她又開始拘謹了起來，於是我俯身向前。「絲薇雅，這跟妳想的不一樣。我的面向只是我的一部分，是我持有的知識容器，就像是……站起身來到處走走的記憶。」

「她不信這一套。」艾薇說。「她的呼吸加快、手指僵硬……史蒂夫，她比你想像的還要了解你。她沒有表現出震驚的樣子，反而像是被人設計跟開膛手傑克約會，試圖想保持冷靜。」

我點頭表示知道了。「不必擔心。」我說過這句話了嗎？「我的每個面向都以某種方式幫上我的忙。艾薇是個心理學家，托比亞斯是歷史學家，他們……」

「那麼剛來的那一位呢？」絲薇雅對上我的視線。「那位不速之客？」

「別說事實。」托比亞斯說。

「別說事實。」艾薇說。「就說他是個芭蕾舞者之類的。」

「他叫 J.C.，」我沒照他們的話做。「曾隸屬海軍海豹突擊隊。他幫我處理那方面的事情。」

「哪方面的事情？」

「保安狀況、祕密行動、任何可能讓我捲入危險的地方。」

「他會叫你殺人嗎？」

「不是那樣子的。好吧，那個，就是那樣子。但他通常是在開玩笑。」

艾薇發出呻吟。

絲薇雅站起身來。「抱歉，我要去一下化妝室。」

「請便。」

絲薇雅拿起她的皮包與披肩離開。

「她不會回來了，對吧？」我問艾薇。

「你在開什麼玩笑？你剛才跟她說有個會叫你殺人的隱形人，這個隱形人還會在你不想要他出現時現身。」

「這樣的互動不太順利。」托比亞斯同意她的說法。

艾薇嘆了口氣，在絲薇雅的位子上坐下。「至少比上次好多了。她待了……多久？半小時？」

「二十分鐘。」托比亞斯瞥向餐廳的老爺鐘說。

「我們必須克服這點。」我低聲說。「不能每次都搞砸這些可能牽扯到愛情關係的事。」

「你不必說明J.C.跟你的關係。」艾薇說。「你本來可以編個故事，結果卻說出那些令人恐慌、尷尬，由J.C.構成的事實。」

我拿起飲料，那是一杯用昂貴酒杯裝著的檸檬汁。我搖了搖杯子。「我有著虛構的人生、虛構的朋友、虛構的對話。威爾森休假時，我甚至不會跟真人講到話，我想我並不打算用謊言經營關係。」

我們靜默不語，直到J.C.跑了回來，跳到真人侍者身邊並經過另一位侍者身旁。

「什麼？」他瞥向艾薇，然後說。「你已經追丟小妞啦？」

我向他舉杯。

「史蒂芬，別對自己太嚴格了。」托比亞斯說，一手放上我的肩膀。「珊德菈是個很難被遺忘的女人，但是傷痕終究會痊癒。」

「托比亞斯，傷痕不會痊癒。」我說。「這就是傷痕兩字的定義。」我轉動酒杯，盯著冰塊上的光芒。

「對啊，很好，隨便啦。」J.C.說。「情緒啦比喻啦那些的。聽著，我們有麻煩了。」

我看著他。

「記得剛才我們看見的女人嗎？」J.C.伸手指著方向。「她——」他閉上嘴巴。那個女人的座位是空的，餐點只吃了一半。

「該走了？」我問。

「是啊，」J.C.說。「馬上。」

2

「珊・瑞格比，」J.C.在我們匆忙離開餐廳時說。「私家保鑣──這情況下，這是『受僱殺手』美化過的代稱。瘦子，疑似死在她手下的人物名單就跟你的精神病歷一樣長，但都沒有留下證據。她很在行。」

「等等，」走在我另一邊的艾薇說。「你是說剛才真的有殺手在場？」

「顯然是這樣。」我回答。J.C.只知道我所知道的東西，如果他能說出這種話，就代表這是從我腦海裡撈取的記憶。為了任務需求，我定期瀏覽探員、間諜與殺手的資料。

「好極了。」艾薇沒有望向J.C.。「他現在一定痛不欲生。」

在走出餐廳的路上，J.C.驅使我看了一眼訂位名單。只要簡單一瞥，我就能把資訊印在腦海中，讓面向得以知曉。

「凱蘿・威斯敏斯特。」J.C.指出名單上的一個名字。「她用過這假名，絕對是瑞格比本人。」

我們停在餐廳外的泊車櫃台，駛過的車子在雨夜的濕滑路面上濺出水聲，雨天壓住了這座城市既有的強烈氣味，所以聞起來不像是沒洗澡的流浪漢，而是剛洗好澡的。一名男子向我們索取泊車券，我沒有理他，而是打簡訊要威爾森把車開過來。

「J.C.，你說有人請她做事，」我邊打簡訊邊說。「她為誰工作？」

「不確定。」J.C.說。「上次我聽說她在找新東家。她不是那種僱來殺個人就結束合作關係的類型，僱用她的公司長期與她合作，利用她打理麻煩，以及在灰色地帶處理問題。」

我內心深處都知道這些事，但J.C.還是得跟我說。我不是瘋子，而是分裂成許多部分。不妙的是，我的面向們……好吧，他們有精神錯亂的傾向。托比亞斯站到一旁，對著史單——一個他偶爾聽見的聲音——小聲抱怨為什麼沒有警告他下雨的事情；艾薇則是刻意不看向附近郵筒上的一堆小孔。事情一直以來都這麼糟糕嗎？

「這可能只是個巧合。」托比亞斯搖了搖頭，把視線從天空轉了回來，然後對我說。「殺手也需要吃晚餐。」

「我認為，」J.C.說。「如果這只是巧合，我會很不爽。」

「這麼期待在今晚開槍殺人啊？」艾薇問。

「好啦，對啦，很明顯啊。但我不爽的不是這件事。我討厭巧合。如果做好人人都會殺掉你的準備，生活就簡單多了。」

威爾森回覆了簡訊。老朋友打來，想跟你談談。他在車裡，可以嗎？

我回傳簡訊。是誰？

蔡烈（Yol Chay）。

蔡烈？我皺起眉頭。殺手是他派來的嗎？好，我打起簡訊。

過一會兒就到，威爾森回傳簡訊。

「喲，」J.C.說。「仔細看那邊。」

不遠處，絲薇雅跟一個穿著西裝的人走進車子。那個男人是《雜報》的記者格蘭。他幫絲薇雅關了車門，然後瞥向我聳了聳肩，接著坐進車子的另一邊。

「我就知道她別有目的！」艾薇說。「你被設局了。我敢打賭她錄下了整個約會過程。」

我不禁呻吟出聲。《雜報》是個糟到不行的小報──代表這家報社的新聞在一定程度的真實報導中混入捏造的內容，讓讀者信以為真。我這一生盡量避免主流媒體的注意，但最近報章雜誌跟新聞網已經盯上了我。

J.C.不高興地搖搖頭，在我們等車的期間四處檢查。

「我早就警告你事有蹊蹺。」艾薇雙手抱胸說著。我們跟泊車小弟一塊站在雨棚下，聽著雨水落下的聲音。

「我知道。」

「你通常會更小心的。我擔心你開始因為女人而擴大了盲點。」

「我注意到了。」

「而且J.C.又不聽你的話了。他居然在你刻意要他留在家裡的時候自己跑來。我們甚至還沒討論在以色列發生的事。」

「我們解決了案件，事情就是這樣。」

「史蒂夫，J.C.用了你的槍。他這個面向開槍打了真人。」

「他動了我的手臂。」我說。「槍是我開的。」

「你從來沒有對我支吾其詞。」艾薇對上我的眼神。「你又打算尋找珊德菈了。我合理懷疑你有意毀掉這個約會，好製造理由拒絕未來的對象。」

「這是妳自己的武斷。」

「最好是。」艾薇說。「史蒂夫，我們本來有某種平衡，事情因此正常運作。我不想再擔心面向消失的事情了。」

我的男僕威爾森終於開來加長禮車。現在很晚了，一般司機只會排正常八小時一班的工作。

「誰坐在後面？」J.C.跑了回來，想從貼上隔熱紙的車窗窺視內部。

「蔡烈。」我說。

「噢。」J.C.揉了揉下巴。

「你覺得這跟他有關係？」我問道。

「這點我可以賭上你的命。」

真令人愉快。好吧，如果沒別的事，跟蔡烈見面還挺有趣的。餐廳的泊車小弟為我開了門，我準備進入車裡，但J.C.用手擋在我胸前，舉起手槍查看車內。

我瞥向艾薇，翻了翻白眼，但她沒有看著我，反而看向J.C.，露出深情的笑容。他們到底在唱哪齣戲啊？

J.C.退回原地點了點頭，手從我胸前移開。蔡烈坐在我的加長禮車裡，他穿著有銀色領結的全白西裝，牛津鞋擦得發亮，還搭配一副鏡框鑲有鑽石的太陽眼鏡。這種搭配在五十歲的韓國商人身上十分古怪，但是對蔡烈來說，已經很保守了。

「史蒂夫！」他用很重的韓國腔英文打招呼，把我叫成史蒂「府」，同時伸出拳頭等著我回禮。「過得如何啊？你這隻瘋狗。」

「過得很悽慘。」我邊說邊讓我的面向上車，這樣泊車小弟才不會在他們進去之前關門。

「我的約會根本沒超過一小時。」

「什麼？這時代的女人怎麼了？」

「我不知道。」我邊說邊坐下，我的面向也各就其位。「我想女人不喜歡會讓她們聯想到連環殺手的男人。」

「真是無趣。」蔡烈說。「哪有人不想跟你約會？你超犯規的，一個肉體裡有四十個人，口味可多了。」

他並不太了解我的面向怎麼運作，但我不在意。我自己也不是很了解這是怎麼運作的。

蔡烈幫我倒了杯檸檬汁。幾年前我幫他處理過問題，那算是我遇過最有趣輕鬆的案子。雖然那件案子讓我必須學會吹薩克斯風。

「今天有幾個人在？」蔡烈對著車子的其他座位點頭。

「只有三個。」

「那個間諜在嗎？」

「我不是中央情報局的人。」J.C.說。「我是特種部隊，白癡。」

「看到我讓他很不高興吧？」蔡烈在浮誇的太陽眼鏡下露齒而笑。

「可以這麼說。」我回答。

蔡烈的笑意更深，接著拿出手機按了些按鈕。「J.C.，我剛用你的名字捐了一萬美金到槍支暴力防治基金會。我想你會很開心。」

J.C.大吼出聲。字面意義上的吼叫。

我靠上座位，端詳著蔡烈。有另一輛車跟在我的禮車後面，裡面是蔡烈的人。車子不是在回家的路上，蔡烈顯然對威爾森下了其他指示。「蔡烈，你跟我的面向一搭一唱，」我說。「多數人不會這樣。你是怎麼辦到的？」

「這對你不是兒戲，對吧？」他問道，用舒服的姿勢坐著。

「不是。」

「那對我而言，這也不是兒戲。」他的手機發出某種鳥類的鳴叫。

「這是老鷹的叫聲。」托比亞斯說。「很多人聽到真正的叫聲反而覺得意外，美國媒體常用紅尾鵟的叫聲來搭配老鷹的畫面，他們覺得老鷹的叫聲不夠威嚴，所以我們在國家象徵的認同上撒了漫天大謊……」

而蔡烈用老鷹叫聲當作鈴聲，真是有趣。他接起手機並用韓文講起話來。

「我們非得跟這個小丑談事情不可？」J.C.說。

「我喜歡他。」坐在蔡烈身旁的艾薇說。「此外，你自己也說他可能跟那個殺手有關。」

「對啦，好吧。」J.C.說。「我們可以從他口中套到實話，就用經典的五星級勸說模式。」他一拳打在手掌上。

「你真可怕。」艾薇說。

「怎樣？他是個怪人，從一開始就沒給人好印象。」

蔡烈掛斷電話。

「怎麼了嗎？」我問。

「我新專輯的消息。」

「好消息嗎？」

蔡烈聳聳肩。他發表了五張音樂專輯，每張都華麗地失敗了。但如果你是一位嗅覺敏銳、身價十二億美金的期貨投資客，悲慘銷量這點小事阻擋不了你多做幾張饒舌專輯。

「那麼……」蔡烈說。「我有件事可能需要幫忙。」

「終於啊！」J.C.說。「千萬不要跟推廣他的難聽魔音有關。」他停頓一會兒。「事實上，如果我們需要折磨別人的新方法……」

「這件工作跟一個叫做瑞格比的女人有關嗎？」我問。

「誰啊？」蔡烈皺起眉頭。

「職業殺手。」我回答。「她在晚餐的時候監視我。」

「可能想要約會吧？」蔡烈興高采烈地說。

我抬起一邊眉毛。

「我們的問題，」蔡烈說。「可能會有危險，我們的對手也不惜僱用這樣的……人士，但她不為我工作，我可以向你保證。」

「這件工作，」我說。「有趣嗎？」

蔡烈露齒而笑。「我需要你找回一具屍體。」

「噢喔……」J.C.說。

「不值得耗費我們的時間。」托比亞斯說。

「他沒說完。」艾薇端詳著蔡烈的表現。

「重點是？」

「屍體本身並不重要。」蔡烈俯身說。「重要的是屍體身上的訊息。」

3

「創新資訊公司，」J.C.在車子開過保安門時唸起這個企業園區外的標誌。「就連我都知道這名字很蠢。」他遲疑了一下。「這名字很蠢，對吧？」

「公司名有點淺顯。」我回答。

「這家公司由工程師創立，」蔡烈說。「由工程師經營，同時也很不幸地由工程師命名，而他們在裡面等我們。聽著，史蒂夫，我的請求超出友誼的範疇，幫我處理這件事，我就欠你一次，還欠你更多。」

「蔡烈，如果有女殺手牽扯到這件事，」我不情願地說。「欠我一次還不夠。我不會為了幫忙而送命。」

「那麼財富呢？」

「我已經很有錢了。」我說。

「不只是有錢，是財富。經濟上完全獨立。」

這說法讓我頓了一會兒。沒錯，我有錢，但我的幻覺需要很多空間與設備。我的宅邸有許多房間、搭飛機時需要好幾個座位，而如果要長期出門，還需要一整隊的車子。或許我可以買個小一點的房子，然後逼我的面向住在地下室或是草坪上的小屋。問題是他們要是不高興——要是這些幻覺開始崩毀——的時候，我就會……遇上壞事。

我好不容易終於可以處理這個問題。不管我扭曲的心智如何驅動我，我都比一開始還來得穩定，而我想要維持下去。

「你有生命危險嗎？」我問他。

「我不知道。」蔡烈說。「可能吧。」他遞給我一個信封。

「錢嗎？」

「創新資訊的股票，」蔡烈說。「六個月前，我買下這家公司，因為它的研究可以引發革命。這信封裡是百分之十的股份，我已經做好文書工作了。不管你接不接下這個工作，它都是你的，就當作諮詢費。」

我彈彈信封。「如果我沒有解決問題，這些股票就一文不值，嗯？」

蔡烈露齒而笑。「你說得對。但如果你解決這個問題，這信封裡的東西就值上千萬，甚至上億元。」

「靠。」J.C.說。

「別說髒話。」艾薇一拳打在J. C.肩膀上。在這情況下，我不知道他們會大吵一架還是親熱起來，誰也說不準。

我看向托比亞斯，他坐在我的對面，傾身向前、十指交握，眼神與我交會。「有了那筆錢，我們可以做很多事情。」他說。「我們可能終於有資源追蹤她的下落。」

珊德菈理解我，理解我的思考。她理解面向的存在。該死，她還教我怎樣運用他們。我為她深深著迷。

然後她走了。以迅雷不及掩耳的速度。

「那台相機。」我說。

「相機沒有用了，」托比亞斯說。「奧諾說光是要研究原理就要好幾年。」

我又彈彈信封。

「史蒂芬，她努力阻止你找到她。」托比亞斯說。「你不能否認這點，珊德菈不希望有人找到她。若要找到她就需要資源。我們需要好一陣子不接案子，還要有足夠的錢克服障礙。」

我瞥向艾薇，她搖搖頭。我們的行事若是牽扯到珊德菈，她和托比亞斯的意見就背道而馳——但她已經表明自己的看法。

我回望蔡烈。「我認為在同意接手以前，我得了解你們手上有關的技術。」

蔡烈張開雙手。「史蒂夫，我相信你。錢是你的。進去吧，聽他們講講。我只要求這些，你可以之後再下決定。」

「好吧。」我把信封收到口袋。「讓我聽聽你的人怎麼說。」

4

創新資訊是新興科技公司的一員，這類科技公司把公司裝潢成托兒所的樣子。他們在牆壁漆上明亮的原色，在走廊交會處擺上懶骨頭沙發。蔡烈從冰品櫃裡拿出幾支冰棒，遞給在他手下的每位保鏢。我婉拒了，把手伸到背後，但他接著在空中搖動其中一支。

「謝謝。」艾薇伸出雙手。

我指向艾薇的方向，蔡烈朝那裡遞出一支冰棒。問題出現了。為我工作的人都知道，這時只要做出手勢就可以了，接著我的大腦就會補充細節。但蔡烈真的遞出東西，讓我的想像能力一度出了差錯。

冰棒一分為二。艾薇接住其中一支，退步躲避真的冰棒。真冰棒則是撞上牆面，然後掉到地上。

「我吃不了兩支。」艾薇翻了翻白眼。她跨過落地的冰棒，然後拆開手上冰棒的包裝，但看起來還是不太高興。我的幻想世界與真實世界的調和一旦有了瑕疵，我和我的面向就會陷入危險處境。

我們向前走，經過以玻璃隔間的會議室。這時間絕大多數的會議室都是空的，但是桌上都有用塑膠積木組成、分處於不同階段的作品。看來在創新資訊裡，開會時總是有樂高相陪。

「櫃台的接待員是新來的。」艾薇說。「剛才她連找出訪客名牌都有問題。」

「或者，」托比亞斯說。「這裡不常有客人。」

「保全狀況差得可以。」J.C.低吼。

我皺眉看著他。「這些門都要刷卡才能進入，這裡的保全做得很好。」

J.C.哼了一聲。「刷卡？拜託。看看窗戶裡的東西，明亮的色彩、迎賓地毯……還有鞦韆？這裡的氛圍表明要人為身後的傢伙打開大門，刷卡是沒有用的。不過至少電腦沒有對著窗戶。」

我可以想像這裡的白天是什麼樣子。這裡有著活潑的氣氛，大廳擺著點心碗，牆上寫著引人注目的標語，巧妙設計成讓創意人士舒適的空間，就像是科技宅的集散地；揮散不去的氣味顯示這裡有家大概不用付費的附屬餐廳，可以把工程師們的肚子填好填滿——並且留他們在園區工作。如果六點整時有飯可吃，不就沒理由提早回家了嗎？人們既然待在這裡不走，大概就可以多完成一些工作……

充滿活潑創造力的氣氛如今顯得稀薄。我們路過一些加班到晚上、蜷縮在電腦前的工程師。他們看了我們一眼，又再度埋首工作，不再抬頭。休息室裡的手足球桌與對戰遊戲機都沒人使用。感覺上，這裡就算入夜都可以成為閒聊的好地方，但現在只聽得到低語與閒置遊戲機發出的嗶嗶聲。

艾薇看著我，似乎因為我注意到這些而感到雀躍。她做出手勢，暗示我要更進一步思考。這些背後代表什麼？

「工程師知道了，」我對蔡烈說。「他們知道安全漏洞的事情，他們也很關切，擔心公司陷入危機。」

「是啊，」蔡烈說。「事情不應該傳到他們耳裡的。」

「那怎麼會這樣？」

「你知道這些資訊人員嘛，」蔡烈在他閃亮的太陽眼鏡下說。「資訊自由、員工參與，都是這些沒道理的東西。公司高層開會解釋了事情經過，除了他媽的清潔婦以外的人都受邀參加。」

「別說髒話。」艾薇說。

「艾薇希望你別說髒話。」我說。

「我說了髒話嗎？」蔡烈困惑地問。

「艾薇有點道德潔癖，」我說。「蔡烈，你說的技術是什麼？他們在這裡開發什麼技術？」

蔡烈停在一間會議室旁——看來保密一點的，這間會議室只有在門上開了個方形小窗。裡面的人不多。「我讓他們為你解說。」蔡烈一邊說，一邊讓他的保鏢打開了門。

5

「人類體內的每個細胞都儲存了七百五十ＭＢ的資料。」工程師說。「如果做個比較，整個網路的資料也不過是人的一隻手指。當然，人類細胞的資料有許多重複且多餘的地方，但是細胞足以儲存大量資料仍舊是事實。」

這位工程師名叫加瓦斯（Garvas），是個穿著扣領襯衫、口袋插著飛行員眼鏡的和善男子。他沒有特別胖，但是有著長期坐辦公室形成的圓潤身材。他說話時正用樂高組裝一隻恐龍。至於蔡烈則步出會議室，打起電話。

「你有想過這有什麼潛力嗎？」加瓦斯繼續說，拍拍恐龍的頭。「科技在這麼多年以來變得愈來愈精巧，人們也厭倦帶著笨重的筆電、手機、平板到處跑。我們的目標是擺脫這些笨重的東西——利用人體本身。」

我瞥向我的面向。艾薇與托比亞斯跟我們一塊坐在桌旁，J.C.則是站在門邊打呵欠。

「人體是個非常有效的機器。」這位工程師叫做勒拉米（Laramie），是個熱心的瘦子。他把樂高堆得愈來愈高。「人體有龐大的儲存空間、自我複製的細胞，也能自行產生能量。以現在的製造標準來看，人體的使用壽命也很長。」

「所以你們想把人類的肉體，」我說。「變成電腦。」

「人體本來就是電腦了。」加瓦斯說。「我們只是加了新的功能。」

「想想看，」第三位工程師名叫洛菈莉（Loralee），是個有張尖臉的瘦女人。「比起隨身攜帶筆電，若是可以利用身體這個有機電腦，又會是什麼樣子呢？你的拇指可以變成儲存空間，雙眼就是你的螢幕，你不必攜帶笨重的電池，只要在早上多吃個三明治就好。」

「這個，」J.C.說。「聽起來異想天開。」

「我認同這個說法。」我說。

「什麼？」加瓦斯說。

「我只是在選擇措詞，」我說。「所以說，拇指可以變成儲存空間，就像是一支……呃……隨身碟？」

「他本來要用『拇指碟』這三個字。」勒拉米說。「我們不能再用拇指當作例子了。」

「但是這個超貼切的啊！」洛菈莉說。

「不管怎麼說，」加瓦斯說。「我們的研究並沒有改變器官的形狀。」他豎起拇指。

「你們已經做完研究了？」我問。「你們在自己身上測試嗎？」

「一群怪咖。」J.C.說，不舒服地動了動。「這件事最後會扯到喪屍去。我敢打賭。」

「我們做了非常初步的測試，」加瓦斯說。「我們所說的大多是夢想，只是我們的目標而已。我們這裡要做的是絕無僅有的儲存模式，進展也很好。我們可以把資訊嵌入細胞而不會流失，然後跟著細胞再生。我的拇指已經幫我的筆電備份。誠如你所見，這沒有害處。」

「我們把資料存在肌肉的DNA裡面，」勒拉米說。「基因本身就有一堆不相干的資料。我們仿造這個過程——只要加入一小串的資料，並加上讓身體無視其存在的標記即可，就像是程式碼的注解一樣。」

「對不起哦。」J.C.說。「我不懂科技阿宅的語言。他剛才講什麼啊？」

「在程式碼下注解，」艾薇解釋。「就是在程式裡寫上字句，但要程式忽略這些字句來運作。這樣的話，你就可以留言給其他程式設計師解釋程式碼的用途。」

「噢好。」J.C.說。「毫無意義。問問他喪屍的事情。」

「史蒂夫，」艾薇刻意不理J.C.。「這些人是認真的，還很興奮。他們講話時眼睛都亮了起來，但是語帶保留。他們沒有對你說謊，但他們的確很害怕。」

「你們說這絕對安全？」我問這三位工程師。

「當然。」加瓦斯說。「人們已經利用細菌儲存資料好幾年了。」

「麻煩的地方不在於儲存空間，」洛菈莉說。「而是存取。我們當然可以把資料存在細胞裡，但是很難覆寫與讀取，必須經由注射才能儲存資料，還要移除細胞才能回收存進去的東西。」

「我們有個叫帕諾斯·瑪榭拉斯（Panos Maheras）的小組成員。他本來在研究如何利用病毒建構傳導機制。」加瓦斯說。「帶有基因資料載體的病毒會侵入細胞，再將資料接合到DNA。」

「噢，好極了。」艾薇說。

我的表情扭曲起來。

「絕對安全。」加瓦斯有點緊張地說。「帕諾斯的病毒會避免細胞過度複製，我們只做了有限的試驗版，過程也很小心。而且，以病毒做為途徑只是我們研究的其中一種機制。」

「這個世界很快就要改變。」勒拉米興奮地說。「到最後，我們可以將資料寫進人類體內的基因硬碟，並利用荷爾蒙來——」

我舉起一隻手打斷他。「現階段，你們病毒的威力是？」

「最壞的情況下？」洛菈莉問。

「我可不是來這裡談夢想的。」

「最壞的情況下，」洛菈莉看了看其他人。「帕諾斯開發的病毒會攜帶大量的無用資料進入人類的DNA——或者截斷人類大量的DNA。」

「所以……就是喪屍吧？」J.C.說。

艾薇的表情扭曲起來。「通常我會當他是白癡。但是……嗯，這聽起來像是喪屍。」

又來了，我想。「我討厭喪屍。」

工程師們一臉疑惑。

「……喪屍？」洛菈莉問。

「這個研究的後果就是這樣，對吧？」我問。「你們意外把人變成喪屍了？」

「哇噢，」加瓦斯說。「這聽起來比我們的實際作為來得讚耶。」

其他兩位工程師瞪著他，他聳聳肩。

「立茲先生。」勒拉米把視線轉回我身上。「這不是科幻作品。移除大量DNA不會馬上製造出喪屍那一類東西，只會產生異常細胞。就我們的實驗來看，我們難以控制這些細胞的增生。」

「所以不是喪屍。」我倒抽了一口氣。「而是癌症。你們製造了讓人罹患癌症的病毒。」

加瓦斯縮了一下。「算是吧？」

「這不是故意產生的結果，但絕對能控制。」勒拉米說。「病毒只有在人們惡意運用下才會有危險。難道有人會想這麼做嗎？」

我們所有人都盯著他看了好一會兒。

「我們開槍打他吧。」J.C.說。

「感謝老天。」托比亞斯回答。「J.C.，你已經一個小時沒說要開槍打人了。我都開始覺得事情不對勁了。」

「不，聽著。」J.C.說。「我們可以開槍打那個打破禁忌的傢伙，給房間裡的每個人上上寶貴的一課：一堂教你不要當個愚蠢瘋狂科學家的課。」

我嘆了口氣，不理我的面向們。「你說這個叫作帕諾斯的人研發了病毒，我想跟他談談。」

「你沒辦法跟他談談。」加瓦斯說。「他……死了。」

「真讓人不意外啊。」托比亞斯說，艾薇則是嘆了口氣，按摩她的額頭。

「什麼？」我轉頭問向艾薇。

「蔡烈說這牽扯到一具屍體。」艾薇說。「而這家公司正在研究如何在人類細胞儲存資料，所以……」

我看向加瓦斯。「帕諾斯的體內有製造病毒的資料，對吧？他在自己的細胞中儲存你們產品的資料。」

「是的。」加瓦斯說。「然後有人偷走了遺體。」

6

「根本是資安噩夢。」J.C.說。我們走向死去的基因接合師帕諾斯的辦公室。

「目前我們知道的是，」洛菈莉說。「帕諾斯的死因非常正常。他是我們的朋友，我們聽到他摔死時都很傷心，但大家都認為這只是滑雪坡上的隨機意外罷了。」

「對啦，」J.C.走在另外兩位面向前。「研發出滅世病毒的科學家因為奇怪的意外而死，一點也不可疑。」

「有時候，」托比亞斯說。「意外的確會發生。如果有人想要知道他的祕密，我認為殺害他並且竊取屍體算是下策。」

「你確定他死了嗎？」我問走在我身邊的加瓦斯。「這可能是一場騙局，像是某種間諜手法的一部分。」

「我們很確定。」加瓦斯回答說。「我看過遺體，他的脖子彎成……活人無法達到的角度。」

「我們要證實這點。」J.C.說。「把驗屍報告要到手，有相片最好。」

我漫不經心地點頭。

「如果我們用最簡單的方式排列事件先後，」艾薇說。「這很合理。帕諾斯死了，有人發現他的細胞隱藏著訊息，然後偷走屍體。我的意思不是說沒有其他可能，但我發現這樣說也有道理。」

「屍體什麼時候消失的？」我問。

「昨天。」洛菈莉說。「就在意外發生的兩天後，葬禮本來要在今天舉行。」

我們停在走廊上，牆上畫著有趣的泡泡。加瓦斯用他的鑰匙卡打開下一道門。

「你們有什麼頭緒嗎？」我問他。

「沒有。」他回答。「或者，好吧，太多了。我們的研究領域很熱門，很多生技公司都加入競爭，任何沒有被我們慎防的對手都可能是幕後黑手。」他為我打開門。

我幫加瓦斯按住門，讓他有點困惑。如果我不這樣做，他可能在我的面向試著進門時走進去。工程師們先走了進去，之後是我的面向，最後我才跟上去。至於蔡烈，他又跑到哪裡去了？

「找出幕後黑手應該不難。」J.C.對我說。「只要找出監視我們的殺手主子。我不懂大家為什麼這麼擔心。所以這些科技阿宅意外發明了癌症製造機。了不起。我已經有一個了。」J.C.滑起手機。

「你有手機？」艾薇生氣地問。

「當然囉。」J.C.說。「每個人都有。」

「你要打給誰，聖誕老人？」

J.C.拿開手機，把嘴抿成一直線。艾薇會迴避他們不是真人的事實，但她看起來打從內心適應這點，而不像J.C.一樣不習慣。我們走上這條新走廊，艾薇退到J.C.身邊，開始說些安撫他的話，畢竟有人喚起他身為幻覺的本質。

這一區不像幼稚園，反而像是牙醫診所。各自獨立的房間在走廊上一字排開，房門裝飾著褐色的假盆栽。我們抵達帕諾斯的辦公室，加瓦斯抽出另一張鑰匙卡。

「加瓦斯，」我問。「你為什麼不把病毒送到政府去呢？」

「他們只會拿它當作武器。」

「不會的。」我握住他的手臂。「我不覺得。在戰爭中，這樣的武器沒有辦法達成戰術目標。讓敵軍得到癌症？先不說何年何月才能發作，就算發作了也不會有顯著的效果。這樣的武器只有在威脅平民時有用。」

「這個病毒本來就不該被當成武器。」

「火藥的最初用途也只是施放煙火而已。」我說。

「我有提到我們在尋求其他管道來讀寫細胞的資料，對吧？」加瓦斯說。「而且是不用病毒的管道。」

我點頭。

「這樣說好了，我們之所以實行這些計畫，就是因為我們擔憂病毒這個途徑。我們中止了帕諾斯的計畫，並試著用胺基酸代替。」

「你們還是應該向政府報備。」

「然後你覺得他們會怎麼做？」加瓦斯直視我的雙眼。「摸摸頭然後謝謝我們？你知道實驗室要是拿發明投靠政府，最後是什麼下場嗎？它們銷聲匿跡，不管是被政府吸收或是滅口都是一樣。我們的研究很重要……而且，好吧，有錢途。我們不想關門大吉，也不想成為大型調查的目標。我們只想要解決問題。」

他拉開門，裡面是個小而簡潔的辦公室。辦公室的牆上掛著一排裱框並附有簽名的科幻作品角色圖。

「進去吧。」我擋住加瓦斯，對我的面向說。

他們三人進入辦公室，仔細檢查桌上和牆上的東西。

「他是希臘裔人士，」艾薇說，看著牆上的書籍與照片。「我相信他是移民的第二代，但還會說母語。」

「什麼？」J.C.說。「帕諾斯難道不是——」

「注意你的嘴巴。」艾薇說。

「——墨西哥人的名字嗎？」

「不是。」托比亞斯說。他在桌邊彎下腰。「史蒂芬，幫個忙好嗎？」

我走進去翻起桌上的文件，好讓托比亞斯閱讀。「自造工作室的繳款單……」托比亞斯說。

「Linux作業系統的手冊……DIY雜誌……我們這位朋友是個創客。」

「說人話，拜託。」J.C.說。

「J.C.，這是結合技術愛好者與創新型人物的次文化族群。」托比亞斯說。「這是與開放軟體風潮一塊興起，甚至可以說是後者的副產品。他們著重手作工藝與共同協作，在科技應用的創新上特別發達。」

「他留下自己參與的每個研討會名牌，」艾薇指向一疊名牌。「上面並沒有名人的簽名，而是——我認為是——研討會演講人的簽名。我認得出來其中幾個名字。」

「看見地上的橡膠塊嗎？」J.C.咕噥道。「還有地毯上的磨損。他通常會用橡膠塊卡住打開的門，以免門被自動鎖上。他喜歡打開辦公室的大門，讓人進來跟他聊天。」

我看了看桌上的便條貼。上面寫著支持開放碼，資訊人人共享，知識免費。

托比亞斯讓我坐在電腦前。電腦沒設密碼，讓J.C.抬起一邊眉毛。

帕諾斯最後的瀏覽紀錄是網路論壇，他在上面張貼有關資訊與科技議題的文章，內容充滿活力但也彬彬有禮。「他很有熱情，」我說，開始掃視他的電子郵件。「也很多話。人們打從心裡喜歡他。他經常參加科技阿宅的研討會，就算剛開始他比較沉默寡言，但只要誘導他一下，他就會滔滔不絕地講話。他總是喜歡打造事物。在會議室放樂高是他的主意，對吧？」

加瓦斯站到我身邊。「你怎麼會……」

「他相信你們的研究成果，」我繼續說，瞇眼閱讀帕諾斯在Linux論壇上的發文。「但他不喜歡公司結構，對吧？」

「他跟我們大多數人一樣，覺得投資人很煩人，卻又是讓我們投入熱情做事的必要之惡。」

加瓦斯頓了一會兒。「立茲，如果你猜想他出賣我們，我的答案是不。他不會出賣我們。」

「我同意。」我坐在椅子上轉了轉。「這個人如果想背叛自家公司，就會把所有資訊都發布到網路上。我認為他寧願把你們的檔案奉送給大眾，而不是賣給其他邪惡企業。」

加瓦斯鬆了口氣。

「我需要你們競爭對手的名單。」我說。「還有附上屍體照片的法醫報告，特別是屍體消失的部分。我也要詳細知道帕諾斯的住所、家庭狀況以及任何他在工作以外認識的朋友。」

「所以……你同意幫我們的忙囉？」

「加瓦斯，我會找到屍體。」我站起來說。「但首先我要把你們的老闆勒死。」

7

我在自助餐廳找到蔡烈，他自個兒坐著。餐廳裡擺著純白色的桌子，以及綠色、紅色、黃色的椅子，每張桌子上都放上一盆檸檬裝飾。

這裡雖然用活潑的色彩裝飾，但是這個空空如也的空間彷彿屏住了呼吸，像是等待著什麼。我揮手要我的面向待在外面，接著自己進門面對蔡烈。他已經拿下浮誇的太陽眼鏡，現在看起來像個普通生意人。他之所以戴著太陽眼鏡的原因，究竟是為了假裝是個明星，還是為了避免人們見到他敏銳、堅定且狡黠的雙眼？

「你設計我。」我坐上他身邊的椅子。「無情得像個殺手。」

蔡烈什麼也沒有說。

「如果消息走漏，」我說。「創新資訊會跟著陷入要命的麻煩，身為公司股東的我也會被牽扯進去。」

雖然艾薇指責人的方式很溫和，我還是等著聽她責怪我隨口咒人，然而她待在外面。

「你可以說出事實。」蔡烈說。「要證明你今天才拿到股份並不難。」

「這無濟於事。蔡烈，我是個怪人，可以被大作文章。報章雜誌的道聽塗說對我沒有好處。如果把我牽扯進去，我就沒有辦法擺脫八卦小報的糾纏，你心知肚明這點，卻故意給我股票，拖我下水，你這混帳！」

蔡烈嘆了口氣。看著他的眼睛，你會覺得他老了很多。「或許吧。」他說。「我只是想讓你感同身受。我買下這間公司的時候，完全不知道這個會導致癌症的研究挫敗。他們兩週前才向我報告這個慘況。」

「蔡烈。」我說。「你必須跟有關當局談談，這不只是我們之間的問題。」

「我知道，我也正這麼做。政府今晚就會派疾管局的人員過來，工程師將要接受隔離，我大概也免不了。我還沒跟別人說。但是史蒂芬，政府單位搞錯了，他們用錯誤的觀點看待這件事情。這跟傳染病無關，而是資訊問題。」

「那位死者的問題。」我點點頭。「創新資訊怎麼會讓這發生？他們沒有想到他從字面意義上就是塊人肉硬碟嗎？」

「遺體本來是要被火化的。」蔡烈說。「這是工作契約的一部分。這本來不是問題，就算是，屍體裡的資料也不好取得。這裡每個人都得幫自己細胞裡儲存的資料加密。你聽過一次性密碼嗎？」

「我聽過。」我說。「這種隨機加密法需要用單一金鑰來解密，按理來說無懈可擊。」

「數學上，這是唯一不會被破解的加密法。」蔡烈說。「這個程序不太適合日常使用，但這裡的工程師可不是為實用性來做研究的，至少時候未到。公司的政策要求他們在體內嵌入資料以前，進行需要單一金鑰的加密行為。如果要讀取資料，就需要特定的金鑰。不幸的是，我們沒有帕諾斯的金鑰。」

「我認為他真的照著公司政策去做，並且加密了自己的資料。」

蔡烈的表情扭曲起來。「你注意到了？」

「我們去世的這位朋友不是保密工作中最精采的部分。」

「好吧，我們必須希望他使用了金鑰——因為他要是這樣做，取得他遺體的人就不能存取裡面的資料，我們就安全了。」

「除非他們找到金鑰。」

蔡烈遞給我一份厚厚的資料夾。「沒錯。在我們到這裡以前，我叫工程師印了這東西給你。」

「這個是？」

「帕諾斯的網路活動紀錄。他過去幾個月來的網路行為都在裡面——每封電子郵件跟每篇論壇文章。我們還沒辦法從中找出蛛絲馬跡，但我覺得你該拿一份以防萬一。」

「你認定我會幫你的忙。」

「你不是跟加瓦斯說——」

「我跟他說我會找到遺體，但我不保證找到以後會還給你們。」

「沒關係。」蔡烈站起來，從口袋裡拿出太陽眼鏡。「史蒂芬，我們已經有資料了，只是不想讓資料落到壞人手中，你也不得不同意這一點吧。」

「我倒是很肯定落在你手中就是件壞事。」我頓了頓。「蔡烈，你殺了他嗎？」

「殺了帕諾斯？才不是呢。就我所知，這真的是一場意外。」

我端詳他的面孔，在蔡烈用那滑稽的太陽眼鏡遮住眼睛以前與他四目相接。我信得過他嗎？

我以前總是會思考這點。他用手指敲敲裝滿資料的夾子。「我會確保加瓦斯跟他的團隊能給你其他需要的東西。」

「如果這裡只是你的公司，」我說。「我只會把你給燒了。」

「我知道。但大家都陷入危險了。」

該死，他說得對。我站起身。

「你有我的電話號碼。」蔡烈說。「我大概會被關在這裡，但應該還能打電話。至於你，必須在政府官員抵達以前趕快離開。」

「好吧。」我掠過他身旁，往門外走去。

「找到金鑰還不夠。」蔡烈在我身後說。「我們不知道有多少副本——這還是假設帕諾斯遵守加密協定的前提下。找到他的遺體，然後燒了它。早知道發生這種事，我就該在幾個禮拜前把整座大樓都燒了。」

我打開門走了出去，向艾薇、托比亞斯跟J.C.招手。他們集合在我身邊，一塊離開。

「J.C.，」我說。「拿起你的電話打給其他面向，叫他們到白色空間集合。我們有工作要做。」

8

我有許多面向。確切來說有四十七個，奧諾是最近加入我們的一位。我通常不需要他們全部的人幫忙——事實上，同時想像四到五人是個負擔，而且無法持久。心理醫生也對這個現象非常感興趣。精神病患怎麼會對創造幻想世界感到厭煩，而想要活在現實世界呢？

有時候，我的工作需要更多努力，因此需要大量面向的關注，這就是我建造白色空間的原因。這個房間從地板、牆壁到天花板都塗上單純的白漆，有著簡潔光滑的表面，還有永遠掛著燈光的天花板。隔音良好的平靜空間讓我在這裡不會分心，讓我不需要把注意力放在其他事物，而是專心想像數十位幻想人物從雙扇門外走進來。

我並沒有意識到自己如何挑選面向的外貌，但是我似乎喜歡多元化的組合。路阿（Lua）是個肌肉強壯、笑容可親的薩摩亞人，他穿著結實的工作褲以及有大量口袋的夾克，正適合求生專家的形象。袁美（Mi Won）是韓國人，她是負責我們的外科手術，同時兼任我們的隨身醫生。昂格希（Ngozi）是我們的鑑識人員，她是個身高一百九十三公分的黑人女性。菲利普（Flip）則是個時常面露疲倦的矮胖男子。

面向們一一進門。他們先前陸續加入我的行列。每當有一件案子需要我學習新技能時，就會有一位新面向加入——好承載擠在我大腦中的大量技藝。他們就像真人一樣行動，用不同語言交談。奧黛莉看起來衣著凌亂，顯然小睡過一會兒。克里夫（Clive）和歐文（Owen）穿著高爾夫球裝，前者用肩膀扛著一支高爾夫球棒。我還不知道歐文說服克里夫開始運動的事情。卡利安妮穿著亮紅色跟金色的絲質紗麗，聽見J.C.又叫她阿克曼時翻了翻白眼。但我可以斷定他對她有好感，大家很難不對卡利安妮產生好感。

「史蒂夫先生，」卡利安妮說。「你的約會如何？希望你還算愉快。」

「有進步。」我邊說邊看著房間。「你有看見阿曼多嗎？」

「噢，史蒂夫先生啊。」這位嬌小的印度女人勾起我的手臂。「我們有人想叫他下來，但他拒絕了。他說在他回歸王位以前，要發動一場絕食抗議。」

我皺起眉毛。阿曼多的情況惡化了。站在我附近的艾薇刻意看了我一眼。

「史蒂夫先生，」卡利安妮說。「你應該讓我的老公拉胡爾（Rahul）加入我們。」

「卡利安妮，我之前向妳解釋過了，妳老公不是我的面向。」

「但是拉胡爾非常有用，」卡利安妮說。「他是個攝影師，而且最近阿曼多又幫不上什麼忙……」

「我會考慮一下。」這似乎安撫了她。卡利安妮是新來的面向，還不清楚面向的運作機制。我不能藉由意志力創造新的面向，但我的面向們還會談到自己的生活（他們的家人、朋友與嗜好），但我從來沒有親眼見到上面任何一種。這也是好事，持續追蹤四十七位幻想人物就很困難了，如果我還要想像他們的堂親表親，我最後肯定會瘋掉。

托比亞斯清了清喉嚨，試圖吸引大家的注意，但是在大家興奮的談話聲中起不了作用。大家難得聚在一起，也很享受相聚的快樂。因此J.C.拿出武器，往空中鳴槍。

房間立刻安靜下來，接著面向們就揉揉耳朵，發起牢騷抱怨起來。托比亞斯站到一旁，遠離一道從天花板上落下的細灰。

我怒瞪J.C.一眼。「天才，你知道以後我們進來這裡，我都得想像有個洞在天花板上嗎？」

J.C.微微聳肩，把武器放回槍套裡。至少他還懂得裝出尷尬的樣子。

托比亞斯輕拍我的手臂。「我會補好漏洞。」他邊說邊轉向已經安靜下來的其他面向。「有具屍體被偷了，而我們受託要把它找回來。」

艾薇在面向間發放資料。

「你們可以在資料裡取得詳細資訊。」托比亞斯繼續說。就算我的面向都知道我的所作所為，有時傳遞資訊的動作對我們都有好處。「你們必須理解，現在有人命在旦夕，可能許多人都是如此。我們需要迅速擬定計畫。大家開工吧。」

艾薇發放資料，站到我的身旁，遞給我最後一批資料。

「我已經知道細節了。」我說。

「你拿到的資料不一樣。」艾薇說。「這上面是創新資訊競爭對手的所有資料。」

我看起資料來，對資料的份量感到驚訝。我在回來的路上反覆思考蔡烈跟我說的話，關於這三家最有可能偷走遺體的對手公司，我除了瞥了名稱一眼外，都沒有碰蔡烈給我的簡報。雖然說，這三家公司的資料都深深埋藏在我的大腦裡。我翻起紙頁，若有所思。自從依格納西歐……離開我們以後，我很久沒有研究這些生技公司了。我本來以為這些知識會隨著他一塊消失。

「謝了。」我對艾薇說。

「不客氣。」

我的面向們在白色空間散開，用各自的方式開始工作。卡利安妮坐在牆邊拿出亮紅色的馬克筆。狄蘭（Dylan）開始踱步。路阿找起身邊的人開始談話。他們大多數人將白色的牆壁當作白板，把各自的想法寫出來。有些面向一邊書寫一邊素描，有些面向則畫起圖表，也有面向寫了寫，又把所寫的東西劃掉。

我讀起艾薇的紙本來回想我的記憶，接著鑽研起蔡烈給我的資料。蔡烈的資料包括附上死者照片的法醫報告，上面看來已經死透了。麗莎（Liza）負責撰寫這篇報告。很不幸的，我可能要拜訪她。

讀完資料以後，托比亞斯陪著我在房間裡一邊漫步，一邊觀看每位面向的進度。有些面向把重心放在蔡烈是否設局。其他人——像是艾薇——則從我們對帕諾斯的認知中推敲，試著思考出最有可能藏匿金鑰的地方。也有面向正努力研究病毒的問題。

在房間裡走了一圈後，我靠著牆拿起一疊蔡烈給我的資料，這份資料囊括了過去幾個月來帕諾斯的網路與電子郵件活動。這份資料很厚，但這次我不需要在意識上關注閱讀的內容。我只要速讀將資訊放進我的大腦，我的面向就可以運用它。

這也花了我一個小時。之後我站起身來伸展，房間裡的白色空間已經寫滿了理論、想法，以及出自瑪琳達（Marinda）的手筆，一幅巨大花型圖樣和描繪得十分複雜的一隻龍。我雙手扣在背後，然後又繞了房間一圈，鼓勵那些已經感到無聊的面向繼續研究、針對面向所寫的東西提問，也跟他們爭論一些問題。

我經過奧黛莉的時候，她在空中寫下自己的評論。她用的也不是筆，而是自己的手指。

我停下來，抬起一邊眉毛看著她。「不受拘束，我懂了。」

奧黛莉聳聳肩。有著黑色長髮跟漂亮臉蛋的她，形容自己有「曲線美」。以一個筆跡分析專家來說，她的筆跡難看得要命。

「牆上沒有空間了。」奧黛莉說。

「是啊。」我看著她在空中揮舞著文字。接著一瞬間，一片玻璃出現在她寫東西的地方，景象就變成她在玻璃上書寫的樣子。我開始頭痛起來。

「噢，這不好玩。」她雙手抱胸。

「奧黛莉，我不得不這樣。」我說。「總是有規則的。」

「規則是你訂的。」

「而我們靠著規則存活，」我說。「這是為我們好。」我看了她寫的東西，不禁皺眉。「生物化學反應式，妳什麼時候對這個有了興趣？」

她聳聳肩。「我覺得有人要對這個主題做點研究。反正你也不幫我想像一隻寵物出來，所以我有那個時間。」

我把手指放在那片玻璃上，讀起難懂的筆記。她試著理解帕諾斯製造病毒的方式。她畫出來的化學式之間有很大的間隔，看起來四分五裂的，結果都不出基礎化學的範疇。

「奧黛莉，這不會有用的。」我說。「這不是我們能努力的地方。」

「但還是要努力一下，不是嗎？」

「不，沒有辦法。」

「但是——」

「沒有辦法。」我堅定地說。

「你這個人真是一團亂。」

「我是房間裡理智最清楚的人。」

「技術上來說，」她說。「你也是理智最不清楚的人。」

我不理她說的話，蹲在那片玻璃旁檢視她的其他筆記。「在思考帕諾斯網路發言的模式嗎？」

「我本來覺得他的論壇文章裡藏著祕密訊息。」奧黛莉解釋。

我點點頭。我之前研究筆跡分析時（我也在那時候創造了奧黛莉），也間接研究了密碼學。這兩個領域有許多相近的地方，我也讀過一些有關訊息解密的書，裡面也有要人觀察刻意改變的筆跡。舉例來說，寫字的人可以將T字寫成不同角度，好用來傳遞隱藏訊息。

這代表奧黛莉在密碼學上略有專精，比我們其他人還來得多。「這可能有用處。」我邊說邊敲著那片玻璃。

「如果我——你對密碼學有任何真正的理解。」她說。「可能更有用處。或許你有時間下載更多書籍？」

「妳只是想要參與更多任務。」我站起身來說。

「你開什麼玩笑？你甚至在進行任務時被人開槍打中。」

「只是碰巧發生了那麼一次。」

「一次就夠了。就算身為幻覺，我也不想看著你倒下。史蒂夫，你從字面意義上就是我的全部。」她頓了一會兒。「雖然，老實說，我一直很好奇你吃了搖頭丸會變怎樣……」

「我會試著去研究密碼學。」我說。「妳繼續分析他的論壇文章，不要再碰沒有意義的化學式了。」

她嘆了口氣，然後用袖子擦掉化學式。我走開來，拿起手機下載一些密碼學的書。如果深入研究的話，我會不會創造其他面向呢？或者奧黛莉正如她所暗示的一樣，已經具備了能力？我認為前者較有可能，但是奧黛莉是所有面向中最有自覺的，她知道一些我沒有預料到的事。

我的沉吟聲越來越大，這時托比亞斯走了過來。

「有什麼進展？」我問他。

「大家普遍的共識是這項科技是可能存在的。」托比亞斯說。「雖然袁美想要思考在肌肉內棄置大量DNA序列的影響，但是威脅的確存在。J.C.說我們要親自確認創新資訊的封鎖，以及政府官員的參與。這會讓我們知道蔡先生對我們誠實到什麼程度。」

「好主意。我們在國土安全局認識誰？」

「你認識艾希（Elsie）。」托比亞斯說。「你幫她找到了貓。」

對，我找到她的貓。恐怖份子與世界的命運並非我工作的全部，也有許多簡單平凡的委託。找出不知道消失到哪裡的貓便是一例。

「打電話給她。」我漫不經心地說。「看她能不能幫我們證實蔡烈連絡有關當局的事情。」

托比亞斯在我身邊停下。「打電話給她？」

我從手機螢幕抬起頭來，接著臉上一熱。「對。抱歉。我跟奧黛莉談過了。」她往往讓我陷入不平穩的狀態。

「啊，我們親愛的奧黛莉。」托比亞斯說。「我誠心認為她是某種心理狀態的補償，如果要比喻的話，就是可以讓你釋放一些沸騰的壓力。天才很容易有心理上的怪癖。比如說，尼古拉・特斯拉（注）就有種難解的任性，他討厭任何用珍珠裝飾的人與物。他會把穿戴珍珠首飾的人趕走，據說……」

托比亞斯繼續說。聽著他的聲音讓我放鬆，同時選了本進階密碼學的書來看。托比亞斯最後把話題轉回面向的決議。「我們可以進入下個階段了。」他說。「歐文的建議可能是最實際的。艾薇在我們更了解對象以前沒辦法完成心理分析，探望帕諾斯的家會是個好開始。此外，昂格希需要從法醫那邊獲得更多資訊。我們可能要去那裡一趟。」

「把先後順序倒過來。」我說。「現在是……凌晨三點鐘？」

「六點了。」

「已經六點了嗎？」我吃驚地說。我沒有覺得很累，接下破解謎團的委託讓我得以清醒。「好吧，照這樣做。我覺得一大清早找上法醫比吵醒帕諾斯的家人來得自在些。麗莎幾點開始工作，七點嗎？」

注：Nikola Tesla，塞爾維亞裔美籍的天才科學家，被認為是電力商業化的重要推動者，因設計了現代交流電力系統而廣為人知。

「八點。」

所以我還有時間。「對於可能是幕後黑手的公司，我們有沒有什麼頭緒？」

「J.C.有些想法。他想要跟你談談。」

我在艾薇工作的牆邊找到靠牆站著的他。他在艾薇身邊嘰哩呱啦地讓她沒辦法專心。我摟住他的肩膀把他拉走。「托比亞斯說你有事情要告訴我。」

「那個刺客。」他說。「珊．瑞格比。」

「好，然後呢？」J.C.不可能有更多有關她的情報——他只知道我知道的東西，而我們已經釐清了這個部分。

「瘦子，我一直在想。」J.C.說。「她為什麼會在約會時現身？」

「因為她的雇主知道蔡烈可能找上我。」

「是啊，但為什麼要這麼早開始監視你呢？你說，他們拿到遺體了，對吧？」

「我們是這麼假設的。」

「所以，她監視你的原因是想要跟蹤你，看你能不能找到金鑰。在蔡烈出現之前，她根本沒有理由監視你。你看，這洩了他們的底。他們應該要等創新資訊找上你之後再行動才對。」

我思索了一陣。我們喜歡拿J.C.開玩笑，但事實上，他是我最注重實際狀況的面向之一。很多面向整天只會幻想跟思考，J.C.卻能救我一命。

「這的確很奇怪。」我同意他的說法。「但這意味著什麼？」

「這代表我們沒有掌握所有事實。」J.C.說。「舉例來說，瑞格比可能試著竊聽我們的談話，希望我們到創新資訊去揭露情報。」

我嚴肅地看著他。「是不是要換件衣服偽裝？」

「偽裝是好的開始。」他說。「但是她的主子有其他原因，才讓她這麼早現身。或許她是由知道創新資訊有狀況發生，但還沒有掌握內情的第三者僱用的，或者根本不干她的事。」

「但你不覺得她置身事外。」

「我是不覺得。」他同意我的說法。「我們還是要小心行動，嗯？瑞格比是個狠角色。我在祕密行動中遭遇過她好幾次。她會下手殺人，有時殺的是目標——有時只是路過的無辜民眾。」

我點點頭。

「你得為自己帶把手槍。」J.C.說。「你知道如果非得面對她不可，我可沒辦法幫你開槍。」

「這是因為先前的經驗嗎？」我說，給他一個台階下。我不喜歡逼他面對自己是幻覺的事實。雖然他可以說是我的保鏢，但他絕對沒辦法和我們見到的任何人有任何互動。

除了他幫我瞄準敵人那次。

「不對啦，」J.C.說。「我不是真的在場，所以開不了槍。」

我愣住了。他剛才是不是……？「J.C.，」我說。「你邁出重要的一步。」

「不對啦，我只是想通了。奧諾那傢伙挺聰明的。」

「奧諾？」我望向房間另一邊那位削瘦、禿頭的法國人，他是我們的最新成員。

「對啊。」J.C.邊說邊把手放在我肩膀上。「他有個理論，聽著。他的理論是，我們不是虛構人物，不是莫名的存在，或者任何你想用來稱呼我們的瘋狂術語。他說……好吧，他講了很多宅言宅語，但這代表我是個真實存在的男人，我只是不存在這裡。」

「是嗎？」我不太清楚自己該怎麼思考這個問題。

「沒錯。」J. C.說。「你該聽聽他怎麼講。嘿，禿頭的傢伙！」

奧諾指著自己，發現J. C.揮手找他過去，就趕緊過來。J. C.一手摟住這瘦小的法國人，就像是好朋友一般——但這個動作似乎讓奧諾很不舒服。這副景象就像貓咪想跟老鼠稱兄道弟。

「聽聽他怎麼講。」J. C.說。

「講什麼，你們談到什麼了？」奧諾用柔和的法國腔說，就像是奶油融化在烤熟的野雞肉上。

奧諾抬起他的眼鏡。「好吧，嗯，你知道的，我們在量子物理裡談到機率問題。有一種解釋認為次元是無限的，然後任何事情都會發生、都已發生。如果照這個說法來看，我們每位面向都可能是某個次元的真人。艾蒂安（注），這是個有趣的想法，不是嗎？」

「的確很有趣。」我說。「這——」

「所以我是真人。」J. C.插了話。「這個聰明人剛才說明了這點。」

「不、不，」奧諾說。「我只是指出在其他時空裡，可能真的有個人符合——」

J. C.把他推到一旁，然後一手摟住我的肩膀，把我從奧諾身邊抽開。「瘦子，我想通了。你看，我們都從別的地方過來。當你需要幫助時，你就伸手把我們搶過來。你大概是物理學巫師之類的人物。」

「物理學……巫師？」

「沒錯。而我不是海豹突擊隊。我只是得接受這點。」他頓了一會兒。「我是跨次元時空突擊隊。」

我看著他大笑。

但他非常認真。

「J.C.，」我說。「這跟歐文的鬼魂理論一樣可笑。」

「才不是咧。」J.C.固執地說。「聽著，在耶路撒冷的那次任務裡，我們最後做了什麼？」

我遲疑了。我當時被人包圍、雙手顫抖，拿著一把我幾乎不知道該怎麼用的槍。那時J.C.抓穩我的手臂瞄準，讓我用精確的槍法打倒所有敵人。

「我學得很快。」我說。「物理、數學、語言……我只要花短短的時間研究，就可以透過一個面向成為專家。或許槍法也是同樣的道理。我研究了槍法，開過幾次槍以後就成了專家。但是這個技能並不一樣──你不能光靠說話就幫上我的忙，所以我要是不去想像你的引領，你的幫助就很有限。這跟卡利安妮引導我進行其他語言的對話不一樣。」

「你拉大討論範圍了。」J.C.說。「為什麼你的其他技能就不曾這樣發揮作用？」

我並不知道。

「我是時空突擊隊。」J.C.固執地說。

「如果這是事實──雖然顯然不是──你被我從原本的生活抓了過來、成為我的量子鬼魂以後，難道不覺得生氣嗎？」

注：Etienne是法文裡等同史蒂芬的名字。

「不會啊。」J. C.說。「我簽了條款，這是時空突擊隊的信條，我們必須保護這個宇宙。就現在來說，這代表要盡可能地保護你。」

「噢，我的老——」

「喂，」J. C.打斷我的話。「我們時間不是很緊迫嗎？你應該行動了。」

「我們到白天以前沒什麼能做的。」我說，但還是讓自己改變話題。我揮手招來托比亞斯。「叫大家繼續努力。我要洗個澡，順便讀點東西。在這之後，我們就要上戰場了。」

「遵命。」托比亞斯說。「這次的隊伍是？」

「標準配置。」我說。「你、艾薇、J. C.，還有……」我環視房間。「再看看誰可以跟來。」

托比亞斯用稀奇的眼神看著我。

「叫小隊在車庫見面，七點半準備好出發。」

9

我將密碼學書籍轉到有聲書模式，放大音量，並以五倍速播放。接著我沖了很久的澡，讓我神清氣爽。我不用思考問題，只要學習就好。

我穿著浴袍走進臥室，發現威爾森已經為我準備好早餐，附上一大杯檸檬汁。我傳簡訊給他，要他找司機準備休旅車（沒有加長禮車那麼顯眼），七點半出發。

我邊吃邊聽完整本書，接著打電話給國土安全局的艾希。我不巧把她吵醒，但她還是願意幫我確認現況。我打電話到法醫辦公室——雖然是語音訊息，但我還是留言給麗莎。在我吃完早餐時，艾希回傳了簡訊。創新資訊的確被政府封鎖，疾管局正在調查，聯邦調查局也參與其中。

不久我便穿好衣服、精神抖擻地大步走向車庫，在開車時間準時抵達。接著我發現國字臉、戴著雙焦眼鏡（注）、頭髮灰白的威爾森本人輕輕拍打一頂司機帽，接著戴到頭上。

「等等。」我說。「湯瑪斯早上不是會過來嗎？」

「很可惜，」威爾森說。「他今天不會來上班了。或者顯然跟他早上留下的訊息一樣，永遠不會回來。」

「噢不，」我說。「發生了什麼事？」

「立茲先生，記得您上次如何解釋自己崇拜撒旦嗎？」

「我只有百分之二的自己在崇拜撒旦，」我說。「而就崇拜惡魔的人而言，夏維爾（Xavier）的思想算是非常先進了，他從沒叫我獻祭假雞以外的東西。」

「是的，然而……」

我嘆了口氣。又一個僕人跑掉了。「我們可以打電話找個司機負責今天的行程。我們昨晚待了很久，你不用這麼早起來工作。」

注：針對老花眼看遠、看近需要不同焦距所發明的眼鏡。

「我不介意。」威爾森說。「立茲先生，總有人得照料您。您昨晚有睡嗎？」

「呃……」

「我知道了。您昨晚上報以前有在晚餐吃任何東西嗎？」

「報導已經出來了，對吧？」

「《雜報》與網路新聞都發布了內容——裡面有碧安卡（Bianca）小姐的調查報導。您沒吃晚餐，昨天也說不要壞了約會的胃口，連午餐都沒有吃。」

其實我只是不想因為緊張而嘔吐。「難怪早餐那麼好吃。」我伸手探向休旅車的門把。

威爾森把手放在我的手臂上。「立茲先生，您不需為了拯救世界而廢寢忘食。」他拍拍我的手臂，接著坐進駕駛座。

除了穿著毛衣跟圍巾的奧黛莉匆匆趕來，我的團隊大多坐在裡面等著。我讀書的時候，沒有其他面向出現在我面前；奧黛莉正如她所指望的一樣，獲得充足的知識。我很高興，畢竟新的面向會造成我的負擔，我寧願讓既有的面向學習新知識。雖然說，讓奧黛莉參與任務可能有特別的難處。

「奧黛莉，」我邊說邊幫她開門。「都要六月了。妳還要戴圍巾嗎？」

「那個啊，」她大笑著說。「要是身為幻想人物還不能無視天氣，那還有什麼好處呢？」她戲劇化地把圍巾拋到肩後，接著鑽進車裡，手肘撞上J. C.。

「女人，如果我開槍打妳。」J. C.對著她咆哮。「妳會受傷。我的子彈可以穿透跨次元的物質。」

「我的子彈可以轉彎，」她說。「然後讓花朵盛開。」她坐在艾薇與托比亞斯中間，沒有繫上安全帶。

這次的任務會很精采。

車子開上馬路。天已經亮了，時間也到了通勤的尖峰時刻。我看向窗外，陷入思考中，直到我發現J.C.把手伸進艾薇的皮包裡。

「呃……」我說。

「別轉過來。」J.C.一邊說，一邊拍開艾薇想搶回皮包的手。他撈出一面化妝鏡，用鏡子看向後窗，不想敗露自己的動作。

「果然，」他說。「大概有人在跟蹤我們。」

「大概？」艾薇說。

「我很難肯定。」J.C.說，收起鏡子。「後面那輛車沒有前車牌。」

「你覺得是她嗎？」我問道。「那個殺手？」

「我再說一次。」J.C.說。「我沒辦法肯定。」

「或許有辦法。」奧黛莉敲敲自己的腦袋，暗示自己所擁有的知識。「史蒂夫，想要試試竊取資料嗎？」

「竊取資料？」艾薇說。「駭入電腦嗎？」

「不，清清喉嚨就可以了。」奧黛莉翻了翻白眼。「拿去，我寫些東西你照著去做。」

我好奇地看著她潦草寫下指示清單，接著讓她遞給我。這是張想像出來的紙條——不是我可以形容得出來那種。我拿起紙條閱讀指示，接著瞥向奧黛莉。

「相信我。」奧黛莉說。

「我只讀了一本書。」

「一本就夠了。」

我端詳她的表情，接著聳肩拿起我的手機。這值得一試。我照著她的指示打電話到昨晚用餐（或者說只是點菜）的餐廳「F. I. G.」。電話撥了過去，很幸運的是，早班人員已經到了。一個陌生的聲音回應了電話。「您好。」

我照著奧黛莉的話去做。「嗨，」我說。「我太太昨天晚上在你們那邊吃飯，但我們家裡有急事，她必須在吃完飯以前離開。其實啊，她走得太匆忙，居然用公司的信用卡付帳，而不是家裡的那張。我在想能不能把帳簽在另一張卡上面。」

「好的。」電話另一端的女子說。「您太太的名字是？」

「凱蘿·威斯敏斯特。」我說出瑞格比訂位時用的假名。

之後過了幾分鐘，我暗自希望昨晚的收據還在他們手上。結果沒錯，電話擱了一陣子後，女子又拿起電話。「好的，新的持卡人名稱是？」

「她本來用哪一張卡？」

「她用的是關鍵信託的信用卡。」女子的聲音聽來起了疑心。「末四碼三四〇九。」

「噢，」我回答。「那個，那張是家裡的沒錯，謝謝妳。」

「很好，謝了。」女子掛電話時聽起來很不爽。我把數字寫到我的口袋筆記本裡。

「你把這叫做竊取資料？」J.C.說。「這有什麼意義？」

「等著看吧。」奧黛莉說。

我打電話到銀行的防詐騙專線。車子上了南下的高速公路，我則聽著電話的等候音樂。J.C.坐在我身旁，繼續用艾薇的鏡子觀察可能跟蹤我們的對象。他對我點點頭。跟蹤者跟著我們上了高速公路。

等到我進入選單、聽著等候指示，以及電話內容會被錄音的警告後，我終於跟一個聲音好聽、有著南方口音的男人搭上線。「我能幫上您什麼忙嗎？」他問。

「我要報失信用卡。」我說。「昨天晚上，我太太的錢包被人從家裡偷走了。」

「好的。持卡人姓名是？」

「凱蘿．威斯敏斯特。」

「卡號是？」

「我不知道。」我裝出惱怒的聲音。「你們沒有丟失信用卡的資料嗎？」

「先生，您只需要上網查詢——」

「我試過了，我只能找到末四碼！」

「您必須——」

「現在可能就有人在花我的錢了。」我打斷他。「我們不能等。」

「先生，您有反詐騙保障。」

「抱歉、真的很抱歉，我只是很擔心，這不是你的錯，我只是不知道該怎麼辦。拜託，你可以幫上忙，對吧？」

電話另一端的男子抽了一口氣，看來我換了一套口吻，就暗示他躲過一場可能引發的災難。

「那麼，請告訴我末四碼是多少。」他說，聽起來放鬆許多。

「電腦上寫著是三四〇九。」

「好的，讓我看看……威斯敏斯特先生，您的PIN碼是多少呢？」

「呃……」

「連帶在信用卡上的社會安全碼是？」

「八〇五—三一—三七一九。」我很有信心地說。

電話對面沉默了一會兒。「先生，這不符合我們的紀錄。」

「這的確是我的社會安全碼。」

「先生，我手上的號碼大概是您太太的。」

「這有什麼關係？」

「先生，在獲得認證以前，我不能讓您進行變更。」男子不帶立場的平和聲音是已經習慣整天對付奧客的音調。

「你確定嗎？」我問。

「是的，先生。我很抱歉。」

「好吧，我想你可以打電話給她。」我說。「她正在放假，我沒有她用來社交的手機。」

「是的。」男子說。「我們檔案裡的號碼是正確的嗎？」

「哪一支號碼？」我問。「她的手機在她的皮包裡。」

「五五五—六二六—九〇一三。」

「可惡。」我一邊說，一邊快速記下號碼。「這就是被偷的那支手機。我會在她上班以後打電話叫她打給你們。」

「知道了。先生，我還可以幫您什麼忙嗎？」

「這樣就好，謝謝。」

我掛斷電話，接著將手機面板轉向其他面向。「這就是殺手的電話號碼。」

「好極了。」J.C.說。「現在你可以約她出來了。」

我把手機螢幕轉回來，看著上面的號碼。「你們知道嗎，考慮了這麼多以後，我沒想到這有這麼簡單。」

「解密的第一守則，」奧黛莉說。「如果沒辦法破解密碼，就不要動它。大家使用的加密策略通常沒有意料中的那麼安全。」

「所以有了這個號碼能做什麼？」我問。

「好吧，首先你用手機下載一個應用程式。」奧黛莉說。「J.C.，你覺得創新資訊的競爭對手中，哪一家最有可能僱用那個女人？」

「卓越生技。」J.C.脫口而出。「三家公司當中，就屬他們狀況最不好。多年的投資都沒有明顯的進展，投資人緊迫盯人，而且在道德模糊地帶與情資竊取上都有記錄。有三項針對他們的調查，但沒有關鍵發現。」

「之前的資料有他們執行長的電話號碼。」奧黛莉說。

我帶著微笑，開始在手機上動作。不久，我就設定好我的手機，讓手機可以發送假造的來電顯示，讓她以為我是卓越生技的老闆，納坦・海特。

「叫威爾森準備按喇叭。」奧黛莉說。

手機響了一聲。兩聲。

然後接通了。

「我在，」女子的聲音簡短地說。「怎了？我在忙。」

我給威爾森做了手勢。他用力按下喇叭。

電話裡也傳來喇叭的聲音。瑞格比絕對在跟蹤我們。我啟動模仿雜訊的應用程式，接著說了一些肯定在雜訊下認不出聲音主人的話。

瑞格比咒罵了一聲，接著說。「我不管你的合夥人有多緊張。一直打擾我可不會讓事情進展更快。我知道了什麼就會打電話報告，在那之前不要煩我！」

她掛上電話。

「這個，」J.C.說。「是我見過最奇怪的竊資行為。」

「這是因為你不知道竊取資訊是怎麼一回事。」奧黛莉的聲音聽起來很得意。「你把竊取資訊想成科技阿宅坐在電腦前進行的勾當，但實際上，現代人竊取資料的方式只是打電話套出資訊而已。」

「所以我們知道瑞格比在跟蹤我們。」艾薇說。「我們也知道對手公司的名字。這樣我們就知道誰帶走遺體。」

「這還無法確定。」我說。「但效果看來不錯。」我輕敲我的手機，若有所思，威爾森此時把車子開下高速公路，進入市區。「有任何建議嗎？」

「我們得小心不要涉險過深。」艾薇說。「如果這在我們能力範圍內的話。」

「我同意。」托比亞斯說。「史蒂芬，如果我們能找到卓越生技竊取屍體的證據，疾管局可能願意突襲檢查他們公司。」

「我們自己就可以突襲他們的辦公室。」J.C.說。「用不著中間人。」

「我不願意做出顯然犯法的行為。」托比亞斯回答。

「別擔心。」J.C.說。「身為跨次元時空突擊隊，我有八七六號特別授權令可以在緊急狀態下忽略本地執法單位。聽著，瘦子，我們最後總得面對卓越生技。我感覺得到。就算他們沒有把遺體藏在這裡的辦公室，辦公室還是有引導我們的蛛絲馬跡。」

「值得這麼做。」奧黛莉補上一句。「我投J.C.一票。闖入辦公室聽起來很好玩。」

我坐回座位思考。「我們先去找法醫。」我終於出聲，托比亞斯和艾薇對此點了點頭。「我寧可先取得卓越生技犯罪的證據，再設計政府官員臨檢。」我腦海中浮現了一個計畫。「此外，」我補上一句。「闖入卓越生技也不是找出他們所知的唯一辦法……」

10

車子開進開始活動的都市街頭。太陽已經升起，路燈一閃一閃地熄滅，像是僕人在國王面前卑躬屈膝。市立太平間就在醫院附近，位在新建的辦公大樓之中，這些大樓中都有三、四家網路創業公司。我們路經精心修剪的灌木叢與路樹，上面還掛著去年耶誕節的燈飾，等著來年的節慶再次點亮。

「好了。」J.C.對我說。「你準備好面對了嗎？」

「準備好什麼？」我說。

「瘦子，有殺手跟蹤我們。」他說。「你背後感覺到的東西，就是自己在某人監視範圍內的自知之明。她隨時可以扣下扳機。」

「別傻了。」艾薇說。「在我們帶她找到重要情報以前，她不會動手傷害我們。」

「妳確定嗎？」J.C.說。「因為我不這麼想。她的上司在任何時候都能認定幫蔡烈工作的你是個麻煩。他們可能決定把競爭對手剷除，用自己的力量找到金鑰。」

他說話時帶著直言不諱的冷酷，讓我侷促不安。

「你只是不喜歡被跟蹤。」艾薇說。

「他媽的對。」

「別說髒話。」

「聽著，」J.C.說。「瑞格比握有我們會想知道的情報。如果我們抓到她，就足以給我們所需要的證據。我們現在知道她在哪，我們暫時佔有優勢。你覺得你有能力悄悄逃離現場嗎？」

「沒有能力。」我說。

「總之還是可以試試。」J.C.刻意說。「我們待會會開進停車場，你看見前面的右轉道嗎？那裡的灌木叢可以遮掩追車的視線。你要跳出車子——別擔心，我會幫你——然後讓吉普車停在建築物正面。我們就能搶先一步下手，讓獵手變成獵物。」

「太危險了。」艾薇說。

是很危險，但是接近轉彎處的時候，我下定決心。「就這麼做吧。」我說。「威爾森，我會在下個轉彎處跳車。你就當作什麼事也沒發生，不要減慢行駛的速度。把車子停到太平間正門口，然後待命。」

他調整後照鏡好能對上我的視線。他沒說話，但我知道他很擔心。

調整後照鏡的動作讓我可以好好看看後面的深色轎車一眼。J.C.要求掛著的手槍這時充滿分量。我可不希望任務往這個方向進展，我寧願花上十小時在房內解謎，或是處理找不到鎖的保險箱。為什麼最近的任務都扯到槍呢？

我移到側門蹲了下來，抓住門把。J.C.跟在我身後，把手放在我的肩膀上。

「五、四、三……」他開始倒數。

我深吸一口氣。

「二……一！」

就在威爾森在灌木叢轉彎時，我打開了門。J.C.拖住我的背，正好把我推出車外，撞進捲曲的草叢中，但還是很痛。車子轉彎的慣性把車門甩上，我爬起來蹲在草叢旁邊，一直等到後面的車子準備轉彎。

我偷偷摸摸地越過灌木叢，此時那輛車也轉了彎跟上威爾森的車。這代表我跟瑞格比隔著茂密枝葉組成的低矮樹牆，一路延伸到停車場。

我低著頭，匆匆跟上瑞格比的車子。她的車子沒有隨威爾森一起停下，繼續用不太可疑的方式開往停車場的另一區。我從樹叢的間隙匆匆一窺那台黑色的車子——駕駛隱身在陰影中，但也看不到其他人。車子停在樹叢尾端附近的停車格裡。

我們繼續前進，樹葉發出沙沙聲，J.C.也摸了過來，拿出他的手槍跟上。「幹得好。」他低聲說。「我們可以把你培養成時空突擊隊的成員。」

「是你推了我一把。」我說。「讓我跌得正好。」

「我說過我會幫忙。」

我太緊張，沒有繼續對話。我有了新的表現，跳脫出我先前的……框架。如果我的面向能引導我的手指或步伐，我還可以學到什麼？

我從樹叢窺向另一邊，接著拿出我的手槍。J.C.大動作地把我的槍藏在我的胸口前，這樣右邊街道的來車才不會看到，接著他對樹叢的開口點頭。

我深吸一口氣，然後衝往瑞格比在不遠處的車子，J.C.跟著我。我蹲伏在那輛車旁。

「準備好了嗎？」J.C.問。

我點頭。

「瘦子，手指放在扳機上。這次我們玩真的。」

我再度點頭。在我上方，乘客座的側窗是開著的。我手掌出汗，我猛然起身並舉起槍對著窗內的駕駛。

裡面坐著的並不是殺手。

11

開車的是個大約十八歲、穿著套頭外套的黑髮少年。他大叫出聲，丟下手上用來監視休旅車的雙筒望遠鏡。他看見我的手槍，面色蒼白。

這絕對不是瑞格比。

「瘦子，進車裡。」J.C.觀望著停車場。「後座，這樣他才不能擒拿你。叫他不要出聲，不要做出可疑的樣子。」

「把手放在我看得到的地方。」我對年輕人說，同時希望他沒看見我顫抖的槍口。「不要出聲。」我打開後座鑽了進去，但槍口仍然對著他。

這孩子忍住喉嚨裡的哀鳴沒出聲。他要不是嚇壞了，就是非常會演戲。

「瑞格比人呢？」我對他說，同時把槍對準這個年輕人的頭部。

「那是誰？」他說。

「別耍我了。她在哪裡？」

「我什麼……什麼也不知道……」年輕人開始啜泣。

「媽的。」J. C.站在擋風玻璃旁。「你覺得他在裝傻嗎？」

「看不出來。」我回答他。

「我應該把艾薇抓來的。」

「不。」我說，我不想要一個人留在這裡。我從後照鏡觀察這孩子的哭臉。地中海型的膚色……同樣的鼻子……

「不要殺我。」年輕人低聲說。「我只是想要知道你對他做了什麼。」

「你是帕諾斯的弟弟。」我說出猜測。

這個年輕人點了點頭，仍然是一副哭臉。

「要命。」J. C.說。「難怪我們這麼容易發現他的追蹤。有兩個人在跟蹤我們，一個門外漢跟一個專家。我真蠢。」

我感受到一陣冷顫。我在跟瑞格比通話時，的確從話筒的另一端聽見喇叭聲，所以她的確在附近，只是我們沒發現她。一路上我們都沒發現她的蹤影。

不妙。

「你叫什麼名字？」我問這位年輕人。

「迪昂。」

「好吧，迪昂，我會把槍移開。如果你的身分屬實，就不用害怕。我需要你跟我來，而你要是逃跑、大叫或是做出類似的行為……那麼，我會阻止你的。」

迪昂點點頭。

我爬到車外、收起手槍，然後從肩膀把這孩子拉出來。我快速地搜了搜他身，確認他沒有武器，但他顯然把自己看成間諜一般的人物。我搜出手電筒、滑雪面罩、雙筒望遠鏡，還有一支手機，我一拿到手就關機。我一邊帶著他大步走過停車場，一邊意識到取物的動作要是被任何人看到，一定非常可疑。雖然在J.C.的指導下，我沉住氣，知道自己在做什麼——我用手環住迪昂的肩膀，自信地邁出步伐。我們在政府機關一帶，希望任何見到這一幕的人，都把我當成警察。

如果路人不這麼想，這也不會是我第一次和警察打照面。我覺得他們有個專門小組定期負責招呼我。

我把迪昂推進我的休旅車，接著坐了進去。貼上隔熱紙的車窗與同坐的面向讓我稍微感到安心。迪昂一移到後座就癱在上面，迫使奧黛莉爬過托比亞斯的大腿——這太出人意料，讓托比亞斯這位年歲漸長的面向一副要窒息的樣子。

「威爾森，有任何人接近就警告我。」我說。「好吧，迪昂。攤開來說，你為什麼跟蹤我？」

「他們偷走帕諾斯的遺體。」迪昂說。

「你說的『他們』是？」

「創新資訊。」

「他們有任何理由這樣做嗎？」

「遺體裡的情報。」迪昂說。「你知道嗎？他把資料存在自己的細胞裡，這些是他們的機密。他們要做的可怕事情都在裡面。」

我跟J.C.交換了眼神，他扶著額頭。帕諾斯的確跟家人談到他的研究。好極了。J.C.把手移開，然後用唇語對我說：資安噩夢。

「你覺得創新資訊，」我說。「要做什麼可怕的事情？」

「我……」迪昂移開視線。「你知道的。企業行為。」

「像是中止週五穿休閒服裝上班之類的。」奧黛莉說。

所以帕諾斯並沒有完全向他弟弟坦白。我手指輕敲車子的扶手。這家人認為蔡烈跟他的下屬帶走屍體，以確保情報不會外漏——而且老實說，這跟事實沒有相差太遠。畢竟，他們有火化遺體的計畫，只是有人搶先得手罷了。

「你跟蹤我。」我對這孩子說。「為什麼？」

「今天早上整個網路都是你的消息。」迪昂說。「上面說你跟創新資訊的亞裔怪咖老闆坐進同一輛車。我想到你應該會負責破解帕諾斯遺體的密碼。這看起來很明顯。我的意思是，你是超級間諜駭客之類的人物，對吧？」

「我們正是這種人。」奧黛莉說。「史蒂夫，告訴他我們是什麼人。」我沒有說什麼，還坐在托比亞斯大腿上的奧黛莉就用手肘頂了頂他。「老爺爺，教他說啊。」

「史蒂芬，」托比亞斯說，但聽起來不太舒服。「這個年輕人聽起來很老實。」

「他很誠實。」艾薇一邊觀察迪昂一邊說。「目前我可以這樣說。」

「你應該讓他安下心來。」托比亞斯說。「看看這可憐的傢伙，他看起來還認為你會開槍殺了他。」

沒錯，迪昂緊握雙手，視線低垂，但還在顫抖。

我減輕說話的力道。「他們不是僱我來破解遺體密碼的，」我對他說。「創新資訊有很多備份。我是來尋找遺體的。」

迪昂抬頭看我。

「不，」我說。「創新資訊沒有帶走遺體，他們只要把遺體火化就滿足了。」

「史蒂夫，我不覺得他相信你。」艾薇說。

「聽著，」我對迪昂說。「我不管創新資訊有什麼下場。我只想要掌握遺體裡的情報，好嗎？現在，我要你在這裡等著。」

「為什——」

「因為我不知道該拿你怎麼辦。」我瞥向威爾森，他點點頭，表示會看著這孩子。「坐到前座去，」我向迪昂說。「等我回來，我們可以坐下來好好談。但是現在，我得先跟一個脾氣不好的法醫打交道。」

12

市府法醫的辦公室位在市立太平間旁，只是大型醫療大樓裡充滿消毒水味道的一組房間。通常來說，麗莎比較喜歡「醫療檢驗師」這個稱呼，然而以一個幾乎花上所有時間玩網路遊戲的人來說，她總是令人意外地忙碌。

我在八點整大步邁進醫療大樓的大廳——並且忍受小小的警衛隔間裡，一個體型明顯過大的警衛的目光——接著輕敲法醫辦公室的門。麗莎的祕書（我忘記他叫什麼名字）以一副不情願的表情打開了門。

「她在等你。」年輕男子說。「雖然我不覺得她很期待你的出現。」

「很好。謝謝你……」

「約翰。」托比亞斯補充。

「……約翰。」

祕書點了點頭，就走回他的工作桌處理文件。我走過一小段走廊，進了掛上正式證書之類東西的辦公室。在麗莎關掉手上的平板、抬頭看我之前，我正好從證書上的反光看到她的臉書。

「立茲，我在忙。」她說。

年紀已經到五十歲後半的麗莎穿著牛仔褲與粉紅色的襯衫，外面再覆上一件白色的實驗袍，高挑的她也已經厭倦大家總是問她是不是在高中打過籃球。幸運的是她服務的對象，至少多數而言，是死人——而死人也是唯一不會打擾到她的類型。

「好吧，這不會花太久時間。」我邊說邊靠在門框上，雙手抱胸，這樣做有一部分的原因是要擋住托比亞斯欽慕的視線。我從來不知道他看上這女人哪一點。

「我沒有必要幫你。」麗莎邊說邊把電腦螢幕轉了過來，裝作有一堆工作要做的樣子。「你不關任何正式案件的事。上次我還聽說，整個部門都決定不讓你插手。」

她後半段話說得洋洋得意。艾薇跟J.C.交換眼神。最近有關當局……不是那麼喜歡我們。

「妳手下有具屍體不見了。」我對她說。「沒有人擔心這件事嗎？」

「不關我事。」麗莎說。「我做好份內的事了。宣告死亡、證實身分，也不需要解剖，然後停屍間發生疏失。好吧，你可以跟他們談談這回事。」

不可能。他們不會讓我進去的——他們沒有這個權限，但麗莎可以。不管她怎麼說，這可是她的部門。

「警方沒有關切這起侵入行為嗎？」我問。「葛雷夫警官沒有到處搜索，思考這天大的保全漏洞是怎麼發生的嗎？」

麗莎愣了一會兒。

「啊。」艾薇說。「史蒂夫，猜得好。在上面多加把力。」

「這是妳管轄的部門。」我對麗莎說。「妳難道不想知道事情怎麼發生的嗎？我可以幫上這個忙。」

「立茲，每次你說這句話都帶來災難。」

「現在看來，災難已經發生了。」

「往她的痛處打，」艾薇說。「提起麻煩事。」

「麗莎，想想之後的文書工作吧。」我說。「失蹤的屍體。調查、質問、檢查人員，還有妳得參與其中的會議。」

麗莎沒辦法完全掩飾她彆扭的表情。站在我身旁的艾薇滿意地笑了笑。

「這些事情，」麗莎靠回座位。「全都是為了不該在這裡的屍體。」

「妳的意思是？」

「我們沒有理由保存遺體。家屬已經指認遺體了，所以沒有假死的嫌疑。我應該把遺體轉送到家屬選定的葬儀社保存，但是我沒有這樣，我不被允許。這具遺體必須留在這裡，沒人跟我說為什麼。長官他本人堅持這一點。」她瞇眼看著我。「接著是你，立茲，這傢伙有什麼特別的？」

長官。蔡烈為了保留遺體下了工夫，這很合理。如果他把遺體交出去，然後做出什麼不正常的保密動作，簡直像是宣傳這具遺體另有蹊蹺。用一通電話確定帕諾斯的遺體在市立太平間鎖得好好的，就不怎麼可疑。

只是這無濟於事。

「史蒂夫，我們要付出一點代價。」艾薇對我說。「她開始固守己見，是時候下重手了。」

我嘆了口氣。「妳確定嗎？」我低聲問。

「是的，很不巧。」

「一場訪問。」我一邊說，一邊對上麗莎的眼神。「給妳一個小時。」

她從椅子上向前傾。「試圖收買我嗎？」

「是的，所以呢？」

她用手指輕敲桌面。「我是醫療檢驗師。我沒興趣發表論文。」

「我沒有限制訪問我的對象。」我說。「你想要誰訪問我——任何妳需要對方協助的醫學圈人士。妳可以拿我交易。」

麗莎露出微笑。「任何人？」

「對，只要一個小時。」

「不行。時間隨他們訂。」

「麗莎，這樣沒完沒了。」

「你討厭的東西也沒完沒了。立茲，不要拉倒，我沒欠你任何東西。」

「我們會後悔這樣做，對吧？」托比亞斯問。

我點點頭，想著被打算成名的心理學家調查好幾個小時的樣子。一篇又一篇的期刊論文，都會把我當成海參的奇特品種一樣來解剖展示。

然而時間流逝，如果不這樣做，我就得告訴她遺體為什麼這麼重要。

「成交。」我說。

她沒有笑出來。對麗莎而言，笑容太人性化，但是她看起來很滿意，拿起桌上的鑰匙領著我到走廊，我的面向跟上她。

等我們到了太平間，空氣已經寒冷許多。麗莎用鑰匙卡打開厚重的金屬門。看見停屍間內部，大家就可以了解麗莎為什麼選擇在這裡工作——不只是為了這裡的寒冷，還有鍍鉻的內部，這大概讓麗莎想起把她丟在地球上的太空船。

大門在我們背後重重地關上。麗莎站在牆邊，雙手抱胸，為了不讓我們動手腳而監視著我們。「立茲，十五分鐘。進去吧。」

我檢視整個停屍間。停屍間裡有三張帶有滾輪的金屬桌，一只裝著醫療用具的櫃子，以及一整面牆的停屍櫃。

「好吧，」我對四個面向說。「我要知道他們怎麼把遺體運出去的。」

「我們也需要證據。」J.C.一邊說一邊檢視整個空間。「卓越生技犯下罪行的證據。」

「如果能那樣就太好了。」我對他說。「但老實說，我們不能太重視這點，遺體可能不在他們手上。我們要專心在已知的事物上。幫我找出竊賊如何藏匿或移動遺體的線索，這或許能給我們正確的方向。」

其他面向點點頭。我慢慢轉身，環視整個空間，將視野所見全部植入我的下意識，接著閉上眼睛。

我的幻覺說起話來。

「沒有窗戶，」J.C.說。「只有一個出口。」

「除非有人能移除天花板。」艾薇指出。

「不會啦，」J.C.反駁。「我看了這棟大樓的安全說明。記得考伯芬的那件案子嗎？沒有爬行的空間，沒有通風管，建築本身沒有什麼問題。」

「這個工具最近有被使用過的痕跡，」托比亞斯說。「但我不知道它的功能。史蒂芬，你終究還是應該招募一位屬於我們的法醫。」

「我們有昂格希，」奧黛莉說。「她是個鑑識人員。我們怎麼沒帶她來？」

奧黛莉，就是因為妳啊，我想。我的潛意識給了妳重要的技能，並把妳放進我的隊伍裡。為什麼？我懷念起從前，那時還能夠向人請教這方面的事情。當時珊德菈還在我身邊，我生命中的一切都得到了解答。

「這裡很安全。」艾薇說，聽起來不太滿意。「或許是有內賊，太平間的工作人員之一？」

「工作人員有沒有可能被賄賂？」我張開眼睛望向麗莎。

「我想過這個可能。」她說，雙手仍然抱在胸前。「但那個晚上我是最後一個離開的。我進來檢查每樣東西，然後關燈。警衛說沒有人半夜來到這裡。」

「那我得跟警衛談談，」我說。「那天還有誰來過這裡？」

麗莎聳了聳肩。「家屬跟一個總是陪著他們的神職人員。太平間的門只有我跟兩個技工可以打開。警衛如果找不到我們，也沒辦法開門。但這還是說不通——遺體在我離開以前還在。」

「妳確定嗎？」

「是啊，我的文書工作要記錄一些數據，我特別檢查過。」

「我們得採集這裡的指紋。」J.C.說。「不管怎麼樣，我們還是得到警局一趟。」

我點頭。「我認為警方已經做過調查了。」

「你怎麼這樣想？」麗莎問。

我們一起望向她。「呃……妳知道的，這裡發生罪案了。」

「屍體被偷。」麗莎冷冷地說。「沒人受傷，我們也沒有被人闖入的確切痕跡，更沒有財物損失。警方的官方說法會是正在為這件案『努力』，但是我告訴你——他們沒有把找屍體的事情列為優先項目。他們反而擔心有人闖入的事情，他們認為背後有人……」

她把雙手抱在胸前，接著換了姿勢。她想要裝出冷靜的樣子，但顯然非常擔心。艾薇對我點點頭，顯然對我可以看透麗莎感到滿意。好吧，這並不難。從以前到現在，我都會從我的面向那邊學到什麼。

「監視器呢？」J. C.一邊檢視房間的角落一邊說。我重複他的問題好讓麗莎聽到。

「就在外面的走廊。」她說。

「數量不會太少嗎？」我問。

「這裡跟警報連線。如果有人想要闖入，警衛桌會閃得跟耶誕節的燈飾一樣。」她做了個鬼臉。「我們通常只在晚上打開警報器，但他們已經連兩天開著不關了。這幾天連開扇窗戶都要經過准許……」

我看著我的面向小組。

「史蒂芬，」托比亞斯說。「我們需要昂格希。」

我嘆口氣。好吧，開車回去把她載來也不會太遠。

「用這個。」J. C.拿出他的手機。「我們打電話給她。」

「我不覺得……」我話是說了，但他已經撥出電話。

「嘿，阿克曼。我們需要妳幫忙。」他說。「什麼？我當然有妳的號碼。不，我沒有偷偷跟蹤妳。妳能找到昂格希嗎？我怎麼可能知道她在哪？她大概把手洗了又洗吧。不，我也沒有偷偷跟蹤她。」他放下電話，給我們其他人一臉受不了的表情。他再度拿起電話，然後過了一會兒就繼續說話。「很好。就視訊會議吧。」

托比亞斯和我從J. C.背後看見卡利安妮的臉出現在螢幕上，一臉雀躍的樣子。她揮揮手，接著把手機轉向昂格希，她正在床上閱讀。

要怎麼描述昂格希呢？她是有著深褐色肌膚的奈及利亞人，在牛津受教育。她怕細菌怕得要死──怕到卡利安妮把手機轉向她的時候，明顯地抖了一下。她搖搖手，卡利安妮也樂得站在那裡拿著手機。

「怎麼了？」昂格希用發音短促的奈及利亞腔調說。

「我們要做犯罪現場調查。」我說。

「你要來接我嗎？」

「那個，我想我們覺得……」我頓了一會兒，然後看向J. C.。「J. C.，我不知道這行不行得通，我們以前沒做過這種事。」

「但是值得一試，對吧？」

我望向一臉狐疑的艾薇，但托比亞斯聳了聳肩。「史蒂芬，這有什麼壞處呢？有時候想把昂格希帶出來都很困難。」

「我聽見了。」昂格希說。「這並不難。我只是需要準備妥當。」

「是啊，」J.C.說。「像是隔離衣。」

「拜託。」昂格希翻了翻白眼。「我只是想要東西乾淨一點。」

「乾淨？」我問她。

「要非常乾淨。你知道車輛和工廠每天排放多少毒氣嗎？你覺得這些毒氣到了哪裡？你有沒有想過，地下鐵的樓梯扶手總是讓你的手抹上一層灰嗎？還有想想人群。他們對著手掌咳嗽、抹掉鼻涕以後，就這樣觸摸別人，而且——」

「昂格希，我們懂。」我說。我望向托比亞斯，他支持地點點頭。J.C.說得對，面向們帶著手機會有珍貴的好處。我接下J.C.的電話。一旁的麗莎看著我，臉上帶著今早前絕無僅有的真摯表情：覺得神奇。她可能不是心理學家，但各科醫生都覺得我的……怪癖挺吸引人的。

這是好事。這樣會讓她不在乎原本「十五分鐘」的限制還剩下多少時間。

「我們要用手機試試。」我對昂格希說。「我們在停屍冰庫裡。據我們所知，遺體前一晚還在，但隔天早上就消失了。走廊上的監視器也沒錄到可疑的事情。」我望著這支監視器時，麗莎點點頭。「停屍間裡並沒有特別安裝監視器，但大樓設有強化的安全設施。所以，竊賊是怎麼把屍體運出去的？」

昂格希傾身探過來，雖然還是沒有從卡利安妮手中拿起手機，但用饒富興味的眼神看著我。

「讓我看看太平間。」

我在太平間內四處走動，讓鏡頭掃過所有地方，也注意到在麗莎的眼中，我沒有拿任何東西。昂格希在我走動時發出沉吟，有些還帶有旋律，我不確定究竟是何者。

「所以說。」她在我掃瞄整個地方幾分鐘後說。「你確定屍體不見了？」

「當然不見了。」我一邊說，我邊把鏡頭對上還開著的停屍櫃。

「好吧，」昂格希說。「這樣我們很難進行傳統的鑑識調查。我們的問題是，『我們要調查嗎？』你們可能不知道獲報失竊的東西只是不見了——或是被藏到離竊案發生地非常近的地方。如果把屍體帶出太平間很困難，或許屍體根本沒有被運出去。」

我看著其他停屍櫃。接著我嘆了口氣，把電話放到一旁，然後一一拉開櫃子。過了不久，麗莎走過來幫忙。「我們檢查過了。」她提到，但沒有阻止我再次確認。只有三個停屍櫃有屍體，我們詳細檢查了每一具屍體，沒有一具是帕諾斯的屍體。

接著我翻起櫥櫃、衣櫃甚至是塞不下屍體的抽屜。這過程很費時，而我其實很高興沒有成果。發現幾袋手肘關節並不會特別讓人開心。

我擦了擦手，然後看向手機裡昂格希的影像。卡利安妮也上了床，吱吱喳喳地討論我真的不該那麼努力工作，該找個人安定下來，而且最好是神智清楚的人。

「接著呢？」我對著手機說。

「羅卡定律。」昂格希說。

「意思是？」

「基本上，」她說。「這個定律宣稱只要有任何接觸或是交換，就會留下證據。因為失蹤的被害人已經去世，大概還封在屍袋裡，所以我們能知道的不多，但是犯人會留下他們來過的記號。我不認為我們可以拿到DNA採證……」

我滿懷希望地向麗莎請教，被她回以鄙視的笑容。這件案子沒有重要到需要採證的地步。

「我們可以自己採指紋。」我對昂格希說。「但警方不會幫忙。」

「讓我們先從明顯的接觸點下手。」昂格希說。「麻煩把鏡頭靠近停屍櫃的把手。」

我把手機靠近停屍櫃的把手。「很好。」昂格希過了一會兒說。「接著是停屍間的門。」

我照著做，走過看著錶的麗莎。

「昂格希，時間可能不多了。」我輕聲說。

「我的技能不能急。」她回答我。「在遠距離下更是這樣。」

我給她看了門把，但不確定她實際在看什麼。昂格希要我拉開門看另一外面。這道門非常重，會在任何人離開時自動關上。我要是出去，就不能再打開門。麗莎必須用鑰匙卡幫我開門。

「好了，立茲。」麗莎在我把鏡頭轉向門框的封口板時開口。「你——」

「中了。」昂格希說。

我愣在原地，接著轉頭看向門框。我不理會麗莎接著說了什麼，蹲了下來試著看出昂格希看到的東西。

「看到上面的灰塵嗎？」昂格希問。

「嗯……沒有。」

「靠近點看。有人在上面貼了膠帶，接著拉了出來，讓殘膠吸住了灰塵。」

麗莎也蹲了下來。「你在聽我講話嗎？」

「膠帶。」我問。「你們有膠帶嗎？」

「為什麼——」

「喲。」J.C.從房內的櫃台拿起一捲半透明的工業膠帶。

我推開麗莎接住膠帶——在我看見真的那捲膠帶前，J.C.得放下手上幻想出來的那捲。我拉出膠帶貼上封口板，接著走出門，讓門自動關閉。

門重重地關上，但是重擊聲沒有門鎖扣上的聲音。我不需要裡面的人幫忙，就能推開門來。

「我們知道竊賊怎麼進來太平間了。」我說。

「所以呢？」麗莎問道。「我們知道他們用了什麼方法進來，但知道這個有什麼用？」

「這代表屍體失蹤之前有人探視過這裡。」我說。「或許是最後一個訪客？竊賊白天就能在鮮有人注意的情況下，把膠帶貼上去。」

「如果門上貼了膠帶，我肯定會知道。」麗莎說。

「妳會嗎？妳有鑰匙卡解鎖，所以不需要轉動門把。對妳而言，推開門來是件再正常不過的事了。」

她思索了一會兒。「有道理。」她承認。「但這是誰做的？」

「那一天最後進來太平間的是誰？」

「那個神職人員。我讓他進去的。其他人晚上就回去了，但我待得很晚。」

「忙著玩完一場接龍嗎？」我問。

「閉嘴。」

我露出微笑。「妳認得那個神職人員嗎？」

她搖搖頭。「但他在訪問名單上，也帶著有效證件。」

「考慮到當務之急的話，」艾薇說。「製作假的身分證件並不難。」

「那可能就是我們要找的人。」我對麗莎說。「來吧，我要跟妳的警衛講話。」

麗莎撕下門上的膠帶，我則感謝昂格希的幫忙，把攝影機關掉，接著把手機還給J.C.。

「做得好。」艾薇帶著微笑對他說。

「謝了。」他邊說邊把手機塞進戰鬥褲的口袋裡。「當然，這並不是真的手機。這是個超次元時空——」

「J.C.。」艾薇打斷他。

「怎啦？」

「看著空氣講話。」

「噢，好。沒問題。」

13

前往警衛室之前，我進了走廊上的洗手間。我並不需要進廁所，但托比亞斯需要。

洗手間很乾淨，讓我心生感激。洗手乳罐是滿的，鏡子毫無污點，門上甚至還有一張列下清潔時間的表格，讓清潔工必須簽名來證明他們完成了工作。我洗了洗手，在托比亞斯用完廁所時看著鏡中的自己。

我與自己平凡無奇的臉對望。我跟大家所期望的不同。有些人把我想像成怪咖科學家，有些人則把我當作動作片巨星。然而，他們看到的只是個三十多歲的溫和男子，再普通不過。某種程度上，我很常覺得自己就像自家的白色空間一樣，空無一物。面向各自帶有他們的特質，我則盡量不想引人注目。因為我不是瘋子。

我擦乾手，等著托比亞斯希洗手，接著我們回到其他人中間走向警衛台。警衛台是個中空的圓桌，就像是購物中心裡會寫著「服務台」的桌子一樣。我走了過去，警衛上下打量著我——就像是看著不知道放在冰箱裡多久的披薩一樣。他沒有問我需要什麼。麗莎已經打電話給他，叫他調閱監視器給我。

桌子對於這位巨漢來說真的太小。他傾身向前的時候，桌子內面擠壓出他的肚肉，就像是從底部榨出汁來的葡萄。

「你，」警衛用低沉的聲音說。「是那個瘋子，對吧？」

「這個嘛，並不完全正確。」我說。「你知道的，瘋狂的標準定義是——」

他身子更向前傾，讓我覺得這張桌子有點可憐。「你帶了武器。」

「呃……」

「我也有。」警衛輕聲說。「別做蠢事。」

「好——吧。」艾薇在我身旁說。「駐紮警衛室的是個可怕的傢伙。」

「我喜歡他。」J.C.說。

「你當然喜歡他。」

警衛慢慢地拿起一支隨身碟。「錄影就在裡面。」

我拿了隨身碟。「你確定當晚保全系統是開著的嗎？」

男子點點頭。他一手握拳，要是我問了蠢問題肯定會冒犯到他，還值得他動手揍人。

「呃。」我說，看著緊握的拳頭。「麗莎說你現在連白天也開著保全系統？」

「我會抓到他的。」警衛說。「沒人可以闖進我的大樓。」

「不會再有的。」我說。

警衛瞪了我一眼。

「既然竊賊已經闖入一次的話。」我說。「沒有人侵入大樓兩次。事實上……他們可能已經侵入兩次了，第一次他們在門上貼上膠帶——但比起闖入設施，你寧可把它稱作滲透。」

「別看不起人了。」警衛手指著我。「然後別惹麻煩，否則我會用力揍你，揍到你的人格不省人事。」

「噢。」奧黛莉翻桌上的雜誌。「問他為什麼要揍人。如果他觀察力出奇敏銳，為什麼連拉鍊沒拉好都不知道。」

我笑了笑，接著快步離開。麗莎站在辦公室門口，看著我離開。

出了門外，我收起隨身碟，接著沿著大樓的側面行走。我對還在車裡的威爾森揮手。帕諾斯的弟弟繃著臉坐在前座，喝著一杯檸檬汁。

我繞了大樓一圈，面向跟著我，這樣才能好好觀察大樓外部。大樓有著小小的窗戶，但或許可以讓人通過。沒有逃生門。我找到後門，後門鎖得很好，我還是用力地搖了一下。

「有人冒名頂替了神職人員。」我對我的面向說。「這個人進去看了屍體並貼了膠帶。接著竊賊在晚上運走屍體。為什麼他們第一次進去的時候，不拿個細胞樣本就走呢？」

我看向其他面向，他們一臉困惑。

「我想他們不知道怎樣找到改造的細胞。」托比亞斯終於出聲。「遺體內有很多細胞。他們要怎麼知道哪個部位有需要的情報呢？」

「或許吧。」我不太滿意地雙手抱胸。我們漏掉了什麼，我想。拼圖中非常重要的一塊。那是——

後門突然打了開來。站在門內的警衛喘著氣，隨時準備抽出手槍。他惡狠狠地瞪著我。

「我只是想要看看。」我邊說邊看著打開的門。膠帶在這裡沒有用處，這道門裝著鎖鈕。

「順道一提，你反應時間很快。」

他伸出手指指著我。「別逼人太甚。」

他甩上門。我走過轉角，進入兩棟大樓間的小巷，尋找其他出入口。我走到一半時，聽見背後傳來一聲輕響。

我跟我的面向趕緊轉身。瑞格比就站在大垃圾箱旁，一隻手藏在手上拿著的紙袋，姿勢非常自然。

「西格紹爾 P239手槍。」J. C.看著絕對放著槍的紙袋輕聲說。

「你可以從槍支上膛的聲音分辨型號？」艾薇問。

「這個嘛，是啊。」J. C.說。「嗯。」但是帶著困窘的表情說這句話，然後瞥了我一眼。他覺得自己應該早一步發現瑞格比跟蹤我們，但他只能聽見或看見我注意到的東西。

「立茲先生。」瑞格比說。她跟昨晚一樣穿著褲裝與白色襯衫。她有著深色的皮膚與剪短的直髮，沒有穿戴任何珠寶。

我對著她低下頭。

「我要你放下武器。」瑞格比說。「麻煩你小心地交出來，免得發生不幸的意外。」

我望了J. C.一眼。

「照著做。」他聽起來不情願地說。「她大概不會在這裡殺了我們。」

「大概？」奧黛莉臉色發白地問。

我慢慢地取出手槍，接著彎下腰放在地上踢走。瑞格比笑了笑，她拿著袋子的姿勢能隨時舉起槍殺了我。

「你不久之前打過電話給我。」她說。「手法讓我不得不誇獎。我想你的目的是想知道我是否在跟蹤你？」

我點點頭，舉起雙手，呼吸急促。我覺得自己太常身陷險境。我不是軍人也不是警察，火線之下冷靜不下來。我不喜歡被人用槍指著。

「瘦子，控制好局面。」J. C.在我身旁說。「失去控制的人最後都死了。不要因為緊張而決定接下來該怎麼做。」

「現在，」瑞格比說。「我要那支隨身碟。」

我眨了眨眼。隨身碟……

她認為隨身碟裡有解密帕諾斯資料的密碼。她是怎麼看的？蔡烈僱了我，我徹夜工作，隔天一大早就找上法醫，接著拿著隨身碟走出大樓。

她認為我找回什麼重要的東西。雖然J.C.看來很擔心，艾薇還是笑了笑。我瞄了J.C.一眼。

「如果她認為自己拿到需要的東西，」他輕聲說。「我們就會陷入危機。如果你交出隨身碟，千萬別跟她到任何地方。」

我往後退，雙手仍然高舉，直到靠上大樓的牆上。瑞格比端詳我的表情。她的槍大概裝了滅音器，但開槍還是會有聲音。由於開槍可能曝露我們的位置，她必須擔心這點。

我的心臟劇烈地跳動。控制局面。或許讓她透露點什麼？「妳找誰頂替了神父？」

她皺了皺眉，接著舉起袋子跟裡面的槍。「立茲先生，我很有禮貌地向你要東西。」

「我不會把東西交給妳。」我說。「直到妳解釋自己如何設局。這是我的怪癖。我很肯定妳注意到我有這個傾向。」

她躊躇了一會兒，接著看向一旁。

她想找出我的面向，我想。在面向出現的時候，總有人下意識這樣做。

「很好。」艾薇說。「假裝失去神智可以轉移別人的注意力。」

想、想、想。我把頭往後撞去。

我的頭撞上窗戶。我頓了一會兒，接著不停用力地撞頭，把窗戶弄得喀啦作響。

瑞格比很快就走過來，粗魯地抓住我的肩膀，把我從大樓拖開。她望了窗戶一眼——顯然沒看到人——接著把我拋到地上。

「立茲先生，我沒什麼耐心。」她低聲說。

這時我差點就要交出隨身碟，但我緊緊收著，壓抑我的擔憂與恐懼。

拖延時間。只要再過一會兒。「妳知道這根本沒有意義，」我說了謊。「帕諾斯已經把情報放在網路上了，每個人都可以免費取得。」

她鄙夷地哼了一聲。「我們知道創新資訊制止他那樣做。」

他有這個打算？而且……他們也制止了？

她用槍頂住我的腹部。這時她背後的窗戶被人用力打開。

「立茲！」警衛大吼。「你這瘋子！你想死嗎？因為我要把你勒——喂，這是怎樣？」

瑞格比對上我的眼神，接著丟下我匆忙離開轉角。我靠上牆邊，聽著警衛一邊咒罵一邊把身體伸出窗戶。「她剛才拿著槍嗎？他媽的，立茲！你在幹嘛？」

「救我自己一命。」我疲累地說，看著我的面向。「走嗎？」

「馬上。」J.C.說。

我們遠離大吼的警衛，往我的車子走去。我順手撿起我的槍，到了空地以後，也沒有發現瑞格比的蹤影。我爬進車內，叫威爾森開車。

然而上路以後，我沒有覺得比較安全。

「我不敢相信她居然那樣做。」艾薇說。「她居然在外面動手，也不知道我們是否握有她要的東西。」

「可能下指示要把我們捲進去，」J.C.說。「她是專家。如果沒有外部壓力的話，她才不會魯莽動手。她向上司報告說我們拿到什麼，接著就接獲奪取東西的指示。」

我點點頭，急切地深呼吸。

「托比亞斯，」艾薇接話。「就我們所知，卓越生技是怎樣的公司？」

「蔡烈的報告有基本資料。」托比亞斯說。「他們跟創新資訊一樣是生技公司，但是更……積極進取。公司在五年前創立後不久就發表了主要產品：幫助控制帕金森氏症的藥物。」

「可惜一年過後，一家競爭對手製造了效果更好的替代品，卓越生技的產品就滯銷了。這家公司有十位投資人，最大股東──史蒂芬模仿的那一位──擔任執行長與董事長。這些投資人眼睜睜看著手上公司賠錢。他們最新三個產品都不成功，而他們藉海外製造來控制成本的事情也正受到調查。用一句話來說，他們很絕望。」

我點點頭，因為托比亞斯的聲音冷靜下來。我把隨身碟插進筆電裡，並且用十倍速播放，然後放在腳墊上用眼角餘光看著畫面。在面向中觀察力數一數二的托比亞斯，傾身仔細察看。

坐在前座的威爾森和迪昂開始討論起後者的家庭生活。我終於緩和被人用槍口抵住的顫慄感，並且慢慢清除餘悸。威爾森開上了高速公路，他沒有要開往特定的地點，因為他知道我需要時間整理自己，再決定前往什麼地方。

迪昂從後照鏡望了我一眼。他發現我回望時滿臉通紅，接著縮在座位上，回答威爾森有關學校的問題。迪昂剛從高中畢業，準備在秋季進入大學就讀。迪昂很樂意回答威爾森的問題，畢竟威爾森是個和善的男僕。反正威爾森都能接受我了。比起我來，普通人更容易應對。

「這一定有不少趣事。」威爾森回應迪昂對最近競賽的解說。「現在請容我打擾，我應該問問立茲主人想去哪裡。」

「你之前不知道嗎？」迪昂困惑地問。「那車子要開往哪裡？」

「到處轉轉。」我說。「我需要時間思考。迪昂，你和哥哥、母親住在一起，對吧？」

「是啊。你知道希臘人的家庭……」

我皺了皺眉。「我也不一定懂。」

「我們生活緊密。」迪昂聳聳肩說。「自己搬出去……那個嘛，是行不通的。要命，我以為帕諾斯就算結了婚還會待在家裡，沒有人可以抵擋希臘家庭的向心力。」

帕諾斯屍體的金鑰很可能就在這家人的房子裡。無論如何，到帕諾斯家等於告訴瑞格比我們還在找東西，這可能會促使她暫時不與我們對峙。

「威爾森，接著就往那裡去吧。」我說。「我想找帕諾斯的家人談談。」

「我就是他的家人。」迪昂說。

「還有家裡的其他人。」我說，拿起手機撥起電話。「等我一下。」電話響了幾聲才被接起。

「唷，酷哥。」蔡烈說。

「蔡烈，我不覺得那還是句流行語。」

「酷哥，我會讓潮流捲土重來。」

「我不……你知道的，當我沒說。我確定我們的敵人是卓越生技了。」

「嗯，這真不巧，我本來希望是另外兩家公司之一。讓我換個地方跟你講話。」

「我本來以為他們不會在封鎖期間讓你接電話。」

「這很痛苦。」他說，我也聽見一聲關門的聲音。「但我爭取到一點自由，技術上來說我也沒被逮捕，只是被隔離了。政府官員讓我在這裡設立了行動辦公室，但在我們證明研究不會傳染人以前，沒有人可以進出。」

「至少你還能講電話。」

「只到一定程度。酷哥，這很痛苦。這樣我怎能上新專輯的通告啊？」

「隱世而居只會增加你身為名人的神祕感。」我說。「拜託你再跟我講些卓越生技的事情。」

「我知道的部分全在交給你的檔案裡了。」他解釋道。「這家公司……好吧，碰上這家公司不是好事。我有預感就是他們。我們有次抓到他們裝成來應徵的工程師，想滲入我們的公司。」

「蔡烈，他們僱了殺手。」

「你之前提到的那位嗎？」

「對啊。這個殺手在巷子裡埋伏並用槍劫持我。」

「該死。」

「我不會坐以待斃。」我說。「我會寄電子郵件給你指示。」

「指示？」蔡烈問。「要做什麼？」

「指示可以救我一命。」我邊說邊從托比亞斯那邊拿起筆電。「蔡烈，我不得不問你，這件案子你還隱瞞我什麼？」

電話的另一端陷入沉默。

「蔡烈……」

「我沒有殺了他。」蔡烈說。「我向你保證。」

「但你們監視他。」我說。「你們監控他的電腦，否則不可能這麼自然地取得他過去幾個月的記錄，還在我抵達公司的時候印好。」

「是啊。」蔡烈說。

「而他試著公開資訊。」我說。「他把計畫內容全部傳到網路上。」

坐在前座的迪昂轉過頭來看著我。

「有些工程師不喜歡我參與其中。」蔡烈說。「他們把這視為出賣。帕諾斯……這傢伙不認為事情有嚴重性。他把我們的研究結果公開給所有人，所以連恐怖份子都知道我們的研究。我不懂他們為何要公開機密文件跟原始碼。」

「你這樣讓我很難相信你，」我說。「很難相信你真的沒抹殺他。」

迪昂臉色一白。

「我不做那檔事。」蔡烈怒斥。「你知道謀殺案的調查會讓公司損失多少嗎？」

我真希望能相信他。某種程度上，我必須如此。否則，這件任務可能會以我的死亡收場。

「就照著電子郵件上寫的做。」我對蔡烈說，然後掛上電話。

我不理迪昂，一邊筆電螢幕上播放監視器畫面，一邊打電子郵件。奧黛莉站在我身後，看著我打字。

「你不應該脫下安全帶。」艾薇說。

「如果我們出車禍，我相信史蒂夫很樂意為我想像一些可怕的傷痕。」奧黛莉邊說邊指著我打的內容。「散布謠言，卓越生技的謠言？這會讓他們更加陷入窘境。」

「我就指望它了。」我說。

「這會讓他們更想要我們的命！」奧黛莉說。「你到底在計劃什麼？」

我沒有回應她，而是把指示內容打完並寄給蔡烈。「迪昂，」我盯著螢幕上的影片，一邊對迪昂說。「你家裡信仰很虔誠嗎？」

「我媽很虔誠。」他在前座說。「我是無神論者。」他偏執地說，像是在為自己的過去辯護。

「那帕諾斯呢？」

「無神論者。」迪昂說。「當然，我媽不肯接受這件事。」

「你們的家庭神父是誰？」

「法蘭戈斯神父。」他說。「為什麼問這個？」

「因為我認為昨晚有人冒充他，並且訪視了你哥哥的遺體。又或者，法蘭戈斯神父本身涉及盜取遺體。」

迪昂不屑地哼了一聲。「他差不多九十歲了吧。他虔誠到聽我媽提起我要繼承哥哥衣缽的時候，為我禁食祈禱了三十六個小時。三十六個小時。我覺得他要是有違背誡命的意思，就會當場死亡。」

這孩子看來已經不害怕我了。很好。

「問問他對哥哥的想法。」艾薇從後座對我說。

「看起來他喜歡他哥。」J.C.咕噥一聲。

「是嗎？」艾薇對他說。「這是你自己推斷的結果，對吧？史蒂夫，我想聽聽在蔡烈管道以外的人對帕諾斯的看法。讓這孩子說吧，拜託你了。」

「關於你哥哥，」我對迪昂說。「你看來真的不喜歡他工作的公司。」

「以前還沒有問題。」迪昂說。「但那是成立公司以前的事了。這就是謊言的開始，還有詐欺的行為。他們變成為了錢來工作。」

「不像其他工作。」奧黛莉說。「從來不會，也不曾牽扯到錢。」

「你哥繼續在那裡工作。」我不理奧黛莉的發言，直接對迪昂說。「所以他不會對創新資訊的改變心碎。我想，他想要一點現金。」

坐在座位上的迪昂轉過身來，眼神裡的怒火簡直可以煎蛋。「帕諾斯完全不在乎金錢，他只是為了公司的資源才留下來。」

「所以說……他需要創新資訊的器材。」我說。「延伸出來的東西，仍然是公司的錢。」

「是啊，好吧，這不是為了錢。我哥哥要做的是大事，他想要治療疾病。他完成了背叛初衷的同事也不知道的事。他——」迪昂停了下來，接著在座位上坐正，不願意回應進一步的刺探。

我望了望艾薇。

「他有嚴重的英雄崇拜。」她說。「我認為你要是繼續打聽，就會發現迪昂想要進修生物學，並踏上哥哥的腳步。不管是思想信條，還是言談舉止……我們都可以從弟弟身上好好了解身為哥哥的帕諾斯。」

「所以說，」J.C.說。「妳的意思是帕諾斯是個煩人的小王——」

「總之，」艾薇打斷他。「如果帕諾斯真的在進行加瓦斯等人也不知道的研究，那可能才是蔡烈真正想要拿回來的祕密。」

我點點頭。

「史蒂芬，」托比亞斯指著筆電螢幕說。「看看這個。」

我靠過去，接著倒轉監視器的錄像。托比亞斯、奧黛莉跟J.C.也擠了過來，全都無視艾薇對於我們不管安全帶的抱怨。小小的螢幕上播放著正常速度的影片，畫面上顯示有人離開醫療大樓的廁所。

是清潔工。她推著裝上輪子的大垃圾桶，到了法醫辦公室門前，接著打開門進去。

「這世界是沒人在乎保全狀況了嗎？」J.C.說。「看看那個警衛！他連看清潔婦一眼都沒有。」

我定格畫面。監視器的位置讓我們沒辦法好好看見清潔工的身形，就算我倒轉回去重新定格也是一樣。

「清潔工看起來身形嬌小。」托比亞斯說。「黑髮女性。我看不出其他特徵。其他人覺得呢？」

J.C.跟奧黛莉搖搖頭。我把畫面定格在警衛身上。這位警衛跟我們見到的那位不一樣，身形比較小的他坐在警衛室閱讀平裝版的小說。我倒轉畫面想找出清潔工進入大樓的位置，但她想必是從後面來的。我看見警衛按了個按鈕，可能是為了幫按鈴的人開了後門。

我們快轉畫面，看著清潔工離開法醫辦公室並走進大廳裡的每個房間。不管她是誰，她都知道不要破壞既有的模式。她快速地清了其他辦公室，接著拖著大垃圾桶消失在走廊上。

「這個垃圾桶足以藏起一具屍體。」J.C.說。「警衛不是說沒人進去過房間嗎！」

「清潔人員通常被視為『沒有人』，」托比亞斯觀察道。「而進入停屍間的門則會鎖著。麗莎說就算是警衛也沒法進去，所以清潔人員應該進不了停屍間，至少在沒有監視的情況下不會。」

「隨身碟裡有其他晚上的錄像能看嗎？」奧黛莉問。

「好主意。」我邊說邊搜尋到前兩晚的錄影。我們看了錄影，發現每個晚上的同一時間，都有一位清潔工進來做了相似的行為。但是他們帶來的垃圾桶小了很多，而且顯然不是同一人。真正的清潔工是女性沒錯，體格雖然類似，但是髮色淡了些。

「所以，」奧黛莉說。「他們先冒充神職人員，接著是清潔工。」

「這本來不可能發生的。」J.C.說。「保安協定應該防範這種事。」

「什麼程度的協定啊？」奧黛莉說。「J.C.，這不是保安嚴格的設施。你在這裡待了風平浪靜的一陣子，自然就會鬆懈。除此以外，搞鬼的人也有能力這樣做。不僅假造身分，還知道清潔工進出的時間。清潔工制服是一樣的，竊賊甚至清理了所有辦公室好讓人不會起疑。」

我重播竊賊的影像，思考這會不會是瑞格比本人。體格是符合的。奧黛莉之前說了什麼？人們的加密策略——或者是這件事上的保全設施——通常沒有意料中的那麼安全。如果警衛瞄了清潔工一眼，這一切就不會發生。但他沒有這樣做，而且他為什麼要這樣做？這些辦公室怎會有讓人想偷的東西呢？

只是存放著末日武器的屍體罷了。

車子終於開進住宅區，我壓住自己的呵欠。可惡。我本來希望在開車時可以擠出時間小睡一下。就算睡個三十分鐘也有好處，現在那個機會沒了。這段時間我回覆了蔡烈的回信，跟他說我正是要搞瘋卓越生技，也正知道自己在做什麼。我接著的指示似乎安定了他的心神。

我們開到一間古舊的郊區房子，這是間牧場式平房，前院有修剪平整的草坪，牆上攀附著藤蔓。有人細心打理的氛圍讓這棟簷板風格古老、窗戶窄小、缺乏自家車庫的房子，得以掩飾初建至今已數十年的事實。

「你不會傷害我的家人，對吧？」迪昂在前座發問。

「不會。」我說。「但我可能會讓你出糗。」

迪昂咕噥了一聲。

「把我介紹進去。」我推開門。「我們站在同一邊。我保證在我奪回你哥的遺體時，不會讓創新資訊對他做出任何惡毒的事。事實上，只要你想要，我會讓你親眼看著遺體火化，讓創新資訊不得染手。」

迪昂嘆了口氣，接著也從車子裡出來，走向房子。

14

「繼續監視。」我對J.C.說，與大家走向屋子。「我沒忘記瑞格比還在。」

「我們可能得呼叫支援。」J.C.說。

「更多救援突擊隊嗎？」艾薇問。

「時空突擊隊。」J.C.駁斥。「而且錯了，我們沒有跨時空的支援。我講的是真正的保鏢。如果瘦子僱一些保鏢來，我會覺得安全些。」

我搖搖頭。「很不幸的，沒時間了。」

「或許你那時該跟瑞格比據實以告。」托比亞斯慢跑跟上。「要是讓她認為我們有她所需的情報，難道就是明智之舉嗎？」

威爾森在我們背後把休旅車開走——我給他指示，要他在我們需要接送前繼續駕駛。我不想讓瑞格比做出訊問我家僕人的決定。不幸的是，如果她下了決心，車子開走也不足以保護威爾森。或許我那時就應該向瑞格比表示我們沒有她要的情報。然而直覺告訴我她對我發掘的資訊知道越少，我的情況會越好。我只是需要一個準備就緒的計畫來處理她。

迪昂領我們到屋子前，轉頭瞥了我一眼，接著嘆了口氣並推開了門。我打開門讓我的面向進去，最後才是我進屋。

屋子有股古老的氣息。這股氣息來自一再拋光的家具、久放的乾燥花，以及老舊壁爐上燒過的木柴。細心擺放在牆上跟平面上的雜物則給人新奇的怪異感——走廊上有一排裝在廉價相框裡的相片、門邊玻璃櫃裡裝著陶瓷貓、壁爐架上擺著一排色彩繽紛的蠟燭，顯露出信仰虔誠的氣息。這個房子看起來不像人住的地方，而是精心擺設出來的空間。這是個專屬於家庭生活的博物館，而他們在這之前已經累積滿滿的居住痕跡。

迪昂把外套掛在門邊。門邊只掛著那件外套，其他的外衣則整齊地放在開放式的衣櫥裡。他走上走廊呼叫他媽媽。

我四處徘徊，走進了客廳，客廳裡的地毯上又鋪了塊絨毯，還有張扶手老舊的安樂椅。我的面向散了開來。我走近壁爐，檢視牆上一具漂亮的玻璃十字架。

「這家是天主教嗎？」我注意到艾薇對這裡的敬重。

「很接近了。」她說。「他們是希臘東正教徒。這是君士坦丁大帝的象徵。」

「而且信仰虔誠。」我注意到這裡的蠟燭、畫像與十字架。

「也可能只是喜歡裝飾。」她說。「我們要找什麼？」

「解鎖密碼。」我邊說邊轉過身來。「奧黛莉，妳對密碼長什麼樣子有概念嗎？」

「它會是數位產品。」她說。「一次性密碼的金鑰長度就像它的資料一樣，這也是瑞格比追著隨身碟跑的原因。」

我看著客廳。客廳堆了這麼多東西，一只隨身碟可能藏在任何地方。托比亞斯、奧黛莉跟 J. C. 找了起來，艾薇則繼續站在我身旁。

「這是大海撈針嗎？」我輕聲問。

「有可能。」她說，雙手抱胸，用手指輕敲手臂。「讓我們看看家庭照吧，或許可以辨認出什麼來。」

我點點頭，走到連接著廚房的走廊上，也就是我注意到家庭照的地方。那裡有每個家庭成員的正式照片，總共四個排在一塊。父親的照片看起來有七十幾歲，大概孩子還沒長大就過世了。母親和迪昂的照片下方還各有一張聖人的畫像。

帕諾斯的照片下沒有聖人。「這是他放棄信仰的象徵嗎？」我指向空空如也的牆面。

「事情沒有那麼戲劇化。」艾薇說。「為希臘東正教徒進行土葬時，會放上耶穌或是主保聖人的畫像陪葬。由於要準備他的葬禮，畫像才被取下。」

我點點頭，再往裡頭尋找家庭互動的照片。我停在一張照片旁，那是帕諾斯不久前帶著微笑拍下來的。他提著一條魚，戴著太陽眼鏡的母親則在一旁抱住他。

「不管怎麼看，他都是一個開朗且友善的人。」艾薇說。「一個跟大學同學一塊成立公司的理想家。『如果成功了，』他前幾個月在論壇上寫過，『任何人在任何國家都能夠取得強大的電腦能力。他們的身體提供能量與儲存空間，甚至是處理資料的能力。』論壇上的其他人警告使用濕體（注）的危險性。帕諾斯與他們筆戰起來。他把這視為某種資訊革命，是人類的進步。」

「他的發文裡有沒有比較理性的內容？」

「這要問奧黛莉。」艾薇說。「我把注意力放在帕諾斯這個人身上。他是什麼樣的人？他會怎樣行事？」

「他在做研究。」我說。「迪昂不是提到嗎？是為了治療疾病。我敢賭他在研究因癌症恐慌而中止時，感到非常不滿。」

「蔡烈知道帕諾斯繼續研究，並且洩露機密。我很清楚，蔡烈本來在偷偷觀察帕諾斯，而他非常、非常擔心這一切。這意味著他擔心的危機，是遠勝過癌症恐慌的東西。這就是蔡烈拉你跳入火坑的原因，他也為此迫切希望你摧毀遺體。」

我慢慢點頭。「那麼帕諾斯這個人呢？妳對他跟金鑰有什麼猜測？」

「如果他用過金鑰的話，」艾薇說。「我認為他會交給家庭成員。」

「我同意。」我說的時候，迪昂終於走出後門，呼叫在後院的母親。

我一度擔心起瑞格比是否早一步來到這裡呢？但並非如此。我走進廚房，終於見到在門外修剪樹枝的母親。迪昂走出去找她。

我遲了一會兒，走向奧黛莉跟J.C.。

「所以，」奧黛莉這時正在和J.C.講話。「我們的未來有飛行車嗎？」

「我不是從妳的未來來的。」J.C.說。「我是從平行次元過來的，妳本來是在另一個次元。」

「那你的次元有飛行車嗎？」

「這是機密。」J.C.說。「目前我只能說，我的次元基本上跟這裡一樣——我實際存在的那個次元。」

「換句話說，那個次元遠遠比這裡糟糕。」

注：wetware，為一種生物系統。通常比喻人的腦和神經系統。

「女人，我真該開槍打妳。」

「試試看啊。」

我插入他們中間，但J.C.還是發出牢騷。「別惹火我。」他對奧黛莉低吼。

「不，我說真的。」奧黛莉說。「開槍打我，動手啊。然後因為我們都是想像出來的人物，什麼事也不會發生，那時你就必須承認事實：事實就是你是個瘋子，就算你是個神經病虛構出來的人物也一樣。事實就是他把你想像成資訊的儲藏空間。事實就是你跟隨身碟無異，J.C.。」

J.C.怒目瞪視奧黛莉，接著低著頭走開。

「然後，」奧黛莉對他大叫。「你——」

我抓住她的手臂。「夠了。」

「史蒂夫，總有人得給他點教訓。」她說。「我們不能讓你一部分的大腦不受控制，不是嗎？」

「那妳自己呢？」

「我不一樣。」她說。

「是嗎？如果我不去想像妳的話，妳也沒問題嗎？」

「你不知道該怎麼做。」她不高興地說。

「我很肯定J.C.要是真的開槍打你，我的腦袋會補充相應的後續。奧黛莉，妳會死，所以妳要注意自己在要求什麼。」

她眼神轉向一旁，接著在原地躊躇了一會兒。「所以……呃……你本來要做什麼？」

「妳是我現在手上最接近資料分析師的一位。」我說。「想想蔡烈給我們的資料，想想帕諾斯電腦裡的電子郵件、論壇文章以及個人資訊，我要知道沒有說的東西。」

「什麼沒有說的東西？」

「藏在背後的訊息，奧黛莉。自相矛盾的地方或任何線索。我需要知道他真正投入的研究是什麼──他的祕密計畫。他很可能在網路上提示什麼。」

「好吧……我會想想。」她已經從專精的領域──筆跡研究──轉到更寬廣的地方。希望這是情勢所趨的開始。我快沒有思考空間給這些面向了，現在我越來越難掌握他們，管理他們，或是一次想像他們全部。我懷疑奧黛莉堅持參與這次任務的原因──我的內心深處，有某部分知道自己需要讓面向多學其他技能。

她雙眼專注地看著我。「事實上，在我思考的現在，就有些東西可以告訴你，是有關病毒的事情。」

「病毒怎麼了？」

「帕諾斯花了很多時間在免疫學論壇上。他在上面討論疾病，與研究細菌跟病毒的人士討論非常技術性的問題。他講的東西沒什麼創新，但如果橫觀全貌──」

「他有接合微生物基因的經歷。」我說。「他上那些論壇也很合理。」

「但是加瓦斯說他們已經放棄用病毒傳遞資料的途徑。」奧黛莉說。「然而，帕諾斯在創新資訊放棄計畫的這一部分時，在論壇多發了好幾篇這個主題的貼文。」她看著我，接著露齒而笑。「我想通這個了。」

「很好。」

「好吧，我的意思是，我想是你想通了。」她雙手抱胸。「身為幻想出來的人物，讓我很難感受到讚賞的實感。」

「只要想像受到讚賞的感覺就可以了。」我說。「妳是幻想出來的人物，想像讚美應該對妳有效。」

「但如果我是幻想人物，又在幻想什麼東西，就是兩倍的不真實，就像用影印機拷貝已經是副本的東西一樣。」

「事實上，」托比亞斯漫步過來。「幻想這些讚美的人，理論上會是幻想的創始者，所以並不會發生妳所說的重疊。」

「這不是那樣運作的。」奧黛莉說。「相信我，我可是身為幻想人物的專家。」

「但是……如果我們都是面向……」

「是啊，但我比你更加深陷幻想之中。」奧黛莉說。「或者該說，更不如此。畢竟我知道全貌。」她對托比亞斯露齒而笑，一臉得意地看著他撫摸下巴，試著思索這其中的意義。

「妳瘋了。」我看著奧黛莉輕聲說。

「啊？」

這個念頭揮之不去。奧黛莉瘋了。

我的每一個面向都是如此。我不再注意到托比亞斯的精神分裂症狀，任艾薇的密集恐懼症發作，但是瘋狂仍然潛伏其中。每個面向都有自己的瘋狂，不管這種瘋狂是對微生物的恐懼、對科技的恐懼或是妄想症。在這之前，我沒有發現奧黛莉的瘋狂是什麼。

「妳認為妳是幻想出來的人物。」我對她說。

「但這不是因為妳確實是幻想人物，而是因為精神偏差讓妳認為自己是幻想人物。妳就算是真人，也會這樣思考。」

「嗯啊。」

我之前難以發現這一點。我有許多面向接受他們不是真人的狀況，但也有少數幾人與之對峙。就算艾薇沒有輕易接受這個事實，但奧黛莉以此為傲，為此得意。這是因為在她的思考中，她是個發瘋的真人，所以才認為自己沒有真實存在。我本來認為她有自知之明，但這完全不是一回事。她跟其他人一樣瘋狂，只是她的瘋狂與現實並行罷了。

她瞄了我一眼，接著聳聳肩，然後馬上試著轉移話題，向托比亞斯問起天氣來，而托比亞斯也理所當然地引用他那位住在遠端衛星上的幻覺發言。我搖搖頭，然後轉身過去。

我發現迪昂站在門口，臉上露出顯然不舒服的表情。他看見多少了？他看著我的眼神，就像是看見不停狂吼的狗恢復冷靜一樣。整個交流過程中，我就是個四處跺步、自言自語的瘋子。

不，我不是瘋子。我掌控著自己的心智。

或許這才是我真正瘋狂的地方，我居然認為自己控制得住。

「你找到你媽了嗎？」我問。

「就在後院。」迪昂邊說邊用拇指比了比背後。

「讓我們過去跟她談談。」我一邊說，一邊掠過他身旁。

15

我在門外找到坐在階梯上的艾薇與J. C.。J. C.雙手低垂、一手持槍，盯著走過地面的金龜子，艾薇則在按摩他的背部。現在不是和他說話的好時機。

我和奧黛莉與托比亞斯踏過悉心照料的草皮。瑪樹拉斯太太結束了修樹枝的工作，開始檢視她的蕃茄，清除上面的蟲與草。

我接近她的時候，她沒有抬起頭來。「史蒂芬·立茲。」她說。聲音帶有沉穩的希臘腔。

「我聽說你很有名。」

「只是在八卦圈裡罷了。」我邊說邊蹲下來。「這些蕃茄看來很不錯，長得很好。」

「我先是在室內種起來。」她邊說邊舉起一顆肥滿的綠色果實。「蕃茄最好在晚霜後種下，但我忍不住提早開始。」

我等艾薇提示該說什麼，但她仍坐在階梯上。蠢蛋，我自顧自地想。「所以……妳很喜歡園藝囉？」

瑪樹拉斯太太抬頭對上我的雙眼。「立茲先生，我欣賞人們做出決策並且行動，而不會試著拿自己顯然沒有興趣的東西當話題。」

「有部分的我對園藝很有興趣。」我說。「我只是沒帶他們來。」

她注視著我，等我說話。

我嘆了口氣。「瑪榭拉斯太太，妳對妳兒子的研究了解多少？」

「幾乎沒有。」她說。「那是個嚇死人的工作。」

我皺了皺眉頭。

「我媽認為工作讓我哥遠離教會。」迪昂在我背後說，一腳踢在土堆上。「她認為科學跟疑問都是如此。老天最好會幫人思考。」

「迪昂。」她說。「別亂說話。」

他雙手抱胸，用不屈服的眼神對上母親的注視。

「你幫僱用我兒子的人工作。」瑪榭拉斯太太看著我說。

「我只想在任何危險發生之前，」我說。「找到他的遺體。妳可以告訴我有關妳家神父的事情嗎？」

「法蘭戈斯神父？」她問。「你有什麼需要了解他的理由嗎？」

「他是最後看見遺體的人。」我說。「他在妳兒子遺體失竊的前一個晚上，拜訪了法醫。」

「別傻了。」瑪榭拉斯太太說。「這與他無關——他人在這裡。我要求他幫我進行家庭祝禱，他也來了。」

一旁的托比亞斯跟奧黛莉互看了一眼。所以我們有證人證明法蘭戈斯神父沒有探視遺體，證明有人冒充了他。但這個情報對我們有什麼好處？

「帕諾斯在去世之前有給妳什麼東西嗎？」我問她。

「沒有。」

「他可能給妳一些普通東西。」我說。「妳確定嗎？妳想不到任何可能嗎？」

她轉頭繼續處理菜園。「沒有。」

「他過去幾個月來有特別跟誰在一起嗎？」

「只有那間嚇死人的實驗室。」

我跪在她身旁。「瑪榭拉斯太太。」我輕聲說。「妳兒子的研究讓大家的性命陷入危險，許多人的性命。如果妳隱瞞什麼，很可能會造成國家等級的災難。妳不用交給我，可以交給警方——或者最好是調查局的人——也沒問題。拜託，不要拿這當賭注。」

她瞥了我一眼，噘起嘴巴，接著她面露峻色。「我沒有東西可以給你。」

我嘆了口氣並站起身來。「謝謝。」我從她身邊走開，往門口走去，J.C.在艾薇的鼓勵下重新燃起活力。

「所以？」他問我。

「碰了釘子。」我說。「如果帕諾斯將金鑰交給她，她也不會跟我說。」

「我們來這裡是個錯誤。」J.C.說。「這讓我們分心，沒辦法做該做的事。」

我瞥了瑪榭拉斯太太一眼，手裡拿著小鏟子的她也凝視著我。

「瘦子，承認吧。」J.C.繼續說。「如果我們不快點行事，全世界都會得到癌症。」他頓了一下。「告，我說這句話的時候像個白癡。」

「……告？」

「這是未來的髒話。」

「為什麼聽起來這麼像……」

「未來的髒話當然聽起來像是這個世界的髒話。」J.C.翻了翻白眼。「但他們不一樣，所以就算有人對髒話大驚小怪，我還是可以說。」他用拇指比了比坐在他身旁的艾薇。

「等等。」艾薇說。「我以為你是從另一個次元來的，而不是從未來來的。」

「胡說。我本來就是從未來來的。」

「本來什麼時候？」

「兩天之前。」J.C.說。「瘦子，你聽著，我得再重說一次嗎？你知道我們下一步該怎麼做。」

我嘆了口氣，接著點頭。「沒錯。該是時候闖進卓越生技了。」

16

「你確定要這樣做嗎？」艾薇匆忙跟上走出房子的我。

「艾薇，這是我們最好的出路。」J.C.說。「我們沒時間調查新線索。卓越生技帶走了遺體。我們必須找出遺體的位置，然後把它偷回來。」

我點頭。「帕諾斯的金鑰可能在任何地方，但如果我們摧毀遺體，金鑰就不重要了。」我拿起手機，發現自己漏接了蔡烈的一通電話。我點頭讓J.C.注意四周，同時發簡訊要威爾森來接送，接著撥電話給蔡烈。

蔡烈接起電話。

「嗨，」我說。「我——」

「我時間不多。」蔡烈蒙住話筒說。「這可糟了，軍團先生。非常糟。」

我感到一股寒意。「發生什麼事了？」

「帕諾斯，」蔡烈倉促地說，急著說話的他口音變得更重。「他放出了東西。該死。那是——」

他話說到一半就停了下來。

「蔡烈？」我說。艾薇跟托比亞斯擠了過來，想要聽到電話裡說了什麼。「蔡烈！」

電話另一端發出雜音，接著是磨擦聲。「我被逮捕了。」蔡烈過了一會兒才說。「資訊完全封鎖。他們要拿走我的手機。」

「我們不知道。政府官員在他電腦裡誤觸一個隱藏檔案。這個檔案把整台該死東西的資料都刪除了，然後螢幕跳出嘲笑我們的畫面，說是他已經把病原體傳出去。他們嚇壞了，除此以外我什麼都不知道。」

「那我要你做的事呢？」

「有些完成了，其他的則在進行中，不知道我有沒有辦法完成。」

「蔡烈，我的性命就靠這些事是否——」

「我們的生命都有危險。」蔡烈喝斥道。「你沒聽清楚嗎？這是場災難。他們就在這裡。你要找到遺體。找出他幹了什麼好事！」

電話另一端又發出沙沙聲，接著掛斷。我直覺認為蔡烈沒有掛斷——而是有人拿走了電話。政府官員現在應該知道我參與其中了。

我放下手機看著面向們，威爾森這時也把車開了過來。迪昂跟在我們身後出了門，雙手放在口袋裡，看起來很焦慮。

「我們必須行動。」J.C.檢查周圍以後就趕了回來。「瑞格比隨時都會現身。」

「如果她出現了，」我說。「瑪榭拉斯太太就陷入危險了。我很意外瑞格比沒有先到一步——就算不是她，也是卓越生技的走狗。」我皺眉。「我覺得我們遲了一步。我不喜歡這種感覺。」

我不理會等著我們的車子，也沒注意到迪昂往我們這裡走來。我反而閉上眼睛。「托比亞斯。」我輕聲說。

「你注意到這裡的美麗風景嗎？」托比亞斯說。「那些是球根秋海棠，這種花不好培育，在這一帶更不容易。它們需要很多日照，但不能直射，也對寒害非常敏感。啊，我記得這種花有個故事……」

他繼續說。其他面向也在我們思考時全都沉默下來。我覺得我漏掉什麼，所以止步不前。我們本來該注意到這東西，但它是什麼？

「瑞格比。」J.C.突然打斷我們的思考。「她的埋伏。」

「人們的安全程度，」我輕聲說，打開了眼睛。「遠比他們的安全措施還來得弱。」我摸摸自己的肩膀，瑞格比那時就是抓住這裡把我拉開建築，接著我摸到我的領口。

我摸到金屬的質感。

「要命哦！」J.C.說。

瑞格比在竊聽我。這就是小巷裡那場攻擊的成因。她看似魯莽的舉動其實是裝出來的。我在J.C.向其他面向解釋時加快思考。我大聲說了什麼？瑞格比知道了什麼？

她已經聽到我打算闖入卓越生技。但是我寄給蔡烈的指示呢？她知道那部分嗎？

我全身狂冒冷汗，開始回想自己的記憶。不，我只在電子郵件裡寫下訊息，但她知道我跟瑪榭拉斯太太說過話。她知道我的調查卡在死胡同裡。

「我是個蠢蛋。」J.C.說。「我以為我們在晚餐後就把你清乾淨了，卻沒有在物理接觸到殺手時處理好。」

「她把意圖隱藏得很好。」奧黛莉說。「偽裝成奪取隨身碟的瘋狂行動。」

「至少我們不太需要擔心她跑去傷害瑪榭拉斯太太。」

大概吧。我盯著我的手機。我們怎會漏掉這點？

「史蒂芬，冷靜下來。」托比亞斯一手放在我的肩膀。「人人都會犯錯，你也一樣。我們可以利用這次錯誤——殺手在監聽我們，但是她不知道你知道這件事。我們可以操弄她。」

我點點頭，深吸了一口氣。瑞格比知道我們打算滲透卓越生技的計畫，這代表我不能下手。我需要一些新的想法，更好的想法。

這代表我要依靠我跟蔡烈發動的計謀。我要搞瘋卓越生技的股東，接著玩起把戲。為什麼最近的任務都是這種走向呢？我看向我的面向，接著做出決定，撥出手機上的一個號碼。

電話被接起來了。「噢，親愛的。」一個煽情的聲音從電話另一頭傳來。「我正希望你今天打給我呢。」

「碧安卡。」我說。

托比亞斯呻吟起來。「偏偏是她啊。」

我不理他。「我需要情報。」我對電話線上的女人說。

「當然，甜心。」她說。她是如何發出那種呼嚕聲的？我不認為她用了變聲器。「那麼，找個晚上……再約會呢？我可以跟你說設局的人是誰。」

「跟這個無關。」我說。「有家叫作創新資訊的公司，他們與對手卓越生技之間發生了些事情。我認為他們可能釋放了致命的病毒，妳知道些什麼嗎？」

「嗯……我可以看看。」碧安卡說。「大概會花點時間。」

「只要能找到任何跟卓越生技有關的情報，我都會衷心感謝妳。」我說。

「沒問題。」她說。「還有親愛的，下次你想要約會，為何不給我通電話呢？沒有被考慮進去讓我很受傷。」

「說得像是妳會出現一樣。」我說。三年了，我從沒有面對面見過碧安卡。

「我至少會考慮看看。」她說。「現在，你得給我一些可以送給報社的內幕。你的約會如何？」

「幫我找到卓越生技的情報。」我說。「然後再做交易。」我掛斷電話，轉頭看到迪昂跟我走上人行道上，一臉困惑的樣子。

「你打算找到什麼？」迪昂問。

「沒什麼。」我回答，這次意識到瑞格比聽得見所有內容。「碧安卡是個糟糕的情報販子。

我沒有從她那裡得到一丁點有用的情報，而我打電話給她以後，在電話裡所說的東西沒幾分鐘就會出現在網路上。」

「但是——」

我打給另一個情報販子，並開口說出類似的話，但是更加周全、更有條理，接著又找上一位。沒幾分鐘後，我就能肯定卓越生技牽涉到大型公共安全漏洞的訊息，都會傳到關切公司的所有人身上。隨著創新資訊接受調查，我也涉入其中，我的以訛傳訛就會給媒體炒作起來。

「史蒂夫，你會把他們逼到絕境。」艾薇說，威爾森也把車子開來了。「瑞格比的雇主已經陷入絕望，他們再受到打擊就會發瘋的。」

「你希望他們專心控管媒體傷害而放過你嗎？」J. C.問。「這不聰明。老虎被人鞭打可不會分心，而是會變得更生氣。」

我不能解釋，至少在瑞格比聽見的情況下不行。我拿出筆記本，潦草寫下給威爾森的指示，希望面向們能夠看見並且理解我的意思。

意外的是，奧黛莉搶先看到一眼。她笑了出來。「哦……」

「很危險。」艾薇雙手抱胸。「非常危險。」

威爾森搖下乘客座的車窗。「立茲主人？」

我寫完東西就靠向窗戶，把紙條遞給他。「這是指示。」我說。「威爾森，我要你留在這裡看好瑪榭拉斯太太，我擔心殺手可能會找到她。事實上，你大概要帶她到附近的警察局。」

「但這樣誰來開車？」

「我自己來。」我說。

威爾森一臉不置信的樣子。

「有趣。」奧黛莉做出評論。「他相信你能拯救世界，卻不認為你會吃飯或是開車。」

我給威爾森一個安心的笑容。他看著指示，接著帶著擔憂的目光回望我。

「麻煩你了。」我對他說。

威爾森嘆了口氣，然後點了點頭，接著從車裡出來。

「你要來嗎？」我對迪昂說，同時打開休旅車的側門讓面向上車。

「你說人們可能陷入危險。」迪昂說。

「的確是。」我回答，並在奧黛莉上車後關上門。「你哥哥釋放出來的東西可能賠上數百萬人的性命。」

「他說他的研究並不危險。」迪昂固執地說。

該死，這孩子不肯幫我。是不是他拿到金鑰了？不巧的是，我不希望他說話讓瑞格比聽到。然而無論如何，我需要他陪在我身旁。我把威爾森派去做事了，我可能需要真正的雙手幫忙。

我坐上駕駛座，迪昂則坐上前座的乘客席。「帕諾斯沒有做錯事。」

「那他究竟做了什麼？」我順著問。如果我不刺探實情，瑞格比就會起疑。

「某種東西。」迪昂說。

「解釋得真好。」

「他不會告訴我。我甚至認為他實際完成了研究，但是研究並不危險。」

我說到一半住口，轉頭看著J.C.的手機響起。他的手機鈴聲是〈美哉美國〉。我搖搖頭把車開走，留下在人行道上目瞪口呆的威爾森，一邊聽著J.C.接起電話。

「唷，阿克曼。」他說。「對，他在我這邊。視訊嗎？沒問題。嘿，妳要再幫我們做那道中國菜嗎？」

「那是印度菜。」卡利安妮的聲音從擴音器傳來。「你怎麼以為那是中國菜？」

「有米嘛，不是嗎？」J.C.邊說邊跪在駕駛座與乘客席之間，接著把手機遞給我。

「椰漿米，還有咖哩，還有……當我沒說。史蒂夫先生？」

「怎樣？」我瞥向手機。卡利安妮開心地揮手，穿著簡單的T恤跟牛仔褲。她的眉點像是眉毛間一支小小的黑色箭頭，而不是傳統的紅點。我以後會問問這有什麼意義。

「我們討論了一下。」卡利安妮說。「奧諾想要跟你說說。」她把手機轉向拘謹矮小的法國人。他靠了過來，對著螢幕眨眨眼。我一邊看著他，一邊注意著路況。

「先生。」奧諾說。「我與克里夫和袁美談過。我們三位在就學時期曾接受高階化學與生物學課程。我們沒辦法深入研究，因為……好吧，你知道的。」

「我知道。」依格納西歐，他的死亡讓我失去大量的化學知識。

「不過，」奧諾說。「我們給自己灌輸了大量的情報。袁美很堅持她的觀點，而我們最後也同意了。我們共同認可的業餘意見是，創新資訊和叫作蔡烈的人對你說謊。」

「哪方面沒有說實話？」

「有關病毒傳遞資訊進入身體的方式。」奧諾說。「先生，帕諾斯有許多資源——進展也過於順利——可以投入他認為還是「祕密」，卻被中止的計畫。無論他們跟你講什麼，他們都在循線調查。除此以外，我們不認為這個癌症威脅跟當初所想的一樣有危險。噢，這個研究在理論上可以導向這個結果，但是我們取得的筆記顯示，創新資訊還沒達到目標。」

「所以他們沒有打算跟我說真正的危機是什麼。」我說。「不管那是什麼，總之是帕諾斯抽取出來的無名細菌或病毒。」

「危機是什麼就由你煩惱了。」奧諾說。「我們是科學家。我們想講的是，我們所知的內容遠不及事實的層面那麼高。」

「謝謝你。」我說。「我懷疑過這點，但是證實它也很有幫助。還有別的東西要講嗎？」

「還有一項。」卡利安妮拿回手機並轉向她微笑的臉。「我要介紹我的丈夫，拉胡爾。」一個圓臉、蓄著鬍子的臉走進鏡頭，接著對我揮手。

我心裡一寒。

「我說過他是個很好的攝影師。」卡利安妮說。「但你不需要他在這方面的幫忙。他是非常聰明的男人。他什麼都會做，也很懂電腦。」

「我看得見他。」我說。「為什麼我看得見他？」

「他加入我們了！」卡利安妮興奮地說。「這不是很棒嗎！」

「很高興認識你，史蒂芬先生。」拉胡爾用悠揚的印度腔招呼。「我會幫上忙的，我可以向你保證。」

「我……」我吞了吞口水。「你……怎會……？」

「這不妙。」艾薇在後座說道。「你曾經無意中製造過任何面向嗎？」

「早就不會了。」我低聲說。「我也沒有研究新的領域。」

「老兄，」奧黛莉說。「卡利安妮都有老公了，我卻連養隻沙鼠都不行？太不公平了。」

我立刻停下車來，突然的轉向讓旁車對我鳴起喇叭，但我置之不理。等我們慢慢停下來，我從J.C.手中搶走手機並瞪著新的面向。這是我的幻覺第一次帶我見家人。這看來是個非常危險的先例，是另一個顯示我失去控制的前兆。

我掛上電話，讓他們的笑臉消失不見，接著越過肩膀把手機還給J.C.。我冒出冷汗，把車開出來，另一輛車也對我鳴了一聲喇叭。我下了交流道，往城裡開。

「你還好嗎？」迪昂問。

「很好！」我喝斥。

我得找地方去，找地方思考。一個看起來自然的地方，但我在哪裡可以停車拖延時間，好在等待我的計畫進行的同時不受瑞格比懷疑？我開向一家二十四小時營業的餐廳。「只是需要吃點東西。」我說了謊。這會奏效，對吧？拯救世界的男人也是要吃飯的。

迪昂瞄了我一眼。「你確定你要——」

「是的。我只要吃個蛋捲就好。」

17

我幫我的面向們打開門，接著跟著他們走進去。餐廳充滿了咖啡香，並坐滿了吃早午餐的客人，這對我正好。瑞格比不太可能在這麼多目擊者眼前嘗試任何事情。我花了點心力才讓服務生給我們六人座的桌子，我撒謊說還有人要來。最後我們坐下來，迪昂坐在我對面，兩邊各坐著兩個面向。

我拿起菜單。菜單一角的糖漿粘到我的手指，但是我沒有在看。我實際上在撫平我的呼吸。珊德菈沒有教我這回事。在沒有研究的情況下，面向的家人居然會突然出現？

「你是個瘋子。」對面有個聲音低聲說。「就是……真正的瘋子。」

我放下菜單——然後終於發現——我把菜單倒著看。迪昂沒碰他的菜單。

「不，我不是瘋子。」我說。「我會告訴你，我可能有點失去理智，但是我不是瘋子。」

「失去理智跟瘋狂是一樣的東西。」

「從你的角度來說或許是如此，」我說。「可是我的見解不同——但就算你用的字眼適用在我身上，這個字眼也適用在你身上。我活得越久，越能了解每個人都有自己神經敏感的地方。我控制了我的精神症狀。那你呢？」

艾薇坐在我身旁，對於我用「控制」這個字眼不以為然地哼了一聲。

迪昂思考這個問題，靠向他的椅子。「他們說我哥哥做了什麼？」

「他宣稱自己放出了病毒或細菌之類的東西。」

「他不會這樣做。」迪昂立刻說。「他想要幫助人。其他人才危險，那些人想要製造武器。」

「他對你這樣說嗎？」

「好吧，沒有。」迪昂承認。「但是我的意思是，如果不是這樣，他們為什麼試著強迫他放棄他的計畫呢？為什麼他們要緊密監視他？你應該調查他們，而不是我哥哥。他們才握有危險的祕密。」

「自作聰明、天真無邪的自由青少年。」J.C.在我右邊說，看著他的菜單。「我要一分熟的牛排跟半熟蛋。」

我心不在焉地點頭，聽著其他人點餐。服務生看著我點了五份餐點，至少不會有理由抱怨我們佔走太多位子。我心裡多少希望在我想像面向用完餐後，他們會把餐點送給別人。

我把注意力轉回菜單，然後發現我並不怎麼餓。我還是跟服務生點了蛋捲，迪昂則挖起口袋，執意不要讓我為他付帳。他最後找出幾張揉爛的帳單，然後點了個早餐捲餅。

我繼續等著手機的響聲，這個響聲代表威爾森照著我的指示做。手機沒有發出聲音，讓我覺得非常焦慮；我用餐巾擦掉從太陽穴流下的汗，我的面向試圖讓我放鬆，托比亞斯講起煎鬆餅做為食物的由來，艾薇則專心聽他講話，裝成非常有興趣的樣子。

「那是什麼？」我對迪昂點點頭然後問道。他手上拿著一小張從揉爛帳單裡取出的紙條。

他的臉馬上漲紅起來，想要把紙條折起來。

我抓住他的手，反應速度出乎意料的快。坐在一旁的J.C.一臉讚賞地點著頭。

「沒什麼。」迪昂反駁，打開他的手。「好。拿去啊，笨蛋。」

我突然覺得自己很蠢。帕諾斯的資料金鑰不會是一張小紙條，而會是一支隨身碟或其他電子儲存裝置。我縮回手，讀起那張紙：厄上4：41。

「媽在收衣服時放進我口袋的。」迪昂說。「提醒我不要放棄信仰。」

我給其他面向看著這張紙條，皺了皺眉。「我認不出這部經書。」

「《厄斯德拉紀上（注）》。」艾薇說。「這是東正教聖經裡的內容——是大多數支派不會使用的偽經。沒有資料的話，我不知道確切的經句。」

我用手機查了一下。「真理偉大，」我讀著。「其力勝於一切。」

迪昂聳聳肩。「這句話我同意。就算媽不認為真理是……」

我用手指輕敲桌面。我覺得我接近了什麼。是答案嗎，或者是該問的問題？「你哥哥有個資料金鑰，」我說。「這金鑰可以解碼他體內的資訊。你認為他會把金鑰交給你母親嗎？」

艾薇細心看著迪昂，等著他對於金鑰的反應。我看不出他有任何反應，艾薇也搖搖頭。如果我們知道金鑰的事情令他驚訝，他也藏得很好。

「資料金鑰？」迪昂問。「那像是什麼東西？」

「一支隨身碟或是類似的東西。」

注：同一名稱的經書在天主教與基督教分別為《厄斯德拉紀上》與《以斯拉記》，但與希臘東正教的經書內容不同。在這邊採取接近希臘文的天主教音譯。

「我不認為他會把那樣的東西交給媽。」迪昂說，我們的餐點也來了。「她討厭科技，以及所有有關的東西。如果她認為那東西來自創新資訊的話，她會更加厭惡。如果我哥把那樣的東西交給她，她只會毀掉那東西。」

「她冷淡地接待我。」

「你在期待什麼？僱用你的公司讓她的兒子背離神。」迪昂搖搖頭。「我媽是個好人——她為人實在、值得尊敬，是來自舊世界的支柱，但是她不信任科技。對她而言，工作是要親手而為才算數，而不是盯著電腦螢幕發愣。」他眼神偏向一旁。「我認為帕諾斯做了某件事，向她證明了什麼，你懂嗎？」

「把人當作大型儲存裝置算嗎？」我問。

迪昂臉紅了起來。「這只是計畫的一部分，他得做這個才能做他想做的研究。」

「而他的研究是？」

「我……」

「沒錯。」艾薇說。「他知道些什麼。老兄，這孩子不擅長說謊。史蒂夫，掌握主導權，逼他說話。」

「最好跟我說。」我說。「迪昂，有人得知道這件事。你不知道能不能相信我，但你必須找人說說。你哥本來打算做什麼？」

「疾病。」迪昂看著他的捲餅。「他想要治療疾病。」

「什麼樣的疾病？」

「所有疾病。」

「很高尚的目標。」

「是啊，帕諾斯跟我都這樣想。治療本身不是他的工作，他認為傳遞途徑才是他要處理的。」

「傳遞途徑？」我皺著眉問他。「疾病的傳遞途徑。」

「不，是治療的。」

「啊……」托比亞斯點點頭，啜飲他的咖啡。

「想想看，」迪昂邊說邊做出手勢示意。「疾病的感染機制很神奇。想像一下，如果我們能夠設計一個能快速傳播的病毒，但不是傳染疾病，而是讓人們免疫其他疾病呢？只要得一個小感冒，就不會得到天花、愛滋病、小兒麻痺……那為什麼還要花上數十億投資在免疫工作的傳播上呢？只要我們破解這個模式，大自然可以幫我們完成一切。」

「這聽起來……挺驚人的。」我說。

「驚人的恐怖。」J.C.拿著刀指向迪昂。「聽起來像是用一隻斯馬夸克對付維克蘇斯一樣。」

「一隻什麼？」艾薇嘆了口氣問道。

「機密。」J.C.說。「告，這牛排好好吃。」他繼續大快朵頤。

「是啊。好吧，」迪昂說。「你知道嗎？我本來想要幫他的忙。上大學，再跟他開一家新的生技公司。我想這夢想不可能實現了。」他用力戳自己的食物。「但你知道嗎？每天他回來的時候，媽都會問他『你今天有做好事嗎？』然後他會報以微笑。就算我媽看不到，他也知道自己在做重要的事情。」

「我想，」我說。「他讓你母親感到自豪的程度勝過她的表現。」

「是啊，或許吧。我媽不像她有時表現得那麼差。我們還小的時候，她幹了許多長時間的粗活，在爸死了以後養活我們。我不該抱怨的，但是……你知道的，她認為自己知道每一件事。」

「而不像普通青少年。」奧黛莉對著迪昂微微一笑。

我點點頭，玩弄著我的食物並看著迪昂。「迪昂，你哥有給你金鑰嗎？」我直截了當地問。

他搖搖頭。

「他沒有金鑰。」艾薇說。「就我的專業眼光來說，他在我們面前無法隱瞞這點。」

「你應該做的，」迪昂邊說邊繼續吃著他的捲餅。「去找些怪異的裝置之類的東西。」

「裝置？」

「當然。」迪昂說。「他必須製作這個裝置來藏住金鑰，你懂嗎？創客的玩意，你懂嗎？他老是把LED燈貼到各種東西上面，還製作自己的名牌之類的東西。我賭他會用這種方法藏住金鑰：你撿起一顆馬鈴薯，接著打翻一塊錢，然後上百隻鴿子飛上天去，最後金鑰就掉到你手上。大概像這樣吧。」

我望向我的面向，他們一臉狐疑，但是這或許有些頭緒。那並不像迪昂所形容的裝置，而是他形容的過程。假設帕諾斯設計了某種安全機制，讓他要是去世就揭露真相——這個機制因為某些因素還沒被人觸發。

我強迫自己吃一點蛋捲，但只是用來交代威爾森必定提出的疑問。不幸的是，一直到我們吃完飯，手機都沒有發出聲響。我盡量拖延時間，但最後覺得要是再待久一點，瑞格比就會起疑。

我帶頭走回休旅車，接著幫我的面向們開門，再坐到駕駛座。我剛坐下來計劃下一步，就感覺到冰冷的槍管金屬抵在我的頸後。

18

迪昂一時不察就坐上了乘客席。他看見我，呆愣了一下直到臉色發白。我瞥向後照鏡裡蹲坐在我座位背後的瑞格比，她的槍抵著我的頭。

該死。所以她不如我所希望的一樣，並不願意等待。我的手機沉沉地在我口袋裡。威爾森怎麼這麼久？

「麻煩你坐到後面來，立茲先生。」瑞格比輕聲說。「瑪榭拉斯家的年輕人，留在原位。我想我不必警告你們我多想訴諸暴力吧？」

我冒著冷汗，注意到後照鏡裡的J.C.漲紅了臉。他坐在瑞格比先前蹲坐過的地方，但直到現在才看見她。我們兩次掉入她的圈套，J.C.卻束手無策。她這方面的技術遠比我高超。

J.C.掏出槍來，但是於事無補，只能點頭教我照瑞格比的話做。如果要牽制她的話，坐到後座對我比較有利。

她坐到最後座裡——把艾薇與奧黛莉擠到一旁——我移動時，她的槍也沒從我身上移開。

「你的武器。」她說。

我拿開武器，就像在巷子裡做的一樣，接著放前方的地板上。我為什麼要帶這該死的東西？

「接著是手機。」

我遞給她。

「找到竊聽器算你厲害。」她對著我說。「立茲先生，我們接著一塊溜達一下，然後更進一步討論這些事情。至於瑪榭拉斯家的年輕人，你與此事無關。坐到車子的駕駛座去，等我們出去，你要離開。我不在乎你往哪裡去——想要找警察也行——但總之給我走。我不喜歡殺掉目標對象以外的人。奉送人頭……可不是好生意。」

迪昂立刻動身，慌忙地爬到駕駛座，我的車鑰匙還留在那裡。

「這是好事。」J.C.輕聲說。「她讓那男孩離開，也要走到戶外。」他的臉皺成一團。「我不能理解她的動機，但我認為這顯示她的上司要求她不要真的下殺手。」

我點點頭，汗水從我的頸後緩緩流下。瑞格比揮揮她的槍，我打開側門，讓我的面向魚貫而出，J.C.先出去了，接著是艾薇，然後是托比亞斯。奧黛莉一手放在我手臂上支持我，我對她點點頭以後就在她之前離開車子。

瑞格比竄了過來，抓住我的肩膀把我推回去。她搶下門把並把門關上。

「瑪榭拉斯，」她把槍對準了他。「開車。馬上。」

「但是——」

「想活命就開車。」

迪昂猛踩油門，衝過停車格的隔擋。我震驚地靠在車內一旁，回想剛才發生什麼事。瑞格比……

我的面向！

我叫出聲來，轉頭把臉貼向窗戶。艾薇跟托比亞斯疑惑地站在停車場裡。瑞格比指示迪昂把車從停車場開上街，接著教他用正常速度開車——請他不要嘗試讓警察追上。

我沒聽他們在講什麼。瑞格比把我的面向誘出車外，接著把我孤立起來。只有奧黛莉僥倖留了下來，如果遲了一會兒，她也不會在這裡。我轉回來，帶著震驚的面孔看著瑞格比。她坐在門已關上的椅子旁，拿槍指著我。

「我做了功課。」她說。「心理學期刊上有不少關於你的注記，這些注解挺好用的，立茲先生。」

奧黛莉趴在我和瑞格比之間的腳墊上，雙手抱膝地啜泣。現在我只剩她一人，而且——

等等。

J.C.。我沒在窗外看見J.C.，我轉頭探看，然後發現了他！他在人行道上奮力奔跑，一手拿著槍，一臉充滿決心的樣子。他勉強跟上我們的腳步。

辛苦了，我對他這麼想。他在其他兩個面向還愣在原地時就做出反應。他閃開人行道上的行人，並用近乎超人般的動作躍過一張長椅。

奧黛莉振作起來，看著窗外。「哇，」她低聲說。「他怎麼辦到的？」

車子以時速四十英哩的速度前進。我突然沒辦法再偽裝下去。J.C.喘不過氣，靠著人行道的站牌，滿臉通紅。他因為用無法企及的速度奔跑，已欲振乏力了。

幻覺。我必須維持幻覺。奧黛莉看著我，縮了縮身子，意識到她做了什麼。雖然我終究會發現車子的速度多快，所以這並不是她的錯。

「你，」瑞格比對我說。「是個非常危險的人物。」

「我可不是拿槍的那位。」我面向她。沒有艾薇與托比亞斯的幫助，我要怎麼跟人互動？沒有J.C.的幫助，我要怎麼擺脫致人於死的絕境？

「是的，但我只能殺掉特定對象。」瑞格比說。「你毀掉許多公司，消滅數以百計的性命。我的雇主……對你的作為有所關切。」

「而他們認為妳抓到我就有用嗎？」我問。「瑞格比，我不會在槍口下為妳找到帕諾斯的金鑰的。」

「他們已經不擔心遺體的事了。」她聽起來有一絲擔憂地說。「你動搖到他們的資產，政府當局也緊追在後。他們不想要再跟這場捕獵扯上關係。他們只是想要……鬆手拋棄這條線。」

很好，我的計畫成功了。

太成功了。

我想要說些什麼，但是瑞格比轉頭對迪昂下了開車的指令。我想讓她再度開口，但她沒有回應，而我也不打算硬著來，至少不會在沒有J.C.建議的情況下這麼做。

或許……或許其他面向會有辦法找到我們要去的地方。只要給點時間，他們或許就能成功。

我不確定這會花上多久時間。

奧黛莉在駕駛途中一直坐在兩張椅子之間，雙手抱膝。我想要跟她說話，但不敢在瑞格比監視下講。這個殺手認為我已經沒有面向的幫忙。如果我讓她知道還有一個面向留下，我會失去一大優勢。

不幸的是，我們行駛到市郊。隨著城市的擴張慢慢吞噬郊區，這裡有些新的住宅建設，但還是有等著建造公寓與加油站的大片平地與林地。瑞格比指使我們開進一處林地，在泥土路上開往一間獨立的房舍。這間房子彷彿是自好幾代人以前就留下來的。

這裡距離住宅區太遠，大叫不會有人聽到，開槍也會被當作威嚇害鳥的行為。不妙。瑞格比逼著迪昂和我走進地窖門，並且下樓。地窖牆邊散布著麻袋，裡面滾出來的馬鈴薯大概可以追溯到南北戰爭時期。一顆沒有外罩的燈泡懸在天花板中央。

「我要向上級報告。」瑞格比邊說邊拿走迪昂的手機。「讓自己舒服點。我預計會讓你們在下面待個幾週，直到我的雇主避過鋒頭。」

她走上地面並鎖上了門。

19

迪昂吐出一大口氣，把背靠上空心磚牆，接著跌坐在地上。「好幾週？」他問。「跟你困在這裡？」

我頓了一會兒才說話。「是啊，糟透了，嗯？」

迪昂抬頭看我，我不禁咒罵自己遲緩的回答。這個年輕人看來一臉疲憊——他應該沒有在槍口下開車過。第一次總是最糟的。

「你不覺得我們會待上好幾週，對吧？」

「我……不覺得。」

「但她說——」

「殺手受過這樣講話的訓練。」我邊說邊拔出領子底下的竊聽器，接著搗碎它以防萬一。我在地窖裡四處走動，尋找出口。「一定要對俘虜說他們要待上更久的時間，這可以讓俘虜放鬆，開始做出計畫，而不是馬上嘗試突圍。千萬不要讓俘虜陷入絕望，因為絕望的人難以預測。」

迪昂輕聲呻吟。我或許不該解釋的。沒有艾薇現身的感覺席捲而來。就算她沒有直接指導我，有她在的話我也更能與人互動。

「不用擔心。」我邊說邊跪下檢查地上的排水口。「我們不會陷入危險，除非瑞格比打算一個個帶我們到林裡『問話』，這代表她接獲指令處決我們。」

我觀察柵欄，可惜大小不夠人爬進去，而且尾端大概也只是石堆。我沒有停下來，期待——雖然只有我一人期望——聽見我的面向分析現況，告訴我該調查什麼，推論逃出去的方法。

然而我聽到嘔吐聲。

我轉頭看向迪昂，震驚地發現他在地上大吐特吐，嘔吐的量遠比他執意付錢的早餐捲餅還要多。我等他吐完，接著走過去，從一張積滿灰塵的桌上拿起舊毛巾，給不舒服的他抑制味道。我跪下來，把一隻手放在這個年輕人的肩上。

他狀況看起來很糟，雙眼佈滿血絲、臉色蒼白，額頭冒汗。

要怎麼跟他互動？該說什麼呢？說句抱歉聽起來很沒說服力，但我只能想到這句話。

「她會殺了我們。」這個年輕人喃喃。

「她可能會這樣做。」我說。「然而我也要說，她可能不會那樣做。殺掉我們可是大動作，她的雇主大概不願意下這樣的決定。」

當然，我已經讓他們感到非常絕望，而絕望的人……好吧，難以預測。

我站起身來，讓這孩子自己從混亂中恢復，接著走向奧黛莉。「我需要你幫我們出去。」我對她低聲說。

「我？」奧黛莉說。

「我只剩下你了。」

「在這之前，我只有一個任務！」她說。「我不懂槍枝、打鬥，或是逃脫。」

「妳是密碼學的專家。」

「專家？你只讀了一本密碼學的書。而且，密碼學又有什麼用呢？當然，讓我解讀牆上的抓痕。上面寫著我們會死得很慘！」

我十分挫折，任她在擔憂中顫抖，並且讓自己繼續觀察房間。這裡沒有窗戶。空心磚牆上露出光禿禿的土壤。我本來可以努力挖個洞，但是挖掘的同時也聽見樓上的地板嘎吱作響。這不是好主意。

我嘗試下一個出口，走上階梯並用肩膀頂住門，測試它的強度。很不幸的，門很牢固，也沒有可以翹開的鎖——只有一道我碰不到的門栓關住我們。我或許可以找到什麼東西衝撞門口來突圍，但那絕對會讓瑞格比警覺。我可以隔著樓上的地板聽見她在說話，聽起來像是在手機上進行的簡潔對話，但我聽不出所以然。

我又在這個空間內到處看看。我有漏掉什麼嗎？我確定我漏掉了什麼，但究竟是什麼呢？沒有面向在旁，我就不知道我實際知道的東西。獨自一人讓我陷入困境。我走過迪昂的身旁，發現自己難以描述他臉上的表情，彷彿臉上結成泥塊一般。這個表情代表開心，還是悲傷呢？

別胡思亂想了，我想，一邊流著汗。你沒那麼糟。艾薇不在我身旁，但不代表這會立刻讓我無法與人溝通。不是嗎？

迪昂的心情很混亂，這很明顯。他瞪著手上的幾張小紙條看。那些都是他母親塞在他口袋的經文。

「她只寫了經句的章節。」他瞥了我一眼說。「所以我不知道經文說什麼。最好是幫得上忙啦。呸。」他握緊拳頭，接著丟掉揉成一團的紙。紙條散落開來，像彩炮一樣落下。

我站著，覺得自己跟迪昂看起來一樣不舒服。我必須說點什麼，好跟他建立連繫。我不知道自己為什麼這樣覺得，但我突然非常需要這樣做。

「迪昂，你這麼害怕死亡嗎？」我問。或許我用了不好的字眼，但說說話總比沉默來得好。

「為什麼不怕呢？」迪昂說。「死亡就是終結。虛無。什麼都沒有了。」他看著我，彷彿在質疑我。我沒有立刻回應他，他繼續說下去。「不打算跟我說事情都會好轉嗎？我媽總是說好人會獲得賞報，但帕諾斯也是個好人。他窮極一生想要治療疾病。然後看看他，居然因為一個愚蠢的意外而死。」

「為什麼？」我說。「你認為死亡就是終結？」

「因為死亡就是終結。我不想聽什麼信仰——」

「我不是要跟你傳教。」我說。「我也是無神論者。」

迪昂看著我。「你是嗎？」

「當然。」我說。「大約百分之十五的我是這樣的——雖然我得承認，有些部分的我會宣稱他們是不可知論者。」

「百分之十五？那不算數。」

「哦？所以你對於我具備信仰與缺乏信仰的部分做了定義？所以什麼算數，什麼又不算呢？」

「不，就算照你說的算——如果一個人能有百分之十五是無神論者——絕大部分的你仍然有信仰。」

「就像你心裡小小一部分仍相信神一樣。」我說。

他看著我，然後臉紅了。我坐在他身旁，是他小小生理意外的另一頭。

「我可以理解人們為什麼想要信仰。」迪昂對我說。「我不是你所認為的那種要性子的年輕人。我做過思考，也提過問題。我不能理解神，但有時遙望這個世界的無限並思考自我時……自己並沒有存在的實感。我可以理解人們為什麼選擇信仰。」

艾薇會要我讓這年輕人皈依信仰，但她不在這裡。我反而問了個問題。「迪昂，你認為時間是無限的嗎？」

他聳聳肩。

「說嘛。」我刺激他。「給我個答案。你想要得到安慰嗎？我這裡可能有個解答——或至少我的面向奧諾知道。但首先，時間是無限的嗎？」

「我不認為我們確切知道。」迪昂回答說。「但是，對，我想時間是無限的。就算我們的宇宙終結了，還有其他事情會發生。如果不在這裡，就是在其他次元、其他地方，其他大霹靂之後。物質與空間都會持續不滅地存在。」

「所以你是不朽的。」

「我身上的原子或許是。」他說。「但那不是我。別跟我講什麼形上學的鬼——」

「不談形上學。」我說。「這只是個理論。如果時間是無限的，那任何可以發生的事情都能夠發生——也已經發生。迪昂，這代表你以前就存在了。我們都是。就算沒有神——就算假設在我們之上沒有答案，沒有神明——我們仍是不朽的。」

他皺了皺眉頭。

「想想看吧。」我說。「宇宙擲出了骰子，最後造出了你——一個看似隨機組合的原子、神經與化學物質。這些東西組成了你的人格、記憶，以及存在。但如果時間永垂不朽，這個隨機組合會再次發生。這可能要花上幾百兆年，但這個組合會再次成形。你、你的記憶、你的人格。孩子，在無限的環境下，我們會繼續生活，生生不息。」

「我……老實說，不懂這說法怎麼能安慰人，就算是真的也一樣。」

「真的嗎？」我問。「因為我覺得這想起來很神奇。在無限之下，任何可能發生的事情都是現實。所以你不僅僅會回歸，所有的可能性都會重複發生。有時你會是有錢人，有時則是窮人。事實上，我們在某個未來可能會因為大腦的缺陷而擁有從未經歷過的現實記憶，這也說得通。所以你再次成為自己，完全成為自己，而這不是什麼神祕兮兮的胡說八道——而是簡單的數學解答。就算是再小不過的機率，只要乘上無限，可能性仍是無限。」

我站起身來，接著又蹲下來看著他的雙眼，一手放在他的肩膀上。「迪昂，每一種可能性。在某個時間點——具有同樣思緒的你——會生長在一個富裕的家庭裡。你的父母會被殺害，而你會決定挺身對抗不義。這曾經發生，也會發生。迪昂，你想找點安慰嗎？好吧，當死亡的恐懼緊捉你不放時——產生幽暗的思緒時——你會對黑暗報以顏色，你會對黑暗說：『我不會就範，我可是有無限可能性的蝙蝠俠。』」

這孩子對我眨了眨眼。「這是我聽過……最怪的一段話。」

我對他眨了眨眼，接著讓他陷入沉思，然後走回去找奧黛莉。我不知道我對自己所說的相信多少，但是那終究是我說的話。老實說，我不知道宇宙可以容納多少有無限可能性的蝙蝠俠。

或許神的存在就是避免這件事。

我用手臂勾起奧黛莉，輕聲對她說。「奧黛莉，注意聽我說。」

她眨了眨眼看我。她才剛哭過。

「我們現在就要想想，」我對她說。「我們要窮極我們所知的一切，並且找出方法脫離現在的困境。」

「我沒辦法——」

「妳可以。妳是我的一部分。妳是這一切的一部分，妳可以進入我的潛意識，妳可以解決問題。」

她對上我的眼，而我的自信心似乎傳達到她身上。她明確地點了點頭，然後變成完全專心的模樣。我對她露出鼓勵的笑容。

通往房子的門打了開來，接著又關上。

加油啊，奧黛莉。

瑞格比的腳步聲傳遍房子，接著她開始動起地窖門的鎖。

加油啊……

奧黛莉突然抬起頭來看著我。「我知道遺體在哪裡了。」

「遺體？」我說。「奧黛莉，我們應該要——」

「不在瑞格比的公司手上，」奧黛莉說。「也不在創新資訊手上。這孩子什麼都不知道，但我知道在哪裡。」

下來地窖的門已經打開了。光線流竄進來，顯露出瑞格比的形體。「立茲先生。」她說。「我要你跟我來好讓我獨自審問你，這只會花一點時間。」

我感到一陣寒意竄起。

20

「要命。」奧黛莉從我身邊退了開來。「你得做些什麼！別讓她殺了你。」

我轉向瑞格比，她穿著時髦的服裝，像是曼哈頓的出版社財務長一樣，而不是受僱的殺手。她走下樓來，裝作一副漫不經心的樣子。這個態度混合了方才通話中帶來的緊張，讓我知道該知道的事情。

她要抹消我的存在。

「他們真的願意這樣做？」我問她。「這會留下疑問，留下麻煩。」

「我不知道你在說什麼。」她拿出槍。

「瑞格比，我們真的要冒這個險嗎？」我回答，迫切地尋找方法拖延。「我們知道妳的目的。妳真的要遵照這些不妥當的命令嗎？大家都會思考我的去向。」

「我認為，同樣有人很高興少了你這個麻煩。」瑞格比說。她拿出滅音器，裝上她的槍，不再偽裝自己的意圖。

奧黛莉低聲啜泣。為了自己的尊嚴，迪昂也站起身來，不想坐著等死。

「瘋子先生，你把他們逼瘋了。」瑞格比說。「他們認為你特意想毀掉他們，所以他們的反應就像被人推撞的惡霸一樣。他們對人飽以老拳，然後希望能解決問題。」她舉起槍來。「至於我，我可以顧好自己。但還是謝謝你的關心。」

我凝視著槍管，渾身冒汗、驚慌不已。沒有希望，沒有計畫，也沒有面向……

但她不知道這點。

「他們包圍了妳。」我低聲說。

瑞格比遲疑了。

「有些人的理論說，」我說。「我看見的是鬼。如果妳有研究過我，妳一定知道。我能做出我沒辦法達成的事情，知道我並不了解的東西。因為我有幫手。」

「你只是個天才。」她說，但是眼神飄向一旁。沒錯，她研究過我。她還知道如何開車甩掉我的面向，所以研究得很深。

而且沒人可以在研究我的世界以後，精神不會……有點失常。

「他們追上我們了。」我說。「他們站在妳的背後。瑞格比，妳感覺得到他們嗎？感受到他們的視線嗎？脖子是不是緊緊的？如果妳抹消了我，他們又會做出什麼事呢？我的魂魄們究竟會不會糾纏妳一生呢？」

她緊咬牙關，看起來非常、非常努力不要轉頭觀望。我的說詞起作用了嗎？

瑞格比深吸一口氣。「立茲，他們不是唯一要糾纏我的幽靈。」她低聲說。「如果地獄存在，我早就買下一塊地了。」

「隨便妳怎麼說。」我回答。「當然，妳真正該思考的是：我是個天才，我知道不該知道的事情。所以此時此刻，我為什麼安排我們出現在這裡呢？我要妳在這裡做什麼？」

「我……」她拿著槍指著我。一股冷風吹了下來。冷風籠罩著她，也讓裝著馬鈴薯的麻袋沙沙作響。

我的手機在她的口袋裡發出聲音。

瑞格比嚇得跳起來。她咒罵一聲，接著把手按在口袋上。她把槍轉向我，並且胡亂地開了槍。我身旁的樑柱爆開了碎屑，迪昂則趴在地上尋求掩護。

瑞格比張大眼睛，大到我可以看到眼瞳周圍的眼白，她一手顫抖地拿著槍瞄準我。

「瑞格比，看看手機吧。」我說。

她動也不動。

不！事情不能這樣發展。時間就要到了！她得——

另一支電話在另一個口袋裡響起來，我想這次是她的手機。瑞格比動搖了，我對上她的目光。在這個時候，我們當中有人已經瘋了、失去神智、接近崩潰邊緣。

但瘋掉的那一位並不是瘋子。

她的手機鈴聲不響了。接著是簡訊鈴聲。我們在這個寒冷的地窖對峙，直到最後瑞格比抽出她的手機。她凝視手機一會兒，接著爆笑出聲。她往後退，撥出電話，接著低聲與另一端交談。

我鬆了有生以來最大的一口氣，走向迪昂幫他站起來。他看向瑞格比，這個殺手又笑出聲來，笑得更大聲。

「發生什麼事了？」迪昂問。

「我們安全了。」我說。「沒錯吧，瑞格比。」

她不受控制地咯咯笑了出來，接著掛上電話直視著我。「隨便你怎麼說，老闆。」

「……老闆？」迪昂問。

「卓越生技的地位搖搖欲墜。」我說。「我放出他們接受政府調查的謠言，再讓蔡烈利用經濟力量打擊他們。」

「好讓他們絕望嗎？」迪昂問。

「好能弄垮這家公司。」我邊說邊從困惑的奧黛莉身旁走向瑞格比。「這樣我才有錢買下公司。蔡烈本來要負責這一塊的，但鎩羽而歸。於是我讓威爾森接手，打電話收買幾個卓越生技的投資人。」我對瑞格比伸出手，她把手機交給我。

「所以……」迪昂說。

「所以我現在有這家公司六成的股票。」我邊說邊查看威爾森傳來的簡訊。「並讓他們選我當董事長——讓我成為了瑞格比的老闆。」

「老闆。」看來她很少壓抑自己的衝動，我可以看到她的手不由自主地顫動，努力維持拘謹的態度。

「等等。」迪昂說。「你用惡意收購打敗一個殺手？」

「我用了手上這副牌。雖然這大概不算是惡意收購——因為我預期牽扯到這件事的人都會急著脫手。」

「當然你也發覺。」瑞格比溫和地說。「我並沒有射殺你的打算。我只是想讓你擔心，這樣你才會供出情報。」

「當然。」這會是保護她和卓越生技免於謀殺未遂罪嫌的官方說法。我的買通協議裡包含我不會起訴他們的禁令。

我把手機放回口袋，從瑞格比手上拿回我的槍，接著對奧黛莉點點頭。「我們去回收遺體吧。」

21

我們還是在菜園裡找到瑪榭拉斯太太，她蹲在菜園裡照料作物。

我走上前。我一見到她瞄見我的眼神，就懷疑她知道東窗事發。然而我還是跪在她身旁，接著在她對著一盒半開的花株伸手時，將花株遞給了她。

遠方傳來了警車的鈴聲。

「有這個必要嗎？」她說話時沒有抬頭看我。

「抱歉。」我說。「但是有必要。」奧黛莉、托比亞斯、艾薇與情緒低落的J.C.跟在我的背後。他們在微弱光線下映出的影子出現在我眼裡，讓我看不到站在後面的迪昂。我們在瑞格比拘禁我們的幾哩路外發現他們，他們想徒步找到我。

我感到疲倦。老天，我累了嗎？在緊要關頭時，人可以忽略疲倦。但等到緊繃時刻解除，疲倦就會襲捲而來。

「我應該注意到的。」艾薇雙手抱胸。「我應該注意的。大多數東正教反對火葬，他們認為這會摧毀等待復活的肉體。」

我們一直關注帕諾斯細胞裡的資料，而沒有停下來思考其他讓人取得遺體的理由。這個理由十分強烈，讓謹守戒律的女人與她的神父聯手奪屍。

某種程度上，我還挺佩服的。「妳年輕時當過清潔工。」我說。「我應該要多問問迪昂，問他妳的生活，妳的工作。他提到妳辛苦地工作，花了一生支持他和哥哥。我沒問妳做過什麼。」

她繼續種花在他兒子的墓上。這個墳墓就藏在菜園中。

「妳偽裝成太平間的清潔工。」我說。「我猜妳買通了她，然後在神父給門貼上膠帶以後，接手她的工作。進入太平間的人的確是神父本人，而不是冒名頂替的人。你們一塊用極端的方式，防止別人火化妳兒子的遺體。」

「事跡是怎麼敗露的？」瑪榭拉斯太太問，警鈴聲越來越接近了。

「妳完全按照清潔工的流程走一遍。」我說。「太完整了。妳清了洗手間，接著在門上的表格上簽名，好證明工作已經完成。」

「我練好了莉莉亞的簽名！」瑪榭拉斯太太頭一次看著我。

「沒錯。」我拿出她塞在兒子口袋的經句紙條。「妳也寫上了清潔時間，卻沒有練習模仿莉莉亞寫的數字。」

「妳寫的〇非常獨特。」奧黛莉一臉得意地解釋。密碼學沒有破解這次的案子，只需要精良、老套的筆跡分析。

瑪榭拉斯太太嘆了口氣，接著把鏟子插進土裡，低下頭做了默禱。我也低下頭，艾薇跟J.C.也是，托比亞斯則忍住動作。

「所以你會再度把他帶走。」瑪榭拉斯太太默禱完後，低聲說。她看向眼前種著花朵與蕃茄的土地。

「是的。」我邊說邊站起身來，拍拍膝蓋上的塵土。「但至少妳不會為了所作所為引來太多麻煩。政府當局並不把遺體當作資產，所以妳做的一切並不算是偷盜。」

「這安慰無濟於事。」她喃喃地說。「他們會把他帶走，會燒了他。」

「這是事實。」我說出無益的話語。「當然，誰會知道妳兒子體內埋藏的祕密呢？他把祕密資料接到他的DNA裡，使他可以藏任何東西。在適當的時候暗示政府可能刺激他們進行為期非常、非常久的研究。」

她抬頭看我。

「科學家對於人體內有多少細胞持不同意見。」我解釋。「動輒幾百兆個，或許還多過這個數字。要搜查所有細胞得花上幾十年，我不認為政府會想這樣做。然而，如果他們認為其中可能有重要資訊，他們大概會存放遺體到可以徹底研究的那一天。」

「這不是正常的下葬方式。不如妳所願——但也不會是火葬。我想教會不會禁止人們捐贈器官吧？或許這樣想是最好的。」

瑪榭拉斯太太若有所思，我讓她自己思考，迪昂則走上前來安慰她。我的話看來沒有造成什麼差別，這讓我備感挫折。我寧願看見自己家人的遺體火化，也不要讓遺體冰封。然而，等我走到房子旁邊回頭望去，我發現瑪榭拉斯太太看來已經振作起來。

「妳說得對。」我對艾薇說。

「我有說錯過嗎？」

「我可不知道。」J.C.說。「但妳有時的確會做些損害關係的選擇。」

我們一起看著他，他馬上臉紅了。

「我在講她甩掉我的事情。」他抗議。「而不是一開始約會的事！」

我笑了笑，帶著他們走進廚房。我只是很高興他們回來了。我走進掛著照片的小小走廊，然後走向前門。我想要在政府官員抵達時見見他們。

接著我停了下來。「那裡的牆上露出一塊補丁，看起來很奇怪。這裡的每個平面，桌子跟牆上都布滿了裝飾品，這裡除外。」我指向家庭照，接著是兩個聖人的畫像。旁邊的兩個小洞上釘著釘子。艾薇說過，瑪榭拉斯太太大概拿下帕諾斯主保聖人的畫像，好準備帕諾斯的葬禮。

「艾薇，」我說。「你覺得帕諾斯知道他要是去世，這張畫像就會拿下來陪葬嗎？」

我們看了彼此一眼，接著我開始拔起釘子。釘子以奇怪的方式卡住，我用力搖動，釘子才拔了下來，但尾端有個小球跟一條線連著後方。

牆後有東西發出了喀噠一聲。

我看向面向們，突然焦慮起來，直到電燈開關附近的牆面起了動靜——背面蓋著金屬板——像是汽車儀表板的隱藏杯架一般轉了開來。藏在牆內的物件邊緣裝飾著LED燈。

「好吧，這可見鬼了。」J.C.說。「那孩子說對了。」

「別說髒話。」艾薇抿著嘴靠近裝置觀察。

「未來的髒話到哪裡去了？」奧黛莉說。「我還挺喜歡的。」

「我後來認知到，」J.C.說。「我不可能是個跨次元時空突擊隊員。因為如果我是隊員的話，代表你們也是。我只有犯蠢才會接受這點。」

我伸手拿出支架上的隨身碟，上面貼的標籤寫了幾個字。

「列王紀上十九章十一到十二節。」我讀著。

「耶和華說，」艾薇靜靜地引經據典。「你出來站在山上，在我面前。那時耶和華從那裡經過，在他面前有烈風大作，崩山碎石，耶和華卻不在風中；風後地震，耶和華卻不在其中；地震後有火，耶和華也不在火中；火後有微小的聲音。」

我看著我的面向們，聽見有人敲門。接著我收起隨身碟並把支架推回牆裡，出去跟政府官員碰面。

尾聲

四天以後，我獨自站在白色空間裡。托比亞斯依約把天花板的洞補好了，這地方重回空無一物的狀態。

如果我沒有面向，我會變成這樣嗎，空無一物？被瑞格比劫持時，我顯然感覺到這點。我幾乎沒辦法做任何事情來拯救自己。沒有對應計畫，沒得逃脫，只能拖延時間。艾薇有時會認為，我要是能自立更生，就不再需要她或是其他面向了。

但是從我與他們分離的時候開始，我理解到那一天——如果真有那一天的話——還有好長一段路要走。

門打了開來，穿著藍色一件式泳裝的奧黛莉鑽了進來。她小跑步過來並遞給我一疊文件。

「我要趕去泳池派對了，但我解開了這個。既然有了金鑰，就不太難。」

我們在隨身碟裡找到兩樣東西。第一樣是如我們預期的鑰匙，可以用來解密帕諾斯身體上的資料。政府沒收了遺體，而我說服他們為了可預見的將來，把遺體冷凍起來。畢竟他身上可能有非常、非常重要的資料，而金鑰也會出現。

蔡烈出了高價要我追蹤金鑰的去向。雖然我逼他用另一筆高價買下我手上的卓越生技，但我還是拒絕了這個任務，所以如今全身而退。

疾管局沒辦法找出帕諾斯放出任何病原體的證據，最後認定帕諾斯電腦的訊息只是無意義的威脅，用途只是讓創新資訊陷入緊張。今天稍早，迪昂寄給我一張感謝卡，他和他母親感謝我不讓政府火化遺體，但我沒跟他們說我偷了隨身碟。

隨身碟裡放著金鑰，以及……另一個檔案。一個小文件檔，同樣經過加密。我們思索了一會兒才了解解鎖金鑰就印在隨身碟上。列王紀上的第十九章。任何字串、數字或是兩者的綜合，都可以成為密文的密碼──雖然利用像是聖經經句這樣已知的文本，並不是特別安全的選項。

奧黛莉出門去了，但是沒有關上門。我可以看見托比亞斯穿著極具個人風格、沒有領帶的輕鬆西裝靠在門外的牆上，雙手抱胸。

我翻開文件，讀著帕諾斯留下來的簡單文件。

我想我已經死了。

我也不意外，但我不認為他們清楚調查過了。知道嗎，我的朋友？

他猜錯了。我跟其他人都認為他的失足的確是個意外。

你知道每個人都是走在路上的細菌叢林嗎？我們每個人都是小小的生態系。我做了調整，用在表皮葡萄球菌上，每個人身上都有這種病菌。絕大多數的狀況下，這種細菌安全無害。

我沒有改掉多少東西，只是加了點玩意。把幾MB的資料接合到DNA上。創新資訊在監視我，但我學會怎麼在監管下做我自己的工作。他們監視我張貼的文章，所以我反過來利用這點。我把資料留在我皮膚上的細菌，並跟他們所有人握手。我賭你到處都能找到我經手的細菌。

這不會造成任何傷害。但如果你找到這個，你就有金鑰解密我隱藏的資料。迪昂，只要你一聲令下。我把它留在你手上。只要釋出隨身碟上的資料，大家就知道我的研究了。他們就知道創新資訊的研究，所有人就可以公平競爭。

我研讀了文件一會兒，接著靜靜地折了起來放在我的後口袋，走向門口。

「你要這樣做嗎？」托比亞斯在我經過他時說。「釋出金鑰？」

我拿出隨身碟並舉起來。「迪昂不是說要跟他哥一塊成立新公司、治療疾病、做些好事嗎？」

「是這麼說。」托比亞斯說。

我把隨身碟拋向空中，接著接住。「我們先把東西放在一旁，等他畢業那天再寄給他。或許他自以為逝去的夢想並沒有消失。至少我們要尊重他哥的意願。」我頓了一會兒。「但我們得先檢查資料本身，確定它的危險性。」

就像我的面向所猜的一樣，我在政府當局的線人說，蔡烈宣稱的癌症風險是假情報，只是為了讓任務看來有迫切性。但我們對帕諾斯真正的研究仍一無所知，畢竟他也對創新資訊的人隱瞞這點。

「理論上來說，」托比亞斯說。「這些資料屬於蔡烈所有。」

「理論上來說，」我邊說邊收起隨身碟。「既然我也是公司的老闆，這些資料也屬於我所有。我們就把這部分算在我頭上。」

我走過他身旁，走向樓梯。「有趣的是，」我邊說邊把手放在欄杆上。「我們花了所有時間尋找一具屍體——但資料卻不只在屍體當中，而在每個我們見過的人身上。」

「我們當時沒有能力認知到這點。」托比亞斯說。

「當然可以。」我說。「帕諾斯警告我們了。我們調查創新資訊那天，牆上就掛著他印出來的標語。」

托比亞斯一臉疑惑地看著我。

「資訊，」我揮揮手——以及手上持有帕諾斯資料的細菌。「人人皆享。」

我露出微笑，接著任托比亞斯咯咯地笑，開始找東西吃。

〈軍團：膚淺〉全文完

致謝

首先我要感謝Moshe Feder編輯此書，還有Inscrutable出版社的彼Peter Ahlstrom做了額外的編修動作。感謝Issac Stewart與Kara Stewart在本作與其他寫作計畫的協助。Howard Tayler也在某天午餐與我腦力激盪，他的幫助讓我這個作家擊掌喝采。

本作的試讀讀者包括：Mi'chelle Walker、Josh Walker、Kalyani Poluri、Rahul Pantula、Kaylynn ZoBell、Peter & Karen Ahlstrom、Ben & Danielle Olsen、Darci & Eric James Stone、Alan Layton、Emily Sanderson，以及Kathleen Dorsey Sanderson。

我喜歡Jon Foster為本作繪製的封面（原文書封面）——至今他為我畫了五本封面，我認為這次的封面會是我的最愛。至於Subterranean出版社，我要感謝Yanni Kuznia、Bill Schafer、Morgan Schlicker與Gail Cross.。

一如往常，感謝我美好的家庭，包括我這三位情緒激昂——也忙得不可開交——的兒子。

完美境界

Perfect State

在我出生三百週年這一天，我終於成功征服了世界。全世界。這個生日禮物還滿有紀念價值的。不過不可否認，在我被置入這世界時，對於自己總有一天將統治它這件事，早有預謀和預期。

接下來的五十年，我面臨無聊危機。說實在的，一個人征服世界以後，還能拿什麼事來打發時間呢？

以我來說，我找了個死對頭。

「薛爾（Shale），他在計劃什麼事？」我邊攪拌著剛加了糖的茶邊說。

「誰？」薛爾是我認識的人裡，唯一能穿著全套金屬盔甲閒晃的人。他幾乎從不脫下那身盔甲，那是他「概念（Concept）」的一部分。

「你想還有誰？」我說完啜了一口茶，翻動書桌上的信件，每封信都有一團暗紅色的封蠟。

我們兩人坐在一塊大飛行石台上，周圍有幾把椅子和像是露台上的那種欄杆。我使用了「矛術」（Lance）替我們在頭頂造了個屏蔽，以阻隔外頭的傾盆暴雨。大極光在上方隱隱發亮——即使隔著烏雲都看得見；它照耀著我們下方的大地，將它漆成淡淡的藍色。

三不五時劈下的閃電照亮了以整齊陣形飛在我周圍的另外一百座平台，那些平台上載有一小群士兵隨扈——只有六千人——充當我的御前侍衛。

暴雷震得我們微微搖晃。薛爾打了個呵欠。「你真的得好好研究一下天氣了，阿蓋。」

「我遲早會辦到的。」過去五十年來，我對於應用矛術方面的研究有很大的進展，但是控制天氣——至少是大範圍的天氣——我還沒摸到竅門。

我小口喝茶。茶水變冷了，但我好歹還能改善這件事。我解開右手袖子的釦子，將皮膚曝露在天空不停變幻的紫藍色光芒中。大極光包圍著整個世界，就算是最強大的暴風雨，也只能微微擾動它珠母貝般的光澤。大極光能戰勝暴風雨，所以我知道有朝一日我也能做到。

我切換到「矛視」（Lancesight），周遭的一切都變暗了，除了大極光之外。我沐浴在它溫暖的光芒裡，現在我突然能感覺到光芒以一陣陣的節奏感敲打著我的皮膚。我把魔力汲入手臂，再從手指將能量釋放到茶杯裡。

茶水開始冒出熱氣。我啜了一口，脫離矛視，拆開一封信。這封信上的蠟封刻著我的諜報軍的符號。

啟稟陛下，信上的內容寫著，微臣相信有此必要通知您，沃德卷軸再度——

我把信紙揉成一團。

「哎呀。」薛爾說。

「沒什麼。」我邊說邊丟下紙團，把袖子扣好。這封信根本不是我的諜報軍寄的，只是貝斯克（Besk）知道我會先看諜報。

另一陣隆隆的雷聲使平台為之震撼，我瀏覽著好幾份報告，每張紙頂端都有我的皇家徽記。

「你沒辦法讓這玩意兒飛得更快了嗎？」薛爾問。

「你應該慶幸我們不必採取老派作法。」

「老派作法？像是騎馬嗎？」薛爾抓了抓下巴。「我倒是挺懷念的。」

「真的嗎？腰痠背痛、淋雨、被咬、替畜牲找吃的……」

「馬兒是有個性的，這座平台可沒有。」

「你這麼說只是因為你的概念的關係，」我說。「英俊瀟灑的騎士坐在馬背上，贏得美麗少女的纖纖玉手。」

「對啦、對啦，我蒐集了不少隻手，還有兩條手臂，偶爾還來一隻腳……」

我笑了。薛爾現在有美滿的婚姻，生了五個孩子。他現在消磨時光的對象，只有叫他「把拔」、跟他要糖吃的那種少女。

我繼續看我的報告。下一封是一份草稿，畫著一組今年年底要鑄造的新錢幣樣式，上頭有我的肖像。圖案大致上沒問題，描繪出我鮮明的五官和華麗地垂到肩頭的捲髮，不過鬍鬚太誇張了。我的鬍鬚整齊方正，保持在剛剛好一根手指的長度，能呈現出強烈的視覺效果。草圖裡的鬍鬚簡直像草叢。

我在草稿上做了注記，然後繼續往下看。至於被我丟在地上的紙團，我當作沒看見。貝斯克實在太聰明了，對他可不是好事。我需要解僱那個傢伙，改聘一個愚昧的大臣。要不然就是駭進貝斯克腦袋裡，改寫他的概念。

不過改寫概念很困難。老實說，我的駭客技巧糟透了，所以儘管我已經跟貝斯克糾纏了幾世紀，卻始終改變不了他。當然，這不是因為我很喜歡他。這個像巨魔的傢伙從來不照我的吩咐做。我統治的人口扎扎實實有幾十億人之多，只有這一位不在乎我想幹嘛。

「來，」我說著舉起一份報告給薛爾看。「看看這個。」

薛爾慢吞吞地晃過來，身上的盔甲咔啦作響。「又是機器人？」他打了個呵欠。

「密爾西（Melhi）的機器人很危險。」

「呵欠。」

「你剛剛已經打過呵欠了，不必再講出來。」

「呵欠。阿蓋，你的雄心壯志到哪去了？獵龍啊、尋找魔法寶劍之類的？你這陣子成天只是研究魔法，還有和其他境界的實生人（Liveborn）鬥來鬥去。」

「我變老了啊，薛爾。」我再度審視著那份報告。我的間諜在一個邊陲境界偷聽到幾個密爾西的手下在吹噓他的新機器人。我搖搖頭。密爾西還因為我在勒寇司對他做的事耿耿於懷。勒寇司是另一個邊陲境界，我和他都能進得去。當時他確信他的大軍能征服我的軍隊。

「變老了？」薛爾笑道。「跟變老有什麼關係？你是不死之身耶，你的身體還很年輕。」

我沒辦法向他解釋。他提到的雄心壯志——建立王國、尋找祕寶和謎題、集結願意追隨我的人、征服不願意追隨我的人……嗯，這些是我年輕時需要的東西，它們使我成為現在這個人，能治理一個帝國的人。

這個帝國最近算是自治型態。我們有帝國元老院、外交官、部長。我很謹慎地不予干涉，除非真的出現什麼蠢到爆的事情。說實在話，我很享受夜裡待在我的書房做實驗或冥想，只有偶爾召開的政治集會——例如今天稍早那場活動，我們聚集起來慶祝世界大同五十週年——才能把我拖出門。

嗯，除此之外，還有密爾西的攻擊。

外頭的狂風暴雨突然消失無蹤，天空大放光明。大極光還在，但它現在懸浮在藍色的天空中，而不是烏雲密布的天空。我們抵達亞隆尼亞了。我從桌邊站起身，走到平台邊緣，俯瞰從底下模糊掠過、幾乎看不到盡頭的大街小巷。

至少在這裡，在我的權力中心，我能阻止暴風雨侵襲。總有一天，我心想，總有一天我能做到，不必像現在一樣用一顆極光石來鎮住市中心。

亞隆尼亞市內有許多細如手指的高塔，上頭頂著球狀的金色穹頂。平台依循預設路徑開始減速，朝下方的城市俯衝，後頭跟著搭載我的御前侍衛的一百座平台。底下的人群等著目送我們經過——我的動態是舉國矚目的大事——下方傳來如雷的歡呼聲，像條溪流湧動、推送我們行進。我露出微笑。也許我該多出門才對。我身邊的薛爾手擱在劍柄上，瞇起眼睛打量底下的人。

「離那麼遠，沒人能攻擊到我。」我忍俊不住地說。

「不怕一萬，只怕萬一啊，阿蓋。」

平台朝位於市中心山丘上的皇宮下降，停靠在我的大塔樓側邊，再度恢復它露台的功能。我大步走進我的書房，同時一群穿著背心、寬褲、袒露胸肌的僕人匆匆走到露台上，抬起書桌跟在我們後頭。

薛爾伸了個懶腰，發出清脆的咔嗒聲。「跑這一趟感覺越來越漫長了。」

「也許不穿盔甲會舒服一點。」

「阿蓋，我是你的貼身保鑣。」薛爾說。「我們之中總得有一個人做好準備吧。還記得有一回天空遊牧族想偷你的東西嗎？」薛爾露出深情的笑容，好像回想起年少輕狂的戀情時那樣。

「或是我們被困在薩辛之鬚那次？」

「當然記得。你揹我走了……多遠來著？」

「足足五十哩。」薛爾說。「天啊，那已經是……一百多年前的事了，對吧？」

我沒答腔。薛爾沒變老——很久很久以前，他和我在惡龍蓋爾伯麥斯的巢穴裡發現了永生祕飲。最近我在想，那瓶祕飲是不是刻意擺在那裡讓我找到的，好讓我有不會老化的合理原因。我到了五十歲才知道自己的真實本質，因為五十歲是沃德的知天命年。

薛爾又伸了個懶腰。「嗯，最好保持警覺，天下太平的時候才是最需要提高注意的時候。」

「說得有道理。謝謝你今天來幫忙。」

「是啊，有我在身邊是件好事對吧？話說回來，我要去看看辛菊雅，看看小鬼們有沒有搗蛋，你懂吧？」

「好主意。」我看著僕人小心地整理著我書桌上的小東西。我還有時間把報告歸檔嗎？不，我得趕快閃人了。我朝薛爾走去，他正拉開通往走廊的門。他用眼神詢問我要幹嘛。

「如果我動作快點，」我向他解釋。「也許還能溜到樓下的實驗室裡，趁貝斯克還沒——」

薛爾把門整個拉開，貝斯克就站在門口。

「哎呀呀，」薛爾說。「抱歉啦，阿蓋。」

貝斯克揚起一道畫上去的眉毛。他整個人活像人民在建築外側刻出的雕像：過長的四肢、過硬的長袍、毫無表情的臉孔。許久以前，我分了他一滴我的永生祕飲，從那之後他就陰魂不散地跟著我。

他鞠躬行禮。「參見陛下。」

「貝斯克，」我說，「恐怕你的每日會報要等一等了，我在矛術方面有非常重要的突破性想法，一定要趕快記錄下來。」

貝斯克眼睛眨都沒眨，凝視我很長一陣子。他的指間握著一塊特殊的石板，尺寸和書本差不多大，厚度卻極薄，全帝國再也找不到第二件類似的東西了。我用眼角餘光瞄到一名僕人盡責地把我留在露台上的紙團拿進屋，放在桌子上，以防它是什麼重要文件。

貝斯克的眉毛更抬高了一寸。「那我就陪您走到實驗室吧，陛下。」

薛爾拍了拍我的肩膀當作道別，然後就咔嗒咔嗒地走了。他曾面不改色地應付過刺客、怪物和叛軍，但相處了這麼多年，貝斯克還是讓他很緊張。

「陛下，您可能可以考慮讓薛爾爵士退休。」我們邁開步伐後貝斯克說。

「他喜歡他的工作，我也喜歡有他在身邊。」

「當然，您的旨意就是王法。」

「是啊，除了跟沃德有關的事之外。」

「您已經登上王位超過一世紀了，這是沃德召喚您的唯一一次。」貝斯克舉起他手裡的石板。那就是沃德卷軸，與外界聯絡的唯一一件官方工具。

卷軸上寫滿了字，我一個字都不想讀。不過從我瞄到的少數幾個字看來，沃德的語氣越來越嚴厲了。我已經忽視他們太久了。

我們沉默地走了一段路，直到終於離開走廊，踏上塔樓之間的通道。我知道不該對貝斯克太過苛責，他只是依照他的概念行事，而且以他自己的方式表現忠誠，即使有時他並不服從。

底下傳來一陣歡呼聲，我心不在焉地舉起一隻手回應子民。那是樂隊演奏的聲音嗎？大極光在天空中熠熠生輝，不過這次它的光芒難得沒能給我安慰。

「陛下，真的有這麼為難嗎？」貝斯克問。「沃德只要求您撥出一天的時間，去做一件多數人都認為愉快的事。」

「我在意的不是事情本身，而是像這樣被……召喚的感覺。如果別人可以這麼輕易地使喚我，好像我只是普通的斟酒人或送信小差，那當皇帝還有什麼威嚴可言？我的所有功業、所有成就好像都被推翻了。」

「他們只是請求您克盡對您同類的義務。」

「我的同類又對我盡過什麼義務？」

「陛下，」貝斯克在通道間停下腳步。「您這麼說真是有失身分，我竟想起您從前的孩子模樣，而看不到您現在該有的君主風範。」

我很想拋下他逕自往前走，但我的鞋子感覺像塞滿鉛塊。我在他前方幾步的距離停下來，沒回頭看。

「這是您的義務。」貝斯克重複。

「貝斯克，我是裝在罐子裡的大腦耶，」我說。「幾兆個大腦之一，他們為什麼不能去煩別的大腦？」

「他們判定您成就了偉大的——」

「我們全都成就了偉大的功業。」我驀地轉身說，朝城市大手一揮。「這一切不就是為了這個目的嗎？那幾兆個大腦中，有多少個像我一樣，在『主要夢幻境界』裡過人生？」

「程式設計容許——甚至要求——每個境界都量身打造。」

「那不是重點好嗎，貝斯克。」我說。天啊，我痛恨思考這件事。沃德只干擾過我的人生兩次。第一次是我五十歲的時候，他們告知我——我認知中的現實，其實是多層次的模擬環境。

現在又要求我繁衍下一代。

「這沒有意義。」我朝貝斯克跨出一步。他當然不是沃德的人，我從來沒真正見過他們。他是我這個現實的一部分，我的「境界」的一部分。但他就和我周遭的一切事物一樣，在必要的時候會替沃德辦事。程式操縱在他們手中，如果逼不得已的話，他們能改變這個世界裡的任何東西——除了我本人之外——來強迫我服從。

天啊，想到這點就使人難受得要命。

「這種要求簡直不可理喻，」我繼續說，「他們需要我的DNA來創造新的實生人？那好，他們可以拿去啊。把一根針之類的插進我的罐子吸一點啊，很簡單。」

「陛下，他們要求您和一名女性互動。戒律說您必須選中她，她也要選中您，然後您和她必須見面、做該做的事。」

「我們的身體只是模擬狀態，為什麼非見面不可？」

「微臣也不知道。」

「呸！」我大步離開通道，回到皇宮裡。

貝斯克跟了過來。「陛下，微臣已命人在狩獵場放了許多小公鴨，是我們能找到最凶狠的一批小鴨。也許消滅牠們能讓您心情愉快一點。」

「也許吧。」

光是想到沃德就讓我又變回孩子似的，貝斯克這一點說得沒錯。我曾統御幾千大軍，也曾隻手開創橫跨數塊大陸的帝國。但這個……這讓我變成被寵壞的小混蛋。我在樓梯間停下來。

「陛下，微臣也不了解每條規定背後的理由。」貝斯克改用較為柔和的語氣說，並且跨上前來，一手扶在我肩頭。「但那些規定沿用已久，而且應用在您的同類身上效果很好。辛威學說表示——」

「別對我說教。」我說。

他沉默了，可是……該死……我還能聽到他的聲音在我腦中繼續說話，因為他實在太常碎唸這些規則給我聽了。

> 辛威學說表示，人類最基本的倫理，就是運用最少的資源，在最多的人身上創造最大的幸福。

結果運用最少資源來創造心滿意足人類的最佳方式，就是在胎兒時期取出他們的大腦，連接到為他們漸漸浮現的人格而量身打造的虛擬實境中。每個實生人都能獲得一整個世界，而他們就是那世界當代最偉大的人。有些人成了藝術家，有些人是政治家，但每個人都有機會登峰造極。

這一切耗費的只有甜瓜大小的盒子所占的空間——盒子裡包含模擬機器、大腦和營養液。超級有效率的裝置。而且……老實說，我並不怨恨這種設計。該死，我根本愛死它了。我可以當皇帝，而且儘管虛擬實境賦予我機會，每一步——每一項折磨人的考驗或成就——都必須由我自己完成。這人生是我賺來的。

不過一想到還有幾百萬、幾千萬個人都和我一樣……就使我忐忑不安。世界上是不是有幾百萬個貝斯克、幾百萬個薛爾、幾百萬個我，都在大極光的光輝底下生活著？

我生命中其餘的一切都在告訴我：我很獨特、很重要、很強大。我對於自己可能只是另一個「人」這種想法極度排斥。

「花不了多少時間的，陛下。」貝斯克說。「請您從名單上挑一位女士，發送會面邀請給她吧——沃德已經根據您和各女士間的預測速配度排名了。也許您和她可以共進晚餐。」

「他們名單上的女人，」我沒好氣地說。「一個實生女人，統治著她自己世界的女人。天啊，她肯定讓人難以忍受。」我願意和另一個實生人保持的最近距離，是隔著邊陲境界的整個戰場，就連那麼做，我都得好好心理建設一番。我和密爾西初次相遇的時候——

「陛下，」貝斯克說。「牆壁。」

我心頭一驚，這才發現樓梯間的石牆有所變化。石壁上浮現一些文字，像是用鑿子刻出來似的，一筆一畫都陷進石頭。

兒皇帝。我替你製造了一個驚喜。

「密爾西，你這條毒蛇！你怎麼駭進我的皇宮的？你破壞了接觸的規章！」

規章只是文字，尖叫也是。我會聽到你尖叫的，因為你羞辱了我。

「我的間諜已經告訴我機器人的事了，密爾西。你最好別再派機器人來，它們在我的境界裡總是不太靈光。」我沒提到我很訝異它們已經夠靈光，比起矛術在他的境界能發揮的作用強多了，因為那裡的物理定律不一樣。

你會尖叫的，兒皇帝。你會尖叫的。

我切換到矛視。進入這種狀態以後，即使隔著皇宮的石牆，我也能看到大極光——但我還是後退到門口，讓大極光的光芒能直接照射我。我從溫暖的光芒將力量汲入手臂，再用波狀方式推出去。我用矛視能看到一切事物的核心運作模式，看到能量——或是思想，或管它是什麼——的微粒，它們構成我的現實。

我也能直接看到密爾西駭進來的痕跡，它看起來就像紅色的捲鬚，充滿毒液地蔓進我的宮殿。我渾身充滿力量，狠狠斬斷他的傑作，摧毀那些捲鬚。它們強度並不高——他不能駭得太扎實，否則會跟沃德的保護程式相衝。

牆壁表面回復原狀，為了以防萬一，我還是融化那裡的石材，重塑成新的款式，再眨眨眼回到正常的視界裡。

「天啊，那傢伙真該學習盡釋前嫌，」我說。「他絕對打不贏我的，他到現在總該明白這一點了吧。」

「的確，」貝斯克說，「他似乎確實粗魯、固執、不成熟、未深思熟慮地走在不盡理想的道路上，您說是嗎？」

「夠了，貝斯克。」

「微臣已經盡可能順勢而為了，陛下。」

我深吸一口氣讓自己冷靜。沒用。「好啦，好啦，隨便啦。從名單上挑一個女人吧，我會和她見面，把這件事搞定，然後我就能回到正常的生活了。」

「微臣要選哪一位呢？」貝斯克問。「沃德認為速配度最高的嗎？」

「天啊，不要。」我馬上駁斥，同時轉身離去。「挑名單上排名最後的。反正都得做了，不如找點樂子。」

✕

會面地點約在公共境界。任何實生人都能出入公共境界，不過我從來沒去過。我哪裡需要進一步提醒自己有多平凡呢？

當然，薛爾不喜歡我離開我們的境界。

「真搞不懂我為什麼不能去。」他邊說邊攔在我前面，不讓我進入傳送門。「你每次去邊陲境界都有我陪啊。」

「邊陲境界和我們的世界密合得很完美，」我說。「他們用的是我們的程式設計。公共境界不一樣，那是特地保留給實生人去的地方。就算我們找到什麼方法把你弄進去，你也會被當地的程式設計吸收——他們會給你別的人生、記憶、背景故事，讓你能適應公共境界。這會改變你的人格——本質上和殺了你沒兩樣。」

「我一向準備好為你獻出生命，阿蓋。」

「我一向很感激你這麼做。要是我有危險的話，我會接受你為我犧牲，可是我才不會眼看著你自尋死路，只為了……為了讓我去交媾。」

天啊，聽起來真是蠢斃了。

「都怪我，阿蓋。」薛爾說，「要是茉莉還活著，他們絕不會挑中你。沃德只會選落單的人。」

「是啊，嗯，總之她不在了。」

已經有……九十年了吧？我真該接受圍繞在我身邊那些投懷送抱的女人才對，我大可以組個後宮——天啊，我的確曾經有個後宮，在茉莉出現以前。

「這件事勢在必行，薛爾。」我說。「別逼我用矛術把你掃開。」

他不情願地垂下雙臂。「阿蓋，你到另一邊以後就不能用矛術了，你會毫無法力，只是……只是一個普通人……」

「不盡然。」貝斯克說。

我轉頭，看到大臣走進這間寬敞的傳送室。他越過地板，地板是由閃閃發亮的渾動石鋪成的，那是一種會隨著壓力變換色彩的寶石。渾動石是拉克人送的禮物，就在他們國王將王位讓給我之後。我把石材用在我鮮少造訪的傳送室，因為變來變去的色彩會害我的胃翻來攪去。

「陛下，」貝斯克遞給我一個包裹。「微臣一直在研究您在巫妖王大本營裡找到的那些卷帙，根據那個先知對其他境界的看法，微臣認為您通過傳送門以後，還能保有若干能力。您會把原本境界的一些內建程式帶過去。」

「矛術嗎？」我滿懷希望地問。「可是……不，當然不行。那裡沒有能量來源。」

「你可以帶一塊極光石過去。」薛爾說。

「在我通過傳送門的時候它就會消失了。」我說。「任何不屬於我身體一部分的東西，或是專為我要去的境界設計的東西，都無法跟著傳送成功。不過這表示……當然了，我的心智爆發力還是會發揮作用，不是嗎？」

「是的，」貝斯克說。「它們能加快與你的實體大腦直接連接的處理器。」

「沃德會阻止它們嗎？」我深思地問。「他們會不會中斷處理器，把我的思緒抑制到正常速率？」

「微臣說不準他們會不會這麼做，」貝斯克說。「微臣不認為您要去的那個境界裡會發送這種爆發力，但從外界攜帶進去或許是可被接受的。微臣會限制爆發力的用量，以免讓沃德注意到您在做什麼。」

「那我的療癒爆發力呢？」

「啟稟陛下，微臣同樣不確定。」貝斯克說。「能用的可能性高一些。畢竟公共境界在規劃上是要保護實生人的。」

我點點頭，切換到矛視。我向內看，將心智爆發力——它能讓我周遭的一切呈慢速播放——設定成自動模式，會在我附近有爆炸或是我的皮膚受傷時自動啟用。

「我還是不喜歡這狀況。」薛爾說。「療癒爆發力並不是萬無一失的，要是那裡有人成功殺了你，你就……」

我就會腦死。這也是辛威學說提到過的：人必須體驗到真正的危險，否則他們永遠不會在卓越中找到喜悅。失敗的風險、死亡的機率必不可缺。

當然，我不會只因為失足跌下樓梯就摔死了，我的命太貴重了。不過，我最終會因為陽壽已盡而死亡——那是幾百年後的事；更重要的是，我也可以被殺死，尤其是另一個實生人攻擊我的話。如果天時地利人和，就連薛爾或貝斯克這類模擬存在都能殺了我。

嗯，我小心一點就是了。「這是適合那個境界的服裝是吧？」我舉起包裹問。

貝斯克點點頭。「您通過傳送門的時候，衣服會平平整整地套用到您身上。包裹裡還有一件適合那個境界的武器，這是您的吩咐。」

「謝了。」

「陛下，您應該完全用不著它。公共境界不該是個危險的地方，而這一個公共境界更是受到嚴密監控。微臣猜想，除非沃德特別核准，否則您的武器可能根本不能發射。」

「我帶著武器比較安心，」我說。「千萬別毫無防備地去約會。」這是我父親的至理名言。

嗯，應該說我的養父，我當然是個孤兒，最偉大的君主一向是孤兒出身。

「陛下，微臣會跟您保持聯絡，」貝斯克說。「造訪這個公共境界的實生人，被允許保有直接的心智連線。」

「太好了。」我說完深吸一口氣。我把包裹夾在腋下，然後——因為沒有別的好藉口再拖時間了——我跨進傳送門。

我通過一道閃光，然後跨出一扇金屬門。我回頭看，發現我像是鑽出一個有輪子的奇怪管狀機器。它像是由許多勾在一起的車廂組成，每個車廂都有自己的門和窗戶。

陛下，這東西叫火車。貝斯克用心電感應告訴我，微臣讀過關於火車的事，很迷人。您或許能用矛術機械學複製火車的概念，人民應該很高興能用更快的方式往返城市間。

叫大圖書館館長記下火車的描述，我回應他，等我回去再細看。

天是黑的，我發現自己站在一座奇怪城市外圍的平台上。這裡的建築蓋成方形盒狀，高高地聳入天際，建築上的許多窗戶都透出光點。天空中雲層頗厚，儘管時間顯然已很晚了，這座城市看起來仍然相當活躍。

我的衣著樸素昏暗，包括看起來相當不實用的長褲和黑鞋子、白上衣、某種繫在脖子上的細圍巾，還有一件外套。每件衣物都很合身，而且比起我平常的服飾輕得多。我感覺身上有好幾個詭異的部位被衣服拉扯著，而且領口的釦子離我脖子太近了，感覺很不舒服。

我頭上原本戴了皇冠的位置，被一頂奇特的寬邊帽取代。我摘下帽子拋開。把我華麗的捲髮遮住實在太不應該了。周圍有許多從我出來的那列火車上下來的人，男人的打扮和我類似，都戴著那種寬邊帽。沒人留鬍子，讓我感覺自己很醒目。

這座城市的名字是馬爾地斯，貝斯克用心電感應說，不過多數人把整個境界都叫作馬爾地斯，而不是使用它的官方名稱「夜鶯一二四」。當地的武器放在您腋下的特製隱藏式皮套裡，這種武器的名稱是手槍，使用方法是將槍管對準敵人，然後扣下底部的扳機。

就像十字弓？

是的，陛下。我的研究表明手槍難以瞄準，這個境界裡沒有為瞄準而設計的變型共生體。

真是太好了，我回應，一邊走下平台。我要往哪裡走？

沿著前面那條街直走，找一棟散發藍光的高樓，然後向看門人報上您的名號。您在那裡有預約席位。

我依照他的指示，走上一條滿是自動駕駛的金屬馬車的寬敞街道。我的王國裡多數城市也有類似的器具，不過我的馬車都和嵌在路面中的極光石礦床相連。

空氣裡聞得到淡淡的雨味，地面也是潮濕的。貝斯克喋喋不休地講著他從我們的卷帙中讀來的馬爾地斯相關資訊。這個境界設定成永夜，位於一座人口稠密的城市裡，根據那本書的形容，這座城市的設計大致上是以「地球二十世紀初的西方文明」為基礎。不知道那是什麼玩意兒。雨時有時無，不過再大也只是毛毛雨的程度。

我點點頭，邊走邊好奇地傾聽城市裡的聲音。這個境界不見得比我的王國嘈雜——亞隆尼亞有時候可是吵翻天的——但這裡的聲音很不同，很陌生。路上的馬車會互相發出趾高氣揚的喇叭聲，也會發出像野獸般的咆哮聲。也許車殼底下藏著某種提供動力的活體動物。

我經過的一名街頭表演者正在吹一支很大聲的銅管樂器——聽起來就像宣布開戰似的。不過這首曲子聽起來含混不清，幾乎像音樂本身都喝醉了。我很慶幸模擬存在不能進入這類境界，例如我的子民。我可不希望家鄉的街頭表演者來到這裡，發現這類管樂器可以如此有效地把聲音傳遍群眾的耳朵。

而且還是很聒噪的人群！他們都裹著太過死板的衣著在大街上遊走。我朝餐廳的方向走，跟在一群男男女女後頭，聽他們東拉西扯地聊著當地的政治。

選舉？我問貝斯克。

是的，他說，每兩年的時間，當地人民會選出一位新的實生人來統治。

那太可笑了，我回應。我的很多屬國都會用選舉的方式推舉官員，不過如果民意太過愚蠢的話，我當然可以介入，直接指派某人。是誰讓虛擬人（*Machineborn*）選擇他們的實生人該怎麼做的？再說了，在這麼短的統治期限內，一個國王能成就什麼大事？

啟稟陛下，那很可能只是一個頭銜罷了，貝斯克回應。這個境界裡沒有原生的實生人，只有像您這樣的外來訪客有資格統治。實生人造訪此地的其中一個原因，似乎就是與其他實生人競逐統治權。不過由於外界的軍隊進不來，候選人必須藉由當地的虛擬人才能達到目的。他遲疑了一下。您可能會認為這是一項挑戰。

並不會，我嗤之以鼻地回應，如果頭兒老是在換人當，這個職位就不可能真的具有很高的權力。我可沒興趣蹚渾水。事實上，這整個境界的性質，彷彿都在強調政治權力只是一種假象，作用是吸引實生人的注意、挑起我們的興趣。

我依照貝斯克的指示走向一棟又高又方的建築，餐廳顯然在接近頂部的位置。我剛要走過去，又猛然停住腳步。我右邊那一連串的砰砰聲是什麼？

我前方的那群人——從對話研判，他們很可能是模擬存在——也停下來，不過馬上又若無其事地繼續走。

貝斯克，那個砰砰聲是什麼東西？

手槍的射擊聲，他回覆。

我猶豫了片刻，然後朝聲音來源奔去。

陛下，您該不會要去蹚渾水吧？貝斯克隱含笑意地問。

閉嘴。

我一邊靠近，一邊準備好心智爆發力。我沒讓這股力量接觸那個聲音；我必須先抑制住它，以免運用力量時引起沃德的注意力，但我還是希望有所準備。

我穿越兩條這個境界特有的那種太過平滑的街道，然後鑽進一條較狹小的巷道，那裡有一群戴著帽子的男人，正在逼近一名穿著長褲和外套的年輕女子。她勉強以一道內嵌式的門廊做為掩護，絕望地拿著一把小手槍射擊攻擊者，她身後的門顯然上了鎖。她唯一的同伴是另一個女人，已面朝下趴在街上，一頭金髮呈扇狀在頭顱周圍鋪開，洋裝背後染著鮮血。

*通知沃德，*我對貝斯克說，*這裡有不法情事。*

接著我切換到矛視。感覺就像跨入空無，這裡沒有大極光的溫暖，只有無邊無際的空洞和寒冷。

*白癡。*我邊想邊在黑暗中踉蹌前進。不然我以為會是如何？我脫離矛視，一把抓起腋下的武器。手槍握起來感覺很笨重，槍柄的形狀像個盒子，而不像劍柄那樣光滑圓潤。我把槍管有洞的一端朝向那群男人，扣下扳機。手槍發出砰然巨響，還在我手裡*暴衝*，差點直接飛離我的手。天啊！這玩意兒簡直不可駕馭。還有它發出的噪音——誰會想要用這麼高調的武器？

幸好因為我來得突然——再加上我又多扣了幾次扳機，製造出驚天動地的雜音——轉移了那群男人的注意力，讓那女人能趁機從她的壁龕衝到更安全的位置：一個大金屬箱後頭，金屬箱頂部溢出一些垃圾。我跑去和她會合，背靠著垃圾貯藏器，感覺興奮又刺激。

「妳對這個區域比我熟，」我對女人說。「我們該往哪裡跑？」

她仔細看我一眼。她長得很標緻，臉型有稜有角，膚色黝深。這時她舉起槍來對準我開火。

我閃過這一擊。

嗯，嚴格說來我不是閃過了這一擊，而是在她開槍前就從射擊路徑上移開。我用了心智爆發力——讓我看出去的世界速度變慢——使我能夠判斷那女人的槍要對準哪裡。我運用能力時動作並沒有變快，但因為我有審視她的肌肉運作和研究她姿態的優勢，讓我能扭向一側，以至於她真的開槍時，發射出來的東西會與我擦身而過。

不過還是很驚險。射出來的東西從我身側飛過去，我向後摔倒在地，關閉心智爆發力——我通常只想短暫運用——把我的手槍對準那女人。我從這麼近的距離能夠妥善運用這種武器，在她胸口射中兩槍，同時想著和運用大極光的力量相比，使用這金屬管真是原始做法。

陛下，您的手槍裡還剩一顆子彈，貝斯克表示。他替我計算東西的時候最開心了。

謝了，我回應，不過我不認為我還需要這件武器。那些男人朝我逼近，我將手槍拋向其中一人，然後抓住從垃圾貯藏器上方凸出來的某樣東西末端。是一根細金屬棒。我在手裡轉著棒子，感覺它的重量，再轉身面向離我最近的歹徒，他正手忙腳亂地試著抓牢我丟向他的武器。

我揮出棒子。這根棒子無法媲美印戴勒碧恩——我的魔法寶劍——但重量很足，在空中發出令我滿意的呼咻一聲，再與那個人的手相觸。只聽到骨頭碎裂的聲音，他痛叫一聲拋開手槍。我跨向前，舉起金屬棒，暗自期盼我的療癒爆發力足以應付被其他人開槍射中——

「住手！」我面前的人大叫一聲，跪倒在地。「我的天啊，你瘋了不成？」

另外兩人舉起手，移開原本對準我的武器，一步步後退。「冷靜點，陌生人，」其中一人說。

「暫停，休戰。」

離我最近的人咒罵一聲，我退後，謹慎地戒備著。

「勞爾，」還站著的其中一人對我打到的那人說。「都怪你，是你製造混戰場面的。」

「那也不表示他可以拿一根臭棒子打我啊。」地上的男人說，同時把他受傷的手腕捧在懷裡。

「其實他可以。」另外那人說。

我警戒而困惑地站著，以劍士的姿態擎著金屬棒。

「該死，」第三個男人低頭看著被我殺死的女人。「他射到潔絲敏了。陌生人，你是哪一個派系的？」

「……派系？」我問。

「看一下紀錄就知道了。」第二個人檢視著綁在他手腕上的一個小裝置。

躺在不遠處的地上那個女人呻吟著爬起身來。我瞠目結舌，用棒子對準她，準備隨時出手。是妖術嗎，還是療癒爆發力？不對……我訝異地發現我開的那兩槍根本連她的衣服都沒射破。我瞥向我閃開的那一槍打在地上的位置，發現它在街道上濺出一片血紅。

是顏料。子彈擊中物體時就爆開濺出顏料。

「這是什麼圈套啊？」女人用質問的語氣說，還指著我。她的朋友——另外那個女人——也從附近的地上爬起身。「勞爾，你以為我會相信在千鈞一髮之際，剛好就有人來救我嗎？」

「跟我們無關。」被我打斷手腕的男人說。看來這個傷不會自動痊癒。「他是別的派系的。」

所有人都望著我。

「我是……呃……」我清了清喉嚨，抬頭挺胸地說。「我是亞隆尼亞的蓋洛米納斯（Kairominas），堂堂天帝——」

「哎唷喂呀，」女人說。「是個中世紀咖。」

「沒錯。」其中一人附和，眼睛盯著手臂上的裝置瞧。「剛才的殺戮在紀錄上顯示的是萬用卡。」

「我懂了，」我說。「這是……一場遊戲？」

他們不甩我。那女人——潔絲敏——躺回地上，毫不在意自己的外套和上衣都沾滿顏料。

「你的意思是我接下來兩個星期在本地人工智慧的眼中都是隱形人，結果我的犧牲還不會讓任何相關人士得分？」

「至少他沒打斷妳的腕骨。」勞爾埋怨地說。他已經站起來了。「我要怎麼把手治好？馬爾地斯連編織骨頭的技術都沒有。」

「誰管你啊，」潔絲敏說。「被萬用卡殺死，你到底懂不懂這會害我的等級有什麼變化？」

「是妳自己答應要內鬨的，」另一個男的說。「妳自己要讓我們偷襲妳的，這可怪不了我們。」他伸手要拉她起來，她看看他，然後憤怒的目光掃向我。「都怪他。」

他們又都打量著我，我手持就地取材的武器，感覺自己非常突兀，不過我仍然直視他們，畢竟我貴為一國之尊。

他們也一樣，我提醒自己。我從他們的態度看得出來——包括潔絲敏拒絕別人幫忙，自己從地上爬起來；勞爾把疼痛吞下去，刻意忽略他的傷。他現在正跟某人通話——朝著他沒受傷的手腕上的裝置發言——針對我的殺戮行為提出質疑，宣稱應該把功勞記在他身上，因為是他設下了陷阱。眼前每一個人都習慣當在場最重要的那個人。

等他們決定我和他們沒什麼關係之後，他們便散開來站著，有的在朝手腕上的裝置說話，有的在彼此交談。第三個男人，也就是一直沒說話的人，與我到場時已經死在地上的那個女人一起漫步離開。

「奇幻咖啊，」他對女人說。「妳真該看看他怎麼衝過來，一副要英雄救美的姿態，就只缺一套盔甲和一匹駿馬。」

「我真不懂沃德幹嘛做這種事，」女人回應。「讓他們在那種野蠻又原始的環境裡長大。」

「這不是沃德的錯，」男人說，他們的交談聲漸行漸遠，只留我一個人在街道上。「他們是根據每個人呈現出的人格來分配境界的，他屬於那裡。」

而不是這裡——他的語氣隱然透露這股意味。我把金屬棒丟到一邊。天啊，我討厭這個地方。

陛下，貝斯克的聲音帶著頹喪在我腦中響起，微臣聯絡了沃德，他們一開始反應還滿積極的，可是沒多久就回覆訊息說您不會有事。他們……他們聽起來樂在其中，陛下。

太好了，這下我在沃德眼中也成了個傻瓜。我走過去，從街上撿起我的手槍，然後把最後一發子彈射向地面，看著它噴濺開來的顏料痕跡。

陛下，發生什麼事了？貝斯克問，由共感連結研判，您似乎心情不佳。

我沒事，我邊回答邊離開遊戲現場，只留下一些在我看來仍舊怵目驚心、極像真血的顏料。這是場遊戲，貝斯克。

一場遊戲？

沒錯。你給我的那種武器已經被這個境界的程式改造過了，它們只會發射非致命性子彈。實生人利用這項事實發明了一種彼此暗殺的遊戲，之類的。

有意思，貝斯克回應，我們的卷帙說在馬爾地斯發射手槍會有相應的後果，我解讀為沃德禁止這種行為。

不，我回應，所謂的後果是如果你被「射殺」，當地的虛擬人就會看不到你，效果持續幾週時間。

這倒也說得通。如果說這個境界的政治主流就是巴結選民，那麼徹底「被迫暫停」幾週時間確實是很嚴重的後果。這樣會使得遊戲更刺激卻不危險。儘管這個境界的多數地區都很平靜，很適合開會、用餐、享受夜生活，不過政治次主題讓實體人也能加入遊戲。你可以加入一個幫派，試著占領一片市區，打造你的犯罪帝國。

也許在我七十歲出頭的時候會覺得有意思吧，因為那時我還童心未泯。現在呢，這種遊戲實在太單純了。想到如果遭遇真正的危險，我腋下的武器一點用也沒有，只讓我心情更加陰沉。

⩔

餐廳位於市中心一棟大樓的高樓層，有一條人龍正等著進大樓，不過我直接從他們旁邊走過去。我當然不會慢慢排隊。

沒人亦步亦趨地跟著我，感覺真奇妙。沒有僕人，也沒有衛兵。守在門口的男人鞠躬行禮，然後揮揮手放我進去。我瞄到他拿著一個夾紙板，紙上印滿人臉，包括我在內。先前那場槍戰中的幾個人也出現在頁面中，我猜這張紙讓他知道目前有哪些實生人來到這座城市，好讓他知道該服從他們。住在本市的實生人數量很少——幾百萬人之中也許只有一百多個，剩下的都是虛擬人，就和其他境界一樣。那些模擬存在在境界內出生，一生都將待在同一個地方。

沃德大可以直接寫入守門人的程式，讓他不必拿著名單就能辨認實生人，但那樣會破壞假象。這些人到底知不知道他們的本質？我的境界裡只有少數人知道而已，知天命年的規則不適用於他們，所以他們唯一能聽說真相的來源，就是我或沃德卷軸。

我搭乘一個用電線吊起的玻璃板箱子上到頂樓，由侍者引領到一張離其他人稍遠的兩人座桌子。從這個座位能欣賞到朦朧的城市。好多盞燈啊，這個地方似乎有股活力，我喜歡，雖然它和大極光仍然沒得比。

我坐下來，心不在焉地把外套交給旁邊的僕人，我相信它最終還會回到我手上。我瀏覽菜單，點了一小套酒水——十六杯的酒，每一杯各裝一口分量的不同酒款——好讓我決定要用哪一款來佐餐。僕人聽了我的要求拚命眨眼睛，也許我點太少杯了。雖然我沒聽過這些酒的確切名稱，不過品名的用語和我那裡倒是相差無幾。

有意思的裝飾風格，我用心電感應向貝斯克說，一邊打量著放在我的桌子中央、用玻璃罩住的小蠟燭。*完全沒有壁爐。有柔和的音樂、幽暗的燈光，氣氛挺不賴的。*

陛下，您希望我解散皇家鼓樂隊嗎？

不用，但替我查出這裡的音樂是用什麼樂器奏出來的。

一名僕人端著滿盤的酒杯走過來，我選了一杯湊到嘴邊，然後僵住了。有個女人婀娜多姿地穿過一張張桌子，朝我的方向走來。她穿著一件紅色長禮服，但和我的境界裡的服裝風格大不相同。這件衣裳很貼身，側邊開了衩，領口設計得很典雅，有好幾層褶邊。她穿著後端有尖刺狀鞋跟的鞋子，留著及肩的深色秀髮。

我放低杯子。這女人渾身散發著某種氣勢，僕人紛紛讓路給她，她走路的姿態也像是勢不可擋。她的步伐緩慢、自信，有人甚至把桌子挪向旁邊，以免擋了她的道。她完全沒往下看或停頓腳步，她只是直勾勾地凝視著我。

酒杯從我指間溜走，紅色的汁液灑在桌布上。我咒罵一聲，張開手掌來汲取極光能量，用來……

嗯，我原本打算摧毀酒汁的色素，使它變得無色透明，再汲出水氣，將它分割成組成水分的兩種基礎氣體，這樣桌布就變乾了——前提是我要能使用矛術。

結果我瞪著桌布，眼神渙散地切換到矛視狀態，卻置身全然的黑暗中，又趕緊跳回正常視界。

「你就是那個人嗎？」女人走到桌邊問。她原地站了一會兒。「你應該知道和女士會面時，應該要站起來才合乎禮節吧？」

「向天帝行禮也是合乎禮節的表現。」我邊說，邊用餐巾蓋住酒漬。

「噢，真是太好了，」她邊說邊坐下來。「你是那種人。」

「我是亞隆尼亞的蓋洛米納斯一世，」我伸出一手說道。「十七盞燈籠之守護者，終極矛術之大師，蓋爾伯麥斯屠龍者。」

「魔法王國境界，」她忽視我的手，逕自滑坐到椅子上。「你是騎獨角獸來的嗎？」

「我們沒有那種東西，」我沒好氣地說。「妳呢？」

「叫我蘇菲（Sophie）就好。」

「妳從哪來？」

「一個新興平等境界，」她說。「我發起全球性的公民權利運動，帶領人民進入革新時代，然後以首位女性全球總統的身分連任五屆。」

「了不起。」我試著展現禮貌地說。

「其實沒什麼了不起的，」她說著朝一名僕人招招手，要他給她送酒來。「我只是扮演他們給我設定好的角色。」

「這樣啊。」

我們瞪視著對方。剛才灑的酒已像血一樣滲透餐巾，不過蘇菲似乎並不在意，她一直在看我。

「幹嘛？」我終於沉不住氣問。

「我正在想辦法摸透你。」她說。

「聽起來妳好像自認為已經摸透我了。」

「你很自大，」她說。「但我們都一樣。你服膺權力主義，你來這裡是因為接到命令，即使你並不想。你偏好掌控周遭的一切——我會在你的宮殿裡看到完美無瑕的花園，還有中規中矩的畫作，掛在老實的建築師打造的建築物裡。我早見過幾百個像你這樣的人了，或許有幾千個。你們權傾一時，本人卻枯燥乏味。」

你知道嗎，我在心裡對貝斯克說，也許我終究不該故意選名單上最不速配的……

貝斯克設法克制住自己，沒有回應我說的話。

「我說啊，」我費了點工夫控制我的語氣。「如果妳對我有這麼多成見，幹嘛還來見我？我可以從妳的語調猜到妳對威權很不屑，不過對統治全世界的總統來說，這點還滿奇怪的。」

「我辭掉了。」她漫不經心地揮揮手說。

「妳……什麼？」

「我放棄當總統了，」她說。「在某一次全球理事會會議中間，我直接走出會場。我這麼一搞，在那些程式腦組成的螞蟻窩裡引起很大的騷動，然後我溜進一個高科技境界，學會一些嚴格說來我的境界並沒有禁止使用的科技，然後回到我的境界，組織一支擁有先進武器的反叛軍。我們摧毀了世界和平，開啟一場現在還在進行的世界大戰。」

我張口結舌。

她聳聳肩，有個僕人拿了一瓶酒來，替她斟了一杯。

「那……那太可怕了。」我說。「要犧牲多少性命啊？」

「什麼？難道你就沒有發動過任何戰爭嗎？」她打趣地問道。「皇帝先生，我猜程式跑了一圈，你就坐上王位了？」

「戰爭是必要之惡，」我說。「為了一統的大業。在我年輕的時候，我的境界是由四十個王國組成的，全塞在同一塊大陸上。流血廝殺是家常便飯，只有統一才能阻止這種情形。」

「當然，」她說著吞下一口酒，她似乎毫不在意這是哪一款酒。「你找到失落的大陸了沒？」

「沒有這種東西。」

「當然有啊，」她說。「一定會有失落的大陸，一旦你開始覺得人生乏味厭膩了，程式設計師就會變出失落的大陸，它可以給你帶來新的挑戰，讓你重新動起來。它應該會占據你一兩個世紀的時光，讓你老到連沃德的科技都沒辦法使你的大腦繼續運作。到時候他們會再給你幾年平靜的日子過，然後你就死了。」她得意地衝著我笑。「我讀過奇幻境界的事，失落的大陸通常只是在你的魔法之下保持隱藏的幾個地方之一。」

貝斯克，把她說的話都記下來，我心想，但表面上只是淡淡地笑了一下。「如果真的發生這種事，我們自有應對之道。我比較好奇妳和妳的戰爭。的確，我做過一些可怕的事，但至少我的殘暴是有意義的。但聽起來妳發動戰爭只是為了破壞別人的生活。」

「破壞別人的生活？我很懷疑沃德會注意我在幹嘛。」

「我指的不是沃德的生活，」我說。「我指的是在妳的境界被殺死的人民，那些因戰爭而死的人民。」

她搖了搖手指。「那些人？只是電腦裡的幾位元罷了。」

「只是幾位元……」我歪著頭。「我覺得這是我聽過最粗糙的發言了，而我還曾經和蠻族作戰呢。」

她聳聳肩，把剩下的酒喝掉。

「妳真的不認為虛擬人是真正的人類？」

「當然不認為。」她說，「他們所有的『感覺』都是虛構的。」

「我們的感覺也是虛構的。」

「我們有身體，嗯，至少有一點殘存的部位。」

「身體有那麼特別嗎？」我質問。貝斯克和薛爾……都是我的朋友，我覺得必須護衛他們，以及他們的同類。我的子民才不只是電腦裡的幾位元。「妳和我，我們是有大腦沒錯，我們的『感覺』和『思想』都是在我們腦子裡遊走的化學造成的結果，這和虛擬人的情緒又有什麼很大的差異嗎？管它是位元還是荷爾蒙，有差嗎？」

她冷冷地瞪著我。「當然有差，這整個世界，每個世界……都是假的。」

「『真實世界』也是假的啊。外頭的人觸摸一樣東西時，他們所謂的『感覺』，也只是物質中的電子反推他們指尖的電子所造成的電磁推力罷了。當他們『看見』東西，實際上只是光子擊中他們的眼睛。一切都是能量，規模很小的能量。」

「對一個奇幻咖來說，你的科學涵養還真不賴。」

「奇幻未必就和原始畫上等號，」我說。「我相當確定我讀到過，沃德是認可虛擬人擁有人權的。就算某個境界的實生人死了，他們不也會讓那個境界持續運作嗎？」

「是啊，」她說。「但他們遲早會把那個境界推導成亂世，然後送進一個剛出生的實生人，讓他在裡頭成長，並且再度統治它。言歸正傳。你這輩子有什麼成就，真正的成就？」

「我統一了──」

「我問的是他們不能打從一開始就寫好程式的成就，」她說。「真實的東西。」

「我已經說過我不認同妳對『真實』的定義了。」

「但你認同他們大可以在創造你的境界時，就設定成祥和的社會吧？設定成有妥善運作的世界政府？」

「應該吧。」

「他們覺得需要找事情給我們做，替我們找樂子，分散我們的注意力。我們的人生不過就是如此：複雜的模擬娛樂世界。他們讓我出生在一個深受舊地球過時社會制度所苦的境界裡，好讓我能改良這個制度——達到真實世界早在幾世紀前就完成的進度。真的很沒意義。」

我扠起雙臂靠在桌上，眼睛望向窗外。

「怎樣？」她問。

「我討厭辯輸，」我說。「但妳說得沒錯，那部分……那部分讓我很在意。」

「哈，」她說。「沒想到你會承認。」

「問題不是出在模擬環境上，」我說。「虛擬人也是人，他們的感覺——我的感覺——都是真實的。我討厭的是沃德會暗中破壞我們的權威。我原本應該是可以接受的，只不過我有點擔心他們刻意把挑戰設定在剛剛好的難度，夠刺激卻又不會難到讓我們輸掉。至少我們還是會死。」

「哈，」她擺擺手說。「那是個迷思。」

「什麼？才不是。」

「我向你打包票，沒有一個實生人會有老死之外的死法——他們至少要活到只剩幾百年壽命，沃德才會開始容許他們影響彼此的境界。我們可以殺害彼此，但是我們的模擬環境……不，那是絕對不會傷害我們的。我看過一些境界的實生人，他們簡直廢到了極點，卻還是有辦法完成他們該完成的小小成就。」

我沒回答。

「你不相信我，」她說。「我可以提出——」

「我相信妳，」我說。「我本來就知道了。」

這是事實。噢，我本來不想講出來，連想都不敢多想，但我早就懷疑是這麼回事了。打從我第一次到邊陲境界去過以後，就開始擔心這件事。

這也是我之所以避著其他境界和其他實生人的真正原因。我們做的一切就像街上那群玩漆彈的人一樣，我們的人生就是一場遊戲。

我心底暗藏的憂慮不只是怕自己很平凡，更怕我是個嬌生慣養的傢伙，有如搖籃裡的嬰兒。

「很抱歉，」她說。「我們裝作若無其事的過日子還是比較好，對吧？」

「比較好這個形容詞有點曖昧不明。」我再度望向窗外。雨又開始下了。「我還是覺得我們的人生可以是有意義的，意義就在我們拚鬥的過程裡，在我們的人格裡。」

「噢，我的意思並不是人生沒有意義，」她說。「我只是覺得我們不該讓他們用銀盤端給我們的意義成為真正的意義，就像這次會面。先前要求和我會面的實體人，統統都被我拒絕了。」

「那妳這次為什麼來了？」

「因為你是第一個從速配度墊底的名單上挑中我的人，我很好奇。」她打量我，搧著長長的睫毛。她說因為好奇？那又為什麼要特地挑一件漂亮禮服，還化妝？

天啊，我看著她心想。*天啊，我竟然對她感興趣了。*真是意想不到。我伸手去拿新的一杯酒。在桌面上——看起來就像刻在桌布裡似的——我潑灑的酒漬旁邊出現一些字。

我要來了，兒皇帝。你會尖叫的。為了你好，我必須做這件事。

該死，是密爾西，我心想。*真會挑時間*。我連猜都不想猜他是怎麼駭進公共境界的。

「我們走吧。」我說著站起來，把餐巾移過去蓋住密爾西的訊息。

「走？」

「我對食物沒什麼興趣。」

她聳聳肩，站起身。「我們都只是浮在營養液裡的大腦，食物是一種安慰劑，能幫助我們假裝正常。」

我們離開桌子，從一名困惑的僕人身邊走過，他正用推車裝了豐盛的餐點朝我們的桌子走。我走回門廳，運送我上樓的箱子就在那裡，但我沒走進去，反而推開一扇標注著「樓梯」的門。

蘇菲跟著我通過那扇門。「這個舞台變換還真不錯。」她邊說邊打量冷清的石板樓梯間。

我開始爬樓梯。「這裡的人穿的鞋子太可笑了，靴子有什麼不好？」

「除了不雅觀之外嗎？」

「這話竟是從穿著鞋跟和手掌一樣長的女人嘴裡說出來的。」

「這雙鞋在一般人眼裡非常時髦，」她說。「而且用它搭配我身上的禮服，可以完美激發我的女性主義靈魂。」她露出燦爛笑容。

「妳真是特別。」

「當你發現守舊的環境迫使你為了全體的權利而成為激進的自由鬥士，你的心理會有很奇怪的變化。」她開始跟在我身邊爬樓梯。「我得反抗這件事，卻不曉得該成為什麼樣的人才好。我唯一能想到的——真正困難的挑戰——就是成為徹底的無政府主義者。他們替我打造了完美的世界，所以我得把它給毀了。」

「破壞並不困難啊。」

她露出凶狠的笑容。「如果你反抗的是沃德想要的結果，你才能成為真正的戰士，才能面臨真正的挑戰。別無他法，一定要跟他們唱反調。」

我咕噥一聲表示贊同。

「話說回來，」她說。「剛才桌布上的字是怎麼回事？」

「妳看到啦？」

「我當然看到了，一開始我還以為你在藏一小瓶毒藥呢，結果只是字而已。」

「那是一段訊息，」我說，這時我們已經爬上一層樓了。「我的死對頭傳的。」

「死對頭？」她打趣地說。「你才國中二年級嗎？」

「我不知道國中是什麼。」

「讓孩子們去的地方。」

我沒說話，只是靠著樓梯扶手停了一會兒。

「說真的，」蘇菲說。「你怎麼會有死對頭？是你家鄉某隻打不死的惡龍之類的嗎？」

「是另一個實生人。」

「噢，這就難怪了。你應該知道你只是落入沃德的布局了吧？跟另一個實生人纏鬥，可以讓你們雙方都有事忙。」

「也許吧，」我承認。「一開始感覺確實是這麼回事，只不過……我不覺得密爾西的表現符合他們的預期。」

「什麼意思？」

「說來話長。」

「看起來我們還剩很多階梯要爬，如果你打算爬到頂樓的話。」

我嘆了口氣，開始爬接下來一層樓。「我和密爾西第一次打交道的地點在一個邊陲境界裡……」

我和密爾西第一次打交道的地點在一個邊陲境界裡，不過我甚至不確定那次的談話對象就是他。

我帶著整支軍隊進到邊陲境界，共有五萬人之眾。當時邊陲境界對我而言還是一片新天地，我可不敢抱持任何僥倖心理。

我是搭乘一座小型懸浮平台去的，寬度大概只有五步的距離。平台的前端和側邊都加高了，看起來像一輛戰馬車——不過少了輪子和馬。我身邊的空間勉強夠讓薛爾和貝斯克容身。

我的前鋒部隊已經在巨大山谷的邊緣就定位，那座山谷占據了邊陲境界的大部分面積。我們抵達之後，我轉身回望穿過森林的寬闊道路。我們是從我的境界內的伊瓦斯提叢林上路的，在這條魔法之路上飛了大約半小時後，四周的樹木便開始轉為這裡的松木和山楊木，最後，這條路把我們帶到這個地點。

「看來我們脫離我們的世界了。」我身上穿戴著燦亮的護胸甲和頭盔。「我怎麼還能看見大極光？」

我一路上都隔著雲層在觀察它，帶著恐懼等著它消失的一刻降臨，結果這一刻一直沒來。的確，從這裡看去，它顯得異常遙遠——在森林後方的山峰高空煥發著它氣象萬千的光芒，但我還是能看到它，而且切換到矛視後，我也確認了自己還能感應到它的脈動，儘管比較微弱。

「真是令人詫異啊，陛下。」貝斯克捧著一本翻開的巨大卷帙，頁緣用大頭針釘住，以免在飛行途中被吹得亂翻。「這個境界並不是完整的世界，它的範圍就只有這座山谷，以及環繞它的森林。到了那邊的森林邊緣，這個境界就這麼……淡化了。要是有人朝那個方向走的話，他們會陷入濃濃的迷霧中，然後再從山谷另一頭穿出來！」

薛爾咕噥了一聲。「那表示唯一的出口……」

「沒錯，就是我們來的路。」貝斯克邊說邊指。「還有另外兩條類似的出路，各自通往其他兩個實生人的境界。若是沒有實生人的幫助，虛擬人是沒辦法由魔法道路進出這座山谷的，而這個境界的原住民就只有模擬存在而已。這個境界的存在意義完全是為了讓我們去遊覽。」

「或是去征服。」我說著，同時用心念指示我的平台升高。

平台戲劇化地向上升，衝到比我的軍隊更高的位置，不過二十幾座和它極為相似的平台——

上頭站滿我最優秀的弓箭手——立刻跟進以提供保護。從底下向上看，每座飛行戰車長得都很像，想攻擊我的軍隊很難辨明我在哪一座上頭。

我從這個優越的位置能看到貝斯克提到的濃霧，它先是吞噬掉我們後方的森林，再一路延伸到山脈那裡，看起來只是單純的美景。不曉得用飛的能不能到達山脈。

雖然這個境界到森林裡就消失了，不過它還是有不小的領土。我勉強能看到森林另一頭的濃霧外圍。如果必要的話，我可以組織一支軍隊駐守在森林裡，用我的兵力堵死另外兩條出入道路。我們絕對可以善加利用這個境界的特性；要是我需要在短時間內把部隊弄到戰場另一頭的話，只要派他們向後穿過濃霧就行了。

其實一切似乎都太過美好了。在我已經擁有全世界的現在，竟然又讓我發現這樣一個地方，使我心癢難耐，有如芒刺在背。我以為已經無事可做了，但若是還有很多像這樣的邊陲境界存在，那麼我還有很多可征服的目標。

我下令平台俯衝飛回軍隊前端。這個邊陲境界的原住民戰鬥裝備很原始——用的是矛和木頭盾牌。他們皮膚是深紫色的。我瞥向貝斯克。

「我們派出的先遣偵察兵回報說，他們的膚色源於吃下大量當地樹木製造的香料。」貝斯克說。「這種香料能使人變成優秀戰士，不但能毫不疲倦地連戰好幾個鐘頭，連致命傷口都能復元。此外，他們似乎還能取得一種從山谷某處開採的奇特金屬，但他們對此事三緘其口。他們用金屬做的矛能切開鋼鐵，就像切奶油一樣，陛下。」

「阿蓋，他們會是很好的子民。」薛爾說，一邊遙望著排列整齊的原住民，他們排成作戰陣式後蹲下——跟我的大軍相比實在少得可憐，而且我的飛行平台也讓他們看傻了眼。「你的將軍們早就抱怨底下的精兵數量不足了，再說那種金屬……」我能聽出他語氣中的飢渴。「你自己也說過，我們總不能永遠依賴魔法寶劍，因為對你來說，為極光石充電實在太浪費時間了。」

「陛下，這座山谷也有非軍事方面的用途，至少我們可以和他們交易，」貝斯克說。「微臣相信您的科學家們看到那種香料時都會大為振奮的，它的療效能拯救數千條性命呢。」

「是啊，」薛爾說。「如果你想把每個摔斷腿的小孩都改造成超級戰士的話。」他搓摩著下巴。「其實這主意似乎不錯——」

「那種香料要先頻繁使用，才會發揮那種功能，薛爾。」貝斯克說。

「你是說我得先打斷很多條腿囉？」

我通常不會認真聽他們鬥嘴，不過這種情形讓我欣慰。最近薛爾在貝斯克面前總是有點放不開。我由著他們你來我往，轉而將注意力放在原住民的首領身上。他們的首領是三個持矛的女人，臉龐塗成白色和紅色。我切換到矛視，向大極光汲取能量。能量傳輸拖拖拉拉的，熱力波的溫度也沒平常高，但我的魔法仍然有效。我在我們的戰車周圍包了個小型隱形氣泡，然後俯衝而下，懸浮在三位首領面前。這個氣泡能反彈任何攻擊，也會改變穿透氣泡的聲音，使它……

「你好。」其中一個女人說。我聽得懂她說的話，因為用矛術製成的防護罩還兼具翻譯機的功能，因此她說著我的母語。

「妳應該尊稱他為皇上。」薛爾說。

「他並不是我們的君主，」女人說。「他的軍容是很壯盛沒錯，但如果他打算用武力奪取這座山谷，他將見識到他的能力有多貧乏。」

「想必，」貝斯克說。「你們能理解與我們結盟有多大的好處吧！雖然你們的戰士充滿傲氣，卻也忍不住敬畏地仰望我們的飛行機器。蓋洛米納斯天帝如果想的話，絕對能夠征服你們，但何必逼他出手呢，我們一定能談出兩全其美的結果來。」

他們在交涉的時候，我突然發現我知道首領們會說什麼了。倒不是因為我懂讀心術，而是因為這個局面太明顯了。隱密的山谷，加上通往不同境界的道路，彷彿有人在向我輕聲訴說這地方存在的目的。

「你們要知道——」酋長開口說。

「他在哪裡？」

「誰？」

「另外那個實生人，」我說。「妳正準備告訴我們妳遇見了另一個像我這樣的人，他還在這裡嗎？」

薛爾和貝斯克看我的眼神好像我瘋了似的，不過那個原住民女人對我的詢問並不訝異。

「沃德，」我對同伴說。「他們刻意讓我們發現這個地方，他們創造它時讓它與好幾個境界相連，並且使它蘊含我們都會想要的珍貴資源。想在這裡取得勝利的關鍵，不在於說服這裡的人，而在於打敗另一個實生人。」我看向那個女人。「這就是妳剛才想講的事，對吧？你們見到我軍的雄偉，知道你們避免不了被征服的命運。你們唯一能做的就是選擇要臣服於哪一個實生人。」

「我們會選的，」女人語帶不滿地說。「你要證明你比其他人強，贏取我們的效忠。到時候我們會喊你皇上的，陌生人，但不是現在。」

顯然這是她的「概念」：勇敢又務實的酋長，她已經看透這些侵略行動的本質。不用懷疑，如果我贏得她的忠誠，她一定會是個持久而強大的盟友。為了達到那個目標，我必須做一件從來沒做過的事：擊敗另一個實生人。

我發現這種概念讓我很亢奮。在這個時間點，我的領土已經維持了二十年的和平。我渴望新事物，渴望我的境界無法提供的挑戰。

另一個實生人。另一個帝王，就像我一樣。這會是我從未交手過的敵手。

「我重複我的問題，」我對那女人說。「他還在這裡嗎？」

「是的。」

我精神一振。「在哪裡？」

「在我們的村莊裡，如果你想見這位密使的話，就得和我們一起走。」

「這不是——」薛爾想反對。

「我們就這麼辦。」我邊說邊迫不及待地爬下戰車。

薛爾看起來悶悶不樂的——貝斯克也是，我要他留下來坐鎮當指揮官，以防萬一。我並不擔心，只要有大極光當我的後盾，我自己就等於千軍萬馬。

酋長說她的名字叫勒梅，她帶著我們通過木柵門，進入滿是茅草屋和石舍的村莊。村民的膚色是淡淡的紫色；我猜想戰士香料主要是保留給上流階層使用的。我不用問就知道，他們世世代代都在和這個境界裡的其他部落戰鬥，因此而深諳戰爭之道，而且相信他們的山谷就是全世界。

我跟著原住民儀隊一起走，直接進入他們的村莊，而之後我熟悉的生物——密爾西就在村裡等我。

ж

我在樓梯間的頂端停下來。

「然後呢？」蘇菲問，一邊跟在我身後爬完最後幾級階梯。

我們來到一扇門前，我希望它會通往屋頂，但有條鐵鍊將門鎖住了。我切換到矛視，汲取大極光的力量來——

不，我沒能這麼做。該死。過去兩世紀以來，造物的力量就在我觸手可及之處，積習難改。

「來。」蘇菲從她的手提包裡取出某樣東西，同時我脫離矛視。那是一把很小的手槍。「把耳朵塞住，皇帝老哥。」

「那沒用的，」我說著，還是塞住了耳朵，因為我想起今晚稍早時這種武器製造的巨響，「手槍的程式已經被改寫過了，只會射出顏料——」

槍口迸出震耳欲聾的聲音，打斷我的話。這次我沒有直接控制我的心智爆發力，因此突如其來的爆破瞬間啟動它。我以慢速看著鐵鍊碎裂。蘇菲的手槍射出來的絕對不是漆彈。

「這種東西在這裡不該存在的。」我放下塞住耳朵的手，她則把手槍收好。

「我很擅長做不該做的事。」她說著踢開那扇門。

她絕對不可能用那雙高跟鞋踢得這麼有力，我用心電感應對貝斯克說，她用了駭客技巧。要不是她的腿上裝了力量強化器，就是那雙鞋只是幻象。

沒有回應。

貝斯克？

心靈連結一片沉默，我最後一次聽到他發言是什麼時候的事？

我有不祥的預感。我該趕快跑嗎？

別傻了，我對自己說。我在沒有貝斯克的照顧之下也好好地活了幾百年。話雖如此，我踏上屋頂時還是有一點小心翼翼。

天空正飄著雨，不過只是細緻的雨霧。「我說啊，」蘇菲邊說邊橫越屋頂。「在你的境界裡，爬樓梯算是很浪漫的約會行程嗎？」

「屋頂是我們不該來的地方，」我走過去和她一起站在屋頂一側，那裡有個凸起的架子能避免我們失足墜樓。「我想妳會喜歡。」

「我們到不了不該來的地方，」她說。「每個境界，每一寸數位空間，都是為我們製造的。」她遲疑了一下。「但我很懷疑沃德會料到我們這麼做，所以我也夠滿意了，即使爬上來這裡的過程還挺討厭的。」

「妳並不喘啊，」我說。「妳的體能有助力。」

她笑而不答。

我深吸了一口濕潤的空氣。我有多久沒到外頭來淋雨了？我周圍一向有能量氣泡來保護我免受日曬雨淋。

「也許他們不該告訴我們的，」我說。「關於我們的現實世界只是模擬環境的事。」

「別說蠢話，無知並不是福。」

「我不知道……」

「你應該為了謊言和虛假而憤怒才對。」

「為何？」我問。「他們等我們年紀到了就告訴我們真相，而且他們做的一切都是為了讓我們的人生更美好。」

「我們就像籠子裡的小白鼠，」她沒好氣地說，倚靠著護欄眺望陰暗的城市，看著在霧雨中閃爍的萬家燈火。「這籠子很漂亮，但仍然是個籠子。」

「也許吧，」我學她倚靠欄杆往前傾。「但我實在很難對沃德生氣。要是沒有這個系統，妳和我很可能都不會存在了。除了這個方法之外，地球哪裡能供應這麼龐大的人口？我們的人生很充實，每個男人都是英雄，每個女人都是領袖，只是……」

「感覺有點空虛？」她問。「好像我們都活在電影裡？」

我不知道什麼是電影，但還是點點頭。「當然，有一部分還是很真實的，蘇菲，像是我的成就、我學習到的事。即使整個框架是虛構的，我還是真的辦到了一些事、拯救了一些生命。」

「假的生命。」

「是人命，我保護了他們，英雄精神是真實的。」

「英雄精神？皇帝老哥，你根本死不了，哪來的英雄精神可言？他們就像往水裡丟了一些小紙人，而你跳下水去救起幾個來，還引以為傲，可是事實上沃德名副其實地只要動動手指，就能再製造出十億個小紙人——甚至讓已經死去的小紙人復活。至於你的『成就』，我猜他們把什麼東西懸在你面前引誘你，例如只有你才能學習和精進的特殊技能？」

「我們稱之為『矛術』，」我承認。「妳大概會稱之為魔法。我一直在探索矛術最深層的祕密。」

「我心目中的胡蘿蔔是境界本身的性質，」她對於雨水毀了她的妝容和髮型毫不在意。「我想知道現實的真相，那驅使我研究、學習。我越是深入，越能體會到他們的幻覺扎根得多深。他們甚至利用我的求知欲來對付我，一次給我一點點資訊，好讓我保持興趣、保持好奇。他們無所不用其極地要讓我們的人生看似充滿意義。」

「很難為此責怪他們。」

「但也不會使我們的人生令人稱羨，」她說。「沃德只是照顧者而已，他們每天都坐在終端機前面，以清淡無味的湯裹腹。」她敲了敲護欄。「我說過你應該憤怒，我也是。不過說實話，最近我很難對任何事生氣。」

「所以妳才……」

「所以我才為所欲為。」她說。「我製造衝突，挑起戰爭，緊抓住任何能觸動我情緒的事物。我本來滿心期望今晚見到你會討厭死你，因為速配度預測結果顯示我們絕對合不來。」

「他們說對了嗎？」

「不，真不幸。」

「真不幸？」

「我說過啦，衝突很有趣。」

「如果妳想要的話，我可以揍妳一拳。」

我們沉默地站著，這時我發現一件事。我最近都沒在外頭淋雨是有合理原因的，我覺得又冷又不舒適。我把外套和帽子留在別處了，也許有這兩樣東西會好一點。

「這太蠢了，」我說。「我得趕快把這件事辦完，回到我的子民身邊。」

「啊，沒錯，真是老套。」

「妳這話的意思是……？」

「你符合原型啊，」蘇菲說。「我們才剛進行了一場有深度的談話，探討我們毫無意義的人生——結果你還是急著想回去當皇帝。」

「我就是我自己。」

「而你自己是他們做出來的。你有你的『概念』，就和其他模擬存在一樣根深蒂固。」

「我是真的，」我回嘴。「而且可不會只因為有存在主義的危機，就棄我的王國於不顧。」

「我猜你這樣想很高尚吧，」她說。「人造的高尚，這是你的金字招牌，角落裡還有小小的版權符號，不過仍然只是真品的表親而已。」她兩手伸向背後，拉下禮服拉鍊。

「我……妳在做什麼？」

「我們來這裡不就是為了做這件事嗎？」她說著同時將一條手臂由禮服的肩帶下抽出來。

「好讓沃德他媽的別來煩我們。繁殖我們的物種，讓生命之輪永恆地轉下去。」

「妳要在這裡、在雨裡做？」

「對啊，又不用搞得多唯美，只要完事便成了。我們就在這個小數位箱裡做愛，然後沃德會採集我們的基因，合成一個新的孩子。我會讓你挑選孩子的姓名縮寫，我可能會為了好玩而幫他們亂取可怕的雙關語。」

她上半身的禮服褪下了，衣服底下什麼也沒穿。她瞥見我露出訝異的表情，伸手到背後把拉鍊更往下拉，它卡在她背部中間的位置。「怎麼，你難得看到女性裸體嗎？」

「難得？我之前有一整個後宮耶，蘇菲。」

「還真沒想到呢，」她說。「男人。」不過她的臉頰還是漲紅了。「仇女的、可怕的、粗野的男人。」

「妳在想像年輕時那個奉行女性主義的妳，會對跟一個有後宮的男人上床有什麼反應嗎？」

「當然，」她說。「只要我對自己在做的事感到驚恐，就表示我一定選對路了。你可以幫我拉一下這該死的拉鍊嗎？雨水的關係……」

我走過去幫忙。雖然淋著雨，我卻覺得燥熱。我伸手探向拉鍊時，手從她赤裸的肩頭擦過。我的體溫和她的體溫混雜在一起。

天啊，我突然醒悟，我有好多年沒有這麼渴望一個女人了。應該說有好幾十年了。

「真希望我們能處理一下這陣雨，」她說。「等一下應該會有點干擾。」

「在我的境界裡，我只差一點就能控制天氣了。一旦我搞懂這件事，我就是全能的。」

「他們會給你找別的獵物，」她說。「一向如此，他——」

整座城市都在搖撼。

我僵住了，拉鍊頭已經幾乎降到蘇菲背部底端。城市再度轟隆震動。雨勢突然很不自然地加強了一會兒，好像有人突然轉動蓮蓬頭開關，結果我們兩人被淋得渾身濕透。

第三聲轟隆聲傳來，音量比前兩聲小。「怪了，」蘇菲半裸著身子轉身察看，雨水由她的胴體流淌而下。「怎麼……」

陰暗的天際線後方，有個龐然大物陰森地冒出來。那東西有一雙火紅的眼睛，頭部和大樓一樣高。它笨重地緩步穿過漆黑，天空中不時閃現的閃電映在它的表皮上。

我發出呻吟聲。「妳還記得我說我有個死對頭嗎？」

「記得啊，你還欠我後半段故事呢。」

「嗯，他放話說要用新的機器人對付我。」我邊說邊匆匆越過屋頂，走到最接近那台機器的位置。它離得還很遠，不過從建築物之間挺進的方向，顯然是直衝我們而來。它跨出的每一步都撼動天地。

「哇。」蘇菲來到我身旁說，手還揪著禮服以防它整件脫落。「我以為沒人能夠侵入公共境界呢。」她仍然幾乎全裸。我發現她在雨中濕淋淋的身體，以及另一個方向的死亡機器，竟有一種性質類似的奇特吸引力。

我有種回春的感覺，我意識到，好像回到帝國統一之前。

「現在呢？」她問。

「我……」

「晚點再碰胸部，先對付大機器人。你這個死對頭駭客功力很強啊？」

我強迫自己抬頭看著她的臉。「強過頭了。」

「是啊，」她邊說邊拉起已經濕透的禮服。「如果他能駭進公共境界……嗯，我們有兩個選項。我們可以一直躲他，撐到沃德因為他公然違反邊境規定而來對付他，或是我們乾脆跑到另一個公共境界去，在那裡把正事辦完。我傾向選後者。」

「不，」我傾聽著咚咚聲，街上開始傳來尖叫。「傷亡人數正在增加，我可不會把那東西留在這裡，仰賴沃德去阻止它。」

「真的假的，你要挑戰那玩意兒？怎麼做？」

「我會找到辦法的。」我說完大步朝樓梯走去。

「你們這些奇幻咖實在很像童子軍耶，」她跟在我後頭說。「等一下，讓我把這該死的衣服穿上。在這個境界裡，實生人的身分並不會讓我有妨害風化罪的豁免權。」

我在樓梯口等她，急得坐立難安，她則把禮服的上半部也套上。要從這棟樓下到平面會是緩慢的過程。「我應該要料到的，」我在她走進樓梯間時說。「我稍早時和我的大臣斷了聯繫，我敢說一定是密爾西想辦法切斷連結的。」

我們開始下樓梯。我不敢信任用電線吊起來的那個玻璃箱子，因為密爾西已經駭進這個境界。

「他切斷你的心智連線，」她說。「真危險，你應該要警覺到才對。」

「我心有旁騖。」

「那我們回去你的境界吧，」她說。「我能忍受唱歌樹和精靈的時間，應該久到夠享受魚水之歡。」

「我不走，」我一邊奔下樓梯一邊說。「他會撕裂整座城市只為了搜找我。」

「為什麼？你到底對他做了什麼啊？」

我回頭看著她。「我不確定。」

「什麼？」

「快走吧，我們邊下樓，我邊解釋就我所知的狀況。還記得我去那個邊陲境界的事嗎？嗯，我進入村莊和他見面……」

Ж

我進入村莊和他見面，結果其中一間茅草屋走出一個鋼鐵人。

我曾經用死人骨頭造出魔像，用大極光的力量賦予它們動能。不過實驗證明，金屬對我來說是不堪用的素材，因此我對走到陽光下的這個類人生物相當感興趣。原住民都緊張地將矛尖對準它。勒梅酋長事先已警告過我，這個怪物剛來到山谷時，就殺死另一個村莊的幾十個人，然後才撤退。

它沒有眼睛或嘴巴，只有燦亮平坦的青銅臉皮，幾乎像戴著面具一樣。它的其餘部分輪廓和人類一樣，不過材質是銀色的純鋼。

它用沒有眼珠的視線對準我。「啊，」它說，它的聲音是金屬般的嗡鳴，顯然與人類不同，「看來你就是要和我競爭這裡的對手了？」

「你是誰？」我問，同時示意薛爾稍安勿躁。我的保鑣已經拔出武器、跨步向前。「你是金屬做的生物？」

「我和你一樣是實生人，」密爾西上下打量我。「這只不過是我使用的其中一種造型而已。你是從奇幻境界來的嗎？他們真的以為這對我是種挑戰？我的機器人軍團要不了幾個鐘頭就能殲滅——」

我轉身走開。

我沒辦法確切說明是什麼原因驅使我這麼做的，不過事後回想起來，我越來越覺得是因為一切都太順水推舟了。這麼完美的戰爭地點，在我的境界能安全無虞的地方，還擁有像是為我量身打造的理想戰略位置？還有提供給搶先攻占這個境界的人的豐富資源，而且競爭者恰恰好是三個實生人——不是兩人——有種鼓勵我們找人結盟的意味？

整件事的虛偽簡直就像甩了我一耳光。我們兩個人各自是整個世界至高無上的霸主，卻在操弄之下面對面、唇槍舌戰，像是酒吧中的戰士為了討好蕩婦而猛吹噓當年勇。

在那短暫的瞬間，我原本對於和同類對決的興奮感消失無蹤，不過之後密爾西試圖侵略我的境界時，興奮感又會再度出現。後來我們也在別的邊陲境界裡戰鬥過，我得承認我覺得那種競爭相當有意思。

但是就那一天而言，我總算看透事情的真貌了。這是一座競技場，而我們就像被丟進場中的兩條狗，等待分辨出誰會先讓誰見血。我一點都不想參與這件事。

所以我轉身就走。

「現在是怎樣？」我經過勒梅酋長時她問我。

「酋長，妳得和那個金屬人結盟了，」我擺擺手說。「我沒興趣。」

「可是——」

「小皇帝，你怕啦？」金屬人在後頭叫囂。

「是啊。」我轉身回應，不過我怕的不是他，或許是我脆弱的自我吧。只要我待在自己的境界裡，我就能假裝，就必須假裝。至於到了另一個境界時，尤其像這裡如此做作的境界時……不，我辦不到。目前還辦不到。

「這裡歸你了，」我說。「除非第三個實生人已經接到提示。是的話，你也可以跟他們對戰。替沃德跳舞吧，做他們的小傀儡。我可不幹。」

「我不是傀儡！」機器人的軀殼大聲嚷嚷。「你聽到沒，奇幻人？我不是傀儡！」

※

「我相當確定，」我氣喘吁吁地說，奔到下一層樓梯平台。「我不肯和他對戰冒犯到他了。我把邊陲境界拱手讓給他，他卻只是把它洗劫一空——搶走他們的資源，殺害大部分居民。我後來還不得不重新開啟我這一側的通道，派人援助殘存的原住民重建家園。「大概又過了十年吧，他攻擊在我附近的另一個邊陲境界，這次我的良心不容許我再忽視他了。從那之後，我們就三不五時會鬥鬥法。現在我和他的糾葛已經有二十年歷史，從第一次見面算起的話更有三十年之久。最近他甚至開始侵入我的境界，不過他的機器人在我那裡運作得不太正常。」

「哈，」蘇菲說，我們幾乎快走到樓梯底端了。「你應該明白在這裡和他對決有多瘋狂吧。」

我不發一語。

「他的機器人在這個境界裡能夠運作，」她的聲音在樓梯間迴響。「馬爾地斯有腕錶型手機和一些在年代對應的真實世界裡沒有的新奇玩意兒，你朋友可以利用這些科幻種子發揮長才，騙過程式讓他的機器能正常運作。我敢用任何東西來賭那台機器很危險，真的很危險。沃德的防故障裝置對它起不了作用。」

我點點頭，爬到了三樓。只剩一小段路了。

「所以麻煩告訴我，為什麼我們還要準備戰鬥？」蘇菲緊跟在我身後質問。「我們可以閃人啦。」

「聽著，」我猛然轉回身面向她說。「我這麼做是因為我一定要知道，好嗎？如果我們先前談的事都是真的，如果現在以前發生的一切都有安全網在撐著……那麼我就不知道、沒辦法知道我是誰。在這裡面對另一個實生人是找出答案的一個方法。」

她在樓梯間裡停住腳步，她腳下的台階上開始積了一灘水。「你是認真的，對吧？」

「認真得不得了。在這裡等我，我把他引到人口比較少的地方。」

「在這裡等你？」她問，我轉回身繼續下樓，她也跟過來。「在這裡等你？我可不是你那群頭腦簡單、穿著鎖子甲內衣的奇幻小妞，皇帝先生。我也是一國之君，你給我搞清楚，而且我不需要靠極權獨裁方式去保住那個位置。我——」

「好吧，妳能戰鬥嗎？」

「不太擅長。」

「那妳打算做什麼？」

「當駭客。」

那倒挺有用的。「妳能做什麼？」

「我可以讓手槍在這裡發揮功能，應該不需要我說吧。」

「我們還需要別的，」我說。「妳能讓我的魔法生效嗎？」

「那可是很高階的駭客技巧呢，小伙子。」她說。「這裡是非常不魔法的境界，就像我說的，連機器人都比魔法合邏輯多了。」

「對啦，那妳到底能不能辦到呢？」

「我應該可以試試吧，我們先去機器人進入這個境界時的地點。」

「有差嗎？」

「不應該有差才對，」她邊說邊繞過我後頭的欄杆，我們的鞋子在裸石上敲出響亮的聲音。「技術上來說，這些全是程式碼，沒有什麼遠近之分。但是依照系統特性，如果我們靠近進入點，就能『接近』你朋友突破境界防護網的位置。那裡的構造會比較脆弱，而且他很可能沒有妥善掩藏軌跡。不嚴謹的程式碼能讓我更容易借用來再多駭幾回。」

「好的。」

「我看我是在跟山頂洞人解釋吧？」

「奇幻風不等同於未開化。」

「嗯哼，那你到底有沒有親眼看過電腦？」

我可以想像。熒熒的亮光、能量——像閃電——閃爍著將電力傳送給機體。

「我簡化一下好了，」她說。「如果我能讓你的魔法生效，地點會是在機器人闖進來的地方。到時候你就可以召喚你會說話的馬之類的出來，飛過去用你的魔法彩虹把那個太誇張的機器打得滿地找牙。」

我們總算走到一樓，我推開門跨到被雨水淋濕的街道上。蘇菲跟了過來。我開始朝機器人慢跑，但她衝向一旁，目標是其中一台自己會動的交通工具。路邊停著很多輛沒有乘客的這種物體。

我暗罵自己蠢，又往回衝向她。我們坐上交通工具，她使這東西發出咆哮聲，它像頭甦醒的動物渾身顫抖。

「原來它真的有生命。」我說。

「是啊，你就繼續保持這想法吧，小伙子。」她甩了甩頭髮上的雨水。她使交通工具動了起來，動得很快。

我大叫一聲，拚命攀住手邊任何可以攀抓的位置。我們旋風般地掃過街道，速度超過馬匹能奔馳的極限。但在我看來，我們的控制力也遠不及騎馬。「這個境界的行事作風實在有夠不文明！」

「不文明？」她大聲回應。

「先是擊毀鐵鍊的手槍，現在又是這個。我看不到優雅，只有蠻力。當心那群人啊，老天！」

她以荒謬的速度驅使我們繞過街角。一匹良駒絕對不會帶我們這般橫衝直撞，而我的飛行戰車更是精確無比。我們繞到機器人側面，它正邊穿過城市邊製造碎裂聲，目標仍是我們剛才用餐的大樓。它沒看見我們經過它。

它沒辦法直接追蹤我，我心想。一定有什麼事讓它得到情報，知道我在哪裡。

嗯，我在餐廳有訂位——而且我的臉還出現在核准進場的名單上——要追蹤我大概不算難事。我從外套內側的口袋裡掏出手槍。「妳能讓這個發射嗎？」

「我不確定在你使用這種玩意兒時，我該不該待在你附近。」她說。

「我不會拿它對著妳啦，蘇菲，」我沒好氣地說。「讓它變得能用吧。」

她伸手過來，用一根手指觸摸它。我們差點輾過一群逃離機器人的虛擬人，讓我瞬間懊悔害她分心，但她及時扭轉交通工具。

「好了。」她抽回手指說。「它已經重新填好彈了，現在會射出真正的子彈。很簡單的駭客技巧。」

「是啊，嗯，好像有人注意到了。」我說。

機器人那個有一雙紅眼睛的巨頭轉朝我們。它是目前為止密爾西派來對付我的機器人中體型最大的。

「該死，」她說。「你朋友大概在監看這個境界，注意任何不尋常的活動。我做任何事都會使他提高警覺。」

我用手推我那一側金屬車廂上的玻璃窗。「我可以……」

「門上有控制桿，」她說。「用轉的。」

玻璃隨著我轉動控制桿而降下來。真是巧妙的設計。我探出身去，用手槍對準機器人，快速連開三槍；在開第一槍時我的心智爆發力就啟動，為我放慢了時間。

果不其然，怪物開始搖搖晃晃地追趕我們，眼神追蹤我們的行動。我使用武器讓它能鎖定我的位置，因為這種武器在這個境界不應該發射真正的子彈才對，因此射擊會在境界的結構上留下記號。

「你幹嘛射它啊？」蘇菲質問。

「我要它跟著我們。」

「見鬼了，為什麼？」

「因為如果它回頭朝這裡走，就會經過它已經蹂躪過的地區，這樣傷害比較小。」我說。「再說如果我想打敗它的話，也需要和它距離近一點。」

我又多開了幾槍以確保機器人繼續跟上，它果真加快了腳步。我吞了吞口水，縮回交通工具內。「真不敢相信我要說這句話……不過，我們還能再開快點嗎？」

顯然是可以。蘇菲咧嘴而笑，我為求保命拚死抓牢。

「在那裡。」蘇菲說。

在我們前方——懸在路面上空大約十呎高處，周圍全是城市的斷垣殘壁——有一種熒熒的波動，散發著珠母貝般的白熾光，顯然與這個世界格格不入。它使我聯想到大極光，不過它的形狀像是我來到這裡時走的傳送門放大版。

蘇菲停下交通工具。好吧，或者應該說她停止駕駛它——但它沒有完全停住，它橫向滑過地面，撞進一棟建築物，最後劇烈搖擺地停下，震得我差點吐出來。

「妳真是瘋子。」我說。

「我們確實證明了這一點。」她回答，貌似有點頭暈眼花地爬出金屬車體，不過臉上仍掛著笑容。

我邁開顫抖的雙腿跟著她出去。機器人靠近的速度比我預期中快，而且不幸的是，這片區域淨空的速度又沒有我期望中快。四處可見一家老小蜷縮在殘破的建築內，淋著雨，飽受威脅。有個不到四歲的女孩在啜泣，一遍又一遍地詢問母親為什麼地面在搖晃。

他們不得不住在只有黑夜的世界裡，我心想，好讓實生人有個娛樂場所。

我踉踉蹌蹌地遠離他們，跟著蘇菲走向裂口。

「把手給我。」我們走到亮光前之後她說。

我照辦，她緊緊握住我的手，然後單膝跪地，閉上眼睛。

我感覺到一股麻癢感。

「我沒辦法直接改變你的程式碼，」她說。「我不敢。」

「我有程式碼？」

「你會擔心嗎？我以為你認為模擬存在和實生人是平等的。」

「我並沒有這麼說，我是說虛擬人也是人，殺死他們是不對的。實生人當然更重要。」

「很高興你能明辨是非。」

「嗯，我可是堂堂天帝啊。妳剛才為什麼說我有程式碼？」

「放輕鬆，我們的核心自我周圍都有程式碼標記，就像有人為考試複習時在課本上添加的注腳。」

「什麼是課本？」我說，片刻後又加了一句。「什麼是考試？」

「別害我分心。嗯……沒錯。我如果想改寫你的魔法，就得冒險把你整個腦袋都燒壞。」

「不要改變魔法，只要讓它在這裡生效就好。」

「我不確定這是可能的耶，我得修改整個境界的規則才行。不過或許……」

「什麼？」

機器人的腳步震得我牙關格格作響。我已經能越過附近一棟建築的頂端看到它的頭了，那雙紅眼睛在雨中發著光。

「嗯，」蘇菲說。「所有能說明你的魔法如何作用的程式碼標注都還在，都還附在你身上，它們連回你的境界。你的境界是不是有某種內嵌的能量？」

「是啊，」我說。「妳不能改變魔法……但妳能改寫魔法的力量來源嗎？讓這個世界的某樣東西能提供我施展矛術的能量？」

「唔……聰明。或許可以，等我一下。」

風勢開始增強了，雨霧轉變為細雨。我的上衣已經黏在身體上，頭髮和鬍鬚都濕透了。

那東西迎向我們，繞過近處一棟建築物，身體側邊順勢刮掉一些石材。

「一下子就好……」蘇菲重複。

「蘇菲，我們快沒有一下子了！」

「在試了……盡快在試了……」她說。「噢，看來我得東拼西湊才行。電力，也許我能用電力取代你那個極光什麼的……」

「蘇菲！」我大叫。機器人抬起巨足踏在我們拋棄的交通工具上，把它踩得稀巴爛。雨變得更大了，像石子般擊打我們。

「好了！」蘇菲說。

比雨水更冷的刺激感席捲我，使我警醒、興奮、煥然一新。成功了，我能感覺到她成功了。

蘇菲呻吟一聲，手從我掌心裡溜開。她頹然倒向地面，但我接住她，將她扛在肩頭，頂著越發猛烈的豪雨奔向街道，努力拉開我們和機器人之間的距離。

「放開我，」蘇菲神智不清地嘟噥。「我不是你那個蠻荒之地的弱女子……」

我跑到一處機器人視線之外、有遮蔽物的小巷弄裡，把她放了下來。她四肢癱軟、眼皮低垂。「我不是……」她說。「我不需要人來救，我……」

「換個角度想吧，」我說。「妳內心的女性主義靈魂想到要被人拯救一定會氣瘋的。」

「你才沒救我呢，是我救了你……用魔法……和……」她深吸一口氣。「我在這裡等你。」

「明智的抉擇。」我說，並回頭望向大街。我聽得到機器人嘎答嘎答的腳步聲，感覺到它震撼附近的窗戶。我深吸一口氣，邁開大步再度回到街頭。

機器人正蹲下來，用巨靈之掌撿起一輛交通工具。它回頭看我，紅眼睛在雨夜中熾熱地發著光，然後它掂了掂那輛交通工具，彷彿想拋擲它。

我露出笑容，心臟跳得比幾世紀以來都快，然後我切換到矛視。能量四面八方地包圍住我。它讓大地為之活躍，它在建築物裡搏動，也從燈光中發散。我汲取能量，製造出奇特的劈啪聲響。我全身充滿力量，立刻重新編織空氣，讓我自己能升上空中，並形成一道能保護我的屏障。

什麼都沒發生。

「啊，該死。」蘇菲的聲音由後方傳來。

機器人拋出交通工具——身處矛視中的我能看到能量描繪出所有東西的輪廓——我咒罵一聲，撲向一旁。我在濕漉漉的地面打滾，交通工具則砸在近處的街道上，沿著石地彈跳滑行。我雖然保住一命，卻頭暈目眩地倒在地上。我甩甩頭，仍處在矛視的作用下，我瞥向在不遠處巷弄裡的蘇菲。她趴伏在地，一手按在牆壁上，在我眼裡，她就是一團熾亮的能量泉源。

等等，不對啊，她為什麼會發光？

「皇帝老哥，我的駭客工作有一點誤差！」她大喊著蓋過淅瀝瀝的雨聲。「我不小心把你改造成能汲取熱能，而不是電力。」

天啊！我甩甩頭站起身來。機器人從我前方走來，距離已經不遠了。我能聽到雨聲嘩嘩地打在它的金屬上。我汲取更多能量，發現蘇菲是對的。身處矛視狀態的我，能感應到周圍所有東西的個別原子。每當我汲取力量，那些原子的運動速度都會變慢，接著停止。我跨出一步都會踩裂一層薄冰。

駭客工作並沒有成功，而且不只如她剛才所說的那樣。我每次嘗試使用能量時，都沒有任何反應。我可以汲取熱能，但它接著就揮發掉了，消失無蹤，連周圍的空氣都不會因此變熱。

這個境界的結構抗拒我使用力量，表示我不能改寫空氣來保護自己，不能創造閃電來擊倒機器人，完全不能使用魔法。

機器人現在近在咫尺，居高臨下地籠罩著我，在我眼中成了一具冰冷的——幾乎隱形的形體。隨著它跨出腳步，它隨興地將一手往旁邊揮，掃爛一堵牆和躲在牆後的人。

「沒有用！」蘇菲大叫。「我們得離開，現在就離開。」

人群。我現在能輕易看清他們，甚至包括躲在房間裡的人，因為在這片雨濕的寒冷大地上，他們就像一團團高溫物體。許多人縮成一團躲在街上，帶著女兒的女人已經逃離了機器人，卻不幸跌倒在附近的地面。那孩子用力拉扯母親的手臂，嚇得放聲尖叫。

他們都是真實的人，有情緒、家庭、情感。現在還加上我，沒有安全網的保護，我覺得無助。幾十年來，我第一次覺得無助。

真是不可思議。

我穿過雨幕走向機器人。

「阿蓋！」蘇菲對著我尖叫。

我舉起雙手汲取能量，它消散無蹤。

雨下得更大了。

機器人剛出現的時候帶來一陣大雨，我心想，這場暴雨是駭客行為的連帶效應。貝斯克說過這個境界裡從來就只有毛毛雨。

我汲取更多熱能。暴雨下得更劇烈了，天空雷電交加，雷聲比機器人的腳步聲還洪亮。機器人離我只剩幾碼距離了。

我所在的地面裡的原子都靜止不動，使我必須將腳由結凍的鞋子裡拔出來才能移動。寒冷對我的皮膚影響不大，顯然是因為我身上保存的魔力在起作用。我原本就有一種絕緣力，不受大部分矛術製造的效果影響。

機器人砸下拳頭想敲扁我。

我的心智爆發力立刻啟動。我能判斷拳頭落地的位置，及時閃開。那隻手敲碎了地上的冰和石頭，再朝我橫掃而來。

我任由那隻手將我握在冰冷的鋼鐵中。

「我逮到你了！」上方有個聲音隆隆地說，和我多年前在邊陲境界聽過的聲音一樣，是有金屬感的嗡嗚。「我終於逮到你了！兒皇帝，我可以用手指把你捏爆！你馬上就會知道羞辱密爾西的下場了。」

雨勢更強了，我汲入更多能量。

「蠢人，你沒辦法吸走這個機器人的熱能。」密爾西笑著說。

的確，我能看到它的核心深藏在層層疊疊的絕緣金屬內，不管我再怎麼試，也沒辦法吸取那裡的熱能。我並不在乎。我驅使暴風雨增強到無以復加的程度，雨水像一把把利刃，在碰到我之前已凍結成冰，不斷劃破我的皮膚。

我的療癒爆發力啟動了，比凌遲般的冰刃稍早一步保護著我。我汲入的熱能大到使得空氣中的原子都靜止了，氣體也因此而液化。空氣轉變為詭異的蒸氣狀態，又幾乎在瞬間沸騰而回復到氣體狀態，發出嘶嘶的聲響。

「……一部分的我反抗著……會繼續前進……不是……他們的傀儡……」

我聽不清密爾西在說什麼，暴雨的聲音太過嘈雜，再加上冰和雨敲打機器人的身軀，發出有如石頭撞擊錫板的噪音。雨水像是巨浪朝我們頭頂潑下，雷聲、閃電、撕裂的天空，這個境界的結構正在崩解。

我汲取這一切，享用這一切。這是我從未聆賞過的音樂。機器人捏緊掌心，但它的手似乎出了什麼問題，製造的壓力沒有原本該有的那麼驚人。我露出微笑，然後伸手觸摸握住我的大手。接著我從機器人的外層金屬殼汲取熱能。它的金屬是完美的傳導體，我像用吸管喝水一樣不斷把熱能往身體裡送。

有那麼一會兒工夫，我只知道暴風雨一直在增強，就像上神本人都震怒了，因為我破壞了現實世界的規則而朝著我咆哮。

機器人開始迸裂，不是因為冷，而是因為水。一些水滲入它的關節，然後結冰。更多水接踵而來，然後又結冰了，範圍不斷擴大。關節不斷被撐開，最後斷裂。

整具機器人四分五裂，隨著驚天動地的巨響而轟然垮下。

我重重摔出，痛得昏天暗地，矛視也消失了。

我睜開眼睛，發現自己躺在機器人的殘骸之間。雨勢開始減緩，我放掉一直把持著的剩餘能量。附近的環境——殘破的建築、碎裂的街道——都覆著一層厚冰。我吃力地呼吸著溫度太低的空氣，衣服都變得破破爛爛的，因為先前它在我身上結凍，然後又像玻璃一樣碎裂。

我從殘骸間爬出來，把一大片令人反胃的皮膚留在機器人冰凍的掌心裡。幸好我的療癒爆發力還運作得很好，讓我的皮膚立刻又長了回來。

我轉身面向殘破不全的怪物，露出燦爛笑容。我贏了。在這個我不具備預設勝利優勢的場景中，在這個並非由沃德創造的戰場上，我贏了。在這裡，沒有演算法驅動著我的行為。

我感覺充滿前所未有的生命力。我找到某樣真實的東西了，就像……就像我是剛剛甦醒的新生命。

蘇菲站在冰凍地面的邊緣，天啊，她可真美。我從不知道我是如此渴望認識一個真實的人，一個真正活著的人。一個不是專為我創造出來的人，一個除了我的人生還有自己的人生要過的人。這樣的人真是性感得要命。

蘇菲對我甜甜地笑，然後從手提包拿出她的小手槍，抵住她的頭，扣下扳機。

爆破聲觸動我的心智爆發力，我極為清晰地看到她的頭側噴灑出鮮血，像是一條條和她禮服同色的緞帶。我以慢動作看著這個過程，我的新生命化成碎片，隨著她眼中的光采消逝而死去。

心智爆發力的作用結束了，蘇菲的屍身頹然倒地。

我跌跌撞撞地走向她，看到冰上有文字。字母深深刻入冰裡，像是工匠用鑿子鑿出來的。

我告訴過你我的新機器人會很棒，我花了很多工夫讓蘇菲完美無瑕。我很高興她擄獲了你的心。你欠我的債還清了。

XV

「陛下，微臣很遺憾，」貝斯克說。「不過她不是真實的。微臣已經發現了，但密爾西切斷了微臣和系統的連線。那個女人只是類似我們在邊陲境界遇過的那個密使——是由遠端遙控的虛擬人物，只不過這次刻意打造成和人類難以分辨的外形而已。」

我沉默地站在窗戶邊，俯瞰我的城市。我的書房感覺起來太暖和、太友善、太像個謊言了。

「微臣一直得不到沃德的回應，」貝斯克繼續說道。「微臣……微臣不知道他怎麼會曉得我們要挑哪一個女人。」

「他不知道，」我說。「密爾西攔截了我們挑中的女人的詳細資訊，不讓訊息傳到本尊那裡，然後另外派出替身。」

「啊，原來如此。」貝斯克的語氣一如往常的平淡。

「有任何一個是真人嗎？」我輕聲問。「我是說我救的人，還是那個境界裡的所有東西都是密爾西創造出來的？」

「微臣不知道。」

我和她談到的一切……她所說的一切……都是假的。

我茫然若失，連自己該有什麼感覺都不知道了。

貝斯克把我留在書房裡。他顯然不知所措，自從我回來以後，他一直像個無頭蒼蠅似的。溫過的酒端放在我壁爐邊的桌子上，一口都沒碰。

我來回踱步，覺得憤怒、被背叛、空虛。

最後，我拿起沃德卷軸，寫下簡單的要求。我左右兩側十個罐子中的實生人是誰？我希望知道他們的名字和他們境界的識別碼。

我等著。半晌之後總算有回應了，石板上浮現字母，就像有人用墨水寫下一樣。

我們為你遭受的創傷致歉，密爾西將受到懲戒。我們不知道他怎麼駭進那個境界的，理論上這是不可能的事。你已獲免除繁衍的義務，這是一致同意的結論。你可以回到統治之位了。

我盯著石板看了好一會兒，然後再次提筆。離我最近的十個罐子中的實生人姓名和境界識別碼是什麼？我想聯絡他們。

長久的停頓，然後名字終於出現。

該是停止活在隔離世界的時候了。

〈完美境界〉全文完

致謝

以〈完美境界〉來說，我要感謝我的寫作團隊「內有惡龍」（Here There Be Dragons）：Emily Sanderson、Peter & Karen Ahlstrom、Ben & Danielle Olsen、Alan Layton、Kaylynn ZoBell、Eric Patten和Kathleen Dorsey Sanderson。感謝J.P. Targete把他吸睛的繪圖作品調整得更適合這個故事。

這本書的校對團隊包括：Alice Arneson、Aaron Biggs、Jakob Remick、Corby Campbell、Kelly Neumann、Megan Kanne、Maren Menke、Bob Klutz、Lyndsey Luther、Kalyani Poluri、Rahul Pantula、Aaron Ford、Ruchita Dhawan、Gary Singer和Bart Butler。謝謝諸位奉獻的心力！

有絲分裂

Mitosis

1

這一天終於到來了。為了這一天，我等待了整整十年。這是輝煌的一天，里程碑式的一天。重要的、非同尋常的一天。

在這一天，我要去買一支熱狗。

我們到達的時候，已經有人在排隊了。我並沒有插隊到她前面，若是這麼做了，她應該也不會阻止我。我是審判者之一，是這場起義的領導者，新芝加哥城的守衛者，鋼鐵殺手。但排隊也是這場經歷的一部分，我不想略過這個時刻。

新芝加哥在我的周圍向遠處延伸，這是一座充滿了摩天大樓、地下隧道、商店和街道的城市，只是所有這些都被永遠地凍結在鋼鐵之中。最近蒂雅開始了一項活動，給這些建築物的表面圖繪色彩。現在這座城市的幽暗色彩已被驅散，所有那些能夠反光的金屬表面也可以煥發出非常明豔的色彩。只要花一些力氣，這座城市就不會再是一塊毫無差異的鐵板，紅色、橙色、綠色、白色和紫色將它裝點成了一個多彩調色盤。

亞伯拉罕——和我共同進行這次熱狗之旅的同伴——順著我的目光望過去，面色沉了下來。「我們給牆壁上色的時候，最好注意一下與周邊顏色的匹配。」

亞伯拉罕個子很高，皮膚黝黑，話音中略帶著一點法語口音。他一邊說話一邊查看身邊的行人，用他那種看似悠閒卻敏銳的目光，審視經過的每一個人。他的手槍握柄突出在他後臀的槍套上。從技術上來說，我們審判者並不是警察。其實我也不確定我們到底是什麼樣的人。但我們的工作肯定會用到武器。我的肩頭也扛著一把步槍。新芝加哥幾乎呈現出一種完全和平的景象，我們已經戰勝了那些暴徒。但這樣的和平不可能維持很久，因為異能者依然存在。

「我們必須儘量利用能夠找到的油漆。」我說。

「這看起來太花稍了。」

我聳聳肩。「我喜歡這樣。這些色彩是差異很大，和禍星出現之前的那座城市不一樣，但和它被鋼鐵心控制的時候相比也已經完全不同了。人們讓這座城市變成了一個……大棋盤。嗯，一個有許多彩色格子的棋盤。」

「或是一大塊拼布？」亞伯拉罕打趣地問。

「當然，我想應該是這樣。如果你喜歡這種無聊的比喻。」

一塊拼布。為什麼我沒有想過這個？

我們面前的這名女子拿著她的熱狗走開了。我來到熱狗攤的前面——這是一輛金屬小車，車子上的鋼質陽傘永遠撐開著。老闆名叫山姆，戴著一頂紅白色的帽子，從臉上的鬍鬚看來，他應該頗有些年紀。他對著我們一笑，快手快腳地做好了兩個熱狗。「半價給你們。」當然，他做的肯定是芝加哥風格熱狗。

「半價？」亞伯拉罕說。「看來現在就算是拯救了世界，也得不到什麼感謝。」

「大家都要討生活。」山姆一邊說著，一邊在熱狗裡加上厚厚的醬料，就像是……許多許多美食——黃色的芥末、洋蔥、大塊番茄、甜酸黃瓜、胡椒粒，當然，還有蒔蘿泡菜切片，再加一小撮芹菜籽鹽。就像我記憶中的一樣，一支真正的芝加哥熱狗看上去就應該像是有人向蔬菜攤轟了一管火箭炮，然後將轟出來的碎屑全部塗在一根肉管子裡。

我迫不及待地拿起了我的那一支熱狗，亞伯拉罕則露出了懷疑的眼神。

「番茄醬呢？」亞伯拉罕問。

老闆立刻睜大了眼睛。

「他不是本地人。」我急忙解釋。「不需要番茄醬，亞伯拉罕。你是法國人嗎？你們法國人不是追求食物真實的味道嗎？」

「法屬加拿大人的確很在意食物的真實味道，」亞伯拉罕繼續審視著自己的熱狗。「但我不太相信這真的是食物。」

「試試看。」我咬了一口我的熱狗。

太美妙了。

片刻之間，時間彷彿停滯了。我又回到了和父親在一起的時候，那時一切都還是那麼美好。我能夠聽見父親的笑聲，能夠聞到這座城市曾經的氣味——是的，有時這股氣味還挺臭的，不過依然充滿了活力。到處都有人們在說話、歡笑和喊叫。我們一起走在瀝青鋪成的街道上，夏天時就會感覺到它很燙。人們穿著冰球套衫。黑鷹隊剛剛贏得總冠軍杯……

回憶在我的周圍散去，我又回到了新芝加哥，一座鋼鐵城市。但能夠再次回味從前的那段時光……哪怕只是一點殘存的火星也是美好的。我抬起頭看著山姆，他面帶笑容看著我。我們不可能再把過去的生活完全找回來了。這個世界徹底改變了。

但該死的，我們至少還能再吃到正宗的熱狗。

我轉過頭環顧這座城市。現在沒有人排隊了，人們從我們面前走過時都低垂下目光。我們正在第一聯合廣場上。這裡是一個神聖的地方，曾經矗立著一座銀行。這裡也是這座新城市許多道路彙集的中心地帶，是一個繁忙的場所，一個出售熱狗的最佳地點。

我繃緊下巴，將一些硬幣放到山姆的小車上，同時喊著。「前十個來吃熱狗的免費！」

人們看著我們，但沒有人走過來。在我的目光中，他們又紛紛低下頭，繼續走自己的路。

山姆歎了口氣，抱起雙臂，把臂肘抵在小車頂上。「別難過，鋼鐵殺手，他們只是太害怕了。」

「害怕熱狗？」我問。

「害怕自由的舒適。」山姆看著一個女人匆匆跑過去，一頭鑽進了地下街道。現在大部分人還居住在那裡，即使是陽光正照耀這裡，即使已經沒有異能者折磨他們……即使牆壁已經被塗繪得五顏六色……他們還是躲藏在地下。

「他們認為異能者會回來，」亞伯拉罕點了一下頭。「也就是說，他們正在等待著另一隻鞋落下。」

「他們會改變的。」我頑固地將更多熱狗塞進嘴裡，邊嚼邊說。「他們會明白的。」

我們一直以來的努力，我們殺死鋼鐵心，不就是為了這個嗎？讓這些人知道我們有能力反擊。大家最終一定會明白的，他們必須明白。審判者不可能單靠自己的力量與這個國家的每一名異能者作戰。

我向山姆點點頭。「謝謝，感謝你所做的一切。」

山姆也點了一下頭。這樣說也許很蠢，但山姆開始經營熱狗攤是這座城市十年以來最重要的事件之一。我們之中的一些人用槍和暗殺手段作戰，另一些人則用街角的小熱狗攤來反擊暴虐的異能者。

「不用客氣。」山姆說著把我放在他小車上的硬幣推給我，只留下兩枚五分鎳幣做為我們買熱狗的錢。我們現在已經用回了美國貨幣，但只有硬幣，而且這些錢幣的價值要比原先高很多。根據蒂雅的建議，這座城市的政府以食物儲備做為對貨幣流通的擔保。

「都給你了，」我說道。「今天隨後來吃熱狗的十個人都免費給他們。我們要改變他們，山姆。哪怕一次只能改變一點。」

山姆露出微笑，不過還是將那些錢裝進口袋。當亞伯拉罕和我從熱狗攤前走開時，蒂雅簡練卻顯得有些煩亂的聲音從我的耳機中傳出來。「你們兩個有什麼報告嗎？」

「熱狗很棒。」我說。

「狗？」蒂雅問。「看門狗嗎？你們是在查看城市的狗舍嗎？」

亞伯拉罕嚼著滿口的熱狗說。「年輕的大衛向我介紹了一種本地美食。人們稱它為『熱狗』，因為這種食品很適合餵養動物，對不對？」

「你帶他去那個熱狗攤了？」蒂雅問。「難道你們不應該去向新移民表達一下問候嗎？」

「你們兩個簡直一點情趣都沒有。」我說著將剩下的熱狗全都塞進了嘴裡。

「我們這就去，蒂雅。」亞伯拉罕說。

亞伯拉罕和我向城市大門走去。這座新城市的政府決定將下城區隔開，於是他們用鋼鐵傢俱在一些街道上建立起壁壘，製造出一條可控界限，記錄有誰進入了我們的城市。

街上的行人全都低頭疾走，忙著去做自己的事情。山姆是對的。大多數人似乎都認為異能者隨時會來到這座城市，向他們復仇。事實上，在我們推翻鋼鐵心的統治以後，已經有數量令人吃驚的人群離開了這座城市。

這是很不幸的事，現在我們已設立了臨時政府，有農夫在城外的田地中工作，也有艾蒙德使用他的異能為這片地方提供免費的電能。我們甚至還僱了一大批鋼鐵心的執法隊成員充當員警，維持這座城市的治安。

新芝加哥在正常運轉，就像它處於鋼鐵心統治之下的時候。我們努力複製了鋼鐵心的政治組織，只是現在這裡不會再有「隨意殺害無辜者」的事件。生命在這裡受到尊重，這肯定要比破碎合眾國留存下來的其他任何東西都更好。

但人們還是一直在隱藏自己，等待著災難的到來。「他們會明白的。」我喃喃地說。

「也許。」亞伯拉罕看著我。

「等著瞧吧。」

他聳聳肩，嚼下最後一口熱狗，面色沉重地說。「我可沒辦法原諒你，大衛。這味道太恐怖了。不同的滋味應該相互補足，而不是把舌頭完全變成戰場。」

「但你還是把它吃完了。」

「我不想失禮。」他擺出一張苦瓜臉繼續說。「實在是太難吃了。」

我們在沉默中向前行進，一直來到第一條街區以外的道路上。在這裡，執法隊成員正在檢查排隊等待進城的人。擁有新芝加哥護照的人——在下城區以外工作的農夫和搜尋物資的人都會被直接放進城，但新來的人都必須留下來接受詳細調查。

「今天人真多啊。」我注意到長長的隊伍，大約有四、五十人正在新人隊伍中等待著。

亞伯拉罕哼了一聲。我們一直來到一名穿黑色執法隊護甲的人身邊。他正在向一隊衣衫破爛的人講解這座城市的規則。這些人大多都在過去數年中生活在文明世界以外，四處躲避著異能者們，在一片被不同的暴君們所盤踞的土地上掙扎求生。這些暴君的統治地盤相互套疊，就好像一連串畫著邪惡小臉的俄羅斯娃娃。

這些新來的人裡面有兩個完整的家庭，我注意到站在一起的男人、女人和他們的孩子。這給了我一種鼓勵。

就在幾名士兵繼續盤問新人的時候，一個名叫羅伊的執法隊員向我走了過來。就像其他士兵一樣，他穿著黑色護甲，但沒有戴頭盔。就算不把臉遮住，執法隊員的樣子也足夠有威懾力了。

「嗨。」羅伊是一個身材瘦長的紅髮小伙子，我們從小就認識。不過我還不知道他是否會記恨我在他腿上打的那一槍。

「這批人狀況如何？」我低聲問。

「比昨天的要好。」羅伊哼哼著說。「來投機取巧的人少了，更多是真心實意的移民。告訴他們我們這裡需要有人去做什麼樣的工作時就能看出來。」

「投機取巧的人會拒絕工作？」

「不，」羅伊說。「他們會顯得非常興奮，臉上全是迫不及待的笑容。其實那種不知羞恥的傢伙只想著能夠趕快開始工作，然後偷走他們能看到的一切，逃離這裡。我們要把這種人剔除出來。」

「小心一點，」我說。「不要錯把太熱心的人登上黑名單。」

羅伊聳聳肩，執法隊已經站到了我們這一邊——我們控制著讓他們的武器和護甲運作的能量，但他們一直都顯得很緊張。鋼鐵心偶爾會利用他們攻擊低等異能者。根據我聽到的傳聞，在這樣的衝突中，普通人無論站在哪一方都不會有什麼好結果。

這些人對於和異能者作戰有著切身的感受。如果一個強大的異能者決定踏足於鋼鐵心的地盤，這支員警力量也不會比一場舞蹈比賽中的一口袋蛇更有用。

我鼓勵地拍了拍羅伊的肩膀。那些警官已經完成了他們的調查。我來到亞伯拉罕身邊，他正開始逐一向那些新來的人做自我介紹。我們早就發現，在執法隊用嚴厲的目光、嚴格的規則和懷疑的眼神做過一番「鼓舞人心」的歡迎之後，和更加平凡的人進行一點友善的交談，也許會讓他們感覺好很多。

我向新移民中的一個家庭表示歡迎，並告訴他們新芝加哥是一座多麼奇妙的城市，他們的到來讓我感到多麼高興。我並沒有特別告訴他們我是誰，不過我還是暗示說，我是這座城市的公民和審判者的聯絡人。到現在為止，這差不多都是我的正式身分。

當我們說話的時候，我看到有人從一旁經過。

那種頭髮，還有那樣的體型。

我立刻轉過身，有些結巴地結束了對那個家庭的歡迎詞。我的心臟已經像重錘一樣撞擊胸口，不過那不是她。

當然，那不是她。你是個傻瓜，大衛．查爾斯頓，我對自己說著，轉回身繼續去履行自己的責任。難道我一看見有人像梅根就要不顧一切地跳過去嗎？這種事情我還要幹多久？

答案似乎很簡單，我會一直這樣做下去，直到找回她。

這些人很高興我為他們做的介紹，他們的情緒明顯放鬆了下來，甚至有幾個人開始向我提出問題了。現在我知道，我搭話的這個家庭在多年以前逃離了芝加哥，那時他們認為不值得為了得到這座城市的保障而忍受暴政統治。現在，他們願意重新在這裡開始生活。

我和這一隊人說了幾個我認為他們應該考慮一下的工作，還建議他們儘快弄到手機。現在我們城市的許多管理工作都是藉由手機進行的。我們擁有電能，可以使用手機，這讓新芝加哥變得與眾不同。我希望人們不再把自己看成難民，他們現在屬於同一個社群了。

介紹工作完畢之後，我後退一步，讓人們進入城市。他們邁步向前，依舊有些驚惶地看著前方矗立的大樓。看樣子，羅伊是對的。這些人比之前的人更加可靠誠實。我們正在實現某種成就。而且……

我皺起眉頭。

「你和那個人說過話嗎？」我問亞伯拉罕，同時向正在離去的人群末尾處的一個男人點點頭。他的衣著很簡單——牛仔褲和褪色的T恤，腳上穿著運動鞋，但沒有襪子。他的前臂上環繞著刺青圖案，一隻耳朵上戴著耳環，一條條發達的肌肉在他的皮膚下面隆起，看上去大約有三十多歲。細看之下，我總覺得他有一些奇怪的地方……

「他說話不多，」亞伯拉罕說。「你認識他嗎？」

「不。」我瞇起眼睛。「在這裡等著。」

我跟著那群人，拿出手機邊走邊看，裝作不在意他們的樣子。他們則繼續按照我的指引前行，向第一聯合廣場的各個事務室走去。

也許我只是在大驚小怪。當教授不在城裡時，我總是會有一點疑神疑鬼。現在他和柯迪應該去東方查看另一個審判者小組的狀況了。那座城市大約叫做「巴比拉」還是什麼的。教授最近的舉動有些古怪——至少這樣說從修辭上是沒有錯的。「古怪」可能比較委婉，嚴格來說應該是「教授是一名祕密的異能者，他一直在竭盡全力不變得邪惡，把我們全部殺光，所以，有時候他也會有一些反社會的表現。」

現在我和三位異能者有了交情。我一生都在痛恨他們，計劃著如何殺死他們，而我竟然結交了三名異能者。我與他們交談，一起進餐，並肩作戰。我喜歡他們。實際上，對於梅根，我甚至不只是單純的喜歡。

我查看走在前面的那些人，然後又向我的手機瞥了一眼。現在的生活真是複雜得令人煩惱。當鋼鐵心還在的時候，我只需要擔憂……

等等。

我停下腳步，抬起頭認真看了一眼我正在跟蹤的那群人。我注意到的那個人，他已經不在人群中了。

星火啊！我立刻在一道鋼牆旁邊停住腳步，狠狠地把手機塞進夾克的左側胸兜裡，又拿下我的步槍。那個人跑到哪裡去了？

一定是鑽進一條側巷裡去了。我貼著牆壁走到我們剛剛經過的一個巷子口前，探頭向裡面望去。一個影子正在那裡面向遠處移動。我一直等到那個人繞過下一個拐角，才快步追了上去。到了那個拐角前，我蹲下身，又朝那個影子離開的方向窺看過去。

那個穿著T恤牛仔褲、沒有襪子的人就站在那裡左右觀望。

然後，他變成了兩個。

那兩個人分開了，每一個都朝一個不同的方向走去。他們穿著同樣的衣服，有著完全相同的步態、刺青和首飾。就好像原先疊加在一起的兩個影子分開了。

噢，星火啊！我從街角縮回身，讓手機靜音，確保從它裡面傳出的聲音只會進入我的耳機，然後我把手機舉了起來。

「蒂雅、亞伯拉罕，」我悄聲說。「我們有大麻煩了。」

2

「是的，」蒂雅的聲音在我的耳邊響起。「我發現了。」

我點點頭，開始跟蹤分開的兩個人中的一個。他這時又分裂了兩次，每次的分裂體都朝不同的方向走去。不過我相信他還沒有發現我。

「有絲分裂，」蒂雅在我的筆記中讀到了相關段落。「原名勞倫斯・羅伯特（Lawrence Robert），被認為是一個非同尋常的異能者。他擁有一種獨特的力量：能夠製造出自己的分身，分身的具體數量未知。你在筆記上說，他曾經是一支老搖滾樂隊的吉他手。」

「是的，」我說。「他看上去還是那副樣子。」

「所以你才發現了他？」亞伯拉罕在我的耳機中說。

「也許吧。」我並不確定。在很長一段時間裡，我都相信自己能夠辨別出異能者，哪怕他們沒有使用任何力量。他們走路的姿態和不可一世的氣勢都讓他們和別人完全不同。

但我不單看錯了梅根，也看錯了教授。

「你把他分類為高等異能者？」蒂雅問。

「是的。」我輕聲說。這時有絲分裂之一正無聊地待在街角，端詳著來來往往的人們。「我記得我的筆記。諸位，他很難被殺死。只要他的一個分身活著，他就活著。」

「那些分身也能分裂？」亞伯拉罕問。

「他們並非是真正的分身。」蒂雅說。我聽到耳機中傳來她查看我的筆記時翻動紙頁的聲音。「他們全都是不同的他。或者可以說，他並沒有『主體』。大衛，這段資訊確定嗎？」

「我的大多數資訊都或多或少有道聽塗說的成分。」我承認。「我儘量進行確認，但任何稍有一點可能的線索我都會寫下來。」

「這裡說這些分身相互都是有聯繫的，如果一個被殺死，其他分身都會知道，但他們必須重新合體才能獲得彼此的記憶，所以這算是我們可以利用的地方。這是什麼？他製造的分身越多……」

「他們就越愚蠢，」我替她說完。這些內容我都想起來了。「當他只有一個的時候，他非常聰明，但每增加一個分身，全部分身的智商都會降低。」

「聽起來像是個弱點。」亞伯拉罕在線上說。

「他還很痛恨音樂，」我又說。「在剛剛成為異能者之後，他就開始破壞商店中的音樂設備。任何佩戴耳機的人，無論耳機大小，只要被他看見都會立刻被他殺死，這是他很有名的一個特徵。」

「另一個潛在的弱點？」亞伯拉罕又在線上問。

「是的，」我說。「但即使是這些特點中的一個可以被我們利用，我們仍然要找到他的每一個分身，這才是最大的問題。即使我們殺死了找到的每一個有絲分裂，他肯定會事先將他的幾個分身藏起來。」

「星火啊，」蒂雅說。「就像是一艘船上的老鼠。」

「是的，」我說。「或者是一碗湯裡的油滴。」

蒂雅和亞伯拉罕都陷入了沉默。

「你們有沒有試過把湯裡的油滴都撈起來？」我問。「這真的、真的很難。」

「首先，為什麼我的湯裡會有油滴？」亞伯拉罕問。

「我不知道。」我說。「也許是因為有別的男孩在裡面倒了一滴油。這有關係嗎？蒂雅，筆記裡還有別的內容嗎？」

「你寫的就這些了。」蒂雅說。「我會和其他學究聯絡，看看是不是還能得到更多情報。大衛，繼續觀察。亞伯拉罕，返回政府事務室，悄悄讓他們進入一級戒備，讓市長和她的閣僚全部進入保險室。」

「妳打算召喚教授？」我輕聲問。

「我會讓他知道。」蒂雅回答。「但就算是我們派直升機去接他，他距離這裡也還有許多個小時的路程。大衛，不要做任何蠢事。」

「我什麼時候做過蠢事？」我問她。

另外兩個人又不說話了。

「只要控制住你天生的熱情就好，」蒂雅說。「至少在我們制定出計畫以前不要輕舉妄動。」

計畫，審判者就喜歡計畫。他們會用幾個月的時間為一名異能者設下完美的陷阱。當他們只是一股影子力量，發動攻擊之後立刻消失的時候，這種戰術的確沒有問題。

但現在情況已經不同了，我們必須擔負起保衛的職責。

「蒂雅，」我說道。「我們也許沒時間制定計畫了。有絲分裂今天就在這裡，我們不能用幾個月的時間來決定如何幹掉他。」

「喬恩不在，」蒂雅說。「這意味著我們沒有夾克，沒有碎震器，沒有急救星。」

這是事實。教授的異能力量正是這些功能的源頭。在過去的戰鬥中，它們多次救過我的命。

但如果他距離太遠，就算是得到他力量贈禮的人也無法再發揮這些功能的效用。

「也許他不會攻擊。」亞伯拉罕的聲音在我的耳機中顯得有些喘息。他可能正在向政府大樓慢跑過去。「他也許只是在進行偵察，或者他並不想做我們的敵人。有可能異能者只是想找一個合適的地方生活，並不想製造麻煩。」

「他正在使用他的力量，」我說。「你們知道這意味著什麼。」

現在我們全都清楚這一點。教授和梅根已經證明了，如果異能者使用了他們的力量，這力量就會腐蝕他們。教授和艾蒙德沒有變得邪惡的唯一原因，是他們並沒有直接使用自己的力量，將力量贈送出去似乎會對它造成某種過濾，或者是淨化的效果。至少我們是這樣認為的。

「那麼，」亞伯拉罕說。「也許……」

「等等。」我說。

我面前的那個有絲分裂走到了鋼鐵街道上，從牛仔褲的腰帶上抽出一把手槍。這是一把大口徑的馬格南（注）遠遠算不上是最好的槍。如果一個人看多了員警和自命不凡的大傢夥們對戰的老電影，肯定會喜歡這種武器。

當然，它無論如何都是一把殺人利器。被馬格南轟爆的腦袋會變得像是一顆從直升機上落在街面上的西瓜。我立時屏住了呼吸。

「我來這裡，」有絲分裂大喊。「是為了找那個被稱作『鋼鐵殺手』的人，那個被認為殺

注：使用特大威力子彈的大型手槍。

死了鋼鐵心的男孩。從現在開始每過五分鐘，如果他還不出現在我面前，我就處死這裡的一個人。」

3

「好吧，」亞伯拉罕在線上說。「我猜我們已經有答案了。」

「他的分身正在全城說著同樣的話，」蒂雅說。「一個字都不差。」

我罵了一句，縮回到藏身的巷子裡，緊緊抓住步槍，渾身冒汗。

我。他要找的是我。

在我的一生中，我一直都是無名小卒，對此我並不介意。事實上，我一直在竭盡全力把自己偽裝成一個普通人。我會加入審判者部分原因也在於沒有人知道他們是誰，我並不想出名。我想要向異能者復仇，他們死得越多越好。

汗水從我的面頰滾落。

「已經過去了一分鐘！」有絲分裂喊著。「你在哪裡？我要親眼看到你，鋼鐵殺手。」

「該死，」蒂雅在我的耳邊說。「不要慌，大衛。音樂……音樂……他的弱點的線索一定就在這裡。他的樂隊是什麼？」

「武裝碗糕。」我回答。

「真有趣，」蒂雅說。「他們的音樂應該在學究檔案裡能找到。我們已經得到了國會圖書館中絕大部分的檔案資訊。」

「兩分鐘！」有絲分裂還在喊叫。「鋼鐵殺手，你的人正從我面前逃走，但我就像上帝一樣無所不在，不要以為我找不到人來殺。」

各種影像在我的腦海中閃過。一個忙碌的銀行大堂。骨骼落在地上。一個女人緊抱住她的小嬰兒。那時的我沒有能力做任何事。

「這就是我們得到的成果，」亞伯拉罕說。「公開自己只能讓情況變得更糟，所以喬恩一直都讓我們隱蔽起來。」

「如果我們只是在陰影中活動，最終還是會一事無成，亞伯拉罕。」我說。

「三分鐘！」有絲分裂高喊。「我知道你正監視著這座城市，我知道你能聽到我。」

「大衛……」蒂雅說。

「看樣子，你不過是個懦夫！」有絲分裂說。「也許，如果我打死一個人，你……」

我走出巷口，瞄準，將一顆子彈射進有絲分裂的前額。

蒂雅歎了口氣。「根據我得到的報告，他至少有三十七個不同的分身進入了這座城市。殺死其中一個又有什麼用？」

「是的，」亞伯拉罕說。「現在他知道了你的位置。」

「我就是要他們知道。」我一邊說一邊快步跑開。「蒂雅？」

「星火啊，」蒂雅說。「我正調動攝影機監視全城。大衛，他們全都向你跑過去了，足足有幾十個。」

「很好，」我說，「只要他們追著我，他們就不會射擊其他人了。」

「你不可能對抗他們所有人，你這個愣仔。」蒂雅說。

「我也不打算這樣。」我一邊嘟囔著，一邊轉過一個街角。「蒂雅，妳趕快找出他的弱點，確認該如何打敗他。我只要把他吸引住。」

「我已經到了，」亞伯拉罕說。「政府事務室的人已經有了警覺。我會帶市長和議員們去保險室，但我建議也許應該啟動緊急訊息系統了。」

「是的，」蒂雅說。「我正在啟動系統。」

這座城市中每一個人的手機都有連線，蒂雅能夠向所有人統一發送指令，比如說現在命令大家離開街道，進入室內。

我又拐過一個街角，差一點和有絲分裂的一個分身迎面撞上。我們都吃了一驚。他首先舉槍開了火。震耳欲聾的爆裂聲隨之響起，就好像他拉響了一門加農炮。

他的子彈射偏了，偏得非常厲害。大型手槍看上去和嚇人，擊倒力量更是強得可怕，但首先你必須能擊中目標。

我舉起步槍開始瞄準，沒有在意他的第二次射擊，手指扣動扳機。他隨即抽動了一下，同時另一個完全一樣的他向側旁邁開一步。就像突然變成了麵團，從自己的側面擠出了另一個自己。

這種感覺很噁心，我的步槍擊中第一個有絲分裂，在他的胸前打出一個洞。他在死之前竭力又進行了一次複製。但這一次被複製出來的分身胸前也有一個洞，並且隨即撲倒在地，幾乎立刻就死了。

這時又有一個分身跑了過來，並立刻開始複製。我罵了一聲，向那個分身射擊，但他已經分裂出了新的分身，而那個分身又開始分裂了。我在這個分身變成兩個獨立個體之前打死了他。

我喘息著，將步槍放低，雙手不停地顫抖。五具屍體倒在我面前。我的步槍彈夾裡有三十發子彈。我當然不覺得這些子彈就夠了，只要有絲分裂自我複製一分鐘，就能輕鬆耗光我的子彈。

「大衛？」蒂雅在耳機裡說道。「你還好嗎？」透過鋼鐵心的監視網，她能夠從攝影機中看到我。

「我沒事，」我一邊說，一邊繼續顫抖著。「只是還不太習慣被人用槍射擊。」

我又深吸了幾口氣，強壓下心中焦慮的情緒，然後走到有絲分裂的分身旁邊。他們都開始融化了。

雖然心緒煩亂，我卻還是愣愣地注視著這些逐步分解的屍體。先是皮肉變成淺褐色的黏液，然後骨骼化開，最終融解的是衣服。幾秒鐘之內，每一具屍體都變成了一堆有著各種顏色的泥漿，而這些泥漿似乎也正在蒸發。

組成這些新軀體的物質是從哪裡來的？這看上去完全不可能。但物理法則的限制對於異能者而言，似乎總是只可能發生在別人身上的事情——比如痤瘡和負債。

「大衛？」蒂雅在我的耳機中說。「為什麼你還站在那裡？星火啊，孩子！其他分身正在向你靠近。」

沒錯。數十個邪惡的異能者分身，他們唯一的目的就是殺死我。

我隨便找了一個方向。能跑到哪裡並不重要，只要能跑在那些分身的前面就行。「妳還沒有找到那些音樂嗎？」我問蒂雅。

「正在找。」

我衝上一座跨河的橋樑。這條河本可以成為隔離下城區的一道天然屏障，但鋼鐵心已經將它變成鋼鐵，從而讓它形成了一條寬闊的道路，只是這條路的表面還有著層層的漣漪。這條河曾經在流過這裡之後會轉向卡柳梅特河道。

我跑過橋，回頭瞥了一眼。有一些衣著完全一樣的身影已經從側旁的街道中衝了出來，正向我全速疾奔，其中幾個正從腰間拔出手槍。他們似乎認識我，很快就有人開槍了。

我咒罵著躲向一旁，快步跑過一家老旅店。這家旅店的窗戶全都變成了鋼鐵。旅店門前高高聳立著三根旗杆，鋼鐵旗幟凝固在正在飄揚的狀態中。就在我快要從它前面跑過去時，我又猶豫了一下——它的一扇主門固定在敞開的位置上。

我用了不到一秒鐘時間就做出決定，跑向那道門，從門縫中鑽進了旅店大堂。

這裡面並不像我預料的那樣漆黑一團。我緩步走過傢俱變得如同雕像一般的旅店大堂。曾經柔軟舒適的軟墊座椅現在都變成了堅硬的金屬。一張沙發在變成鋼鐵時還保留著一個被人坐過的凹坑。

光線從鋼鐵前窗上許多拳頭大小的窟窿中散射進來。雖然空曠無人，但這座大堂看上去並沒有落滿灰塵，似乎還不曾遭到荒棄。我很快就認出了這裡——這是鋼鐵心的寵臣們在他統治的年代中做為居所的一棟建築。

我踏上窗邊的一把長凳，靠在窗戶上，通過一個小孔向外望去。在外面灑滿陽光的街道中，分身們放慢了追擊的腳步，低垂下槍口，正在東張西望。看樣子，我終於甩脫了他們。

「我一定能查清事實！」那些分身突然整齊劃一地喊著。那種樣子甚至比看到這麼多完全一樣的人聚在一起更詭異。「你沒有殺死鋼鐵心。你殺不死一個神。到底發生了什麼事？」

我當然沒有回答。

「關於你的謠言四處傳播，」有絲分裂繼續喊。「人們都想相信你的幻想故事。我則會讓他們看清事實。讓他們看到你的頭，大衛·查爾斯頓，還有我在新芝加哥建立的帝國。我不知道鋼鐵心實際上是怎樣死掉的，但他很軟弱。他需要人們崇拜他，成為他的軍隊。」

這些分身不急不緩地向四周分散開來。有幾個人顫抖了一下，分裂成更多個體。

「我就是我的軍隊，」有絲分裂說。「我將統治一切。」

「看到了嗎？」我悄聲問。

「是的，」蒂雅說。「我已經調動了城裡的攝影機，並且能透過你的耳機看到視訊畫面。難道他不是分身越多就越愚蠢嗎？」

「我想，我的筆記中一定有錯誤。」我曾經被迫燒掉了我的許多筆記本，只能保留下最重要的一些紀錄，所以有許多最初的資訊來源和推測、思考都難以找回了。這讓我很容易在細節上犯下一些錯誤。

在旅店外，有絲分裂還在複製自己。分身的數量增加了兩倍、三倍、六倍。很快，他就變成了幾百個。他們步履謹慎地彼此分開，然後一個接一個地停在某個位置上，全都閉起眼睛，仰頭面向天空。

他在幹什麼？我心中想著，攥緊了手中的步槍，在長凳上挪動了一下腳步，一隻腳蹭到牆壁上。

旅店外，一些距離旅店最近的分身猛然睜開眼，將目光轉向我。星火啊！他剛剛用數百隻自己的耳朵製造了一張感知網。現在我明白了，這些分身比我以為的更加協調一致。我從牆邊溜開，想要悄無聲息地逃掉。也許這座建築還有一道後門。

「找到了，」蒂雅說。「禍星之前的檔案，互動式數碼格式重金屬音樂專輯。」

她透過耳機的聲音極其輕微，但旅店外還是響起了紛亂的腳步聲。他們聽見了。

他們來了。

我咒罵著跑了起來，跳過一張長沙發，手忙腳亂地向旅店後部的走廊跑去。這裡一定能找到出路。

我經過一連串燈泡——它們從天花板上鑿出的洞中垂掛下來。這座旅店中心處樓層低矮，在側面有一棟很多層的塔樓。我可不想被困在塔樓裡，所以轉向了另一條走廊，穿過一道很久以前就被毀掉的門。前面的光線也許來自於一個出口……

人影正從那個出口中進來。是大約十幾個分身，一個接一個。其中一個分身拔出槍，向我瞄準，但當他扣動扳機時，整支槍都碎裂了，變成了粉末。那個分身罵了一聲，向前衝過來。

怎麼回事？我心想。

但現在沒時間思考了。我閃到一旁，跑進另一條走廊裡。這裡是旅店在大堂後面的管控區。

「我正在發送地圖給你。」蒂雅說。

「不，」我口中說著，感覺到身上不停地出汗。「音樂。」

「好的。」

更多分身向這裡跑來，我被逼進了死角。

我跑進一個房間，從凝固的桌椅判斷，這裡應該是某種供職員使用的房間。不過有人在這裡的桌子上鋪了床墊，將它變成了一張床。在這裡的鋼門框上甚至還有一道用鉸鏈固定的木門。太令人驚歎了。

我抓住那扇門，用力把它關上。一隻手臂在最後一刻插進了門板和門框間的縫隙裡。

我用力擠壓門板，門對面的那個分身哼了一聲，但又有許多隻手伸過門縫來抓我。每一隻手腕上都有一支舊手錶。這些手錶在撞到或蹭到門和牆壁時都斷裂開，掉落在地上，碎成粉末。

「他們很不穩定。」蒂雅說。她還在透過我的視訊攝影機觀看我的戰鬥。「他製造的分身越多，他們的分子結構耦合狀態就越差。」

分身們終於把門擠開，逼得我向後退去。我從肩頭拿下步槍，朝十幾個爭搶著要衝進房間的有絲分裂開了一槍。他們當然不會在意這種危險。在相互擠撞的過程中，他們的衣服被撕開，衣料殘片一落在地上就立刻分解了。

「《武裝碗糕專輯》。」蒂雅讀起專輯的封面。

分身們將我壓倒，許多隻手想要抓住我的喉嚨，另一些手奪走了我的槍。

「哪一首？」蒂雅問。「〈結核病的胃口〉、〈更黑的專輯〉或〈駕駛捷運〉？」

「我就要被他們殺死啦，蒂雅！」我掙扎著將那些手從脖子上推開。

他們的數量太多了。那些手越逼越緊，阻斷了我的呼吸。分身們繼續擠進這個房間裡，在我周圍的分身還在分裂，讓我越來越難以移動。他們想要把我困死在這裡。即使我能夠掰開脖子上的這些手指，我也不可能逃走。

黑暗在我的視野邊緣滋長，就像是一片逐漸蔓延的黴菌。我只能用力把手從喉嚨上扯開。

「大衛？」蒂雅的聲音在我的耳邊迴響。「大衛，你需要打開你的手機聲音！我現在什麼都做不了。大衛，你能聽見嗎？大衛！」

我閉起眼睛，放開了掐住我脖子的手，強迫自己的手指在壅塞的手臂中移動。我感到窒息，感到自己的氣管隨時都有可能塌陷。我繃緊身子，將手指移動到肩頭，我的手機就在那裡。我打開了手機側面的開關。

壓在我身上的分身開始顫抖，很快又變成劇烈的震動，就像是他打算分裂一樣，但他反而開始融解，皮肉紛紛脫離骨骼。附近的分身急忙向後退去，把他們身後的分身擠到牆上。

我大口喘息著。片刻之間，我只能躺在地上，身邊到處都是分身的骨肉融化成的泥漿。

空氣，空氣真是太棒了。

音樂繼續播送，一段狂躁的金屬音樂節律在一陣又一陣和弦中躍動，讓聽到的人不由得心跳加劇。我附近的分身都隨之而震動，皮膚就好像泛動漣漪的水面，但他們並沒有融化。

「真是糟糕，」他們之中的一個人在唇邊露出冷笑。「詹森不可能是為了救自己的命而寫一段曲子吧。同樣的四段和弦，一遍，一遍，又一遍。」

我皺起眉頭，然後爬過去拿起我的槍，坐在那一群分身中間。有一些分身已經離開這個房間。

「這真奇怪。」蒂雅說。

我需要一條出路，我心裡想。

「即使是外面那些人也都有一點震動，大衛。我能從攝影機中看到他們，他們肯定聽不到你手機裡的音樂。」

「他們是聯繫在一起的。」我一邊咳嗽著一邊說，搖搖晃晃地站起身，一隻手抓著步槍，另一隻手從肩頭摘下手機向前揮舞，試著將那些分身逼退。「我們需要更多音樂，」我說道。「許多音樂，聲音越大越好。這種……」

分身們向我衝過來，不顧危險地壓迫著我，朝我的手機伸出手，想要把它從我的手指中奪下來。那些距離我最近的分身都開始融化，但他們依然緊緊抓住我的手臂，就算是皮肉潰爛也完全不鬆手。

我被逼退到角落裡，然後注意到一縷銀光從頭頂上方落下。一扇窗戶，被木板覆蓋著。

我終於用節奏感強烈的搖滾樂逼退了有絲分裂，地板上也留下了六個融化的分身。其他分身聚集在我對面的房間裡，面孔都隱藏在昏暗的陰影中。

「事實到底是什麼？」他們用完全一致的聲音問。「是哪個異能者殺死了鋼鐵心，你又是怎樣竊取了這份榮譽？」

「鋼鐵心並非永生不死。」我說。

「他是神。」

「他是一個受到詛咒的人。」我一邊說，一邊緩步走向那扇窗戶。骨骼和皮肉變成的黏液從我的身上滴落下來，同時還在不停地蒸發。我的衣服很快就變乾了，彷彿上面沒有沾過任何東西一樣。「就像是你一樣。我為你們感到難過。」

分身們齊步向前。我用音樂融化了那些靠近我的分身，但他們似乎全不在意，只是繼續大步衝上來，倒在地上，融解成為無物。他們就這樣不斷湧過來，直到只剩下一個分身站在門口。但我能看到有幾個人影等在外面。為什麼他們要這樣自殺？

站在後面的一個分身拿出了他的手槍。那把手槍並沒有碎裂。火星迸發。有絲分裂在減少分身的數量，讓剩下的分身更加穩定。

我大喊一聲，跳上桌子。為了扒開窗戶的木板，我不得不丟下步槍。

一陣巨大的爆炸聲在我身後響起。我感覺到右側肋部被重重一擊，就在我的手臂以下，就像有人給了我一拳。

在工廠時，我們在工作結束後每晚都會看老電影。那些電影都是從一台掛在自助餐廳牆壁上的舊電視中放出來的。在電影裡中槍看上去和現實感覺並不一樣。我沒有驚呼一聲癱倒在地上，甚至我一開始沒有意識到自己中槍了。我還以為是分身們朝我投擲了某樣東西。

沒有疼痛，只有肋側的火熱感覺。

那是血的溫度。

我盯著自己的傷口。那顆子彈在我的腋窩下撕掉了一塊肉，然後又切過我的上臂。傷口看上去一團糟，浸透了溫熱的液體。我的手無法正常活動，也攥不住東西了。

我被射中了。禍星啊……我被射中了。

在一段可怕的時間裡，這是我唯一能夠想到的。人們被子彈射中就會死。我的身子開始搖晃，整個房間似乎都在顫抖。我要死了。

又一顆子彈打在我頭邊的牆壁上，彈開。

如果你不動起來，你會死得更快！我心中有一個聲音在高喊，快行動！

我轉過身，向有絲分裂扔出我的手機。這一招很管用。當音樂靠近時，他的分身也開始晃動並融解。手機落在門口，擋住了屋外的那些分身。不過我還有我的耳機，它有無線連接。

我讓自己冷靜下來，用一隻手把自己拉起來，鑽出窗戶，翻滾著落在陽光下，癱倒在外面的地上。

我經常聽說，殺死一個人的並非是子彈，而是被擊中的震撼和恐懼，巨大的惶恐讓你無法脫離危險，尋求幫助。

我用一隻手捂住肋側的傷口，那裡的情況比我的手臂更糟。我背靠在牆上，用力按緊傷口。

「蒂雅？」我相信現在我距離手機還足夠近，能讓耳機工作。不過我不確定再走多遠我就無法收到訊號了。

「大衛！」蒂雅的聲音在我耳中響起。「星火啊！坐直身子。亞伯拉罕正趕向你那裡。」

「我不能坐在這裡，」我喘息著說，努力站起身。「分身正在過來。」

「你中槍了！」

「被擊中了肋側，腿還能用。」我踉蹌著向河邊走去。我記得那裡有通向地下街道的孔穴。

蒂雅在線上咒罵著。隨著我腳步蹣跚地遠離旅店，她的聲音也變得模糊起來。幸運的是，有絲分裂沒有預料到我正朝這個方向逃走，否則他肯定早就讓分身殺過來了。

「禍星啊！」蒂雅說。「大衛，他正在分裂。有幾百個他正向你跑過去。」

「沒關係。我是一頭犀牛宇航員。」

蒂雅沉默了片刻。「噢，星火啊，你一定是產生幻覺了。」

「不，不。我的意思是，我會做出人意料的事。我會讓他大吃一驚。妳能想到的最令人驚訝的東西是什麼？我打賭，那一定是犀牛宇航員。」我們的通訊越來越弱。「我能堅持住，蒂雅。妳只需要找到辦法，讓音樂在全城播放，也許用直升機播放音樂，大聲播放。妳會找到辦法的。」

「大衛……」

「我會吸引住他，蒂雅。」我說道。「這是我的工作。」我又猶豫了一下。「我該怎麼做？」

沒有回答。我距離旅店已經太遠了。

星火啊，我要一個人對付這最後一部分了。我搖搖晃晃地向河邊走去。

4

我撕掉了一部分襯衫，一邊踉蹌前行，一邊用它包裹住手臂，然後又將手按在肋側的傷口上，就這樣一直走到河邊的台階前，回頭看了一眼。

他們如同波濤般湧過來，一大群一模一樣的人正在街道上奔跑。

我罵了一聲，然後蹣跚著走下台階。不管怎樣，現在的情況還算不錯。從某種角度講也許很糟，但實際上還不錯。只要有絲分裂在追我，他就不會去殺害任何人，或者佔據這座城市。

我到達階梯底部的時候，洪流一般的人群也趕到了。一些分身越過欄杆跳下來，直接跨過了數級台階。另一些人則沿著台階爭先恐後地跑了下來。

我儘量加快速度，朝牆邊貼在河面上的一串洞口跑去。那是地下街道的通風孔，它們勉強能讓我爬進去。就在分身即將追上我時，我來到一個洞口前，爬了進去，一邊還要踢開試圖抓住我腳踝的手。我努力轉過身，面對著開口，向黑暗中倒退過去。

人影簇擁在那個開口周圍，遮蔽了那裡透進來的光亮。他們之中有一個人蹲下來看著我。「很聰明，」他說。「這樣我們一次就只有一個人才能碰到你了。但很不幸，你依然死路一條。」

我繼續後退。我已經沒力氣了，我的血讓我的手一直在金屬上打滑。

有絲分裂爬進了隧道，匍匐向前。

許多異能者喜歡將自己想像成掠食獸，超越人類的生物，進化的最巔峰。這實在是一種白癡的想法。異能者並沒有超越人類。如果說他們和人類有什麼區別，那就是他們更缺乏文明，更聽憑自己的直覺。這只能算是退步。

但這不意味著我在看到那個黑色的影子向我步步緊逼時不會害怕。我被困在了這條沒有盡頭的隧道裡，眼前有一個怪物，身上還在不斷流血。

「你要跟我說實話，」有絲分裂一步步向我逼近。「我會把實話從你的喉嚨裡擰出來，小人類。我會知道鋼鐵心真正的死因。」

我在黑暗中看著他的眼睛。

「我想要吻你！」我大喊。「就像是風親吻雨！」

我用最大的力氣唱出那首歌。蒂雅之前曾經播放過的那首歌。我知道它的歌詞，雖然我剛剛差一點被勒死，又吃了一顆子彈，在心煩意亂中並沒有仔細聽那首歌，但我還是孩子時就聽過它。那首歌在收音機裡放了一遍又一遍，直到我和其他每一個人都厭倦了它。

有絲分裂在我面前融化了。我停下來深深地吸著氣。看著第二個分身爬過第一個分身消融的軀體。

「聰明，」他低吼。「你還能唱多久，小人類？你感覺如何？我嗅到了你的血腥味。這……」

「我會想念你，」我又喊。「就像太陽想念雨！」

他融化了。

「你知道了，」另一個分身說。「現在我必須殺死這座城中的每一個人。也許他們都聽過這些歌，不能冒這個險。我……」

融化了。

「不要這樣做！」下一個呵斥。「你……」

融化了。

我一直這樣唱著，殺死了一個又一個分身，但我的歌聲也越來越弱。他們中的一個人找到了一把匕首，由分身們傳遞過來。這把匕首沒有融化，只是在每一次握住他的分身死亡時掉落在地上。後面的分身立刻會撿起它，繼續向前爬。

我每殺死一個分身，下一個分身都會爬得離我更近一點。我一直向隧道深處退去，最終感覺到背後的通風孔邊緣。這根管道在此處便向下方的地下街道敞開——從這裡掉下去絕對活不了。

「我想，我可以朝你開槍了。」下一個有絲分裂說。「應該說是再朝你開一槍。但我可不想錯過把你切成碎片，讓你在尖叫中告訴我事實的樂趣。」

我尖叫著又唱出一段旋律，這被證明是一個糟糕的主意。因為當我融解了這個有絲分裂的時候，我發現自己已經半掛在這個小隧道的邊緣，身下就是黑色的深淵了。

下一個有絲分裂將匕首從泥漿中拉出來，握住它，讓他的前一個自己的碎塊從鋒刃上滑下來，滴落在管道裡。

他搖搖頭。「知道嗎，我接受過經典風格的訓練。」

我皺起眉頭。這聽起來不像是某種折磨、殺戮或其他陽光話題。「什麼？」

「經典風格的訓練。」有絲分裂說。「我是那支樂隊裡唯一瞭解樂器的人。我寫了一首又一首歌，而我們卻在唱什麼東西？這些愚蠢的，愚蠢的和弦。同樣的調子，每一首該死的歌都是這種調調。」

有什麼東西在我的腦子裡跳動了一下。就像是一片爆米花因為被加熱太久而燃燒起來，但我沒辦法把注意力集中在那上面。有絲分裂在說話時差一點就碰到了我。我開始唱歌。

歌聲很虛弱。

我已經沒有多少力氣了。這種狀況持續了多久、我流了多少血？

這個有絲分裂晃動了一下，但我的歌聲先弱了下去。他又開始向我逼近。

「我已經遠遠超過了你，渺小人類。」有絲分裂說。我能夠聽到他得意的笑聲。「現在，讓我們回到我的問題上來吧。」

他向我伸出手，抓住我的手臂用力一扯。

很痛。在所有這些逃跑和爭鬥之中，我一直都沒注意到疼痛。震驚，我一直都只感到震驚。現在，疼痛感重重地壓在我身上，好像一整棟大樓在我的身上爆炸。我聽到了自己尖叫的聲音。

「鋼鐵心是怎麼死的？」有絲分裂問。

「他死在一個異能者的手裡。」我呻吟著說。

「我想也是這樣。是誰幹的？」

「他自己幹的。」我悄聲說。「在我騙了他以後。他殺死了自己，但是我設的局。他被一個普通人打敗了，勞倫斯。」

「說謊！」

「普通人，」我繼續悄聲說著。「會把你們全都打敗。」

他又扯了一下我的手臂，讓疼痛如同尖刺般湧入我的身體。我說什麼又有什麼關係，他根本不打算相信我。我閉上眼睛，開始感覺到麻木。這種感覺很好，非常好。

我聽到遠方傳來音樂聲。

歌聲？

一百個聲音。不，更多，很多人在一同歌唱。是我的手機剛才播放過的歌曲。那些人唱得不算好，但其中流露出一種力量。

「不，你們在幹什麼？後退！」有絲分裂咆哮。

從所有那些歌唱的聲音中，我幾乎分辨不出詞句，但我能聽到那一陣陣和弦。只要我忽略掉它糟糕的旋律，我就能發現它竟然是如此動聽。

「我自己就是一支軍隊，後退！我是這座城市的新皇帝，你們都是我的！」

我強迫自己睜開眼睛。有絲分裂就在我面前，儘管歌聲很遙遠，但他還是在晃動、震顫。這些分身都是聯繫在一起的。如果有足夠的分身聽到歌聲，效果就會傳送至沒聽到歌聲的分身上。

片刻之間，管道中的一連串分身都開始嚎叫，用手抱住了頭。

「普通人，」我悄聲說。「有足夠的力量。」

有絲分裂爆開了。每一個分身都爆成了一團泥漿。隨著他們的死亡，陽光從管道中透射進來。我在突然而至的光明中眨眨眼。雖然還被困在這個狹窄的管道裡，我還是能夠看見外面的景象。許多人站在凝固的鋼鐵河面上，成千上萬，身穿商務套裝、工作服、軍人制服。他們在一同歌唱，幾乎像是在誦唱一首聖歌。

新芝加哥的人們來了。

5

「你真是個不合常理的幸運兒，孩子。」教授坐在我醫院病床旁邊的凳子上。他是一個身材健壯的人，滿頭灰髮，一副護目鏡被收起、插在他襯衫的口袋裡。

我活動著自己的手。教授的治療力量——在技術設備的偽裝下被傳導至我身上，治好了我的創傷。過去幾個小時發生的事情我已經有些記不清了。我一直處在暈眩之中，幾名城市醫生努力讓我活到了教授回來。

我靠在頭枕上坐好，深深地呼吸著，回憶起和有絲分裂戰鬥的最後一刻。我清楚地記得人們的到來，但那以後就是一片迷霧了。

「她怎麼讓人們都趕過去的？」我問道。「召集了那麼多人。」

「緊急訊息系統。」教授說。「蒂雅向靠近河邊的所有人都發出了懇求，呼籲他們來幫助你，按照她發到他們手機中的樂曲歌唱。他們原本可以輕鬆地留在藏身之地。普通人沒有與異能者作戰的義務。」

「我就是一個普通人。」

「很難說。不過這已經沒關係了。」

「有關係，教授。」我看著他。「如果他們不開始戰鬥，我們的努力永遠都不會有結果。」

「上一次人們戰鬥時，」教授說。「異能者殺死了數以百萬計的人，整個國家都崩潰了。」

「這是因為我們不知道該如何打敗他們。」我說。「現在我們知道了。」

教授嘆了口氣，站起身。「我被提醒不要和你爭論，讓你好好休息。我們以後再談這件事。你在和有絲分裂的對抗中做得很好。他……」他猶豫了一下。

「什麼？」我問。

「最近，有絲分裂一直待在新巴比倫，那裡過去被稱為曼哈頓。」

「你去的就是那裡。」

教授點點頭。「他應該是在我前去巴比拉偵查時來到了這裡……看樣子，他是有意挑選我不在的時候才來。這樣的事情本不應該發生，除非……」

「什麼？」

教授搖搖頭。「我們以後再談。現在休息吧，我需要仔細想想。還有，孩子，不管你做了什麼，我希望你也仔細思考一下。你的行動太過冒險，你不能只是憑藉自己的熱情一味往前衝，做出各種輕率的決定。你不是這支隊伍的領導者。」

「是的，長官。」

「現在我們有一整座城市的人要擔憂了。」他說著，向這個小病房的門口走去。陽光透過敞開的窗戶，為整個房間帶來溫暖。「星火啊，我最不希望的就是要為這麼多人負責。」他的面孔在那一刻陷入了陰影之中。嚴肅的面容中還顯露出另外某種東西。某種……更加黑暗的痕跡。

「教授，」我說。「異能者是如何產生弱點的？」

「隨機，」教授立刻回答。「異能者的弱點各式各樣，其邏輯性堪比他們的力量——也就是毫無章法可循。」他皺起眉看著我。「你比任何人都更清楚，孩子。你正是研究他們的人。」

「是的，」我說著望向窗外。「有絲分裂的弱點是他自己的音樂。」

「巧合。」

「該死的巧合。」

「嗯，也許他的弱點並非真的是那段音樂。」教授說。「也許是因為他有怯場的毛病，或缺乏安全感之類的。音樂只是讓他想起了那些。」

也許這樣推測是對的。但……

「他不喜歡那段音樂，」我說。「那是他自己的藝術。這裡一定有某種關鍵，教授，某種我們還沒有注意到的事情。」

「也許。」教授在門口停住腳步。「另外，亞伯拉罕發了一段訊息給我。」

「什麼訊息？」我依稀記得亞伯拉罕將我拖出管道，帶到了這座醫院。

教授皺起眉。「他是這樣說的：告訴他，對於這座城市，他是對的……所以我原諒他的熱狗了。僅此一次，下不為例。」

〈有絲分裂〉全文完

地獄森林之賽倫絲的幽影

Shadows for Silence in the Forests of Hell

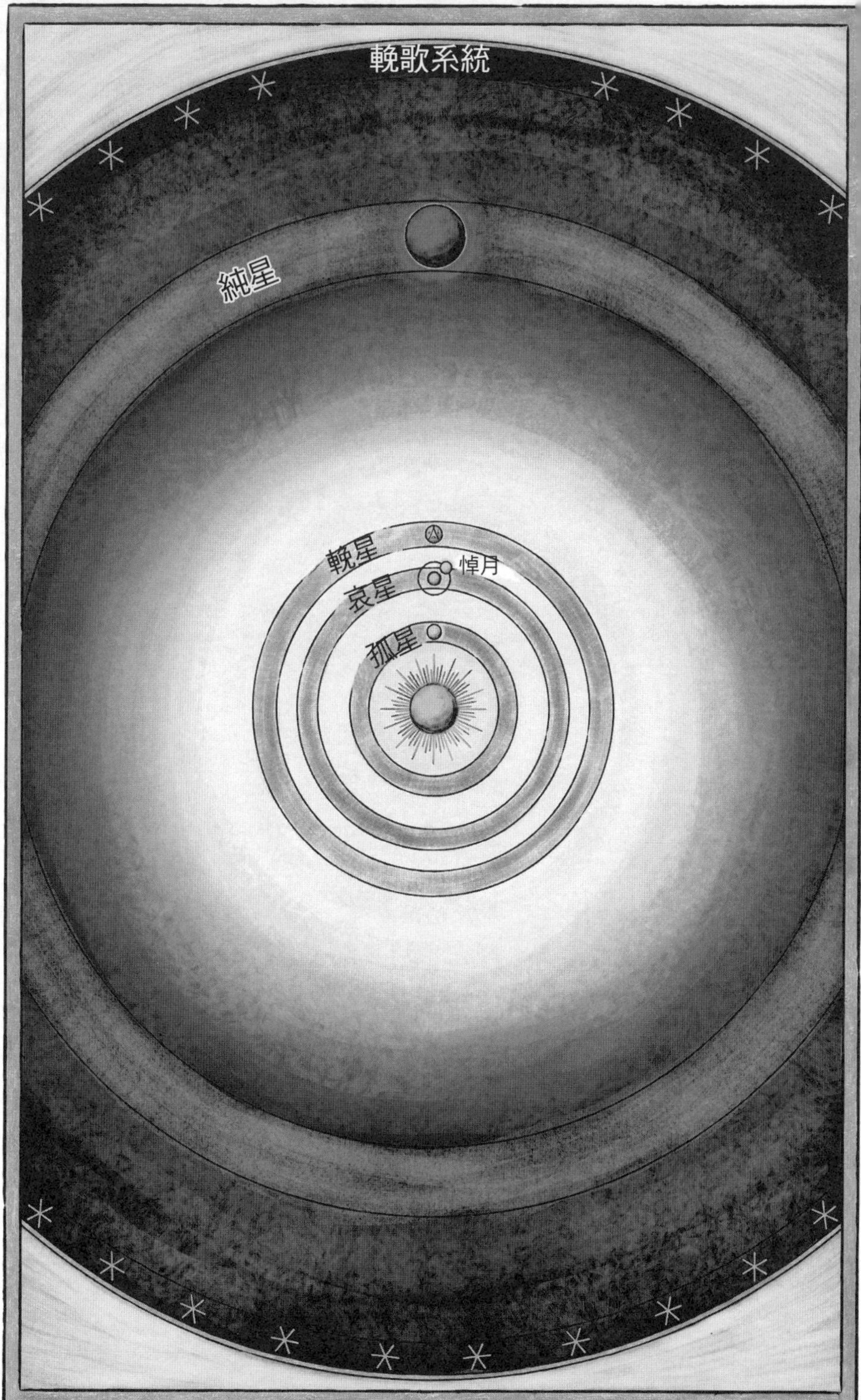
輓歌系統
純星
輓星
悼月
哀星
孤星

「你該提防的是白狐（White Fox），」戴根（Daggon）邊說邊小口啜飲啤酒。「聽說他跟邪靈本尊握過手，也有人說他去過殞落世界，帶著神奇力量回來。即使在最深沉的黑夜裡，他也能升火，沒有任何幽影敢來取他的靈魂。沒錯，就是白狐，他肯定是附近這一帶最歹毒的傢伙。兄弟，可千萬別讓他盯上你。萬一他盯上了你，你就死定了。」

戴根的酒伴脖子像細長的葡萄酒瓶，腦袋像顆馬鈴薯斜插在上頭，說起話來吱吱作響，聲音迴蕩在旅店大廳的屋簷底下，是末世港口音。「他為……為什麼要盯上我？」

「那得看是什麼情況。」戴根說著回頭查看，幾個衣著過度華麗的商人從容地走進旅店。那些人都穿黑色大衣，前襟擠出些許起皺的飾邊，頭上是堡壘區住民常戴的那種高頂寬邊帽。這些人在地獄森林（Forests of Hell）裡活不了兩星期。

「看情況？」戴根的酒伴追問。「看什麼情況？」

「看各種情況。兄弟，你也知道白狐是個賞金獵人。你犯過什麼罪，做過什麼違法的事？」

「沒有。」那吱吱聲像生鏽的輪子。

「沒有？兄弟，哪個人會沒事闖進地獄森林。」

他的酒伴目光掃向兩側。他說他叫厄尼斯特（Earnest）。話說回來，戴根不也告訴人家他叫阿密提（Amity）。在森林裡，姓名沒多大意義，或者，姓名也可能代表一切，如果是真名實姓的話。

厄尼斯特上身往後，鈞竿似的頸子往下擠，像是想躲進啤酒杯裡。這傢伙會上鈎。人們愛聽白狐的傳說，戴根自認是這方面的專家。至少，他很擅長編故事哄厄尼斯特這種獐頭鼠目的人掏錢幫他買酒喝。

先給他點時間發慌，戴根不禁暗笑。讓他著急，他馬上會開始問東問西。

戴根靠向椅背，邊等邊環顧大廳。那群商人嗆嗆呼呼地叫喊，要店家弄吃的來，大聲嚷嚷著他們一小時內就要上路。這就說明他們是一群呆瓜：入夜後在森林裡趕路？精明的屯民（homesteader）後裔是會這麼做，可是這些人……恐怕不到一小時就會違反「簡明守則（Simple Rules）」，引來幽影攻擊。戴根把那些白癡拋到腦後。

不過，角落裡那個傢伙……一身棕色衣裳，在室內還戴著帽子，那傢伙看起來才是真的狠角色。會不會是他？戴根尋思著。據他所知，至今還沒有任何見過白狐的活口。十年了，交過一百多顆懸賞人頭，肯定有人知道他的名字，畢竟堡壘區的官員付給他賞金。

旅店老闆賽倫絲夫人走過去，粗魯地放下戴根的餐點，發出砰的一聲。她繃著臉斟滿他的啤酒，一滴泡沫灑在他手上，而後一跛一跛地走開。她的體格矮壯，個性強悍——在森林裡討生活的人都很強悍，至少那些存活下來的人都是。

戴根從經驗得知，賽倫絲的臭臉只是她打招呼的方式，她多給了他一份鹿肉，她經常這麼做。他覺得她對他有好感，也許哪天……

別傻了，他把澆了濃稠肉汁的食物送進嘴裡，又灌了幾大口啤酒。娶塊石頭都比娶山之女賽倫絲強，石頭都比她有感情。她多給他一片鹿肉，說不定只是為了拉攏常客，如今往這方向來的旅人愈來愈少了。太多幽影，何況還有切斯特頓，那可不是好惹的人物。

「那麼……這個白狐是個賞金獵人？」那個自稱厄尼斯特的男人好像在冒汗。

戴根笑了笑，這傢伙穩穩上鉤了。「他不是普通的賞金獵人，他是高手中的高手。只不過，那些小角色他還看不上眼。兄弟，恕我無禮，你看起來就像個小角色。」

那人神色愈來愈不安。他到底幹過什麼事？「可是，」那人結結巴巴地說。「他不會來找我——呃，假設我當真犯了法——總之，他不會到這裡來，對吧？我是指賽倫絲夫人的旅店，這裡受到保護，這件事大家都知道。她過世丈夫的鬼魂在這裡出沒，我有個堂哥親眼見過，真的。」

「白狐不怕鬼，」戴根上身前傾。「我告訴你，我不認為他會冒險闖進來——不是因為某個鬼魂，所有人都知道這裡是中立地帶。就算在森林裡，總得要有個安全區，不過……」

賽倫絲從桌旁經過，又要回廚房了。戴根對她一笑，這回她沒有擺臭臉。他打動她了，肯定是的。

「不過什麼？」厄尼斯特尖聲問。

「嗯……」戴根說。「我是可以跟你說說白狐怎麼殺人，只是，我的啤酒快沒了。真可惜，我覺得你一定會有興趣聽聽白狐怎麼幹掉和事佬哈普夏，那故事精彩極了。」

厄尼斯特尖著嗓子叫賽倫絲再送杯啤酒過來，但賽倫絲埋頭衝進廚房，沒聽見這句。戴根皺皺眉頭，厄尼斯特見狀掏出一枚錢幣放在桌邊，表示只要賽倫絲或她女兒出現，他會要她們送酒來。這也行，戴根滿意地笑笑，開始細說從頭。

山之女賽倫絲關上通往大廳的門，轉身用背部抵住門板。她大口大口的吸氣吐氣，藉此緩和怦怦狂跳的心臟。剛才沒露出破綻吧？那些人有沒有發現她認出他們了？

威廉安（William Ann）碰巧經過，拿著抹布擦拭雙手。「媽媽？」她停下腳步。「妳……」

「把簿子拿來。快點，孩子！」

威廉安一張臉頓失血色，轉身快步走進裡間食物儲藏室。賽倫絲緊抓圍裙，試圖鎮定，然後走向抱著厚厚皮革書包出來的威廉安。書包的封面和脊骨在儲藏室裡沾染一層麵粉。

賽倫絲接過書包，在廚房流理台上打開來。裡面有許多單張紙頁，大多數都畫著臉孔。賽倫絲快速翻找，威廉安走到窺視孔查看大廳。

接下來那幾分鐘裡，只有紙張飛快翻動的聲音伴隨賽倫絲狂奔的心跳聲。

「是那個長脖子男人，對不對？」威廉安問。「我記得在懸賞告示裡看過他的臉。」

「那個是悲嘆溫納巴雷，只是個小小偷馬賊，幾乎不值兩份銀。」

「那麼是誰？後面戴帽子那個？」

賽倫絲搖搖頭，從整疊紙張最底下抽出連續幾頁，端詳上面的畫像。*未知神吶，她心想，我不確定我希望這群人就是他們。*至少她手不抖了。

威廉安快步走回來，站在媽媽背後伸長脖子看。才十四歲的她個子已經比賽倫絲高。孩子比你高，這種事還不難接受。雖然威廉安老是埋怨自己笨手笨腳又太瘦太高，但她的修長體格意味著將來肯定能出落成美人兒。她像她爸爸。

「噢，未知神哪！」威廉安一聲驚呼，一隻手掩住嘴巴。「妳是說……」

「切斯特頓・狄拜德（Chesterton Divide）。」賽倫絲說。下巴的線條、眼神……一模一樣。

「他自己送上門來，還有他的四個手下。」這些人的賞金足夠她採買一整年的物資。也許兩年。

她的視線匆忙移到畫像底下的文字，是搶眼的粗體字：**極度危險**。**因殺人**、**強暴**、**勒索等罪嫌通緝在案**。當然，還有最後那一條重罪：**行刺**。

賽倫絲經常納悶，切斯特頓和他那些同夥當真意圖刺殺這塊陸地上最強盛堡壘城市的總督，或者那只是一場意外，只是單純的強盜案擦槍走火？無論如何，切斯特頓很清楚自己做了什麼。那件事發生以前，他只是個攔路打劫的普通──儘管老練──搶匪。

如今他成了氣候，叫人聞風喪膽。他心裡很清楚，哪天他要是落網，絕對得不到寬貸，必定死路一條。末世港將他描繪成陰謀叛亂、高度危險、喪心病狂的暴徒。

切斯特頓沒有理由自我收斂，他也沒有。

噢，未知神！賽倫絲暗自心驚，繼續翻閱下一頁切斯特頓洋洋灑灑的犯行。

她身邊的威廉安自言自語似的問。「他在外面？在哪裡？」

「那些商人。」賽倫絲說。

「什麼？」威廉安又衝回窺視孔。窺視孔周遭的木板──其實該說整間廚房的木板──經過賣力刷洗，幾乎褪成白色。薛布魯琪（Sebruki）又打掃廚房了。

「我看不出來。」威廉安說。

「看仔細點。」賽倫絲自己第一眼也沒看出來，儘管她每天晚上抱著簿子熟記那些臉孔。

片刻後威廉安倒抽一口氣，再次以手掩口。「他也太可笑了，就算喬裝打扮，也不適合眾目睽睽之下到處亂逛吧？」

「所有人都會以為他們只是另一群堡壘區來的商人，自以為夠勇敢，可以闖進森林。這招很聰明。等幾天後他們中途消失，大家會猜想——如果有人有那份閒工夫——他們被幽影吃了。再者，這樣一來切斯特頓的行動可以更快速，不必遮遮掩掩，能大方進出旅店，順便聽聽風聲。」

切斯特頓就是這樣找到新的做案目標嗎？他們之前來過她的旅店？這個念頭讓她的胃部一陣翻攪。她接待過很多罪犯，其中有些人甚至是常客。在森林裡，任何人都可能是罪犯，即使只是為了逃避堡壘區官方課徵的稅金。

切斯特頓那幫人可不一樣。就算沒有他們的犯案紀錄，她也知道這些人是何等心狠手辣。

「薛布魯琪呢？」賽倫絲問。

威廉安甩甩腦袋，彷彿從恍惚中清醒。「她在餵豬。真要命！妳擔心他們認出她嗎？」

「不，」賽倫絲說。「我擔心她認出他們。」薛布魯琪雖然才八歲，可是有時候她的觀察力敏銳得驚人，也很叫人憂心。

賽倫絲闔上懸賞簿，手指擱在書包的皮革上。

「我們要殺了他們，對吧？」威廉安問。

「對。」

「他們值多少？」

「孩子，有時候跟那人值多少無關。」賽倫絲聽見自己語氣裡的虛偽。稜堡山和末世港的銀礦價格節節攀升，她的日子愈來愈難熬。

有時候跟某個人值多少無關，可惜現在不是那種時候。

「我去拿毒藥。」威廉安離開窺視孔，橫越廚房。

「孩子，拿藥效輕的。」賽倫絲提醒女兒。「這些都是亡命之徒，只要有一丁點異樣，他們就會馬上察覺。」

「媽媽，我沒那麼蠢。」威廉安一本正經地說。「我會拿沼澤草摻在啤酒裡，他們嚐不出來。」

「一半劑量就好，我可不希望他們昏倒在桌邊。」

威廉安點點頭，轉身走進老舊的儲物間。進去以後她掩上門，撬起木地板取出毒藥。沼澤草會讓那些人腦袋昏沉、頭暈目眩，卻不會要他們的命。

賽倫絲不敢用其他更致命的毒藥，萬一有人對她的旅店起疑，她的事業——甚至她的性命——可就不保。她必須維持她在旅人心目中那個陰陽怪氣卻處事公正、不愛管閒事的店東形象。她的旅店是一處安全的避風港，即使進來的是最凶惡的罪犯亦然。她每天晚上懷著深深的憂慮入眠，擔心有人發現白狐交出去領賞的人頭之中，有太多人死前幾天曾光顧過賽倫絲的旅店。她走進食物儲藏室藏好懸賞簿。這裡面的牆壁也刷得非常乾淨，置物架最近才重新打磨過，撢得一塵不染。那孩子。有誰見過寧可打掃也不玩耍的孩子？當然，考量到薛布魯琪的遭遇……

賽倫絲忍不住把手伸向頂層置物架，摸了摸藏在那的十字弓。純銀箭頭，專門用來對付幽影，至今還沒用在人身上。在森林裡濺血風險太高。不過，萬一事態緊急，她身邊至少還有十字弓。

藏妥懸賞簿之後，她去找薛布魯琪。那孩子果然在餵豬。賽倫絲喜歡圈養一群健康豬隻，當然不是拿來食用。據說豬可以驅走幽影。只要能讓旅店顯得更安全，她什麼都願意做。

薛布魯琪跪在豬圈裡，這孩子個子不高，褐色皮膚、一頭烏黑長髮。儘管外人都不知道她的悲慘過去，也沒人會誤認她是賽倫絲的女兒。薛布魯琪刷著豬圈內牆，嘴裡哼著曲調。

「孩子？」賽倫絲輕聲喚她。

薛布魯琪轉過頭來，露出笑容。短短一年變化可真大。曾經，賽倫絲以為這孩子永遠不會再展露笑靨。剛來到旅店那三個月，薛布魯琪成天盯著牆壁，無論賽倫絲把她放在什麼地方，她總會挪到距離最近的牆壁，坐下來，一整天盯著那面牆，一句話也不說，眼神毫無生氣，像幽影的眼睛……

「賽倫絲阿姨，」薛布魯琪問。「妳還好嗎？」

「我沒事，只是想起一些不愉快的事。妳……在打掃豬圈？」

「牆板該好好刷一刷了，」薛布魯琪回答。「小豬們喜歡牆板乾淨點。呃，至少賈洛姆和以西結很愛乾淨，其他幾隻好像不太在乎。」

「孩子，妳不需要那麼努力打掃。」

「我喜歡打掃，」薛布魯琪說。「感覺很好。至少我會做這個，能幫得上忙。」

刷牆板總比成天對著它們發呆來得好。這一天，賽倫絲很慶幸那孩子有事可忙。任何事都好，只要別踏進大廳。

「我覺得其他那些豬都很喜歡，」賽倫絲說。「不如妳在這裡多刷一會兒？」

薛布魯琪抬眼打量她。「出了什麼事？」

真要命，這丫頭心思太細膩。「大廳裡有些男人嘴巴不乾淨，」賽倫絲說。「我不希望妳學他們說髒話。」

「賽倫絲阿姨，我不是小孩子。」

「妳是小孩子。」賽倫絲語氣堅定。「而且妳要聽話，別以為我不會抽妳鞭子。」

薛布魯琪翻翻白眼，不過她又轉身工作，繼續哼哼唱唱。賽倫絲跟薛布魯琪說話時，總會刻意拿出她祖母的架勢。那孩子喜歡有人對她嚴格，甚至渴望那分嚴格，也許對她來說，那是有人能掌控局面的象徵。

賽倫絲倒希望自己當真能掌控一切。可是她姓佛斯考特（注）——她祖父母和其他那些遠離故土來到這塊陸地探索的人給自己冠的姓氏——沒錯，她姓佛斯考特，所以她寧可死，也不肯讓任何人知道她絕大多數時有多麼充滿無力感。

賽倫絲橫越旅店後院，發現威廉安在廚房裡調製可以溶解在啤酒裡的糊狀物。賽倫絲繼續往前走，進了馬廄。不出所料，切斯特頓說他們吃過飯就要上路。儘管大多數人天黑以後會留在相對安全的旅店，切斯特頓和他那夥人卻更習慣在森林裡露宿。即使四周幽影橫行，他們睡在自己搭造的營地裡會比躺在旅店床上安心。

馬廄裡，達伯（Dob）——管理馬廄的老僕人——剛刷好馬匹。他不會餵馬兒喝水，賽倫絲

注：Forescout，有「前哨」之意，此處採音譯。

有個規矩：餵水這件事要留到最後。

「做得很好，達伯。」賽倫絲說。「你先去休息吧。」

達伯點點頭，喃喃說。「謝謝您，太太。」他照例走到前廊，拿起他的菸斗。達伯腦子不大靈光，根本不知道她的旅店私底下做什麼營生。威廉過世以前達伯就在了，她很難再找到比他更忠心的人。

達伯離開後賽倫絲關上門，走到馬廄內側打開上鎖的櫃子，拿出幾個小袋子。她就著微弱光線檢視那些小袋子，之後把它們放在工作台上，轉身拿起第一套馬鞍放在馬背上。

她快要繫好所有馬鞍時，門突然輕輕打開來。她頓時僵住，立刻想到工作台上的小袋子。剛剛為什麼不塞進圍裙裡，真粗心！

「賽倫絲．佛斯考特。」門口傳來圓滑的嗓音。

賽倫絲忍住悶哼聲，轉身面對訪客。「席奧波里斯（Theopolis），」她說。「偷偷摸摸跑進女人家裡很不禮貌。你這樣擅自闖進來，我應該把你給轟出去。」

「好說，好說。那不就成了……馬兒反踢餵養牠的人，嗯？」席奧波里斯的瘦長身軀倚著門框，雙手抱胸。他的衣著樸素，沒有標示職務。堡壘區的稅務員通常不喜歡路人知道他的職業。他的鬍子刮得很乾淨，臉上總是掛著那抹以恩人自居的笑容。他的衣裳太新太乾淨，不像住在森林裡的人。他不是浮誇的公子哥兒，當然也不是傻子。他很危險，有別於大多數類型的危險。

「席奧波里斯，你來幹什麼？」賽倫絲問，她把最後一副馬鞍放在一匹噴著鼻息的花毛驪馬背上。

「賽倫絲，我來找妳都是為了什麼？肯定不是因為妳和顏悅色的表情，嗯？」

「我繳了稅。」

「那是因為妳幾乎全額免稅。」席奧波里斯說。「上個月送來的銀妳還沒付清。」

「最近生意比較清淡，就快湊足了。」

「還有妳十字弓的銀箭頭呢？」席奧波里斯說。「妳好像打算忘掉那些銀箭頭的價格，嗯？那批用來替換防護圈的純銀呢？」

賽倫絲正在扣馬鞍，他的牢騷聽得她皺起眉頭。席奧波里斯，真要命，有夠倒楣的一天！

「噢，哎呀，」席奧波里斯走向工作台，拿起一個小袋子。「這些又是什麼？看起來像濕地韭蔥汁。聽說只要用特別的光線照它，這玩意兒就會在黑暗中發亮。這是白狐不為人知的祕密嗎？」

她一把搶回小袋子，用氣聲說。「別提那個名字。」

他咧著嘴笑。「妳找到下手目標了！太好了。我經常納悶妳到底怎麼追蹤那些人，只要在小袋子上戳個針孔，藏在馬鞍底下，再循著沿路滴下來的汁液去找，嗯？妳可以跟蹤很長一段路，在離這裡很遠的地方解決他們，免得別人對妳的小旅店起疑？」

沒錯，席奧波里斯是個危險人物，可是她需要有個人幫她去提交人頭。席奧波里斯是個鼠輩，但他也像所有老鼠一樣，知道哪裡有最好的孔洞、簷槽和裂縫。他在末世港有人脈，一直以來都能用白狐的名義幫她領回賞金，沒有暴露她的身分。

「最近我很想揭發妳，」席奧波里斯說。「有好幾群人拿惡名昭彰的白狐打賭，下了不少賭金賭他的真實身分。我這條情報可以讓我發大財，嗯？」

「你早就發大財了，」她厲聲回斥。「雖然你一肚子壞水，但你不是白癡。這十年來我們合作得很順利，別告訴我你想拿財富交換壞名聲。」

他笑了笑，卻沒有反駁她。每份賞金她自己保留一半，席奧波里斯很滿意這樣的安排。他不需要冒險，她就是根據這點斷定他會喜歡。他是個公務員，不是賞金獵人。她唯一看見他殺人的那次，被害人原本就沒辦法還手。

「賽倫絲，妳太了解我了。」席奧波里斯笑著說。「實在太了解了。哎呀，哎呀呀。懸賞要犯，不知道是誰，我得到大廳瞧瞧。」

「你不可以那麼做。天殺的！你以為稅務官的臉孔嚇不跑他們？不准你進去壞事。」

「別激動，賽倫絲。」他仍然笑意盈盈。「我遵守妳的規定，一直很小心，沒有經常在這裡露面，也不讓別人懷疑到妳身上。今天我反正沒空，我來只是想幫妳一個忙，不過現在妳八成不需要了。唉，真可惜，枉費我替妳辦了那麼多事，嗯？」

她覺得背脊發涼。「你能幫我什麼忙？」

他從背包裡拿出一張摺好的紙，用那些太長的手指審慎小心地打開來，正要把紙張拿高，賽倫絲一把搶過來。

「這是什麼？」

「幫妳解決債務的方法，讓妳從此不必再煩惱！」

那是一紙扣押狀，授權賽倫絲的債權人——席奧波里斯——取得她的不動產抵債。堡壘區宣稱他們擁有馬路和兩旁土地的管轄權，他們也確實派士兵前來巡邏，只是偶爾。

「席奧波里斯，我收回剛才的話。」賽倫絲怒罵。「你根本就是個白癡！就為了貪求一塊土地，你寧可放棄我們共同擁有的利益？」

「當然不是，賽倫絲，我們什麼都不必放棄。妳老是還不起錢，我真的很同情，不如由我來掌管旅店的財務，這不是更有效率嗎？妳繼續在這裡工作，繼續獵人頭拿賞金，一切照舊。只是，妳永遠不必再為債務發愁，嗯？」

賽倫絲揉掉手裡的紙張。「你想把我跟我家人變成奴隸，席奧波里斯。」

「噢，別這麼誇張。末世港那些人已經開始擔心，覺得這麼重要的一家旅店怎麼可以讓身分不明的人經營。賽倫絲，妳已經引起別人的注意，我覺得這應該是妳最不樂見的事。」

賽倫絲把手裡的紙團壓得更扁，拳頭緊握。廄舍裡的馬匹移來挪去，席奧波里斯還在笑。

「好吧，」他說。「也許沒這個必要。也許妳接下來這筆賞金數額夠大，嗯？給點提示吧，免得我瞎猜一整天。」

「出去。」她低聲說。

「親愛的賽倫絲，」他說。「佛斯考特血統，固執到死。聽說妳祖父母是第一批移民裡最早來的，最早來到這塊陸地探路，最早在森林裡開墾……最早在地獄裡立樁占地。」

「別這樣說森林，這裡是我的家鄉。」

「可是人們就是這樣看待這片土地，邪靈時代以前就是了。妳不覺得奇怪嗎？地獄，受詛咒的土地，亡者魂魄聚居之處。我一直很好奇，妳死去丈夫的鬼魂當真一直守護這個地方，或者那只是另一個妳編出來的故事，讓大家覺得安全，嗯？妳花大把錢採買純銀，那才是有效的保護。而且我始終找不到妳結婚的紀錄。當然，如果根本沒有結婚紀錄，那麼威廉安就是……」

「滾出去。」

他露齒而笑，拉了拉帽子，走出門去。她聽見他上馬，馬蹄聲達達離去。天就快黑了，大概不必奢望幽影取他性命。長久以來她一直懷疑他在附近有個藏身處，很可能是某個他用純銀圈圍的山洞。她呼氣吸氣，努力讓自己平靜。席奧波里斯是很煩人，但他也不是無所不知。她強迫自己把注意力轉回馬匹身上，轉身提來一桶水，把小袋子裡的東西倒進水裡，讓馬兒們喝個暢快。牠們果然都渴了。

如果照席奧波里斯所說，讓小袋子沿路滴出汁液，會太容易被發現。萬一她的獵殺目標夜裡拿下馬鞍，發現小袋子呢？他們就會知道自己被人跟蹤。不，她需要更隱祕的辦法。

「我該怎麼應付這一切？」她悄聲自言自語。馬兒們就著她手裡的桶子喝水。「真要命，壓力從四面八方過來。」

殺了席奧波里斯，祖母可能會這麼做。她尋思片刻。

不，她心想。我不要變成那樣的人，我不要變成她。席奧波里斯是個痞子、流氓，可是他沒犯法，據她所知也沒做過什麼傷天害理的事。就算在這一帶，也需要有規則，凡事都得有個界限。在這方面，也許她跟堡壘區那些人沒什麼兩樣。

她會想出別的辦法。席奧波里斯只是持有欠條，依規定他必須出示欠條向她討債，這代表她還有一兩天時間籌款。一切都循規蹈矩。堡壘城市裡的人聲稱自己是文明人，而那些規則給了她機會。

她走出馬廄，視線瞥向大廳，威廉安在幫切斯特頓那夥「商人」送酒，她停下腳步觀看。背後的林子在風中顫抖。

賽倫絲靜心聆聽，而後轉身面對林子。堡壘人往往拒絕面對森林，他們會別開視線，從來不敢望向林蔭深處。那些肅穆的林木幾乎覆蓋了這片陸地的每一吋土地，它們的葉子遮蔽地表，一動不動、寂靜無聲。野生動物住在那裡面，但堡壘區測量員宣稱其中沒有獵食動物，說是很久以前就被幽影收拾掉了，因為那些動物在林中濺血。

正視森林時，森林彷彿……撤退了。它們深不見底的黑暗似乎在萎縮，那份死寂之中傳來嚙齒動物在落葉堆中覓食的聲音。佛斯考特家的人懂得直視森林，也知道那些測量員錯了。那裡面確實有獵食者，那片森林本身就是。

賽倫絲轉身走向廚房。保住旅店是她的首要目標，所以她現在沒有退路，必須拿到切斯特頓的賞金。如果她償還不了欠席奧波里斯的欠債，這個地方恐怕就很難維持現狀，屆時她也得任他擺布，因為她不能離開旅店。她沒有堡壘區居留權，時局不好，本地的屯墾區居民沒人有能力收留她。她只能留下來幫席奧波里斯打理旅店，而他會把她榨乾，愈來愈高比例的賞金會流進他口袋。

她推開廚房門，裡面……

薛布魯琪坐在桌子旁，十字弓放在腿上。

「未知神哪！」賽倫絲驚呼一聲，連忙走進去，隨手關上門。「孩子，妳這是……」

薛布魯琪抬頭看她。那種呆滯的眼神又出現了，沒有生命、沒有情感的眼神，就像幽影的眼神。

「賽倫絲阿姨，有人來了。」薛布魯琪的語氣冷漠又單調。十字弓的捲繩軸擺在她身邊。她把弓箭上膛，還拉開保險，全部獨力完成。「我在箭頭抹了黑血，我做得很好，對不對？那樣一來，毒藥一定能殺死他。」

「孩子……」賽倫絲上前一步。

薛布魯琪把腿上的十字弓豎起來，斜斜握在手上撐住，一隻小手扣在扳機上，箭尖對準賽倫絲。

薛布魯琪盯著正前方，兩眼空洞無神。

「薛布魯琪，這樣行不通。」賽倫絲扳著臉說。「就算妳有辦法把十字弓拿進大廳，也射不中他……就算妳射中他，他的手下也會殺了我們為他報仇！」

「我不在乎，」薛布魯琪輕聲說。「只要我能殺了他，只要我能扣下扳機。」

「妳不在乎我們？」賽倫絲罵道。「我收留妳，給妳一個家，妳就這樣報答我？偷拿武器，還威脅我？」

薛布魯琪眨眨眼。

「妳在想什麼？」賽倫絲說。「妳想在這個庇護所濺血？想把幽影都引來，毀掉我們的保護圈？萬一它們闖進來，就會殺死這間屋子裡所有人！殺死那些我答應保護他們的人。妳好大的膽子！」

薛布魯琪身子晃了一下，似乎清醒過來。她冰冷的面孔融化了，也放下十字弓。賽倫絲聽見啪的一聲，鉤子鬆開來，箭頭咻地劃過離她臉頰不到一吋的地方，穿破後窗。

真要命！萬一箭頭射中她？萬一薛布魯琪傷人濺血呢？賽倫絲舉起顫抖的手撫摸臉頰，幸好沒流血。箭頭沒射中她。

片刻之後薛布魯琪投進她懷裡，低聲啜泣。賽倫絲跪下來，把她抱得更緊些。「別哭，乖孩子。沒事，沒事。」

「我都聽見了，」薛布魯琪低聲說。「媽媽從頭到尾都沒大聲叫，她知道我在那裡。賽倫絲阿姨，她很堅強。所以就算鮮血流下來，浸濕我頭髮，我也能堅強。我聽見了，我全都聽見了。」

賽倫絲閉上雙眼，緊緊抱住薛布魯琪。當初只有她願意進那棟冒煙的農莊查看。薛布魯琪的爸爸偶爾會來旅店投宿，他是個好人，至少是邪靈佔領故鄉後還稱得上好人的人。

在農莊悶燒的殘跡裡，賽倫絲找到十二具屍體。所有家族成員都被切斯特頓那夥人冷血屠殺，連小孩也不放過。唯一倖存的是年紀最小的薛布魯琪，她被塞進臥室木地板底下的窄縫。她就躺在那裡，全身泡在母親的鮮血裡，即使看見了賽倫絲，還是沒發出半點聲響。賽倫絲之所以能找到薛布魯琪，是因為切斯特頓行事謹慎，大開殺戒之前在房間四周遍灑銀粉，以防幽影闖進來。賽倫絲想掏出滲進地板縫裡的銀粉，意外看見一雙在狹縫裡注視她的眼睛。

去年一整年，切斯特頓縱火焚毀十三間屯墾農莊，超過五十人慘遭殺害，只有薛布魯琪在他手底下死裡逃生。

薛布魯琪一抽一抽地啜泣，渾身顫抖。「為什麼……為什麼？」

「很遺憾，沒有原因。」她還能怎麼回答，跟她說說未知神，或說幾句愚蠢的陳腔濫調安慰她？這裡是森林，沒有人能靠安慰活下去。

賽倫絲倒是繼續抱著薛布魯琪，直到她哭聲停歇。威廉安走進來，在桌子旁站定，手上端著裝滿空杯的托盤。她的視線迅速掃過地上的十字弓，再望向破裂的窗子。

「妳會殺死他嗎？」薛布魯琪輕聲問。「會讓他接受法律制裁？」

「故鄉早就沒有法律了，」賽倫絲說。「不過沒錯，我會殺了他。我向妳保證。」

威廉安怯生生地走過去撿起十字弓，翻轉過來，露出斷裂的弓臂。賽倫絲吐出一口氣，她實在不應該把十字弓放在薛布魯琪拿得到的地方。

「威廉安，妳來顧店，」賽倫絲說。「我帶薛布魯琪上樓。」

威廉安點點頭，又瞄了一眼破窗。

「沒有濺血，」賽倫絲說。「不會有事的。不過如果妳有時間，看看能不能找回那枝箭，箭頭是純銀。」時局不好，一分錢都不能浪費。

威廉安拿著十字弓進食物儲藏室。賽倫絲把薛布魯琪放在凳子上，小女孩緊抱著她不肯放手，賽倫絲心一軟，又多抱了她好一陣子。

威廉安深吸幾口氣，彷彿要讓自己冷靜，然後推開門，重新走進大廳去倒酒。

薛布魯琪終於放手，賽倫絲趁空調了一杯飲料。她抱著薛布魯琪上樓，到大廳上面的頂樓，她們三個人的床鋪都在那裡。達伯睡在馬廄裡，比較舒適的客房都在二樓。

「妳要讓我睡覺。」薛布魯琪紅紅的眼眶盯著賽倫絲手上的杯子。

「天亮以後世界會變得更美好。」賽倫絲說。何況今晚我可不能讓妳偷偷跟著我出去。

薛布魯琪不情願地接過杯子，一口喝完。「十字弓壞了，對不起。」

「我們想個辦法，讓妳做點事抵修理費。」

這話好像讓薛布魯琪很安心，她是個屯民，森林長大的孩子。「妳以前都會唱歌哄我睡。」

薛布魯琪輕聲說，她閉上眼睛往後躺。「就是妳剛帶我來這裡的時候，那時……那時……」她沒說出來。

「我不知道妳聽見了。」那段時期裡，賽倫絲始終弄不懂薛布魯琪有沒有看或聽見任何東西。

「我聽見了。」

賽倫絲在薛布魯琪小床邊的凳子坐下來。她沒有心情唱歌，所以用哼的。那是她以前唱給威廉安聽的催眠曲，當時她剛生產完不久，日子很困苦。

不久以後，她不自主地唱起歌詞。

「乖乖睡，我的寶貝……別害怕。夜深了，但太陽會出來。乖乖睡，我的寶貝……別流淚。黑暗包圍我們，但我們會醒來……」

她握住薛布魯琪的手，直到那孩子沉沉睡去。床邊的窗子俯瞰庭院，賽倫絲看見達伯牽出切斯特頓那夥人的馬。那五個衣著考究的商人咚咚咚走下前廊，爬上各自的馬匹。

他們一個接一個騎上馬，隱沒在森林裡。

天黑後一小時，賽倫絲就著壁爐火光收拾背包。

壁爐的火是她祖母燃起的，從此不曾熄滅。祖母為了生這把火差點沒命，因為她不願意花錢請那些生火商人。賽倫絲搖搖頭。

祖母老是愛反抗傳統，話說回來，賽倫絲自己又好到哪兒去？

*別生火、別讓他人濺血、夜裡別奔跑，這些行為會引來幽影。*這些就是簡明守則，屯民的生存法則。這三條規則她都違反過不只一次，她到現在還沒被吸乾、變成幽影已經是奇蹟了。

心裡想著殺人的事，火光的暖意顯得無比遙遠。賽倫絲瞄了一眼上了鎖的舊神龕，其實只是個櫃子。火焰讓她想起祖母。有時候，她把那火想像成她祖母：蔑視幽影和堡壘區，頑強到最後一刻。她清理掉店裡所有會讓她想起祖母的物品，只除了那座奉祀未知神的神龕。神龕就在緊鄰食物儲藏室一扇上鎖的門裡，那扇門旁曾掛著她祖母的銀匕首，是舊時宗教的象徵。

那柄匕首上蝕刻了神聖符號，做為避邪之用。如今賽倫絲把它帶在隨身刀鞘裡，不是為了避邪，而是因為那是銀製品。在林子裡討生活，銀器從來不嫌多。

她仔細地收拾行囊，先放進她的救傷包，再來一大袋銀粉，用來治療枯萎（withering）。接著她放進十只空的粗麻袋，麻袋裡層上過瀝青，避免內容物漏出來。最後，她放進一盞油燈。她不打算用它，畢竟她不信任火，火會引來幽影。然而，經驗告訴她，油燈能派得上用場，所以她帶了。只有碰上已經點了火的人，她才會點油燈。

收拾妥當後，她遲疑片刻，然後走進舊儲物間，掀起木地板，拿出放在毒藥旁、乾燥包裝的小圓桶。

火藥。

「媽媽！」威廉安的叫聲嚇得她跳起來。她沒聽見女兒走進廚房。

賽倫絲驚嚇之餘，手上的小圓桶差點掉下地，這又嚇得她心臟差點停了。她把桶子夾在腋下，內心暗罵自己蠢。火藥沒有火不會爆炸，這點概念她還有。

「媽媽！」威廉安又喊一聲，兩眼盯著小圓桶。

「我不見得會用。」

「可是……」

「我知道，別說了。」她走過去，把筒子放進背包。她祖母的點火器就綁在筒子側邊，金屬握把之間塞著布塊。引燃火藥也算點火，至少在幽影眼中沒兩樣。無論白天夜晚，它吸引幽影的速度就跟鮮血一樣快速。最早從故鄉逃難過來那批人很快就發現這點。

某種程度來說，鮮血比較容易避免。普通的流鼻血或破皮流血並不會招來鬼魅，它們甚至不會注意到。一定得是別人的血，是你讓別人流的血，而且幽影會先攻擊害別人出血的那個人。當然，等那人死了，它們不會在乎接下來索誰的命。幽影一旦被激怒，周遭所有人都會身陷險境。

賽倫絲收好火藥筒以後，才注意到威廉安穿著外出長褲和靴子，手上拿著類似背包。

「威廉安，妳這是在幹什麼？」賽倫絲問。

「媽媽，難道妳想獨力殺五個只服下半劑沼澤草的男人？」

「我以前做過類似的事，早就學會單獨行動。」

「那是因為妳沒有幫手，」威廉安把背包甩上肩膀。「現在不一樣了。」

「妳還太小。上床睡覺去，我回來以前把店顧好。」

威廉安顯然不打算讓步。

「孩子，我叫妳……」

「媽，」威廉安牢牢抓住賽倫絲手臂。「妳已經不年輕了！妳以為我沒看見妳走路愈來愈跛？妳沒辦法什麼都自己來！天殺的，妳早晚都得讓我幫妳！」

賽倫絲靜靜端詳她女兒。這孩子哪來的狠勁？她老是忘記威廉安也是佛斯考特的人。祖母如果見到這孩子，一定會嫌惡她，這點讓賽倫絲很自豪。威廉安總算有個童年，她不軟弱，她只是……很正常。女人不需要心如鐵石，一樣可以很堅強。

「別對著妳媽咒罵。」賽倫絲終於開口。

威廉安挑起單側眉毛。

「妳可以跟去，」賽倫絲掙脫女兒的手。「可是一定要照我的話做。」

威廉安吐出長長一口氣，急切地點點頭。「我去告訴達伯我們要出門。」她轉身出去，走進黑夜裡時，她發揮屯民天性，放慢腳步。即使還在旅店的保護圈裡，她也懂得遵守基本規則。安全時的輕忽，往往會導致危險。

賽倫絲拿出兩只碗，調製了兩種夜光糊。完成以後，她分別將糊狀物倒進兩只瓶子裡，再收進背包。

她走進夜色裡。空氣很清爽，涼颼颼的。樹林沉寂了。

當然，幽影出來了。

有幾隻橫越草地，發著微光的形體清晰可見。飄渺、半透明，目前在附近的那些都死了很長時間了，幾乎看不出人類體型，腦袋輕輕蕩漾，臉孔像菸圈似的晃動，身後拖著波浪似的白氣，有一條胳膊那麼長。賽倫絲經常想像那是它們生前衣物的破碎殘餘。

任何女人看見幽影，心裡都不免一陣寒顫，就連佛斯考特家的女人也不例外。當然，幽影白天也在，你只是看不見。只要生火或濺血，就算大白天它們也會找上你。但到晚上就不同了，它們對違規行為的反應更即時，快速移動也能激怒它們，白天時就不會。

賽倫絲取出一只裝有夜光糊的瓶子，周遭景物鋪上一抹幽幽綠光。光線很微弱，不像火炬的光。火炬不可靠，因為一旦熄滅，你沒辦法重新點燃。

威廉安拿著燈籠竿等在前門。「我們動作要快，」賽倫絲邊說邊把夜光瓶掛在竿子上。「妳可以說話，但一定要很小聲。我要妳聽我指示，妳得做到。無論我說什麼，妳馬上得照辦。我們追捕的這些人……她們會殺了妳，或者更糟，而且連眉頭都不會皺一下。」

威廉安點點頭。

「妳不夠害怕。」說著，賽倫絲把黑色罩子蓋在比較亮的那個夜光瓶上，她們頓時置身黑暗中。所幸今晚繁星帶高掛天空，部分星光會穿透樹葉間隙灑下來，尤其如果她們離馬路不太遠。

「我……」威廉安說。

「記得去年春天哈洛德的獵犬發瘋的事嗎？」賽倫絲問。「妳記不記得那隻狗的眼神？認不得人、目露凶光。威廉安，這些人就是那樣，像得了狂犬病。這些人跟那隻獵犬一樣，都得死。在他們眼中妳不是人，只是一塊肉。妳明白嗎？」

威廉安點點頭。賽倫絲看得出來女兒仍然是興奮多過害怕，那也沒辦法。她把掛著比較暗的夜光瓶的那根竿子遞給威廉安，那瓶子發出淡淡藍光，照明效果很有限。賽倫絲把另一根竿子放上右肩，背包甩上左肩，朝馬路的方向點了點頭。

附近有一縷幽影飄向馬路邊緣，當它碰觸地上那道細薄的純銀屏障，銀圈像火花般啪啦作響，那東西嚇得猛地一抽、向後撤退，飄往另一個方向。

像那樣的每一次接觸都會讓賽倫絲荷包失血。幽影的碰觸會毀了銀，她的顧客付錢買的就是這個：一百年多來沒有被突破過的防線，也從來沒有不受歡迎的幽影被困在保護圈裡。維持某種和平局面，森林裡的最佳狀態。

威廉安一腳跨過分界線，那是突出在地面上的大型銀圈。那些銀圈以地底下的水泥固定，沒辦法隨便拔出來。如果要替換那些重疊銀圈——她的旅店周圍有三圈同心圓防護圈——之中的某一段，就得開挖地面，解開銀圈之間的環扣。工程極其浩大，賽倫絲再清楚不過，因為他們幾乎每星期都得調動或替換某一節。

附近那個幽影飄走了，它沒發現她們。賽倫絲不知道它們是不是只看得見違反規則的人，或者只有犯規的人值得它們注意。

她跟威廉安踏上黑暗的馬路，路面的雜草有點太長。森林裡的馬路從來沒有妥善維護，如果堡壘區信守承諾，這點會有所改變。儘管如此，這些馬路仍然有人行走。屯墾區的人從一座堡壘去到另一座堡壘買賣食物。栽種在林間空地的穀類比山上的農產品風味更濃郁，更美味可口。陷阱捕捉或私人豢養的兔子和火雞可以換到上等純銀。

豬卻不行。只有某個堡壘裡的人粗俗到會吃豬肉。

總之，交易始終存在，因此馬路也不會消失，即使周遭的樹木總是把它們的樹枝——像抓攫的臂膀——伸下來，意圖覆蓋路面、收復失地。森林不喜歡人類的侵擾。

賽倫絲母女步履慎重，從容不迫。動作不能太快。用這種速度走路，感覺過了無限久，前方路面才出現異狀。

「那裡！」威廉安悄聲說。

賽倫絲吐出一口氣、釋放緊張情緒。路上有某種藍色標記與夜光瓶的微光相輝映。對於她如何追蹤獵物，席奧波里斯猜得沒錯，卻不夠完整。沒錯，這種又稱為「亞伯拉罕之火」的夜光糊是會讓濕地韭蔥的汁液發亮。巧合的是，濕地韭蔥的汁液也會造成馬兒頻尿。

賽倫絲蹲下來檢視地上那道發亮的汁液與尿液。她原本擔心切斯特頓那夥人離開旅店不久後就會轉進森林，雖然可能性不高，她還是擔心。

現在她找到他們的蹤跡了。如果切斯特頓打算鑽進林子裡，那麼他會等離開旅店幾小時後才這麼做，確保他們的行蹤不會被發現。賽倫絲閉上雙眼，如釋重負地嘆口氣，發現自己熟練地誦唸了一段感恩禱詞。她愣了一下。怎麼會這樣？那是很久以前的事了。

她搖搖頭，起身繼續往前走。她給五匹馬都下了藥，因此路面上有規律的標記可遵循。

這天晚上森林……特別漆黑。天上繁星帶從枝葉間篩下的光芒似乎不如往常，幽影的數目似乎也比平時多，潛行在樹幹之間，發著幽冷的光芒。

威廉安緊抓著燈籠竿，這孩子當然不是第一次夜晚出門。沒有哪個屯民喜歡半夜在外頭蹓躂，不過也沒有人刻意逃避。你不能一輩子困在屋子裡，被黑夜嚇得不敢動彈。像那樣過日子，那麼……嗯，你比堡壘區的人好不到哪兒去。森林裡的生活很艱苦，一不小心就會沒命，你卻擁有自由。

「媽媽，」威廉安悄聲說。她們繼續走著。「妳為什麼不再相信神了？」

「女兒，現在是聊這種話題的時候嗎？」

威廉安低頭查看，她們又經過另一道尿液，路面發出藍光。「每次妳都這麼說。」

「每次妳問這個問題，我都想辦法轉移話題。」賽倫絲說。「可是我不是經常半夜在森林裡走路。」

「只是我現在覺得這個問題很重要。妳說我不夠害怕，妳錯了，我幾乎沒辦法呼吸。但我很清楚旅店經營很困難，每次席奧波里斯大人來過以後，妳都很不高興。妳也不像以前那麼頻繁替換邊界的銀圈，每兩天妳就有一天只吃麵包。」

「妳覺得這些跟神有關……為什麼？」

威廉安仍然低著頭。

*噢，真要命，*賽倫絲心想。*她以為我們受到懲罰。傻丫頭，跟她爸爸一樣傻。*

她們踏上舊橋，走過搖搖晃晃的木板。光線好一點的時候，還能看得見底下峽谷裡那座木造新橋，那代表堡壘區的承諾和贈禮，而他們的贈禮通常美觀大方卻不耐用。屯民自行重建這條舊橋時，薛布魯琪的爸爸也出了一份力。

「我相信未知神。」賽倫絲說，這時她們已經過了橋。

「可是……」

「我不拜神，」賽倫絲說。「不代表我不信神。古書上說這塊土地是被詛咒的人的家。我認為，如果妳已經受到詛咒，每天拜神又有什麼用。就這麼簡單。」

威廉安沒有答話。

她們又走了整整兩小時。賽倫絲原本有意抄一條林間捷徑，可惜風險太高，萬一追丟了，到時候還得折回來。再者，那些記號，在夜光糊的隱藏光線中散發著淡淡藍光……給人一種踏實感，是周遭暗影之間的發亮救生索，那些線關係到她和她孩子的安全。

她們沿路數著馬尿的間隔，所以沒有錯過那條叉路太遠。連續幾分鐘沒看見任何記號，她們不發一語地調頭，搜尋馬路兩旁。原本賽倫絲擔心這會是追蹤過程中最困難的部分，但她們輕而易舉就找到那群人轉進樹林的位置。地面上有個發亮的蹄印，有一匹馬踩到另一匹的尿液，一路帶進樹林裡。

賽倫絲放下背包，打開來，拿出絞頸索，再豎起一根指頭在嘴唇前，打手勢要威廉安等在路旁。威廉安點點頭。黑暗中賽倫絲看不清楚威廉安的表情，卻聽見女兒呼吸加快。生活在屯墾區，習慣夜晚外出是一回事，孤伶伶待在樹林裡……

賽倫絲拿出藍色夜光糊，用手帕遮蓋好，再脫下鞋襪，躡手躡腳走進樹林。每次她這麼做的時候，就覺得又回到童年，跟著祖父走進森林。腳趾踩在土裡，測試會發出碎裂聲的樹葉或會折斷的枯枝，那些都會洩露她的行蹤。

她幾乎聽見祖父在教導她，告訴她該怎麼判斷風向，走過不可避免發出聲響的路段時，又該如何利用窸窣響的樹葉掩護自己。祖父愛這片森林，到頭來也死在森林裡。永遠別說這個地方是地獄，祖父說過。把這塊土地看成一頭猛獸，尊敬它，但別恨它。

幽影滑過附近的樹木，在沒有任何光線的情況下，幾乎看不見它們。她跟它們保持距離，即使如此，偶爾她一回頭，會赫然發現有個幽影飄過她身邊。撞上幽影就必死無疑，可是那種意外很少見。除非被激怒，幽影通常會自動避開靠得太近的人，就像被微風吹走似的。只要你緩慢移動——本該如此——就不會有事。

她一直用手帕蓋住夜光瓶，除非她特別想尋找地面上的記號。夜光糊會照亮幽影，太亮的幽影可能會讓人發現她的行蹤。

附近傳來呻吟聲。賽倫絲頓時僵住，心臟幾乎跳出胸口。幽影不會出聲，那一定是人。她繃緊神經，寂靜無聲地搜尋，最後終於瞥見那人，隱密地躲在樹叢裡。那人動了，伸手按摩太陽穴。威廉安的毒藥造成的頭痛發作了。

賽倫絲評估了一下，悄悄掩到那棵樹後面。她蹲踞下來，等了百般難熬的五分鐘，那人才又動彈。他又舉起手，撥動了枝葉。賽倫絲冷不防撲上去，絞頸索套住那人脖子，使勁一拉。在森林裡殺人，絞頸並不是最好的方式，因為耗時過久。

那人死命掙扎，雙手扣緊頸子。附近的幽影停下來。

賽倫絲繼續施力，那人的體力因毒藥而減損，試圖用腳踢她。她後退閃躲，手上的絞頸索依然拉緊，視線投向那些幽影。它們像動物嗅聞空氣般左顧右盼，其中幾個開始變暗，那種天然的冷光開始消失，白色的形體漸漸流逝，遁入黑暗中。

這可不妙。賽倫絲意識到胸腔裡的心跳聲像打雷。快死呀，可惡的傢伙！

那人終於停止抽搐，愈來愈衰弱無力。等他最後一陣抖動後靜止下來，賽倫絲屏住氣息，萬分難耐地在原地等了無比漫長的一段時間。最後，附近的幽影終於恢復成淡白色，逶迤地朝各自的方向飄走。

她解下絞頸索，放鬆地呼出一口氣。片刻之後重新打起精神，將屍體留在原地，自己悄悄回頭去找威廉安。

女兒的表現很讓賽倫絲驕傲，因為她在樹林裡躲得很隱密，要不是她先出聲，賽倫絲根本沒看見她。「媽媽？」

「是我。」賽倫絲答。

「感謝未知神。」威廉安說著，從她用樹葉遮蓋起來的洞裡爬出來，抓住媽媽的手臂，她在發抖。「找到他們了？」

「解決了守夜那個，」賽倫絲點點頭。「另外那四個應該在睡覺。這時候我就需要妳了。」

「我準備好了。」

「跟我來。」

她們折回賽倫絲剛剛走過的小路，經過守夜那人的屍體，威廉安冷漠地端詳那人的臉。「是其中一個，」她悄聲說。「我認得他。」

「當然是其中一個。」

「我只是想確認，因為我們……妳知道的。」

她們在離守夜崗哨不遠的地方找到營地。四個男人睡在鋪蓋捲裡，幽影在四周遊蕩，只有土生土長的森林之子才敢這麼做。營地中央有一小瓶夜光糊，放在淺洞裡，免得發出太多亮光，暴露他們的行蹤。不過，那光線已經足以照亮繫在營地另一頭近處的馬匹。那抹綠光也照亮威廉安的臉，賽倫絲有點震驚，因為女兒臉上沒有懼怕，只有賁張的怒氣。短短時間裡，威廉安已經變成疼愛薛布魯琪的大姊姊，也已經做好殺人的準備。

賽倫絲指了指最右邊那個人，威廉安點點頭。這個階段最危險。那些人才服了半劑毒藥，同伴被殺的聲響輕易就能吵醒他們。

賽倫絲從背包裡取出一個麻袋，遞給威廉安，又拿出槌子。那不是她祖父描述過的那種武器，只是用來敲敲釘子或其他東西的普通工具。

賽倫絲俯在第一個男人上方，那人沉睡的臉龐讓她渾身戰慄。她幾乎覺得那雙眼睛隨時會睜開來。

她對威廉安豎起三根指頭，然後一次彎起一根，等第三根指頭彎下，威廉安把麻袋套上那人的頭。那人猛地抖動，賽倫絲掄起槌子狠狠砸向那人的太陽穴。頭骨碎裂了，那人腦袋往下沉，身體抽動一下，就癱軟了。

賽倫絲緊張地抬頭查看其他人，威廉安連忙束緊麻袋。附近的幽影停下來，但這種方式不像絞殺那樣引它們注意。只要麻袋裡的瀝青阻絕血液流出，她們就不會有事。賽倫絲又對那人腦袋補了兩下，然後檢查脈搏。沒有心跳。

她們小心翼翼收拾了接下來那個，過程很血腥，像宰殺動物。如同她早先對威廉安說的話，想像這些人都是瘋狗，對她們比較有幫助。不需要回想這些人對薛布魯琪家人所做的事，那只會讓她氣憤。這時候她不能發怒，必須冷靜、無聲，還得有效率。

第二個人甦醒的速度比他的同夥慢，不過賽倫絲多敲了他腦袋好幾下，他才斷氣。沼澤草讓人渾身乏力，對她的行動而言是絕佳毒藥。她只需要讓他們昏昏欲睡，外加一點點暈頭轉向。然後……

接下來那個人從鋪蓋裡坐起來，口齒不清地問。「怎麼……？」

賽倫絲跳過去，抓住那人肩膀，將他拉到地面。附近的幽影猛地轉身，彷彿聽見了巨響。賽倫絲掏出絞頸索，那人使勁想推開她，威廉安嚇得倒抽一口氣。

賽倫絲翻回來套住那人頸子，拉緊絞索，死命撐住，那人則是拳打腳踢，惹怒周遭的幽影。她就快勒死那人時，第四個人從鋪蓋裡跳起來，在昏頭昏腦的驚嚇狀態下，選擇拔腿逃命。

真要命！最後那個人就是切斯特頓，萬一他惹惱了幽影……

賽倫絲放開還在喘氣的第三個人，不顧一切地追切斯特頓。萬一幽影將他吸乾化為塵土，她就什麼都沒有了。沒有屍體就等於沒有賞金。

賽倫絲追上切斯特頓，在營地邊緣的馬匹旁趕上他。周遭的幽影頓時消隱，她心急如焚地絆倒切斯特頓，把腦袋昏沉的他摔在地上。

「妳這賤人！」切斯特頓一面含糊地咒罵，一面抬腳踹她。「妳就是旅店老闆。妳給老子下藥，妳這賤女人！」

樹林裡的幽影已經完全變黑，它們睜開了凡間視線，一雙雙綠色眼睛發出亮光，那些眼睛拖曳著一道霧狀光芒。

切斯特頓奮力抵抗，賽倫絲揮開他的手。

「我給妳錢，」他的手抓耙她。「我給妳錢……」

賽倫絲的槌子砸向他手臂，他痛得大叫。接著她砰的一記敲中他的臉，切斯特頓痛苦哀嚎，手腳狂揮猛打。賽倫絲扯下身上的毛衣，把他的頭和槌子一起包裹住。

「威廉安！」她尖聲叫喊。「給我個麻袋。麻袋，孩子！拿給我……」

威廉安跪在她身旁，用麻袋套住切斯特頓的頭，他的血已經滲出毛衣。賽倫絲慌忙抓起一塊石頭，砸向套著麻袋的那顆頭。毛衣悶住切斯特頓的慘叫聲，同時也削弱石頭的力道，她只得連番猛敲。

他終於靜止不動。威廉安把麻袋口緊緊束住他脖子，以免鮮血流出來，她呼吸非常急促。

賽倫絲壯著膽子抬頭查看，幾十隻綠眼睛掛在樹林間，像黑暗中的小火焰，閃閃發亮。威廉安緊閉眼睛，喃喃祝禱，淚水滑落臉頰。

「噢，未知神！噢，神哪……」

賽倫絲慢慢伸手到腰際，抽出她的銀匕首。她想起另一個夜晚，另一片大海似的發光綠眼。她祖母死的那個晚上。跑！孩子，快跑！

那天晚上，奔跑是可行選項，因為她們離安全的地方不遠。即使如此，祖母也沒能逃過一劫。她有機會，可惜沒逃過。

那一夜賽倫絲嚇壞了。祖母做的事，她做的事……今天晚上她只有一個希望。奔跑救不了她們，安全處所離得太遠。

慶幸的是，那些眼睛慢慢淡去。賽倫絲坐倒在地，匕首從她指間滑落地面。

威廉安睜開雙眼。「噢，未知神！」周遭的幽影慢慢蛻變現形。「真是奇蹟！」

「不是奇蹟，」賽倫絲說。「只是走運。我們及時殺死他。再拖個一秒，它們就發怒了。」

威廉安雙手抱住自己。「噢，真要命！噢，真要命！我以為我們死定了。噢，真要命！」

突然間，賽倫絲想起什麼事：第三個男人。切斯特頓逃走時，她還沒勒死那人。她踉踉蹌蹌站起來，轉身向後。

那人躺在原地，一動也不動。

「我把他解決了。」威廉安說。「不得不用雙手掐死他，用手……」

賽倫絲回頭望著女兒。「孩子，妳做得很好，妳救了我們的命。如果妳不在這裡，就算我殺了切斯特頓，也一定會激怒幽影。」

威廉安仍然出神地盯著樹林，看著那些平靜的幽影。「到底需要什麼？」她問。「人才能碰上奇蹟，而不是巧合？」

「顯然需要的就是奇蹟，」賽倫絲拾起匕首。「而不是單純的巧合。來吧，我們來套第二層麻袋。」

威廉安過去幫忙，有氣無力地把麻袋套在那群盜匪頭上。每具屍體兩個袋子，以防萬一。鮮血最危險。奔跑會驚動幽影，但不會很快。火會立即激怒它們，卻也會讓它們盲目困惑。

至於鮮血……怒氣造成的流血一旦暴露在空氣中……只要一小滴就足以讓幽影殘殺你和出現在它們面前的所有生物。

賽倫絲再次檢查那些男人的心跳，以防萬一。那些人都死了。她們幫馬兒套上馬鞍，把屍體抬到馬背上捆綁妥當，包括那個守夜的人。她們也收起盜匪們的舖蓋和其他裝備。但願那些人帶著銀。根據懸賞法令，除非懸賞狀上特別載明了失竊物品，否則賽倫絲可以保留她找到的任何東西。以這個案子而言，堡壘區要的是切斯特頓的項上人頭。幾乎所有人都這麼希望。

賽倫絲拉緊一條繩子，突然間頓住。

「媽！」威廉安也注意到了，樹林裡的枝葉沙沙作響。她們掀掉了綠色夜光瓶的遮布，加上盜匪們的夜光瓶，整個營區光線明亮，有八名騎在馬背上的男女從樹林裡鑽出來。

是堡壘人。衣著體面，不停望向林間的幽影……肯定是堡壘區來的。賽倫絲上前一步，滿心希望手上這時候拿著槌子，至少看起來有點威脅性。槌子還綁在包覆切斯特頓腦袋的麻袋裡，上面想必沾了血，必須等到血跡乾掉，或她去到某個非常、非常安全的地方，才能拿出來。

「哇噢，看看這個，」帶頭那個陌生人說。「陀拜亞探勘回去以後跟我說了這事，起初我還不信，看樣子是真的。切斯特頓那一幫子五個人，死在了兩個屯民手裡？」

「你是什麼人？」賽倫絲問。

「瑞德·楊（Red Young）。」那人碰了碰帽子致意。「我追蹤這群人已經四個月了，非常感謝妳們幫我省了麻煩。」他朝幾個手下揮揮手，那些人下馬。

「媽！」威廉安用氣聲喊著。

賽倫絲緊盯瑞德雙眼。他手上有棍棒，背後那個女人拿著那種鈍箭專用的新型十字弓：上膛快、勁道猛，卻是傷人不見血。

「孩子，站遠點。」賽倫絲說。

「可是……」

「站開。」賽倫絲放開手上的韁繩。三名堡壘人過來拉馬，有個男人斜眼打量威廉安。

「算妳識相。」瑞德彎下身子端詳賽倫絲。有個女人走過來，準備拉走切斯特頓的馬和馬背上他的屍體。

賽倫絲上前一步，一隻手搭在切斯特頓的馬鞍上。拉馬那女人停住腳步，轉頭看她的頭兒。

賽倫絲偷偷抽出刀鞘裡的匕首。

「你總得分點給我們，」賽倫絲對瑞德說，拿刀的手藏在背後。「畢竟我們忙了那麼久。兩成五，我保證守口如瓶。」

「沒問題，」他又碰碰帽子。他的臉上掛著假笑，像畫像裡的笑容。「就兩成五。」

賽倫絲點點頭。她將匕首刀刃抵住一條綁著切斯特頓屍體的細繩。那女人拉走馬匹時，她的匕首順勢割了那條繩子。賽倫絲往後退，舉起手搭在威廉安肩膀上，偷偷摸摸把匕首放回刀鞘。

瑞德再次碰帽致意。不一會兒，那群賞金獵人重新沒入樹林裡，朝馬路的方向走去。

「兩成五？」威廉安細聲問。「妳覺得他會付嗎？」

「不太可能。」賽倫絲拿起背包。「我們沒死在他手上已經很走運了。走吧。」她往樹林走去。威廉安走在她身旁，腳步維持該有的謹慎。「威廉安，妳該回旅店了。」

「那妳想做什麼？」

「把我們的賞金找回來。」她是佛斯考特家人，天殺的，沒有哪個假惺惺的堡壘人可以搶走她到手的東西。

「我猜妳打算在白色路段攔截他們。可是妳要怎麼做？我們對付不了那麼多人。」

「我會想出辦法。」那具屍體代表她兩個女兒的自由和她們的人生。她絕不會讓它像輕煙似的從指縫間消失。她們走進黑暗裡，經過那些不久之前差點吸乾她們的幽影。這時它們飄走了，對她們的軀體視若無睹。

動動腦筋，賽倫絲，這裡面大有問題。那些人怎麼找得到營地？是光線嗎？或者他們無意間聽到她跟威廉安的對話？他們自稱追蹤切斯特頓好幾個月了，那麼她早該聽人說起這些人了，不是嗎？這些男男女女外表太乾淨，不像已經在森林裡追蹤殺人犯幾個月的人。

她得出一個自己不願意接受的結論。有個人知道她今天要追捕懸賞要犯，也看見她如何追蹤那些人。有個人有理由希望她的賞金被人攔截。

席奧波里斯，但願我猜錯了，她心想。如果是你在背後搞鬼……

賽倫絲與威廉安步履沉重地越過森林的心臟地帶。上方的茂密枝葉貪婪地飲盡所有光線，底下的土地因而寸草不生。幽影像盲眼哨兵似的在這些木造廳堂裡巡邏。瑞德和他手下那些賞金獵人都是堡壘人，他們會走馬路，這就是她的優勢。森林不是屯民的朋友，正如熟悉的坑壑並未必比較不危險。

但賽倫絲是這些深淵裡的水手。她比任何堡壘人更擅長乘著它的風飛翔。也許是時候掀起暴風了。

屯民口中的「白色路段」是指兩旁都是蘑菇田那段馬路。在樹林裡走一小時，就可以抵達。賽倫絲走到時，已經感受到徹夜未眠的後遺症，但她無視身體的疲憊，大步踩過蘑菇田。她提著綠色夜光瓶，微弱的光線灑在周遭樹木和田裡的犁溝上。

馬路在森林裡繞了個彎，而後往這個方向過來。如果那些人朝末世港或附近其他堡壘區而去，就一定會經過這裡。「妳繼續往前走。」賽倫絲對威廉安說。「再走一小時就可以回到旅店，回去看看店裡有沒有事。」

「媽媽，我要跟著妳。」

「妳答應我要服從。妳要食言嗎？」

「妳也答應讓我幫妳，妳要食言嗎？」

「接下來不需要妳幫，」賽倫絲說。「何況會有危險。」

「妳打算怎麼做？」

賽倫絲停在馬路旁，跪下來，在背包裡翻找。拿出那個裝火藥的小圓桶。威廉安嚇得臉色跟蘑菇一樣白。

「媽！」

賽倫絲解開她祖母的點火器。她不確定還能不能用。她從來不敢壓下那兩根看起來像鉗子的金屬握把。將握把擠壓在一起，末端就會相互磨擦，弄出火花。兩根握把之間有一條彈簧，一鬆手握把就會彈開。

賽倫絲抬頭看著女兒，把點火器舉到腦袋邊。威廉安後退一步，視線飄向左右兩邊，觀察附近的幽影。

「情況真有那麼糟嗎？」威廉安低聲問。「我是指我們的店。」

賽倫絲點點頭。

「那好吧。」

傻丫頭。好吧，賽倫絲不趕她走。事實上，也許她會需要幫手。她打定主意要奪回切斯特頓的屍體，死人很重，她又不可能只把他的腦袋割下來。在森林裡辦不到，周遭有太多幽影。

她又在背包裡翻找，掏出她的救傷用品，都綁在兩片充做固定夾板用的小木板之間。她輕而易舉就把兩片木板綁在點火器兩邊握把上。接著，她用小鏟子在馬路鬆軟的土壤上挖了個小坑，差不多跟裝火藥的小圓桶一般大小。

她拉開小圓桶的塞子，放進洞裡，再用燈油浸濕手帕，一端塞進火藥桶，再把點火器的木板放在路上，手帕的另一端貼近點火頭。她鋪了些樹葉在上面，就完成了簡陋的陷阱。如果有人踩中上面那塊木板，就會把金屬握柄往下壓，磨擦產生的火花會引燃手帕。但願如此。

她不能親自動手點火。幽影會先找上引火那個人。

「萬一他們沒踩中呢？」威廉安問。

「那我們就移到下一個路段，再試一次。」賽倫絲回答。

「妳該知道這樣可能會有人流血。」

賽倫絲沒有回答。如果她的陷阱被人踩到，幽影不會把帳算到她頭上，它們會先圍攻那個踩中陷阱的人。但如果有人流血，它們就會發怒。過不了多久，是誰引燃的火就無所謂了，所有人都會身陷險境。

「離天亮還有幾小時，把妳的發光瓶蓋起來。」

威廉安點點頭，趕緊拉下瓶子的遮布。賽倫絲再次檢視她的陷阱，然後搭著威廉安的肩膀，把她拉到路旁。那裡的矮樹叢比較茂密，因為馬路多半彎向枝葉比較稀疏的方向：在森林裡的時候，人們習慣走在看得見天空的地方。

那群賞金獵人終於來了。靜默無聲，被各自手上的發光瓶照亮。堡壘人夜裡不交談。他們經過陷阱。賽倫絲把陷阱設在最狹窄的路段，她屏氣凝神，看著馬匹魚貫經過，一步一步錯過木板所在的那個突起。威廉安遮住雙眼，蹲低身子。

有個馬蹄踩中木板。沒事。賽倫絲懊惱地吐出一口氣。萬一點火器壞了，她該怎麼辦？她還能想出別的辦法……

爆炸聲轟一聲襲來，震波撼動她全身。幽影瞬間消失，綠眼睛霍地張開。馬匹發出哀鳴，男男女女驚聲尖叫。

賽倫絲甩甩頭，跳脫麻木狀態，她抓住威廉安肩膀，把女兒拉出藏身處。陷阱的效果優於她的預期。燃燒的手帕讓踩中陷阱的馬匹在爆炸之前又多走了幾步。沒有濺血，只有一大堆吃驚的馬兒和一頭霧水的人。小圓桶火藥的破壞力沒有她想像中來得嚴重：有關火藥威力如何強大的故事通常就像故鄉的種種傳說，虛幻不實，但聲音確實很驚人。

賽倫絲顧不得耳朵嗡嗡作響，急忙衝進混亂的人群中，找到她想要的結果。馬匹受驚後弓背急躍，加上捆綁的繩索將斷未斷，切斯特頓的屍體被拋在地上。她抓住屍體的腋窩，威廉安抓腿，兩人開始移向側面的樹林。

「白癡！」瑞德在混亂中咆哮。「攔住她。屍……」

他的話聲中斷，因為幽影聚攏過來，將他們團團圍住。爆炸聲響起時瑞德勉強控制住坐騎，可是這時他不得不騎著馬蹬呀蹬地躲開幽影，幽影因暴怒而轉為闇黑，只是，乍亮的光線和火花明顯讓它們眼花撩亂，個個盲目亂竄，像火焰周遭的飛蛾。綠色眼睛，也算萬幸，萬一那些眼睛變成紅色……

有個站在馬路上原地打轉的賞金獵人被攻擊了。他的背倏地弓起，皮膚上縱橫交錯著捲鬚似的黑色血管。他雙膝跪地放聲尖叫，臉部肌肉迅速萎縮，皮膚繃向頭骨。

賽倫絲別開視線，威廉安一臉驚懼地望著那個倒地的男人。

「孩子，慢慢來。」賽倫絲說，她希望自己的聲音聽起來像在安撫人，可惜她自己也心驚肉跳。「小心點。我們有機會離開。威廉安，看著我。」

威廉安轉頭望向母親。

「注視我的眼睛，開始走。就是這樣。記住，幽影會攻擊引燃第一把火的人。它們被搞糊塗了。它們對火的味道沒有對鮮血那麼敏銳，所以它們會尋找火焰附近移動最快速的東西。慢慢來，放輕鬆，讓那些東奔西跑的堡壘人分散它們的注意力。」

她們如履薄冰、出奇緩慢地移進森林裡。相對於眼前的混亂與凶險局面，她們的步伐簡直像在爬行。瑞德組織他的手下合力抵抗。你可以對抗迷失在火光中的幽影，有機會用銀器消滅它們。會有更多幽影趕來，但只要那些賞金獵人夠聰明也夠幸運，他們可以消滅附近那些，再緩緩離開火源。他們可以躲起來，可以生還。或許。

除非他們之中有人不小心傷人濺血。

賽倫絲與威廉安踩過一片蘑菇田，一顆顆蘑菇發著微光，像老鼠的頭骨，在她們腳底下無聲地碎裂。她們好運不夠多，因為幽影已經甩開爆炸後的困惑，其中兩隻一直留在外圍，這時轉頭朝她們撲來。

威廉安倒抽一口氣。賽倫絲輕輕放下切斯特頓的肩膀，拔出匕首。「繼續往前，」她悄聲說。「把他拉走。女兒，動作慢，一定要慢。」

「我不要丟下妳！」

「我會趕上來，」賽倫絲說。「妳還不會應付這種事。」

她沒轉頭查看威廉安有沒有照她的話做，因為那些幽影——咻地閃過長滿白色圓鈕地面的漆黑形體——已經攻向她。對抗幽影不能靠蠻力，它們沒有實體，重點只有兩個：速度和膽量。

幽影的確危險，但只要你有銀器在手，就能跟它們搏鬥。很多人會死是因為他們想跑，而不是背水一戰，那只會引來更多幽影。

幽影襲上來的時候，賽倫絲對它們揮動匕首。惡鬼，想要我女兒是嗎？她在內心怒吼。你們應該去找那些堡壘人。

她一刀劃過第一隻幽影，像祖母教她的一樣。面對幽影時永遠不要嚇得後退，不要畏畏縮縮。妳身上流著佛斯考特家的血，森林是妳的地盤。妳跟其他任何東西一樣屬於這片森林，就跟我一樣……

她的匕首刺穿幽影，有點輕微的拖曳感，幽影噴出鮮明的白色火花，然後往後退開，身上的黑色卷鬚糾結纏繞。

賽倫絲轉身面對另一隻。夜色墨黑，那幽影撲過來的時候，她只能看見它的眼睛，叫人毛骨悚然的綠。她撲上前去。

那雙陰森的影手伸過來，冰冷的手指抓住她前臂。她感覺得到，幽影的手指有實體，可以抓住你，可以拖住你。只有銀器能驅走它們，持有銀器，你才能擊敗它們。

她持刀的手臂又往前推，幽影背部冒出火花，像一整桶污水潑濺出來。前臂驚人的冰冷劇痛讓賽倫絲直喘氣，匕首滑出她失去知覺的手指。她猛然往前撲倒，跪倒在地，在此同時那隻幽影往後倒，瘋狂地原地打轉。第一隻幽影像垂死的魚兒，在地上啪啪地鼓動，試圖飄起來，上半身卻已經垮了。

她前臂那股寒氣冷冽刺骨。她盯著自己受傷的手臂，看著上面的肌肉枯乾萎縮，皮膚繃向骨頭。

她聽見啜泣聲。

賽倫絲，妳站在那裡。是祖母的聲音。腦海浮現她第一次殺死幽影的畫面。照我的話做。不准哭！佛斯考特家人從來不哭，佛斯考特從不流淚。

那天她開始憎恨祖母。那時她十歲，拿著她的小刀，在黑夜裡顫抖哭泣，因為祖母把她跟一隻遊蕩的幽影困在銀圈裡。

祖母在外圍奔跑，用行動激怒幽影。賽倫絲卻困在裡面，與死亡為伴。

賽倫絲，妳只能從做中學，無論結果如何，妳都能學到經驗。

「媽媽！」威廉安喊她。

賽倫絲眨眨眼，跳脫回憶，看見女兒往她受傷的手臂灑銀粉。泣不成聲的威廉安把整袋救急用的銀粉都倒在她手臂上，萎縮停止了。銀粉可以修復枯萎，她的皮膚變回粉紅，原本的黑色在陣陣白色火花中消退。

太多了，賽倫絲心想。威廉安匆忙之間把所有銀粉全用光了，遠超過治療她的傷所需的份量。她沒辦法跟女兒生氣，因為她的手恢復知覺，那股冷冽消退了。

「媽媽？」威廉安說。「我聽妳的話離開了，可是他太重，我沒能走遠。我回來找妳。很抱歉，我想回來找妳！」

「謝謝妳，」賽倫絲吸了一口氣。「妳做得很好。」她舉起手搭在女兒肩膀上。那隻一度枯乾的手在草地上摸索祖母的匕首。她找到了匕首，上面有幾個地方黑掉了，但還堪用。

在馬路上，那群堡壘人背對彼此圍成一圈，用銀頭長矛阻止幽影進攻。馬匹不是跑掉就是被幽影吸乾。賽倫絲在地面摸索，抓起一小把銀粉，其他的都療傷用掉了。太多了。

這會兒操心那個也沒用，她一面想，一面將那把銀粉塞進口袋。「來吧，」說著，她撐起身子站起來。「很抱歉我從來沒有教妳怎麼對抗它們。」

「妳教過，」威廉安邊說邊擦淚。「妳什麼都跟我說過。」

光說，卻不練。真要命，祖母，我知道我讓妳失望，但我不會那樣對她，我辦不到。但我是個盡職的母親，我會保護她們。

她們走出蘑菇田，重新抬起她們的陰森獎賞，一步步沉重地穿越森林。她們遇見更多飄向那場混亂的幽影。火花會吸引它們，那些堡壘人死定了。太多騷動、太多掙扎。一小時內就會有至少上千隻幽影圍攻它們。

賽倫絲和威廉安走得很慢。雖然那份寒氣幾乎完全消失，但還殘留著……某種感覺，一股深沉的寒顫，被幽影碰觸過的肢體要好幾個月後才能恢復正常。

這已經是很值得慶幸的結果了。多虧威廉安反應夠快，否則賽倫絲可能終生殘廢。一旦枯萎發展完成——需要花點時間，視情況而定——就沒辦法回復。

樹林裡傳來窸窣聲。賽倫絲頓時僵住，威廉安也停下來四下張望。

「媽媽？」威廉安悄聲呼喚。

賽倫絲皺起眉頭。天色太黑，她們又沒辦法找回夜光瓶。附近有東西，她努力想看穿黑暗。你是什麼？萬一剛剛的打鬥引來最凶惡的至深者，就只能求未知神保佑了。

那個聲音消失了，賽倫絲遲疑地往前走。她們又走了整整一小時，四周伸手不見五指，賽倫絲直到踏上路面才發現她們已經又回到馬路上。

賽倫絲吐出一口氣，放下沉重的屍體，轉動疲累的手臂。繁星帶的稀疏光芒穿透枝葉、灑在她們身上，照亮左邊某種像巨大顎骨的物體。是舊橋，她們就快到家了。這附近的幽影一點都沒受到驚擾，慵懶輕盈地飄蕩，幾乎像蝴蝶。

她兩隻手臂好痛，屍體好像每分每秒都在變重。一般人通常不知道屍體有多重。賽倫絲坐下來，她們要休息一下再上路。「威廉安，妳水壺裡還有沒有水？」

威廉安低聲抽咽。

賽倫絲嚇了一跳，連忙站起來。她女兒站在橋邊，背後有個漆黑身影。那個身形取出一小瓶夜光糊，一抹綠光突然照亮黑夜。在磣人的光線下，賽倫絲看見那人是瑞德。

他手上的匕首抵住威廉安脖子。瑞德在對抗幽影的戰鬥中顯然沒討到便宜，一隻眼睛變成乳白色，半邊臉頰發黑，嘴唇萎縮露出牙齒。幽影掃過他的臉，他能活著已經是萬幸了。

「我就知道妳們會走這條路回來，」他乾枯的嘴唇說話口齒不清，唾液滴落下巴。「銀，把妳的銀給我。」

他的刀子……是普通鋼刀。

「快！」他大聲咆哮，手上的刀子更貼近威廉安脖子。萬一他劃破她的皮，那些幽影轉眼間就會撲到他們身上。

「我只有這把刀，」賽倫絲沒說實話。她抽出匕首拋在瑞德面前地上。「瑞德，你的臉沒救了，萎縮已經結束了。」

「我不在乎，」他嘶嘶地說。「現在把屍體給我。站遠點，女人。滾開！」

賽倫絲站到一旁。她能不能在他殺了威廉安之前制伏他？他必須彎腰拿匕首，如果她掐準時機跳……

「妳殺了我的人，」瑞德大吼。「他們死了，全死了。天哪，幸虧當時我滾進那個洞……可是我聽見了，聽著他們被屠殺！」

「只有你夠聰明，」她說。「瑞德，你救不了他們。」

「賤女人，妳害死他們。」

「他們害死自己。」她輕聲說。「你們跑到我的森林裡，搶我的東西。瑞德，不是你的夥伴死，就是我的孩子亡。」

「如果妳想要妳的孩子活下去，就站著別動。女孩，把刀撿起來。」

威廉安低聲嗚咽，屈膝蹲下。瑞德跟她一起蹲低，緊跟在她背後，兩眼盯著賽倫絲，手上的刀穩穩握著。威廉安顫抖著雙手撿起匕首。

瑞德一把搶走威廉安手裡的匕首，握在手裡，另一隻手仍然拿刀抵住威廉安脖子。「現在讓妳女兒拖屍體，妳在那裡等著，不准靠太近。」

「沒問題。」賽倫絲開始想對策。她暫時還不能突襲，他太謹慎。她要尾隨他們沿著馬路穿越森林，等他露出弱點，她再出手。

瑞德往路旁啐了一口。

一枝裹了布的十字弓箭矢從黑夜裡竄出來，擊中瑞德肩頭。他一個踉蹌，刀刃劃破威廉安頸子，傷口滲出一滴鮮血。儘管只是輕微破皮，威廉安仍然驚惶得瞪大雙眼。她脖子的傷無關緊要。

鮮血才是問題。

瑞德跌跌撞撞後退，手按住肩膀。幾滴鮮血在他刀刃上閃閃發亮。他們周遭樹林裡的幽影瞬間變黑，鮮明的綠眼睛突然發亮，隨即轉成深紅。

黑暗中充滿紅色眼睛。空中有血腥味。

「噢，該死！」瑞德大叫。「噢，真該死！」紅眼睛環繞在他身邊，沒有一點遲疑，沒有一點困惑。它們直接進攻流血的那個人。

幽影快速撲下來，賽倫絲伸手想拉威廉安，瑞德抓起威廉安，推向一隻幽影，試圖阻止它，自己迅速轉身衝向另一個方向。

威廉安撞上那隻幽影，她的臉開始枯萎，下巴和眼窩的皮膚開始退縮。她穿透那隻幽影，跌進賽倫絲懷裡。

賽倫絲意識到一股立即性的恐慌排山倒海而來。

「不！孩子，不，不，不……」

威廉安動了動嘴唇，發出哽咽的聲音，她的嘴唇往後扯，露出牙齒，她皮膚繃緊，眼皮皺縮，兩眼圓睜。

銀，我需要銀，我能救她。賽倫絲緊緊抓住威廉安，猛然抬起頭。瑞德奔向馬路另一頭，瘋狂揮舞著手上的銀匕首，濺出光芒與火花。幽影將他團團包圍，有幾百隻，像飛落棲木的渡鴉群。

那樣不行，幽影很快就會收拾了他，然後尋找活體——任何活體。威廉安脖子上還有血跡，她是它們下一個目標。即使它們不找過來，她也在迅速乾枯。

那把匕首的銀不夠救威廉安，賽倫絲需要粉末，純銀粉末，直接讓女兒服下。賽倫絲在口袋裡掏摸，抓出那一丁點銀粉。

太少了。她很清楚那些不夠。祖母的訓練讓她腦子冷靜下來，周遭的一切突然變清楚了。

旅店近在咫尺，那裡有更多銀。

「媽媽……」

賽倫絲抱起威廉安，太輕了，女兒的肌肉在漸漸枯乾。她用盡全身僅剩的力氣跑過舊橋。她的手臂在刺痛，剛剛拖屍體耗掉太多力氣。那具屍體……她不能失去它！不，現在不能想那個。那些幽影一旦解決了瑞德，就會轉向仍有餘溫的屍體。賞金沒了。現在她的重點是威廉安。

奔跑的時候，賽倫絲意識到臉龐冰涼的淚水，風吹向她。臂彎裡的女兒渾身打顫晃動，臨死前的抽搐。如果她就這樣死去，也會變成幽影。

「我不能失去妳！」賽倫絲對著黑夜說。「拜託，我不能失去妳……」

在她後方，瑞德發出拖長的痛苦尖嘯，聲音戛然而止，幽影大塊朵頤。周遭其他幽影停下來，眼睛轉成深紅。

空中的血腥味，深紅色眼睛。

「我恨你！」賽倫絲邊跑邊對空氣低語。每一步都痛苦難耐：她真的老了。「我恨你！恨你對我做的事，恨你對我們做的事。」

她不知道自己這番話的對象是祖母，或是未知神。這二者在她腦海裡經常無法區分。以前她有沒有發現到這點呢？

她繼續向前奔跑，樹枝拍打在她身上。前面是不是有燈火？是旅店嗎？

幾百雙又幾百雙紅眼在她面前睜開。她摔倒在地，精疲力竭，懷裡的威廉安像一捆沉重的樹枝。威廉安在顫抖，眼珠子往上吊，只露出眼白。

賽倫絲拿出她找回來那一丁點銀粉，她很想灑在威廉安身上，幫她減緩一點疼痛，可是她很清楚那只是浪費。她低頭看，淚流不止，用那些銀粉她們身邊畫個小圈子。不然她還能怎麼辦？

威廉安突然一陣痙攣，發出粗嘎的聲音，一面吸氣，一面緊抓媽媽手臂。幾十隻幽影撲過來，將她們圍得密不透風。它們嗅到鮮血，嗅到活人肉。

賽倫絲把女兒拉近。她剛剛還是應該搶回匕首，它治不了威廉安的傷，但至少她會有武器對抗它們。

沒有匕首，什麼都沒有。她失敗了，祖母早就料中了。

「乖乖睡，我的寶貝……」賽倫絲輕聲呢喃，緊閉雙眼。「別害怕。」幽影進攻她薄弱的防線，激起火花，賽倫絲因此睜開雙眼。它們後退了，其他的又撲上來，衝撞銀粉，發紅的眼睛照亮扭曲的黑色形體。

「夜深了……」賽倫絲哽咽地誦唸著。「……但太陽會出來。」

威廉安弓起背，然後靜止不動。

「乖乖睡，我……我的寶貝……別流淚。黑暗包圍我們，但有一天……我們會醒來……」

好累。我不該讓她跟來的。

如果她沒讓女兒跟來，切斯特頓就逃走了，她可能也已經死在幽影手上。威廉安和薛布魯琪就會變成席奧波里斯的奴隸，或者更糟。

別無選擇，沒有辦法。

「你為什麼送我們來這裡？」她扯開喉嚨嘶吼，抬頭望穿幾百隻發光的紅眼。「到底是為什麼？」

沒有答案，從來就沒有答案。

沒錯，前面的確有光，她的視線穿過面前的低矮枝椏看見了。她離旅店只有幾公尺，她會跟祖母一樣，死在離家區區幾步的地方。

她眨眨眼，抱著威廉安搖啊搖，周遭的小小銀圈慢慢毀損。

她面前那……那根樹枝，形狀非常奇特，很長，很細，沒有葉子。一點都不像樹枝，反倒像……

像十字弓的箭。

是這天稍早從旅店射出來，卡在樹幹上。她記得早先低頭面對那枝箭，凝視它映著火光的箭頭。

是銀。

※

山之女賽倫絲拖著一具枯乾的身軀衝進旅店後門。她幾乎沒辦法走路，跌跌撞撞進了廚房，漸漸萎縮的手鬆開那枝銀箭。

她的皮膚持續繃緊，身體在皺縮。她對抗那麼多幽影，枯萎無可避免。十字弓的箭頭幫她殺出活路，讓她發狂似的展開最後衝刺。

她幾乎看不見了，淚水撲簌簌從她迷濛的雙眼落下。即使流著淚，她的眼睛也極度乾燥，彷彿睜著眼在強風裡站了一小時。她的眼皮不肯閉合，嘴唇也動不了。

她有……銀粉，不是嗎？

思緒。理智。什麼？

她茫然往前走，窗台上的罐子，那是保護圈破損時應急用的。她用枯枝般的手指旋開瓶蓋，手指的模樣嚇壞了她腦袋很遙遠的那一部分。

快死了，我快死了。

她把銀粉罐泡進水槽，再拿出來，歪歪倒倒走向威廉安，她跪倒在威廉安身邊，濺出很多水。她用顫抖的手把剩下的水倒在女兒臉上。

拜託，拜託。

黑暗來臨。

「我們被送來這裡學習堅強。」祖母說。她站在懸崖邊俯瞰大海，滿頭白髮在風中捲繞挪動，像幽影拖曳著的輕煙。

祖母轉頭望著賽倫絲，滄桑的臉龐布滿底下浪濤拍岸時噴上來的小水滴。「未知神送我們來的，這是計畫的一部分。」

「妳說起來很容易，對不對？」賽倫絲惡狠狠地回應。「任何事妳都可以套進那個含糊籠統的計畫裡，就連世界的毀滅也不例外。」

「孩子，我不准妳說出那種褻瀆的話。」祖母的嗓音像靴子踩在礫石上。她走向賽倫絲。「妳可以埋怨未知神，可是那根本改變不了什麼。威廉是個傻瓜，是個白癡，他死後妳會過得更好。我們是佛斯考特家族，我們能活下去。總有一天擊敗邪靈的會是我們。」她從賽倫絲身邊走過。

賽倫絲從沒見祖母笑過，至少祖父死後就沒有。笑會耗費體力，至於愛……留在故鄉的人才能奢談情愛，而那些人早已死在邪靈手上。

「我懷孕了。」賽倫絲說。

祖母停下腳步。「威廉的？」

「還會有誰？」

祖母又往前走。

「不罵我嗎？」賽倫絲轉身，雙手抱胸。

「已成事實了。」祖母說。「我們是佛斯考特家人，如果我們必須這樣活下去，那就這樣吧。我比較擔心的是旅店，還有該怎麼準時還錢給那些該死的堡壘人。」

我倒有個主意，賽倫絲尋思著她開始蒐集的懸賞告示。一件連妳都不敢做的事，很危險，也很難以想像。

祖母走到樹林邊，回頭望著賽倫絲，沉下臉，然後戴上帽子，鑽進林木間。

「我不准妳干涉我的孩子，」賽倫絲朝祖母的背影喊著。「我要用我自己的方法養孩子。」

祖母消失在暗影裡。

拜託，拜託。

「我說到做到！」

我不要失去妳，我不要……

賽倫絲倒抽一口氣，清醒過來，手指耙抓地板，呆望著上方。

活著，她活著！

管理馬廄的達伯蹲在她身邊，手裡拿著銀粉罐。她咳了幾聲，舉起手——飽滿，肉長回來了；摸向脖子——脖子健壯如昔，只是有點吞嚥困難，因為薄銀片被硬灌進她喉嚨。她的皮膚上散布著斑斑點點變黑的銀片。

「威廉安！」她轉頭尋找。

威廉安躺在靠近門口的地板上，她最先撞上幽影的左半身都變黑了：她的臉狀況還好，但她的手像萎縮的枯骨，恐怕得截肢。她的腿看起來也不太妙，要等幫她處理傷口的時候才能判斷。

「噢，孩子……」賽倫絲跪在女兒身邊。

不過威廉安呼吸很均勻，這就夠了，畢竟她們已經死裡逃生。

「我想幫她，」達伯說。「可是能做的妳都做了。」

「謝謝你。」賽倫絲轉過頭去，看著額頭高聳、兩眼無神的老達伯。

「妳們逮到他了嗎？」

「誰？」

「懸賞要犯。」

「我……嗯，是逮到了，可惜我不得不放棄。」

「會有下一個的。」達伯一面用平淡的語氣說著，一面起身。「白狐總能弄到下一個。」

「你多久以前知道的？」

「太太，我是個傻子。」他說。「卻不笨。」達伯向她行禮，然後轉身走開，一如往常的無精打采。

賽倫絲從地上爬起來，悶哼一聲，抱起威廉安，把女兒送回樓上房間，開始照料她的傷。

威廉安的腿沒有賽倫絲想像那麼糟：必須截掉幾根腳趾，腿還算正常；整個左半身變黑，像燒焦了。時間一久，會慢慢褪成灰色。

見到她的人都會知道那是怎麼回事，多數男人永遠不會接近她，害怕她身上的污染。她可能得孤孤單單過一輩子。

這樣的人生我也略知一二，賽倫絲心想。她把布塊放進盆子裡沾濕，幫威廉安洗臉。威廉安會睡上一整天。這孩子到鬼門關前走了一趟，差點變成幽影，經歷過這種事，身體沒那麼快恢復。

當然，賽倫絲自己也差點沒命。只是，她以前體驗過。是在祖母另一次訓練。噢，她多麼憎恨那女人。可是多虧那些訓練，才造就了如今強悍的她。對於祖母，她能夠同時懷著感恩與憎恨兩種矛盾情感嗎？

賽倫絲幫女兒擦洗完畢，為她換上柔軟的睡袍，從她床邊走開。喝過安眠藥劑的薛布魯琪還在熟睡中。

她下樓回到廚房，獨自思索當前的難題。賞金丟了，屍體應該已經被幽影吞噬了，皮膚變成塵土，頭骨變黑毀損。她沒辦法證實是她殺了切斯特頓。

她倚著餐桌坐下來，雙手在面前十指交錯。她其實寧可喝點威士忌，麻痺一整晚膽戰心驚的神經。

她想了好幾個小時。她有別的辦法償還席奧波里斯的債嗎？跟別人借？跟誰呢？也許再找另一個懸賞要犯。可是近來上門的客人愈來愈少。席奧波里斯已經帶著借據來討債，頂多再等個一兩天，他就會來接收旅店。

她花了那麼多力氣，到頭來還是一無所有？

晨曦灑在她臉上，一陣微風從破掉的窗子吹送進來，輕拂她臉頰，喚醒在餐桌上打盹的她。賽倫絲眨眨眼，伸個懶腰，四肢都在抗議。她嘆了一口氣，走到廚房料理台。昨天晚上整理行裝時用的東西都還沒收拾，陶碗裡厚厚一層夜光糊依然發著微光。從她手上滑落的十字弓銀箭頭仍然躺後門邊。她得整理廚房，幫投宿的客人料理早餐。再想個辦法……

後門開了，有人走進來。

……得應付席奧波里斯。她輕輕呼氣，看見穿著一身乾淨衣裳、臉上掛著施恩笑容的他。他的靴子在地板上留下泥印。「山之女賽倫絲，真美好的早晨，嗯？」

天殺的，她心想。這會兒我沒精神應付他。

他走到窗子旁拉下百葉簾。

「你在做什麼？」賽倫絲問。

「嗯？之前妳不是提醒過我，妳不喜歡別人看見我們在一起，怕他們猜到妳委託我領賞金？我這是在保護妳。出了什麼事，妳的模樣糟透了，嗯？」

「我知道你做了什麼事。」

「是嗎？我做的事可多了。妳指的是哪一件？」

噢，她多麼想割掉他嘴上那抹奸笑，多想割斷他喉嚨，踩爛那討人厭的末世港口音。她不能，這傢伙太會演戲。她只是猜測，或許猜得對了，卻沒有證據。

祖母就會當場殺了他。她會因為急於證明他的過錯，害自己失去一切？

「昨晚你在森林裡，」賽倫絲說。「瑞德在舊橋伏擊我時，我以為早先聽到的聲音——黑暗中的窸窣聲——是他。結果不是，因為他說他一直在橋邊等我們。至於黑暗中那個聲音，是你，是你用十字弓射他，讓他失手濺血。席奧波里斯，這是為什麼？」

「濺血？」席奧波里斯說。「三更半夜，而妳活著回來？我不得不說妳非常幸運，了不起。還發生了什麼事？」

她沒吭聲。

「我來收妳的欠款，」席奧波里斯說。「那麼妳沒有人頭可以領賞了，嗯？看來我們還是需要我的文件，幸好我今天帶了另一份。這對妳我都是最好的安排，妳不覺得嗎？」

「你的腳在發光。」

席奧波里斯愣了一下，低頭查看。他夾帶進來的泥土閃著極微弱的藍光，是夜光糊的殘跡。

「你跟蹤我，」她說。「你昨晚果然在場。」

他用緩慢、毫不在意的表情看著她。「所以呢？」他上前一步。

賽倫絲往後退，後腳跟碰上她背後的牆。她伸手摸索，找到一把鑰匙，打開她背後那扇門，拉開門板。席奧波里斯抓住她手臂，一把將她扯開。

「想拿妳藏起來的武器？」他鄙夷地質問。「放在食物儲藏室架子上的十字弓？沒錯，我知道。賽倫絲，妳讓我很失望。我們不能文明點嗎？」

「席奧波里斯，我絕不會簽你的文件。」說著，她朝他的腳吐口水。「我寧可死，寧可沒有房子沒有家。你可以用暴力奪走我的旅店，但我不會替你工作。下地獄吧，你這混蛋，我才不在乎。你……」

他甩她一耳光，迅速又不動聲色。「妳閉嘴。」

她踉踉蹌蹌後退。

「賽倫絲，何必這麼激動，我只是希望妳能發揮所長，嗯？」

她舔舔嘴唇，臉頰熱辣刺痛。她舉手摸臉，一滴鮮血染紅她指尖。

「妳以為我會害怕嗎？」席奧波里斯說。「我知道這裡很安全。」

「愚蠢的堡壘人，」她低聲說，順手把那滴血甩向他，正中他臉頰。「就算你覺得沒有必要，也務必遵守簡明守則。還有，你猜錯了，我剛剛打開的不是食物儲藏室。」

席奧波里斯皺起眉頭，視線瞄向她打開的那扇門。裡面是一座古老的小神龕，是她祖母奉祀未知神的神龕。

那扇門底部鋪著純銀。

席奧波里斯背後的空中出現一雙紅眼，有個烏黑形體在陰暗廚房裡成形。席奧波里斯遲疑片刻，而後轉身。

他連尖叫的時間都沒有，幽影雙手抓住他的頭，取走他的性命。這隻幽影剛死去不久，儘管黑色的衣裳扭曲盤繞，形體卻還相當明顯。是個高大婦人，五官冷峻，一頭捲髮。席奧波里斯張開嘴，他的臉瞬間枯萎，眼珠子陷進頭骨裡。

「你應該跑的，席奧波里斯。」賽倫絲說。

他的腦袋開始粉碎，身體崩塌在地上。

「看見綠眼睛就躲，看見紅眼睛就跑。」賽倫絲說著，拾起躺在後門旁地上的十字弓銀箭。

「祖母，那是妳定的規則。」

那隻幽影轉向她。賽倫絲盯著那雙透著光的無生命眼睛，不寒而慄，那是某個她又愛又恨的威權女性。

「我恨妳，」賽倫絲說。「謝謝妳讓我恨妳。」她把箭頭擋在胸前，但幽影並沒有出擊。賽倫絲慢慢繞過來，逼退幽影。幽影從她身邊飛走，重新回到三面牆壁底部都圈著純銀的神龕。賽倫絲幾年前把它關在裡面。

賽倫絲心臟狂跳。她關上門，組合保護圈，重新上鎖。無論如何，那隻幽影都沒傷害她。她幾乎覺得它還記得，她也幾乎為把那個靈魂關在小壁櫥裡那麼多年感到愧疚。

經過六小時的搜索，賽倫絲才找到席奧波里斯的祕密洞窟。洞穴的位置就在她預估的範圍裡，離舊橋不遠的山區。洞外有一圈純銀屏障，她可以據為己有，值不少錢。

她在洞穴裡找到切斯特頓的屍體。那些幽影殺死瑞德又去追賽倫絲時，席奧波里斯把屍體拖回自己的山洞。席奧波里斯，這回我很慶幸你是個貪得無厭的人。

她得另尋幫她領賞金的人。那不容易，尤其像這樣臨時通知。她把屍體拖出來，放上席奧波里斯的馬，走一小段山路後，就回到馬路。她停下來，沿著馬路找到瑞德被吸乾的屍體，已經萎縮到只剩骨頭和衣裳。

她找回祖母的匕首。經過一場惡鬥，刀刃布滿凹痕與黑點。匕首重新回到她的刀鞘。她舉步維艱、疲累不堪地走回旅店，把切斯特頓的屍體藏在馬廄外的冷藏地窖裡，跟席奧波里斯的殘骸放在一起。她重新走進廚房，拿起薛布魯琪無意中射給她的十字弓銀箭，放在神龕旁原本掛著祖母匕首的位置上。

她向堡壘官員說明席奧波里斯的死因時，他們會做何反應？也許她可以說發現他時早已經變成那樣……

她停下來，露出笑容。

「兄弟，看樣子你運氣可真好，」戴根啜著啤酒。「白狐一時之間還不會找上你。」

那個依然自稱厄尼斯特的細瘦男人窩進椅子裡。

「你怎麼還在這裡？」戴根問。「我去了一趟末世港又回來了，壓根沒想到回程還能碰上你。」

「我在附近農場打了幾天工。」那個細脖子男人說。「苦差事哪，吃力活兒。」

「你每天晚上花錢住旅店？」

「我喜歡，這裡平靜多了。農莊沒有足夠的純銀保護圈，他們就……讓那些幽影東飄西晃，甚至闖進屋裡。」

戴根聳聳肩。山之女賽倫絲一拐一拐經過時，他舉了舉酒杯。沒錯，她看起來很健壯。他真該追求她，總有一天。她用臭臉回應他的笑容，砰的把餐點扔在他面前。

「我覺得我慢慢打動她了。」戴根望著賽倫絲背影自言自語。

「你得加把勁，」厄尼斯特說。「過去這個月已經有七個男人向她求婚。」

「什麼！」

「賞金哪！」那個細瘦男人說。「逮到切斯特頓的賞金。真走運的女人，山之女賽倫絲，就這樣找到白狐的巢穴。」

戴根埋頭扒飯。他不太喜歡整件事的結果。那個公子哥兒似的席奧波里斯一直都是白狐？可憐的賽倫絲，怎麼會無意中闖進他的山洞，在裡面發現他枯乾的屍骸？

「聽說這個席奧波里斯耗盡最後一絲氣力殺了切斯特頓，」厄尼斯特說。「然後把屍體拖回山洞，還沒來得及拿出銀粉就枯乾了。很像白狐的行徑，不惜任何代價追殺懸賞要犯。短時間恐怕不會有像那樣的賞金獵人。」

「我想也是。」戴根附和，只是他寧可席奧波里斯還活著。這下子他要編誰的故事？他可不想自己掏錢買酒喝。

附近有個渾身油膩的男人吃完飯站起來，拖著腳步走出前門，已經半醉了，這才中午哪。不像話。戴根搖搖頭。「敬白狐，森林裡最歹毒的混蛋。」

「願他的靈魂安息，」戴根說。「感謝未知神，白狐覺得我們不值得他浪費時間。」

「阿門。」厄尼斯特說。

「當然，」戴根說。「還有血腥肯特，這傢伙才是個狠角色。兄弟，最好別讓他逮到你的小辮子。別用那種無辜眼神看我，這裡是森林，每個人多多少少都會做點不想讓其他人知道的事……」

〈地獄森林之賽倫絲的幽影〉全文完

致謝

每本書的誕生，幕後都有無數的功臣。我要感謝參與其中的每一位。

以〈地獄森林之賽倫絲的幽影〉來說，我要感謝Gardner Dozois和喬治・R・R・馬汀，感謝你們敦促我寫出這篇中篇小說。感謝我的經紀人Joshua Bilmes在初期便給我回應。這兩篇故事的成品都有賴Isaac Stewart。感謝Peter Ahlstrom同樣為這兩篇故事施展了一貫的高超編輯功力。感謝Miranda Meeks提供了酷炫的封面繪圖。感謝Emily Sanderson始終如一地支持我。

夕陽老六

Sixth of the Dusk

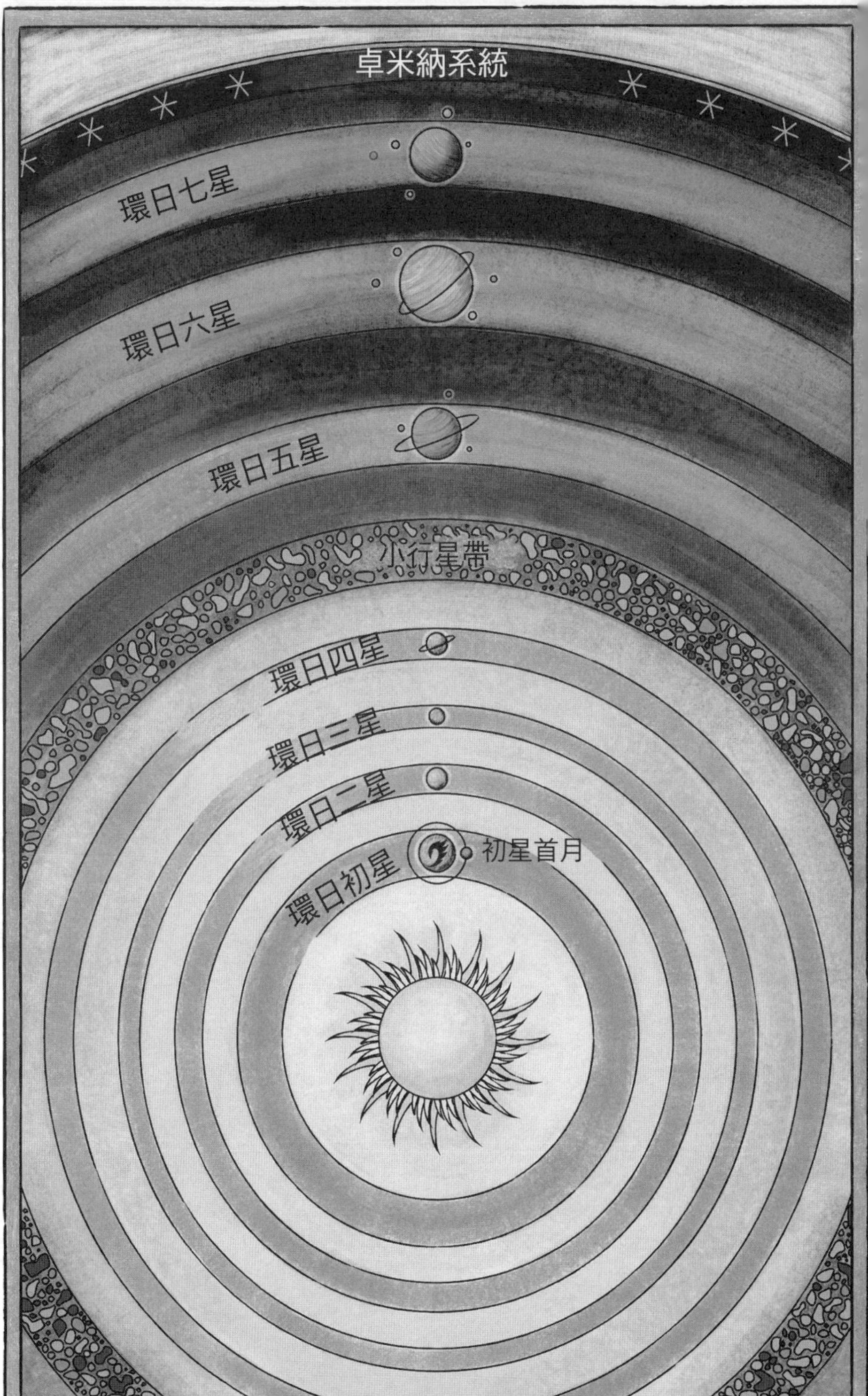
卓米納系統
環日七星
環日六星
環日五星
小行星帶
環日四星
環日三星
環日二星
初星首月
環日初星

Illustration by Kekai Kotaki

死神在白浪裡追捕獵物，夕陽（Dusk）看著牠一步步逼近，藍海深處那團黑影般的巨大形體，幾乎有六艘綁在一起的窄舟那寬。夕陽收緊握著船槳的手，心跳加速，趕緊四下搜尋柯克利（Kokerlii）的蹤影。

幸好那隻鮮豔的鳥就站在牠習慣的位置上，在船首悠哉地啃咬一隻抬到鳥嘴邊的腳爪。隨後牠放下那隻腳，膨起羽毛，彷彿完全不在意徘徊在船底的危險。

夕陽屏息而待。每次倒楣的在開闊的大海上遇到這些東西時，他總是屏住呼吸。他不知道浪花下那些東西的模樣，也希望永遠都別知道。

黑影逐漸接近，就快來到船底下了。一群打從附近海域經過的細魚躍出海面，形成一道銀波，牠們顯然是被前來的黑影嚇到。嚇壞的細魚宛如陣雨般地落入海水裡，激起的聲音就像是下雨。然而黑影並未改變航道，細魚太小，不足以填飽肚子，引不起牠的興趣。

不過……一艘船倒是能滿足牠的胃口。

牠直接從船底游過。瑟珂（Sak）在他肩膀上低聲啁啾，這隻鳥似乎察覺到了危險。像黑影（shadow）這類動物就不倚靠氣味或視力，而是以獵物的心思意念來進行獵殺。夕陽又瞥了柯克利一眼，牠是夕陽唯一的護身符，能幫他避開整艘船被吞噬的危險。他沒有剪掉柯克利的羽毛，但每次遇到這種恐怖時刻，他就能理解為何許多水手喜歡靈羽（Aviar）不能飛。

小船微微晃動，飛躍的細魚靜止了，海浪輕拍著船身。難道黑影停下來了？牠察覺到不對勁，感應到他們的存在了？柯克利的守護靈氣向來足夠應付的，但……

黑影緩緩消失。夕陽明白過來，原來牠往下潛入海裡了。一會兒後，海裡什麼東西都看不到了。他遲疑一下，然後強迫自己拿出剛買來的新面罩。這個現代的時髦品是他在之前僅有的兩次補給之行購買的，是一副四周包著獸皮的玻璃面板。他把面罩放在海面上，傾身下去朝海洋深處望去，眼下的深深海水變得像寧靜無波的潟湖一樣清澈見底。

什麼也沒看到，只是無止境的深。*笨蛋*，夕陽想著，收好面罩，再把船槳放入水中。*你剛才不是在想，最好永遠都別親眼看見那些東西？*

儘管如此，他再次搖槳前行時，心裡很清楚在接下來的航程中，都會覺得那個黑影在下面跟蹤他。這就是大海的本質，你永遠都不知道海裡潛伏著什麼。

他繼續行程，一面划著他的懸臂獨木舟，一面觀察浪濤以判斷目前的方位。對他來說，海浪就像指南針一樣精準，曾幾何時，海浪對每一位伊拉津人（Eelakin）——也就是他的族人——都精準好用。但現在，只有捕獸人（trapper）會運用這些古老的技巧了，不過坦白說，就連他也攜帶了最新型的指南針，背包裡還捲著一套新的航海圖，後者是上人（the Ones Above）今年稍早前來拜訪時，送給族人的禮物。大家都說航海圖比最近一次的勘測更準確，於是他買了一套，以防萬一。他母親說過，你無法阻止時代的改變，就像阻止不了浪花的翻捲滾動。

觀察浪濤後，過不了多久，他就看到第一座小島。索莉島（Sori）是潘席恩群島（Pantheon）的一座小島，也是最常被光臨的小島。索莉的意思是「小孩」。夕陽清楚地回憶著當初在那裡的海岸接受舅舅訓練的日子。

儘管索莉島在小時候很照顧他，但他已經很久沒有焚燒祭品供奉它了。或許一個小小的祭品，不算過分吧，帕特吉（Patji）不會嫉妒的，不會有人忌妒索莉這個最小的島嶼。索莉歡迎所有捕獸人，據說潘席恩的每一座島嶼對待它也同樣溫柔親切。

即便如此，索莉島上擁有的珍禽異獸並不多。夕陽繼續往前划去，沿著被族人視為潘席恩群島的一條小島群前進。從遠處望去，潘席恩群島和伊拉津人居住的本島差不多，而本島現在已在他背後三個星期航程之外了。

不過這只是從遠處望去的印象而已，一旦靠近，差別就大了。在接下來的五個小時，夕陽經過了索莉島，以及它的三個近親島嶼。他從未踏上過那三座島嶼，事實上，潘席恩有四十多座島嶼，而其中許多小島，他都未曾光臨過。在學徒生涯的末期，捕獸人要挑選一座島嶼，從此終其一生在那座島嶼上工作。他選了帕特吉，現在回想起來，那已經是十多年前的事了，卻又感覺好像才剛發生不久。

他沒再在海浪裡看到任何黑影，但仍然保持警惕，其實他並沒有能力自保，必須完全仰仗柯克利的保護，而那隻公鳥現在正悠哉地站在船首，眼睛還半閉著。夕陽餵過牠種子，比起果乾，柯克利更愛吃種子。

沒人知道黑影之類的野獸為何只在潘席恩附近的海域活動，又為何不會穿越海洋洄游到伊拉津人的島嶼或本土大陸，那裡的食物充裕，連柯克利之類的靈羽也少很多。以前從沒有人問過這些問題，大海就是大海，然而現在，人們開始深入挖掘所有的事，他們問：「為什麼？」；他們說：「我們應該搞清楚來龍去脈。」

夕陽搖搖頭，船槳搖進了海水裡，木頭在水中划動的聲響，是他一生大部分時刻的同伴。比起人類的語言，他更瞭解這個聲音。

即使是在他們的問題鑽進他腦海裡盤旋不去的時候。

經過那三座表親島嶼後，大部份捕獸人會轉向北行或南行，沿著群島的支線航行到他們挑選的島嶼。夕陽則繼續往前航行，進入群島的中心，直到一面陰影朝他逼過來。帕特吉，潘席恩最大的島嶼，楔子形狀的它拔海而起，島上布滿冷峻的山峰、陡直的懸崖和深廣的叢林。

哈囉，好久不見，毀滅大王，他在心裡想著，哈囉，島嶼之父。

他收起船槳，放到船裡，先坐在船上咀嚼昨晚抓到的魚，並且把魚肉碎塊餵給瑟珂。那隻黑羽鳥以一種正經八百的態度啄食著，而柯克利仍然坐在船首，不時地啁啾幾聲，牠迫切地想上岸，瑟珂則似乎從來都沒有因為任何事而迫不急待過。

想要接近帕特吉不是一件簡單的事，就連專門在它的海岸上獵捕的人也必須全力以赴。獨木舟在浪濤中起伏，夕陽盤算著該從何處登陸。他終於把魚放到一旁，拿起船槳放入海中。儘管已經接近陸地，海水依然深邃湛藍。潘席恩有些小島擁有受到屏障、風平浪靜的海灣，以及平緩的海灘，但帕特吉才沒有耐心裝清純，它全是石礫海灘，還有陡降的海床。

在它的海岸上，你永遠別想安然無事，其實，這裡是島嶼最危險的區域，因為一旦上了岸，不只陸地的可怕會伸出魔掌，同時還站在地底怪物的地盤上。舅舅曾經一次又一次這樣警告他：只有笨蛋才會在帕特吉的海岸過夜。

浪潮的方向與小舟一致，他小心地不被捲入洶湧的浪濤中，以免船被帶著撞上尖銳的石岸。他接近了一處特別隱蔽、風浪比較平靜的開闊區域，這裡的奇險石崖和崎嶇的石灘是帕特吉典型的海岸樣貌。柯克利振翅飛走，一邊大聲嘎嘎叫，一邊朝森林飛去。

他立即朝海裡瞥了一眼，幸好沒看到任何黑影，但仍然感到自己一絲不掛地曝露在危險下，他跳出了獨木舟，把小舟拉上石塊，溫暖的海水沖刷著雙腿。瑟珂依然留在他肩膀上，沒有飛走。

他看到一具屍體在附近的浪濤中，載浮載沈。

他瞥了瑟珂一眼，心裡想著：這麼早就開始顯示異象了，朋友？這隻靈羽母鳥通常會等到完全登陸後，才開始祝福他人，提供保護。

黑羽鳥只是望著海浪。

夕陽繼續手邊的工作。他在浪濤裡看到的那具屍體，是他自己的，目的是為了告訴他，要避開那個海域。那裡或許有會刺人的多刺海葵，也可能有狡猾的暗流正等著他。瑟珂顯示的異象並不會透露細節，只是提出警告。

夕陽把獨木舟拉出了水面，拆下浮木，把它們牢牢地綁在船的主體上，然後謹慎地把獨木舟拉上海岸，以免尖銳的石塊刮傷船殼。他要把獨木舟藏在叢林裡，如果被其他捕獸人發現小船，他就要多困在島上好幾個星期，另外打造一艘，那樣將會——

他倒退拉著船上岸，後腳跟撞上一個柔軟的事物，於是停下腳步，往下瞥了一眼，以為會看到一團海草，結果是一團濕布，難道是襯衫？撿起濕布後，又看到其他的物件，更多精緻的暗示遍布在海岸上，其中有斷裂的磨光木頭，以及在漩渦裡打轉的紙張。

那些笨蛋，他心想著。

他回頭去拉獨木舟。奔跑，在一座潘席恩島上不是明智之舉，不過他的確加快了步伐。

他來到樹林外時，看到自己的屍體吊掛在附近一棵大樹上，樹冠層的類蕨葉中，埋伏著燕尾藤。瑟珂在肩膀上低聲嘎嘎叫著，他從石灘上搬起一塊大石頭，朝那棵樹丟去。大石頭撞上樹幹，想當然爾，燕尾藤就像布滿尖銳倒鉤的網子掉了下來。

藤蔓需要幾個小時的時間，才能完全退回原位，於是夕陽拉著獨木舟走過去，將小船藏在那棵樹附近的灌木叢內。希望其他捕獸人夠聰明，知道避開那些燕尾藤，這樣也就不會在無意間發現他的船。

他在用樹葉覆蓋小船做最後偽裝之前，從船裡拿出了背包。儘管百年來，時代的變化並未改變捕獸人的職責太多，但現代文明的確帶來了福利。他不再克難地以粗布包裹身體，任由雙腿和胸膛曝露在外，而是穿上厚厚的褲子，褲管部位還有幾個口袋，再加上有釦襯衫共同來保護肌膚，防止被尖銳的樹枝和樹葉劃傷。腳上穿的，也不再是涼鞋，他綁好了厚實耐用的靴子的鞋帶。手上拿著的武器不再是狼牙棒，而是用上好鋼鐵打造的大砍刀。背包裡的裝備提升檔次，諸如帶有鋼鉤的繩子、提燈，以及一副只要把兩個把手放在一起，就能產生火花的點火器。

他看起來和家裡畫像中的捕獸人差距甚大，但他不在乎，只要能活下來就好。

他離開獨木舟，揹上背包，把大砍刀插入腰側的刀鞘內。瑟珂移到他另一側的肩頭上。在離開海邊之前，他停下腳步，望著自己半透明的屍體依然吊掛在隱藏於那棵大樹裡的藤蔓上。

他真的會笨到被燕尾藤抓到嗎？不過就他所知，瑟珂只會向他揭露大概的死狀。他寧願相信大部分的預警都是靠不住的，瑟珂的異象只是向他展現自己粗心的下場，或是如果他舅舅對他的訓練不足的後果。

他以前都會避開屍體出現的地方，而現在也不是因為勇敢，才故意唱反調，他只是……需要正面迎戰各種可能性。他需要知道他能應付燕尾藤，有能力成功離開海邊。如果總是避開危險，很快就會荒廢了求生技巧。他不能太過倚賴瑟珂。

因為帕特吉不會放過任何機會，必定想方設法殺了他。

他轉身，步履艱難地跋涉過遍滿大石塊的海岸。這麼做違反了他的本能，他通常希望儘快進入內陸。但今天不得已，必須多耽擱一下，他必須去檢視剛才看到的散落物，查明它們的出處。他有個強烈的猜測，知道這些散落物是從哪裡來的。

他吹一聲口哨，頭頂上傳來柯克利的啼叫，牠從附近一棵大樹振翅飛出，來到石灘上空。牠在天空提供的保護不像在身邊時那麼的強固，但島上依靠讀心術獵殺的野獸，在感應力上並不像海裡的黑影那麼強大，因此對那些野獸來說，他和瑟珂等於是隱形的。

他從岸邊往上走了大約半個小時後，發現一個龐大的殘破營地。破碎的盒子、半沉在起伏水潭裡的磨損繩子、破爛的帆布，以及曾經可能是圍牆的碎木頭，散落一地。柯克利落腳在一根折斷的木柱上。

附近沒看到他的屍體，表示這個區域沒有立即的危險，也可能意味著殺害他的凶手，把他的屍體整個吞下肚。

夕陽輕手輕腳地行走在殘破營地邊緣的濕石頭上。不，這裡比所謂的營地還要大。他的手指畫過一塊碎裂開來的木塊，那上面印著「北方同業貿易公司」的字樣，那是他家鄉大陸、一股實力雄厚的商業大軍。

他告訴過他們，他告訴過他們，千萬不要來帕特吉島。笨蛋，他們甚至就在海灘上紮營！那家公司的人，都沒耳朵嗎？他在石礫裡一組半圓形的凹陷旁邊停下來，跟他上臂一樣寬的凹陷，往前跑了十幾步那麼遠，朝海洋而去。

*是黑影，地底野獸的一種，*夕陽在心裡想著。他舅舅說他曾經親眼看見過一頭。這種龐然大物會突然從地底迸出，單單一頭，就殺掉十幾隻正在咀嚼岸邊海草、來不及帶著大餐退回海裡的奎爾。

夕陽打了一個寒顫，想像著在這座石頭上的營地裡，男人們忙著卸下箱子，準備打造曾向他描述過的堡壘。但他們的船呢？他們不是信誓旦旦地誇耀那艘碩大的蒸汽船艦包著鐵皮，足以對抗從最深的地底竄出的黑影？它現在在保衛海底嗎？變成細魚和章魚的家了嗎？

他沒看到倖存者，甚至連屍體也沒有，必定全被黑影吃掉了。他往後退到稍微安全的叢林邊緣，掃視著樹葉，尋找有人經過的痕跡。攻擊是最近發生的事，不超過兩天，大概就是昨天的事。

他心不在焉地從口袋拿了一粒種子餵瑟珂，視線掃到蕨葉叢裡有幾道生物穿行而過的痕跡，一路通往叢林去。所以有倖存者，而且可能有六個之多，他們分別往不同方向奔竄逃過突襲。

穿林而過等於自尋死路。這些商人以為自己夠強悍，以為做了萬全的準備，根本錯得離譜。他跟那家公司的一些人談過，試著盡量多說服幾位他們的「捕獸人」放棄這趟旅程。

但行不通。他想把這種追求進步的愚蠢行為歸咎於「上人」的造訪，但事實上多家公司早在計劃於潘席恩設立據點，已經好多年了。夕陽嘆口氣，這些倖存者現在很可能已經沒命了，就看他們自己的造化吧。

只是……一想到外人待在帕特吉島上，他就全身發抖，心裡又是反感，又是焦慮。他們在這裡，真是不應該。這些島嶼是神聖不可冒犯的，捕獸人則是小島的祭司。

附近的草葉窸窣作響，他揮動大砍刀，平舉在胸前，並伸手拿口袋裡的彈弓。然而從草叢中現身的，不是逃亡者，甚至也不是掠食者，而是幾隻類似老鼠的小生物爬了出來，四處嗅聞。瑟珂嘎嘎叫著，牠向來討厭馴客（meekers）。

食物？三隻馴客傳來無聲的訊息。食物？

動物最基本的需求直接射進夕陽的腦海裡，雖然他不想分心，但不打算拒絕這個機會，於是拿了一些肉乾餵馴客。牠們朝肉乾聚集過去，並傳來感謝的訊息，他看著牠們尖銳的牙齒，以及嘴尖上單一的獠牙。他舅舅跟他說過，馴客對人類有危險，咬一口就足以要命。幾世紀來，這種小動物已習慣捕獸人的存在，牠們比那些呆笨的動物有想法，他甚至認為牠們跟靈羽一樣聰明。

你們還記得嗎？夕陽透過心電感應傳達問話。還記得你們的任務嗎？

其他人，牠們開心地回應他。咬其他人！

捕獸人通常忽略這些小野獸，不過夕陽認為或許稍加訓練，馴客就能出其不意地震懾住牠的對手。他在口袋裡搜尋著，手指碰到一根舊羽毛硬挺的部分。他不想錯過這個機會，於是從背包裡拿出幾根亮綠和鮮紅色的長羽毛。這幾根羽毛是配種鳥羽，是柯克利最近一次換毛時，他收起來的。

他走進叢林，馴客興奮地跟在後面。來到牠們的巢穴附近，把配種鳥羽塞進樹枝之間，偽裝成是自然掉落的樣子。路過的捕獸人若是看見這些羽毛，會以為附近有靈羽的鳥巢，可以偷些新鮮的鳥蛋。這些羽毛必定能引誘捕獸人。

咬其他人。夕陽再次指示馴客。

咬其他人！牠們回應著。

他遲疑了一下，細想著。牠們會不會看到從殘破營地逃出來的人？於是朝右邊指去，無聲地詢問，你們有看到其他人嗎？最近在叢林裡？

咬其他人！牠們回應著。

牠們的確聰明……但沒有那麼聰明。夕陽向牠們道別，轉身朝森林走去。沉思一會兒後，才發現自己正朝內陸走去，還意外碰上逃亡難民的腳印，正在跟蹤腳印前行。他選擇追蹤的那排腳印，看起來很可能會經過並侵犯他在叢林深處的一處安全營地。

雖然有樹冠層遮蔭，叢林裡的氣溫依然比外面高，很舒服的悶熱。柯克利加入他的行列，在前方繞來繞去朝一根樹枝飛去，棲息在那裡啁啾的靈羽數量明顯少了一些。柯克利飛到牠們上方，熱情地對著牠們歌唱。由人類養大的靈羽，很難真正融入野外的同類；同樣的，在靈羽群中長大的人類也是。

夕陽跟著難民留下的腳印，以為隨時會發現那個人的屍體，但他沒有，倒是偶爾看到自己的屍體出現在他行進的路途上。他看到被吃得剩下一半的屍體躺在爛泥中，還有一具被掉落的木頭砸到，只露出一隻腳。有瑟珂站在肩膀上，他這輩子都不可能得意過頭。瑟珂提供的異象是否真實，並不重要，他需要的是即時提醒，警告他帕特吉是如何對待粗心大意的人。

他邁開熟悉卻不舒服的潘席恩捕獸人式的大步快走，抱著十萬分的小心，不要觸碰到爬有咬人蟲子的樹葉，只在必要時，才揮動大砍刀，儘量不留下行走過的痕跡，以免被其他捕獸人跟蹤，隨時豎耳聆聽他的靈羽，他不能走得太快超越柯克利，也不能讓牠超前飛得太遠。

那位難民並沒有遭遇到小島上常見的危險，因為他並沒有跟蹤獵物的足跡，而是直接穿越它們，畢竟遇上掠食者的最佳方法，就是碰見牠們的食物。那個人不知道掩蓋自己的蹤跡，但也沒有莽撞地侵入火爆蜥蜴的巢穴，也沒觸碰到死腐樹皮，或踏進地上鋪釘般的飢餓泥漿。

難道他是捕獸人？尚未完成訓練的少年捕獸人？這很像那家公司會做的嘗試。資深捕獸人不會接受聘用，誰會笨到帶領一群辦事員和商人到島上亂逛。但尚未選擇自己島嶼的少年捕獸人呢？一位不滿只能待在索莉島上受訓的少年捕獸人？一位不耐煩等到師父判定他出師那天到來的少年捕獸人？十年前的夕陽也有這樣的感覺。

這樣看來，那家公司終於僱請到自己的捕獸人了。難怪他們膽子大到組成探險隊。但怕特吉自己的捕獸人呢？他在小溪邊跪了下來。這條溪流並沒有名字，但夕陽很熟悉它。他們為什麼來這裡？

答案很簡單，因為他們是商人。對他們來說，最大的島嶼就是最好的，何必浪費時間在面積較小的島嶼上，何不直接找「島嶼之父」？

飛在頭頂上的柯克利降落在一根樹枝上，開始啄食一顆水果。那個難民曾在溪邊逗留，他快追上那位少年了。他能根據軟泥裡的腳印描繪出男孩的體重和身高。十六歲？可能更小？捕獸人十歲開始學徒生涯，夕陽簡直不敢相信，就算是那家公司也不可能僱用訓練不足的捕獸人啊。

兩個小時過去了，他一邊思考，一邊轉動一根折斷的莖條，嗅聞它的汁液。男孩的路徑繼續朝夕陽的安全營地而去。怎麼會這樣？他從沒跟別人提過那塊營地。或許男孩是在來過帕特吉的捕獸人手下受訓的，而那位捕獸人發現了他的營地，向男孩提及過。

夕陽皺起眉頭思考。在帕特吉捕獸的十年之間，他只有少數幾次面對面遇到其他捕獸人。每一次的相遇，兩人都立刻轉身，不發一語地朝不同方向離去，這是大家的默契。他們會試著殺掉對方，但絕不會親手對著幹，最好交由帕特吉動手解決敵人，也不要弄髒自己的手。起碼舅舅是這樣教他的。

夕陽有時候發現這個默契令他很挫敗。帕特吉島最終都會收拾到所有捕獸人，所以何必多事，助島嶼之父一臂之力呢？但默契就是默契，所以他只好順其自然。無論如何，這個難民倒是筆直地朝夕陽的安全營地而去。那個男孩可能還拿捏不準輕重。他或許是來求救的，又害怕去師傅的營地，不想被責罰。又或者……

算了，別再鑽牛角尖了，他腦袋裡已塞滿各種亂七八糟的猜測。他會找到答案的，現在必須專心對付危機四伏的叢林。就在邁步離開溪流時，他的屍體突然在面前冒了出來。

他單腳往前一跳，隨即飛快轉身，耳中聽到一陣微弱的嘶嘶聲。這特殊的聲音，是地上一個破裂小縫的漏氣聲，一大群小黃蟻從裂縫裡湧出來，每隻都像針頭那般的小。是新的死蟻穴？剛才只要他再站久一點，就會毀掉牠們隱密的巢穴，死蟻會蜂擁而上他的靴子，被咬一口就會沒命。

他死盯著那灘亂成一團的爬蟲，盯得太久了，死蟻因找不到獵物撤回到巢穴裡去。地上有時候會有微微的隆起，洩露死蟻穴的位置，但今天他並沒有看到隆起，全賴瑟珂的異象救了他。

這就帕特吉島的生活，即使是最謹慎的捕獸人，也會犯錯，然而就算沒有出錯，死亡依然會找上門。帕特吉是一位跋扈霸道、有仇報仇的父親，在島上四處找尋索取登陸者的鮮血。

瑟珂在肩膀上啾啾叫，夕陽搓揉牠的脖子道謝，不過母鳥的叫聲聽起來帶著歉意，剛才的警告差一點就太遲了。沒有瑟珂，帕特吉今天就會解決他。夕陽收回心神，不再胡思亂想，繼續往前走。

黑夜降臨，他終於來到他的安全營地。兩條絆繩被砍斷，營地的前哨防線被破壞了。這並不稀奇，那兩條繩子本來就是故意設置在顯眼的地方。他輕手輕腳地走過另一個死蟻穴，這個較大的蟻穴向來有一條裂縫，死蟻可以從裂口蜂湧而出，但裂縫現在被一枝冒著煙的焦黑細樹枝堵住。過了蟻穴後，就是他多年培植的晚風蕈，現在蕈菇被浸泡在水裡，真菌孢子無法飄走，起不了作用。接下來的兩條絆繩被他藏得很隱密，卻也被砍斷了。

不錯嘛，小鬼，夕陽心裡想著。這個人並沒有躲開而是破壞陷阱，以防突然需要從這個方向飛速撤離。但真的需要找人教教男孩，如何不洩露自己的行蹤。當然，那些足跡本身很可能就是陷阱，企圖誘使夕陽失去戒心。於是他更加警惕，步步為營，繼續前行。沒錯，男孩在這裡留下更多的足印、折斷的葉柄，以及別的痕跡……

有東西往上面的樹冠層移去。他遲疑下來，瞇眼往上望去。上面的三根樹枝吊掛著一個女人，水母絲藤做成的網子包裹住她，那種藤蔓能令人麻痺，動彈不得。終於有一個陷阱發生作用了。

「嗯，哈囉？」女人說。

一個女人，夕陽心想，突然覺得自己好蠢。較小的腳印、輕盈的步伐……

「我先把話說清楚，」女人說。「我不想偷你的鳥，也不想侵犯你的地盤。」

天光昏暗，夕陽走近大樹，他認得這個女人，她是那家公司的職員，夕陽和公司會談時，女人也在其中。「妳砍斷了我的絆繩。」夕陽說。詞語在嘴裡的感覺，好奇怪，把它們說出來時，也結結巴巴，粗嘎難聽，彷彿他剛吞下好幾把的泥土。這是幾個星期沒開口說話的結果。

「呃，是，是我砍的。我以為你會修復。」她遲疑了一下。「對不起。」

夕陽往後退開。女人緩緩地在網子裡轉身，他注意到網外有隻靈羽緊抓著網線，那隻鳥跟他自己的一樣，也是大約三個拳頭疊起來的高度，但羽毛的顏色較淡，是白綠相間的。是北極光，不屬於帕特吉島的品種。他對這種鳥類的瞭解不多，只知道牠們也像柯克利一樣可以罩住心思意念，不被掠食者發現。

落日餘暉投射出一道道陰影，天色逐漸黑暗下來。要不了多久，他就必須蹲下來，因為黑夜即將引出島上最危險的掠食者。

「我發誓，」蜷成一團的女人說。這個女人叫什麼名字？他確定有人跟他說過，但就是想不起來，好像不是什麼傳統的名字。「我真的沒想偷你的東西。你記得我，對吧？我們在公司走廊見過的？」

他沒有回應。

「拜託，」女人說。「我真的不想被吊在樹上，身上塗著厚厚的鮮血當餌料會吸引掠食者過來。你應該也不希望吧。」

「妳不是捕獸人。」

「嗯，對，」她說。「你應該注意到我的性別。」

「捕獸人也有女人。」

「就一個，勇者雅阿拉妮（Yaalani the Brave），我聽過她的故事上百次了。幾乎每個社會都有女英雄的神話故事，真是奇怪。她女扮男裝上戰場，率領父親的軍隊衝鋒陷陣，也能在小島上設陷阱捕獸。我堅信這類故事存在的目的，是為了讓父母教訓女兒『妳不是雅阿拉妮，只要做個乖女兒就好了。』」

這個女人的話真多。回到族人住的島嶼，那裡的人也很多話。女人的膚色跟他一樣黑，說話的音調也跟族人一樣，只是那微微的口音……他在造訪本土大陸時，聽到越來越多的人那樣說話。那是受過教育的人的口音。

「我可以下去了嗎？」她的聲音微顫。「我的手沒有感覺了，我覺得……很不安。」

「妳叫什麼名字？」夕陽問。「我忘了。」太多話了，他的耳朵好痛。這裡應該很安靜的。

「法緹（Vathi）。」

沒錯，就是這個不成體統的名字。名字裡既沒有排行，也沒有出生的時辰，就是那些本土人會取的名字。現在，這種情形在族人之間也很常見。

夕陽走過去，抓起旁邊大樹上的繩子，把網子放了下來。女人的靈羽振翅飛下，嘎嘎的尖叫聲很刺耳，牠一邊的翅膀不太敢用力，顯然受傷了。法緹撞上地面，他看到一團的黑色捲髮和亞麻綠裙。女人跌跌撞撞地站了起來，又摔了回去。她的肌膚因為接觸到那種藤蔓，至少要麻木十五分鐘。

她坐在地上，搖搖手，似乎想甩掉麻木的感覺。「所以……嗯，不把我吊起來了？不塗鮮血了？」她滿懷期望地問。

「那都是父母親哄小孩的故事，」夕陽說。「我們並不做那種事。」

「噢。」

「如果妳是捕獸人，我會直接殺了妳，以免妳將來報仇。」他朝女人的靈羽走去，鳥兒張嘴擺出嘶叫的姿勢，並且抬高雙翅讓自己看起來更大。瑟珂在他肩膀上啾啾叫，但那隻鳥似乎沒把牠放在眼裡。

沒錯，一隻翅膀上都是血。法緹蠻清楚如何照顧她的鳥，這點，令他很欣慰。有些本土人根本不在乎自己鳥兒的需求，只把牠們當做擺設，而不是聰明的生物。

法緹把傷口附近的羽毛都拔掉了，包括一根浸了血的羽毛，並用紗布包住傷口，不過傷翅的情況並不樂觀，可能有骨折。夕陽想把兩邊的翅膀都包起來，阻止牠拍動翅膀飛翔。

「噢，米里斯（Mirris），」法緹終於站了起來，「我試著幫牠。我們摔倒了，怪物——」

「抱好牠，」夕陽說，抬頭看了看天空，「跟上，走我走過的地方。」

法緹點點頭，雖然手腳的麻木尚未完全褪去，但她沒有抱怨，趕緊撿起藤蔓中的一個小包包，再拍拍裙子。裙子上方，是緊身背心，而小包包裡插著某種金屬長筒，長筒的一部分露在外面。難道是地圖的套子？她抱起靈羽，鳥兒開心地待在她的肩膀上。

夕陽在前面帶路，女人跟著，並沒有趁他轉身背對時發動攻擊。很好。夜幕覆蓋下來，不過他的安全營地就在前面了，對於通往營地的路徑，他也一清二楚。兩人步行前進，柯克利振翅飛下，停在女人另一邊的肩頭上，張嘴友善地啾啾叫著。

夕陽停下腳步，轉身看到女人的靈羽移到裙子上遠遠避開柯克利，緊抓著她的背心下襬。牠發出低微的嘶嘶聲，但柯克利顯然和往常一樣繼續開心地啾啾叫。幸好牠這種鳥能夠隱藏心思意念，就連死蟻都以為牠跟木頭一樣不能吃下肚。

「這隻……」法緹看著夕陽說。「是你的鳥？噢，當然是。你肩膀上那隻，不是靈羽。」

瑟珂放低身子，把羽毛撐脹開來。對，牠不是靈羽。夕陽轉身繼續帶路。

「我沒看過捕獸人携帶非島嶼的外來鳥種。」法緹在後面說。

那不是問句，因此夕陽覺得沒必要回應。

這座安全營地是他在島上的三處營地之一，彎彎曲曲的小路爬上了小山丘，來到山丘頂上。一棵矮壯的古拉樹上，安置著單間建築物。在帕特吉島上，樹上是可以安全過夜的地方之一。樹頂上，是靈羽的地盤，而大部份的大型掠食動物都是在地面上行走的。

夕陽點燃提燈，把燈舉高在半空中，橘黃色的光芒浸染了他的家。「上去。」他對女人說。

女人回頭張望著越來越黑暗的叢林。夕陽在燈光的照耀下，看到女人的眼白因睡眠不足而發紅，不過在爬上夕陽釘在樹幹上的木椿之前，她仍然給了夕陽一個無所謂的微笑。她肌膚上的麻木感，現在應該已經消退了。

「妳是怎麼知道的？」他問。

法緹怔忡一下，這時，她已經快接近通往夕陽家的地板門。「知道什麼？」

「我的安全營地位置。誰告訴妳的？」

「我是跟著流水聲走的，」小溪從山坡汩汩而出，女人的下巴朝那個方向揚了揚。「一發現那些陷阱，我就知道來對地方了。」

夕陽皺起眉頭，小溪流淌幾百公尺後就消失不見，之後再從別的地方冒出來，人是聽不到流水聲的。跟著流水聲來到這裡……根本不可能。

難道她在說謊，又或者只是運氣好？

「妳來找我。」夕陽說。

「我來是想找個人，」女人推開地板門，爬了進去，說話聲也變得悶悶的。「我想找到捕獸人是我活下來的唯一機會。」上面的她朝一扇加了網子的窗戶走過去，柯克利依然停在她肩膀上，「這裡真好。在這個野獸環伺的偏僻小島上，在危險致命的叢林中的山坡上，這樣一個木屋，算是很寬敞了。」

夕陽咬著提燈，爬了上去。上面的正方形小屋長寬大約四步，高度僅僅讓人能夠直立而已。「把那些毯子抖開，」他的下巴朝那堆毯子揚去，並把提燈放下。「再拿起櫃子上的每一個杯碗，好好檢查杯裡碗裡。」

女人睜大眼睛問。「檢查什麼？」

「死蟻、蠍子、蜘蛛、血爪子……」夕陽聳聳肩，把瑟珂放到牠在窗邊的棲息處。「這個小屋蓋得很嚴密，但這裡是帕特吉，島嶼之父向來喜歡給人驚喜。」

女人猶疑地把包包放到一旁，開始動手做事。夕陽則爬上另一道梯子，繼續往上爬去檢查屋頂。屋頂上，有一群尺寸跟小鳥一樣大的盒子，盒裡築有鳥巢，還有小洞讓鳥兒自由來去，所有盒子被整齊地排成兩列。除非有特殊原因，鳥兒通常不會飛太遠，而現在牠們由他豢養和管理。柯克利降落在其中一個盒子的盒頂上，顫音啼叫，不過叫聲輕柔，因為天色已經全黑。其他盒子也跟著傳出了更多的咕咕和啾啾叫聲。夕陽爬出屋頂，檢視每一隻鳥的翅膀和雙腳是否有受傷。這一對對的靈羽是他維持生計的工作，每一隻孵化出來的小鳥是他主要的資產。沒錯，他仍然會在島上設置陷阱、尋找鳥巢和野生的小鳥，不過還是自己飼養比較有效率。

「你叫老六，對不對？」法緹在下面問，同時還伴有抖動毛毯的聲響。

「對。」

「大家族。」法緹說。

一般普通家庭都是這樣，又或者說，曾都是這樣。他父親在家排行十二，而祖母是十一。

「什麼老六？」法緹在下面進一步追問。

「夕陽。」

「那你是傍晚出生的囉，」法緹說。「我一直覺得傳統名字像在……嗯……記事。」

夕陽心想，好無聊的看法。本土人幹嘛一定要沒話找話說？

他繼續下一個鳥巢，檢查裡面兩隻昏昏欲睡的小鳥，又看看牠們的糞便。小鳥開心地回應他的存在。人類飼養長大的靈羽，特別是早年就已經奉獻天賦給人類的鳥兒，會把人當成同類。這些鳥跟瑟珂和柯克利不一樣，不是他的同伴，但在他心裡依然佔有特別的地位。

「毛毯上，沒有蟲。」法緹把頭探出夕陽身後的地板門，她自己的靈羽停在肩膀上。

「杯子呢？」

「我待會就去檢查。牠們是你的繁殖親鳥，對不對？」

答案一看就知道了，所以他覺得沒必要回應。

女人看著夕陽檢視鳥兒，夕陽也察覺到女人正看著他，他最後終於開口說話了。「妳的公司為什麼聽不進去我們給的忠告？一旦上島，就是一場災難。」

「對。」

夕陽轉過去面對她。

「對，」女人繼續說。「這整個探險計畫簡直就是一場災難，一場帶著我們跨出一步、往目標更靠近的災難。」

夕陽接著檢視西西魯。月亮緩緩上升中，他在月光之下繼續工作。「愚蠢。」

法緹在小屋屋頂上交叉雙臂在胸前，她的下半身依然埋藏在下面地板門的方形光環中。「你以為祖先在海上闖天下時，都沒災沒難的？還有捕獸人的先輩們不也是一樣？他們從苦難和錯誤中累積經驗，再把學習來的知識代代傳承下來給你。如果當初的捕獸人先輩認為探險很『愚蠢』，你以為你現在會在哪裡呢？」

「他們都是單打獨鬥、訓練有素的男人，不是一整船的職員和碼頭工人。」

「夕陽老六，世界正在改變，」女人輕聲說。「本土人對飼養靈羽作伴的需求越來越大。原本專屬於上流富豪的嗜好，現在連普通平民都能盡情享受了。雖然我們對於靈羽的瞭解已經很多，但牠們依然是謎。為什麼本土養大的靈羽有祝福他人的天賦？為什麼——」

「狡辯，」夕陽說，把西西魯放回鳥巢裡。「我不想再聽到這些歪理。」

「那上人呢？」女人問。「他們的科技和創造的奇蹟，怎麼說？」

夕陽猶豫了一下，拿出一雙厚手套，再指著女人的靈羽。法緹看著白綠相間的靈羽，輕柔地對牠卡嗒卡嗒打舌頭，用雙手抱住了牠。鳥兒忍著痛，不開心地輕啄著法緹的手指。

夕陽戴著手套謹慎地接過小鳥，對他，鳥兒就不客氣了，不再羞怯地輕啄。他解開法緹之前纏的繃帶，在小鳥的抗議之下清理傷口，小心地為牠換上新繃帶，最後另外拿了繃帶將小鳥的翅膀固定在身體上，但沒有纏得太緊，以免小鳥無法呼吸。

小鳥顯然不喜歡全身被纏住，但飛行會讓骨折的翅膀傷勢惡化。繃帶最後還是會被咬掉，但牠至少能得到短暫休養的機會。夕陽把小鳥和自己的一隻靈羽放在一起，他的靈羽友好地輕聲啾啾叫，試著安撫慌張的小鳥。

法緹興味盎然地全程觀看，但似乎很願意讓她的鳥兒暫時留在上面。

「妳今晚可以睡在這裡。」夕陽轉回來對她說。

「然後呢？」女人問。「把我趕到叢林去等死？」

「妳有辦法找到這裡，本事很大。」他不情願地說。這個女人不是捕獸人，是個學者，不應該有這樣的本事。「所以妳活下來的可能性很大。」

「那是我夠幸運。我才不可能自己穿越整座小島。」

夕陽愣了一下。「穿越小島？」

「去公司的主管。」

「更多你們的人在那裡？」

「我……當然。你不會以為……」

「怎麼回事？」他在心裡默問自己，現在誰是笨蛋？你早該先問清楚的。交談向來都不是他擅長的事。

法緹躲開他的視線時，眼睛睜得大大的。是他看起來太有殺氣嗎？可能是他問話時，太凶了。沒關係，法緹愛說話，他會得到他要的答案。

「我們在另一頭的海岸設立了營地，」她說。「還有兩艘配備大炮的鐵皮船守護海域，必要的時候，大炮足以解決掉海底行者（deepwalker）那樣的凶神惡煞。再加上兩百個士兵，一百位的科學家和商人，我們決心找出答案，一勞永逸，瞭解為什麼只有在潘席恩島嶼群出生的靈羽，才能運用天賦祝福他人。

「我們派出一個小隊，沿循這個方向尋找設置另一座基地的合適地點。公司決心獨佔帕特吉島，阻止其他有興趣的同行上島。雖然我認為小型的考察隊成不了大事，但我有自己的理由希望能環島一圈，所以我跟來了。結果，海底行者……」她一臉噁心。

夕陽心不在焉地聽完她下半段的解釋。兩百個士兵？像螞蟻佔據掉下來的水果般在帕特吉四處爬行。真是要命！他想像人們的叫喊、金屬的碰撞聲，以及到處都是的沉重腳步聲，把安靜的叢林搞得像城市一樣的雜亂吵鬧。

拍動的黑色羽毛從眼前劃過，宣告瑟珂從底下飛了上來，牠降落在法緹身旁的地板門門沿上。黑羽母鳥一瘸一拐地走過屋頂朝夕陽而去，張開的雙翅，展露出左側的幾處傷口，單是一公尺的飛行，對牠也都相當的吃力。

夕陽彎身搔抓牠的脖子。該來的還是來了，外人侵犯了小島，他必須想辦法阻止。但不知怎麼的……

「對不起，夕陽，」法緹說。「捕獸人一直讓我很著迷。我做了很多研究，我瞭解你們的行事風格，也很尊敬你們。但改變是遲早的事，躲不掉的。總有一天，這些島嶼會被人類征服，靈羽是非常值錢的珍品，不可能留在幾百個獵人的手裡。」

「酋長們……」

「參加協調會的二十位酋長一致通過贊成這項計畫，」法緹說。「我當時也在會議上。如果伊拉津人不能保衛這些島嶼和靈羽，就會由別人保護。」

夕陽抬眼望了出去，凝視著黑夜。「下去檢查每一個杯子，杯子裡不能有蟲。」

「可是——」

「下去，」夕陽重複。「檢查每一個杯子，杯子裡不能有蟲！」

女人輕嘆一聲，退回到下面的房間，讓夕陽和他的靈羽獨處。夕陽持續搔抓瑟珂的脖子，透過這親密的動作以及瑟珂的陪伴尋求安慰。他可以把希望寄託在黑影身上嗎？期望黑影向那家公司，以及公司的鐵皮船艦顯明牠們的可怕威力？但是法緹似乎信心十足。

法緹沒說出她加入考察隊的理由。那個女人親眼見過黑影，也目睹黑影屠殺其他隊員，但依然鎮定地找到他的營地。法緹是個意志強大的女人，他必須記住這點。

不過法緹同時也是個商人，這些人跟夕陽曾經打過交道的士兵、工匠，甚至是酋長們完全不同，這些圓滑的抄寫員，憑藉著一把貨易之劍就能悄無聲息地征服全世界。他被他們打敗了。

「島嶼之父，」他低聲求問。「我該怎麼辦？」

耳裡依然只有夜晚的聲響，只聽到動物行走、獵食的聲音，以及黑夜的窸窸窣窣，帕特吉並沒有給予任何的回應。靈羽睡著之後，島嶼最凶狠的掠食者終於有機可乘，準備大展身手。遠方一隻夜喉（nightmaw）放聲哀嚎，駭人的淒厲回聲在森林裡穿梭不散。

瑟珂張開翅膀，傾前放低身子，頭部來回轉動，四下張望。那淒厲的叫聲總是令牠發抖，夕陽也有同樣的反應。

他嘆口氣，起身把瑟珂放到肩膀上，轉身正打算離去時，瞥到腳邊的屍體，差點失足絆倒，他立刻全神戒備。危險在哪裡？是樹枝裡的藤蔓，還是靜靜從上面滑下來的蜘蛛？他的安全營地不應該有致命的危機存在。

瑟珂尖聲大叫，似乎很痛苦。

他的另一隻靈羽也放聲大叫，叫聲尖銳粗厲。不對，不只是牠們兩隻！四周圍……鳥叫聲從遠方迴蕩而來，不論遠近的野生靈羽全都嘎嘎狂叫。樹枝上的鳥群騷動不安，聽起來像是一陣強風穿林而過。

夕陽左轉右看，抬手摀住耳朵，睜大雙眼看著周圍冒出來的屍體。它們一個疊一個，高高疊起，有幾具全身腫脹，幾具鮮血淋淋，還有些只剩下骨頭，幾十具屍體無止境地往上疊，糾纏不散，揮都揮不去。

他砰然跪下去，驚聲尖叫，結果卻和自己的一具屍體對望。只是這具……這具並沒有死透，它張口想說話，鮮血順勢從嘴唇流了下來，夕陽讀著它的唇語，卻無法理解。

然後，屍體就消失得無影無蹤。

所有屍體都不見了，一具都不剩。夕陽瘋狂轉身，四下搜尋，卻沒看到任何屍體。靈羽安靜下來，他飼養的鳥兒也都恢復平靜，待在各自的鳥巢裡。夕陽深深地吸氣和吐氣，心臟劇烈跳動。他全身緊繃，等著黑影隨時從營地四周的黑暗中竄出來，把他生吞活剝。他等待著，感覺它正步步逼進，恨不得拔腿就逃，逃到天涯海角。

剛才到底是怎麼回事？和瑟珂在一起的這些年來，從未遇到過那種情況。究竟發生了什麼事，居然能同時驚動所有的靈羽？是之前聽到的夜喉？

他心想，別傻了，這次的情況不同，和之前經歷的都不同，是他在帕特吉從未見過的。但到底是什麼呢？是什麼改變了……

瑟珂並沒像其他小鳥那般鎮靜下來，牠凝視著北方，法緹所說的入侵者的主營就在那個方向。

夕陽站了起來，爬下樹梯，回到下面的小屋，瑟珂依然停在他肩膀上。「妳的人做了什麼？」

法緹聽他口氣不對，轉過來面對夕陽，而她原本正在窗前，望著北方。「我不——」

夕陽一把抓住她的背心前襟，雙拳用力把她拽到面前，瞪著僅隔幾公分遠的她的眼睛說。

「妳的人到底做了什麼？」

法緹眼睛睜得大大的，夕陽都能感覺到拳頭下的她在發抖，不過女人咬緊牙關，目不轉睛地回應他的瞪視。抄寫員不應該有這份膽量，夕陽曾見過他們在不見天日的封閉房間裡振筆疾書。他收緊拳頭，背心布料陷進女人的肌膚裡，夕陽發現自己低吼了出來。

「放開我，」女人說。「我們可以好好談。」

「呸！」夕陽鬆開了拳頭。女人掉落在十幾公分之外，隨後砰的一聲摔倒在地板上，夕陽這才發現他剛才把女人抓得雙腳離地。

女人往後退開，盡可能在小小的空間中拉開兩人的距離。夕陽大步朝窗戶走去，望著紗網之外的黑夜。他的屍體從屋頂掉了下來，撞到下方的地面。他往後跳開，擔心屍體再一次掉下來。屍體的確不再像剛才那樣掉下來，但他轉回去面向屋內時，他的屍體就躺在正中央，鮮血淋漓的嘴唇張開，雙眼無神地瞪視前方，所以無論面臨的是什麼樣的危險，它都尚未消失。

法緹已經在地板上坐正起來，雙手抱著頭，全身發抖。是他把女人嚇成那樣的嗎？不過法緹的確看起來精疲力盡了。女人抱著自己，當她看著夕陽時，夕陽覺得她的眼神跟之前不太一樣，彷彿正看著一頭被解開鍊子的野生動物。

其實，她的感覺還滿準確的。

「你對上人的瞭解有多少？」女人問他。

「他們住在星星上。」夕陽回答。

「我們公司曾跟他們會談過。我們無法理解他們的行事風格。他們的外表跟我們一樣，有時候也跟我們一樣交談，但不願跟我們多談他們的……規矩和法律。他們拒絕把精妙絕倫的產品賣給我們，不過似乎也被禁止帶走我們的東西，就算是用金錢交易的，也不行。他們承諾，等我們的文明更進步的那天到來，就能互相交易做買賣了。他們好像把我們當成小孩子了。」

「我們幹嘛在乎他們？」夕陽問。「大家各過各的，他們不要多管閒事，我們自然會變得更好。」

「你沒看過他們製造出來的產品，」女人低聲說，眼神似乎飄到遙遠的天邊去。「我們還研究不出如何打造一艘能夠逆風而行的無人駕駛船艇，但是上人……他們已經能駕著飛船航行在天空星際之間。他們懂得那麼多，卻一點都不願意透露給我們。」

女人搖搖頭，把手放進裙子的口袋裡。「他們在找某樣東西，夕陽。我們握有什麼籌碼是他們想要的呢？根據會談時我所聽到的，這個世界上還有很多跟我們一樣的文明存在，一樣都不能在星際之間航行。既然我們不是唯一的文明，不過上人卻一次又一次地回來造訪我們，看來，他們真的想要某樣東西，這在他們的眼神裡表現得一清二楚……」

「那是什麼？」夕陽的下巴朝女人從口袋裡拿出的物件揚去。法緹手掌裡躺著一個蚌殼，它的上半部有個鏡子一般的殼面。

「這是一種機械，」她說。「就像時鐘，只是它不需要上發條，而且……會顯示影像。」

「什麼影像？」

「它會翻譯，把我們的語言翻譯成上人的語言。它還會……顯示靈羽的位置。」

「什麼？」

「它就像地圖，」女人說。「指出找到靈羽的路徑。」

「妳就是靠它才找到我的營地。」夕陽朝她走去。

「對。」女人的拇指磨擦著機械的表面。「我們本來是不可能得到它的。它屬於一位被派下來跟我們合作的特使，但那位特使幾個月前吃東西時噎死了。看來他們也是會死的，而且死因也可能跟我們一樣平凡。這……改變我對他們的看法。

「他的族人會來要回他的機械，我們很快就得把那些機械還回去，不過這個機械告訴我們，他們在找的東西就是靈羽。上人一直很著迷靈羽。我猜他們在想一個不違背規距的辦法跟我們做靈羽的買賣。這樣看來，不是每一個上人都遵守他們的法律，這暗示我們並不一定安全。」

「那剛才靈羽為什麼反應那麼大？」夕陽問，轉回去望著窗戶。「為什麼……」為什麼我會看到剛才的異象？現在異象依然出現在眼前，依然是無窮無盡呢？無論視線落在哪裡，都是他的屍體，有癱倒在外面一棵大樹旁的、房間中央的，或者吊掛在屋頂活板門之外，全身腫脹。他剛才應該把那扇門關起來的。

瑟珂鑽進他的頭髮裡，平常只要有掠食者靠近，牠都會有這樣的反應。

「還有……第二台機器。」法緹說。

「在哪裡？」夕陽問。

「我們船上。」

也就是靈羽剛才望的方向。

「第二台機器比這個大多了，」法緹說。「我手上這個的偵測範圍有限。另外比較大的那台，能畫出很大的地圖，可以畫出一整座島嶼的地圖，並且能在紙張上寫下紙版地圖。地圖上會有黑點，標示出每一隻靈羽的所在位置。」

「還有呢？」

「我們打算今晚啟動機器，」法緹說。「它需要好幾個小時的準備時間，就像預熱烤箱一樣需要緩緩加熱後才能使用。公司排定今天太陽下山後開始預熱，這樣明天早上就能正式啟用。」

「其他人，」夕陽問。「沒有妳，他們也照樣會啟動？」

法緹苦笑一聲。「他們剛好稱心如意。看到我沒回去，尤斯托（Eusto）船長肯定高興得手舞足蹈。他一直擔心我會掌控這次的探險。不過那台機器不會造成任何的傷害，它只會定位靈羽的位置。」

「上次也這樣嗎？」夕陽指著黑夜問。「你們上次啟動那台機器，它也驚動了所有靈羽，讓牠們躁動不安？」

「喔，倒是沒有，」她說。「不過剛才的騷動一下子就過去了，不是嗎？所以沒事的。」

沒事？瑟珂還在他肩膀上發抖吶，四周也到處都是夕陽的屍體。他們一啟動那台機器，屍體就不斷層層疊高。他打從心底知道如果再啟動一次，後果將不堪設想，他感覺得到。

「我們必須阻止他們。」夕陽說。

「什麼？」法緹問。「今晚？」

「對。」夕陽說著，朝隱藏在牆上的一個小櫃子走去，打開櫃門，在櫃裡的補給品、另一盞提燈和備用油之中翻找著。

「別傻了，」法緹說。「沒有人會在這些小島上夜行。」

「我以前夜行過一次，和我舅舅。」

他舅舅就是死於那趟夜行。

「你在開玩笑吧，夕陽。夜喉已經出洞獵食，我聽到牠們的叫聲了。」

「夜喉憑著意念獵捕，」夕陽一面說，一面把補給品塞進包包裡。「牠們幾乎全聾，眼睛也差不多全瞎了。我們動作快一點，從島中央穿過，天一亮就能抵達你們的根據地，阻止他們再次啟動那台機器。」

「可是我們為什麼要阻止他們？」

夕陽揹上背包。「如果不阻止他們，那台機器會毀了這座島。」

法緹皺眉歪頭看著他。「你不懂就不要亂說。你為什麼以為自己的猜測是對的？」

「妳的靈羽受傷了，必須留在這裡，」夕陽沒理會她的問題。「如果我們遇到麻煩，牠無法飛走逃生。」其實瑟珂也是，但夕陽不能沒有牠。「等阻止了那台機器，我會把牠還給妳。走吧。」他走到地板門前，拉開了門。

法緹站起來，不過卻往後退到了牆邊。「我不走，我要留在這裡。」

「妳公司的人不會聽我的，」夕陽說。「妳得去叫他們關掉機器，妳必須跑這一趟。」

法緹舔吮雙唇，她似乎一緊張就會舔唇。她瞥瞥四周，想找路逃掉，最後視線又回到夕陽身上。就在這個時候，夕陽看到自己的屍體吊在下方樹上的梯椿，趕緊跳開。

「你看到什麼？」法緹問。

「沒有什麼。」

「你的眼睛老是瞟來瞟去的，」法緹說。「你到底以為你看到了什麼，夕陽？」

「我們出發吧，現在。」

「你長久以來都是一個人待在這座島上，」法緹顯然很努力地放柔了聲音。「我們的到來讓你很不高興，所以你現在的思路不夠清晰。我瞭解。」

夕陽深吸一口氣，「瑟珂，給她看吧。」

鳥兒起飛，從夕陽的肩膀飛了過去，降落在法緹的肩膀上。法緹轉過去看著瑟珂，眉頭皺了起來。

她隨即倒抽一口氣，跪倒下去，又慌慌張張地退回到牆邊，眼睛來回張望，嘴唇蠕動，卻發不出聲音。夕陽等了一會兒才抬起手臂，瑟珂拍動黑色翅膀飛了回來，一根黑色羽毛掉落在地板上，牠再次停落在夕陽的肩膀上。這樣短距離的飛行，對牠依然辛苦。

「那是什麼？」法緹問。

「出發。」夕陽揹上背包，爬出小屋。

法緹慌亂地朝打開的地板門爬去。「我不走。告訴我，那是什麼？」

「妳看到的是妳自己的屍體。」

「到處都是，全都是我。」

「那是瑟珂的天賦。」

「天底下沒有那種天賦！」

夕陽抬頭看著她，人已經爬下到半途。「妳看到自己死掉了。一旦妳的朋友啟動那台機器，那就妳的下場。大家都死路一條，這也包括靈羽，以及島上所有的生物。我不知道原因，只知道異象必定成真。」

「你發現新品種的靈羽，」法緹說。「你怎麼找……什麼時候……？」

「把提燈給我。」夕陽說。

她呆呆地順服，把提燈往下遞過去。夕陽咬著提燈手把，爬下樹，踏上地面，然後拿高提燈朝山坡下望去。

夜裡的叢林，像深海那般的漆黑一片。

他打了一個冷顫後，吹一聲口哨，柯克利從上方飛下來，停在夕陽另一側的肩膀上。這隻鳥能遮住大家的心思意念，有了這樣的保護，他們才有一線生機，但前途依然困難重重。雖然叢林裡的飛禽走獸大多依靠心思意念獵捕，但仍然有許多憑著氣味或其他感官獵食。

法緹跟著他的腳步爬下了樁梯，肩上斜掛著包包，那根奇怪的長筒就直挺挺地露了出來。

「你有兩隻靈羽，」她說。「你同時運用牠們的天賦？」

「我舅舅有三隻。」

「怎麼可能？」

「牠們喜歡捕獸人。」問題真多。這女人在發問之前，能不能先想一下可能得到的答案？

「我們真的要出發了，」她低聲說，似乎在自言自語。「夜晚的叢林。我應該留下來，應該拒絕……」

「妳可以留下來。妳剛才已經看到自己的死狀了。」

「我剛才看到的，是你所謂的我的死狀。新品種的靈羽……已經好幾百年了。」雖然她聽起來仍然心不甘情不願，但依然跟著夕陽走下山坡，穿過陷阱，再度進入叢林。

夕陽的屍體坐在一棵樹樹下，他趕緊四下尋找足以致命的危險，但瑟珂的感應似乎消散了。小島毀滅的危機迫在眉睫、來勢洶洶，這讓其他的小危險變得毫不起眼。在銷毀那台機器之前，他不應該老是倚賴瑟珂的異象。

濃密的樹冠層吞沒了他們兩個，即使在夜晚，氣溫依然熾熱，輕柔的海風吹不到遙遠的內陸地帶，所以這裡空氣停滯，盈滿了菇菌、腐葉和花香等叢林的氣味。伴隨氣味而來的，是熱鬧起來的小島聲響。灌木叢裡不停的沙沙聲，像是有蛆在枯葉堆裡蠕動。提燈的光芒並沒有往常那樣照得遠。

跟在後面的法緹拉近了兩人的距離，緊緊地跟著他。「你上次為什麼夜行？」女人低聲問，「為什麼挑在黑夜遠行？」

又問問題。不過，幸好聲音並不是太危險。

「上次我受傷了，」夕陽低聲說。「我們必須到另一座安全營地，拿舅舅存放在那裡的毒蛇血清。」因為夕陽顫抖的雙手，把另一個燒瓶弄掉在地上。

「你活下來了？噢，你顯然活下來了，我很吃驚，就這樣。」

法緹似乎打算用談話填滿空氣。

「牠們可能在看我們，」女人望著黑夜說。「那些夜喉。」

「牠們才沒有。」

「你怎麼知道？」女人壓低聲音問。「黑夜裡可能藏著任何出洞獵食的生物。」

「如果夜喉看到我們，我們已經死了，所以我知道。」夕陽搖搖頭，抽出大砍刀，砍斷前方的樹枝。每根樹枝上都可能有死蟻在樹葉之間移動，夜幕之下很難發現牠們，所以從樹葉之間穿行而過是個很蠢的決定。

我們避不開死蟻的，夕陽這樣想著，帶路下到一條填滿厚泥的小溝，他必須踏著石頭才不會陷進去。法緹跟著他，手腳出奇地敏捷。*要想趕路，就不能這樣一路砍下去。*

他跳下石頭，踏上溝邊，剛好跨過他沉入濘泥裡的屍體。不遠處，又是一具屍體，如此的透明，幾乎快看不見了。他拿高提燈，希望不要再看到屍體。

再沒出現其他屍體了，就剛才那兩具，而那具非常模糊的……對，那裡有個水坑。瑟珂輕輕鳴叫，夕陽從口袋裡拿了一顆種子餵牠。瑟珂已經找到向他示警的方法，模糊的屍體代表迫切的危險，他必須特別留心。

「謝謝。」夕陽低聲對瑟珂說。

「還有其他鳥，」法緹在陰沉沉的黑夜裡輕聲說。「跟你的鳥一樣嗎？」

他們爬出小溝，繼續往前走，然後穿過黑夜裡一道奎爾的足跡。夕陽在走進一塊死蟻區之前，示意停下腳步。法緹看著一長串、呈直線爬行的小黃蟻。

「夕陽？」他們繞過死蟻時，法緹開口問。「還有別的鳥嗎？你為什麼沒帶雛鳥出去賣？」

「我一隻雛鳥也沒有。」

「所以你只找到這隻？」她問。

問、問、問，像嗡嗡的蒼蠅一樣纏人。

別傻了，夕陽告訴自己，克制住不耐煩。如果你看到有人帶著新品種靈羽，也會問同樣的問題。他一直想辦法保密，不讓瑟珂曝光；多年來只要離開這座小島，他都不會帶著牠，但現在母鳥的翅膀受傷，他不想丟下牠不管。

他其實很清楚他不可能永遠守住這個祕密。「還有很多跟牠一樣的，」他說。「但只有牠有祝福別人的天賦。」

夕陽持續在前面以砍刀開路，法緹忽然停下腳步，夕陽轉身看著她單獨站在剛開出來的新路上，手裡拿著夕陽交給她的提燈。

「牠是隻本土鳥，」她拿高了提燈。「我一看就知道，而且應該不是靈羽，因為本土鳥不能運用天賦祝福人。」

夕陽轉回去，繼續揮刀開路。

「把本土雛鳥帶到潘席恩群島，」法緹在後面低聲說，「牠就會得到天賦。」

夕陽揮刀砍斷一根樹枝，繼續邁步前進。還是一樣，女人並不是在發問，所以他不需要回答。

法緹快步跟上去，提燈的光芒隨著她的靠近將夕陽的影子投射到他前方。「一定有人試過。一定……」

他不知道。

「但他們為什麼要這麼做呢？」她低聲繼續發問，似乎在自問自答。「靈羽很特殊。大家都知道本土的和島嶼品種之間的差別。為什麼以為把魚帶上陸地飼養，牠們就能學會用鼻子呼吸？

為什麼以為把非靈羽的鳥帶到帕特吉飼養，牠就能變成真正的靈羽……」

他們繼續在黑夜中前行。夕陽帶路避開許多的危險，不過他發覺他需要大量依仗瑟珂的幫忙。不要沿著那條溪流行走，你的屍體在溪水裡載浮載沉。別碰那棵樹，樹皮有毒，會腐蝕肌膚。轉彎離開那條小徑，你的屍體上有一個死蟻咬的傷口。

瑟珂並沒有跟他說話，但每個訊息都清清楚楚的。夕陽停下來讓法緹飲用她水壺裡的水時，把瑟珂合抱在雙掌中，卻發現牠在發抖。每次夕陽把牠圈在雙掌中，牠都會輕啄他，但這次並沒有。

他們正站在一塊小空地中，純粹的漆黑包圍著他們，天空覆蓋了厚厚的雲層。夕陽聽到遠方傳來雨水拍打樹林的聲音。夜間大雨，在這裡並不稀奇。

夜喉一隻接著一隻出聲尖叫。牠們只在合力獵殺或嚇唬獵物時，才會那樣尖叫。奎爾群通常在靈羽的鳥巢附近過夜，只要把鳥群嚇走，就能察覺到奎爾的位置。

法緹已經抽出那支長筒，但那東西不是裝地圖的長筒，也一點書卷氣都沒有，因為她正把某樣液體從底部筒口倒進去。倒完後，她像拿著武器那般舉起長筒，而她腳下，躺著夕陽被亂刀砍死的屍體。

夕陽並沒有詢問法緹關於那支武器的事，甚至在她拿著某種細短的利矛從長筒頂端放入時，也沒有多問。沒有任何武器能穿透夜喉厚厚的皮膚，你只能想辦法避開牠們，否則只有死路一條。

柯克利飛下來停在夕陽的肩膀上，啁啾鳴叫，似乎被黑夜搞迷糊了。牠們為什麼在晚上出來亂叫？鳥類通常不會在夜晚出聲。

「我們不能停下來。」夕陽一面說，一面把瑟珂放回到肩膀上，然後抽出大砍刀。

「你很清楚，你的鳥改變了一切。」法緹輕聲說，跟了上去，把背包揹上肩膀，另一隻手拿著那支長筒。

「未來會有新的靈羽品種出現。」夕陽一面低聲說，一面抬腳跨過他的屍體。

「不可能。夕陽，我們都以為把雛鳥帶離這些小島飼養，就無法培養牠們的能力，是因為牠們遠離了訓練者。我們以為牠們的能力是與生俱來的，就像人類的語言能力，都是天生的，但需要別人的協助來發展。」

「新品種的靈羽還是可能出現，」夕陽說。「別的鳥種，例如瑟珂這種，只要接受訓練就能說話。」

「那你的鳥呢？牠被別人訓練過嗎？」

「可能吧。」他並沒有說出心裡的話。那是捕獸人之間的祕密。他注意到前方有具屍體躺在地上。

但屍體不是他的。

他立即豎掌示意停步，正要開口發問的法緹隨即閉嘴。這是什麼？屍體大部分的肉都被吃掉了，剩下骨頭，衣物也被享用他的動物扯破，散布在四周。屍體附近的地上，有小小的菌狀植物發了芽，細小的紅色卷鬚探出來包住部分的骨骸。

屍體躺在一棵大樹的樹根上，夕陽仰頭張望，幸好花朵尚未綻放。他輕輕吐出一口氣，放鬆下來。

「是什麼？」法緹低聲問。「死蟻？」

「不是，是帕特吉的手指。」

女人皺眉問：「那是……某種咒語？」

「是一個名字。」夕陽一面說，一面謹慎地靠近檢視屍體。大砍刀、靴子、粗糙的工具，這些配備證明了他的一個同行倒下了。從衣物看來，他想他認得這個人，是一位名叫「天空老大」的年長捕獸人。

「人的名字？」法緹從他肩膀上方瞥過去。

「樹的名字，」夕陽一面說，一面小心地戳著屍體的衣物，以防裡面藏有蟲子。「拿高提燈。」

「我沒聽過這種樹。」女人懷疑地說。

「只有帕特吉才有。」

「我讀了很多關於這些島嶼上的植物……」

「妳在這裡，只能算是個孩子。燈。」

女人嘆口氣，替他拿高提燈。夕陽用一根樹枝戳著破爛衣物的數個口袋。這個人是被一群獠牙獸殺害，那是身形幾乎跟男人一樣壯碩的中型掠食者，大部分都在白天覓食。但牠們的行為模式是可以事先預測到的，除非那個人剛好在帕特吉的手指綻放時打從樹下經過。

在這裡。夕陽在男人的口袋裡找到一本小書。他拿起小書，往後退開。法緹的視線越過他的肩膀往前看著那本小書。本土人，人和人之間的距離都是這麼靠近。這個女人有必要靠著他手臂站嗎？

夕陽翻閱過前幾頁，上面寫著一串日期。沒錯，從最後的日期看來，這個人是幾天前才過逝的。後面幾頁詳細記錄了天空的安全營地位置，以及每個營地的陷阱說明。最後一頁則是告別記錄。

我是天空老大，我終於被帕特吉接走了。我有個兄弟在蘇魯窟。請照顧牠們，我的敵人。

就這幾個字。幾個字，很好。夕陽也隨身携帶類似的小書，而他最後一頁的留言字數更少。

「他希望你照顧他的家人？」法緹問。

「別傻了，」夕陽一面說，一面把小書塞進背包裡。「是他的鳥。」

「你們好貼心，」法緹說。「我聽說捕獸人有非常強烈的領域性。」

「我們是。」他注意到她的語氣。那種口氣又一次聽起來像是把捕獸人看成是動物了。「但我們的鳥失去照顧就會死。牠們已經習慣和人類相處了，所以把鳥送給敵人，總比任由牠們死掉來得好。」

「就算那個敵人殺了你？」法緹問。「你們設置的陷阱就是在阻止彼此的……」

「那就是我們的相處之道。」

「很糟糕的理由。」她仰頭看著大樹。

她說得沒錯。

那棵樹碩大無比，有著下垂的樹葉，每片樹葉的頂端掛著一個含苞待放的大花，花苞的長度有兩隻手放在一起那麼的長。「雖然這棵樹應該就是殺了那個人的凶手，」女人說。「但你好像都不擔心。」

「只有開花時才危險。」

「孢子？」女人問。

「不是。」夕陽撿起天空的大砍刀，把其餘遺物留在原地。就讓帕特吉收拾他吧。島嶼之父這麼做，就好像是在謀殺親兒。夕陽邁步繼續帶頭前行，沒去理會橫掛在木頭上的自己的屍體。

「夕陽？」法緹問，一面拎高提燈，快步跟上。「既然不是孢子，那棵樹是如何殺人的？」

「妳的問題真多。」

「我的人生目的就是發問，」女人回答。「和找答案。如果我的人要在這座島上工作……」

夕陽揮刀砍著某種植物。

「這是一定會發生的，」她的聲音更輕柔。「抱歉，夕陽。你不能阻止世界改變。也許我這次的探險會失敗，但還會有其他探險隊過來的。」

「就因為上人！」夕陽怒罵回去。

「他們只是刺激我們加快腳步的馬刺，」法緹說。「真的。只要證明我們進步到足以跟他們做交易，就能跟他們一樣星際航行。不過就算沒有他們，改變依然會發生。世界在不斷進步中，一個人無論再堅決，也不能減緩改變的速度。」

夕陽停下腳步。

夕陽，無論你再堅決，也無法阻止改變的浪潮。這是他母親的話。記憶中殘存的母親的話只有幾句，這是其中之一。

他邁步繼續前行，法緹也跟著走。儘管邪惡的念頭不斷向他低語這個女人很好解決，但他需要她，需要她繼續發問，但更重要的，是她的答案。他猜她很快就能找到那些答案了。

你不能改變……

他是不能，他好恨這個事實。他極度渴望像百年來的前輩一樣保護這座島嶼。他在這片叢林裡工作，他愛叢林裡的飛鳥，喜歡這裡的氣味和聲響，儘管它危機重重都無所謂。他好希望能向帕特吉證明，他和其他捕獸人配得上這塊土地。

也許，也許到時……

呸，算了，殺了這個女人也無法真正保護這座島。更何況，他怎麼能無恥到狠心殺害一個手無寸鐵的抄寫員？就算是捕獸人，他也不會下這樣的狠手，除非他們接近他的安全營地，並且不打算退走。

「那些花能夠思考，」夕陽帶路繞過一個顯然剛被獠牙獸群翻過的土堆，發現自己正在為女人解說。「帕特吉的手指，樹木本身沒有危險性，就算在開花期間也是，但花朵會模仿受傷動物的痛苦和焦慮，吸引掠食者前來。」

法緹倒抽一口氣，「一棵植物，它會向外發送心理特徵，你確定？」

「對。」

「我需要帶一朵回去。」法緹靈機一動，立即轉身回去。

夕陽飛快轉身，抓住她的手臂。「我們必須繼續往前走。」

「可是——」

「妳還會有機會的。」夕陽做了一個深呼吸。「妳的人很快會像腐屍上的蛆一樣侵犯這座島，妳有的是機會再遇到別的樹。今晚我們不能停，必須一直往前走。快天亮了。」

他放開女人的手臂，轉身繼續帶路。他覺得就一個本土人來說，這個女人算聰明的，應該會聽從他的話。

法緹聽從了，跟了上去。

帕特吉的手指。那位死亡的捕獸人，天空老大不應該死在那裡。那些樹其實並不致命，它們求生的方法就是依靠許多綻放的花朵吸引掠食者前來獵捕。然後掠食者互相撲咬打鬥，大樹就等著享用牠們的屍體。天空老大必定是在無意間經過一棵正在開花的大樹，逃不過這必然的結果。

老人的靈羽無法一次隱藏那麼多綻放花朵的意念。誰會想到自己是這樣的死法呢？沒人會想到在島上工作多年，逃過了許多更可怕的危險，卻死在那些平凡的花朵手中。帕特吉簡直是在嘲弄那位可憐的老人。

夕陽和法緹繼續前行，沒多久後，小徑陡峭起來。他們得爬一段山路，才能抵達通往小島另一面的下坡路段。幸好這條路線避開了帕特吉的主峰，否則就必須應付那座聳立在小島最東邊的高山。他的營地靠近南邊，而法緹的營地在東北方，所以他們要從山腳繞過去到另一邊的海岸。

他們的腳步聲形成了一種節奏，法緹也暫時安靜下來。兩人終於爬上那片特別陡峭的坡面後，夕陽點頭示意休息，隨即蹲下拿起水壺喝水。在帕特吉，沒有人膽敢大剌剌地坐在樹木殘幹或木頭上休息。

因為沉浸在憂慮和不算輕微的挫敗情緒中，夕陽並沒有及時發現法緹的動作。法緹看到有東西塞在樹枝裡，原來是一根長長的彩色羽毛，是配種鳥羽。

夕陽吃了一驚，彈起身。

法緹的手朝那棵樹、較低處的樹枝伸過去。

她拉動那根樹枝，一組繩釘從附近一棵樹上掉下，揮了過來，夕陽趕到她身旁，挺出一隻手護住法緹。一根針撞了上來，細長的釘子刺進肌膚，又從另一頭穿出去，血淋淋的釘子尖端就停在法緹臉頰邊。

法緹放聲尖叫。

雖然帕特吉有許多掠食者的聽力都很差勁，但尖叫依然不是明智之舉。夕陽沒理會她，只是拔出釘子，也沒設法止血，逕自去檢視繩釘陷阱上的其他釘子。

無毒，太幸福了，釘子沒塗上毒藥。

「你的手！」法緹說。

夕陽咕噥一聲回應。傷口並不疼痛，至少現在還感覺不到。法緹在背包裡翻找出繃帶，夕陽沒有抱怨，哼也沒哼一聲，默默地接受女人為他照護傷口，儘管疼痛的感覺已經湧現了。

「我真的很抱歉！」法緹劈里啪啦地說。「我發現一根配種鳥羽！那表示有靈羽的巢，所以我走過來想仔細看一下。我們是不是闖進其他捕獸人的安全營地？」

她一面喋喋不休，一面包紮，一般人似乎都會有這樣的表現，不過夕陽自己倒是越感到緊張就越沉默，而這個女人則相反。

這個女人倒是擅長包紮，這又令夕陽感到意外。釘子沒傷到主動脈，他會沒事的，只是左手受傷不便會造成一些困擾。女人結束了包紮，臉上的表情既順從又內疚，夕陽彎身撿起她掉在地上的配種鳥羽。

「這個，」夕陽低聲粗啞說，將羽毛拿到女人面前。「象徵著妳的無知。在潘席恩群島上，沒有白吃的午餐，沒有容易和簡單這種事。這根羽毛是別的捕獸人放在那裡，為的就是引誘不應該出現在這裡的人，和自以為中大獎的人。妳不要成為那個人，以後在動手前，先問問自己是不是太容易了。」

女人臉色慘白，伸手接下了羽毛。

「走吧。」

夕陽轉身帶路前行，突然意識到剛才那番話是師傅在教訓徒弟，是徒弟犯下第一件大錯時例行的訓話。他是中邪了，居然在對她訓話？

女人跟在後面，低垂著頭，顯然感到很慚愧，並沒注意到夕陽剛才在不知不覺中表現出來對她的賞識。兩人靜靜地往前走，一個小時過去了，他們繼續前行。

等到法緹開口說話時，夕陽不知怎麼的，反而為她打破叢林的喧鬧而高興。「對不起。」

「妳不用跟我道歉，」夕陽說。「只要小心就行了。」

「我明白。」法緹做了一個深呼吸，跟著他踏著小徑前行。「我的道歉不只是為了你受傷的手臂，還為了這座島，為了不可逆轉的事實。我認為改變是必然的，但我真的不希望那表示如此了不起的傳統會因此而消失。」

詞語，他討厭掏空心思找詞語來表達想法。

「我……」

「我……不是在黃昏出生的。」他終於說出來了，大刀一揮砍斷一根沼澤蔓，隨即閉住呼吸等待藤蔓釋出的毒氣噴過來。這些藤蔓的危險性只有一瞬間。

「抱歉？你是說……」法緹問，與沼澤蔓保持了一段距離。「你出生……」

「我母親並不是以出生的時間為我命名，而是因為她看到族人的命運已經走到黃昏。她經常跟我說，我們的太陽就快要落下了。」他回頭看著法緹，並示意她先行進入一塊小空地。

法緹的表情有些怪怪的，給了夕陽一個微笑。他怎麼會跟這個女人說那些話呢？夕陽跟著進入空地，不由得擔心起自己。他沒跟舅舅提過這件事，只有父母知道他名字的來由。

他不清楚自己為什麼會告訴這位惡魔公司的抄寫員，但……說出來的感覺真好。

一隻夜喉從法緹背後的兩棵樹之間，冒了出來。

那頭巨大的野獸若是直立起來，就跟大樹一樣高，不過牠現在前傾呈覓食姿態，有力的後腿承受身體大部分重量，兩隻帶爪前腿撕扯開土地。牠長長的脖子往前伸來，張開的鳥嘴宛如刀鋒般銳利且致命。牠看起來像隻鳥；一頭狼看起來也像寵物狗。

夕陽丟出大砍刀，這是本能反應，因為他根本沒有時間思考，也沒有時間害怕。那咔嗒響的鳥嘴，像一扇門那般高，兩三下就能殺死他們。

大砍刀擦過鳥嘴，實實在在地劈中野獸的側腦。這引來了牠的注意，也令牠遲疑了一下子。夕陽蹤身朝法緹躍去，但法緹往後一退躲開他，把長筒底端放到地上。夕陽想把她拉走——

砰的一聲爆炸，震耳欲聾。

白煙包圍了法緹，而她圓睜著眼睛站在那裡，提燈已被扔在了地上，燈油都灑出來了。突來的爆炸聲驚嚇到夕陽，他差點和法緹撞在一起，就在這個時候，夜喉晃了一下，倒下滑行，地板砰地一聲巨響。

他意識到自己摔倒在地上，趕緊爬了起來，連忙退開正在幾公分外的地上抽搐的夜喉。在提燈晃動的光芒照耀下，夜喉全身的肌膚簡直就是一張凹凹凸凸的皮革，像一隻掉光羽毛的大鳥。

牠死掉了，法緹殺了牠。

法緹說了一些話。

這個女人殺了一頭夜喉。

「夕陽！」她的聲音好遙遠。

夕陽抬手撫摸額頭，現在才感覺到那裡刺痛起來。受傷的手臂也陣陣作痛，不過身體其他地方都繃得緊緊的，他應該轉身逃跑，他從來都不想如此接近一頭夜喉，從來都不想。

那個女人真的殺了牠。

夕陽轉身面對她，眼睛睜得大大的。法緹在發抖，但掩藏得很好。「所以它可以殺掉夜喉，」她說。「我們特別為了對付夜喉而準備這個，原本還不確定它管不管用。」

「它好像大砲，」夕陽說。「像船上那些大砲，只是這支架在妳雙手間。」

「對。」

夕陽轉回去面對夜喉。牠其實還沒死，奄奄一息，全身抽搐，還發出一聲悲傷的尖嘯，嚇到了夕陽，即使他仍然在耳鳴中。那武器射出的利矛，筆直插入夜喉的胸口。

夜喉不斷顫抖，一隻無力的腿晃來晃去。

「我們可以殺光牠們。」夕陽說。他轉身朝法緹衝去，用未受傷的右手抓住她。「有了這些武器，我們可以殺光牠們，殺掉每一頭夜喉，或許也能殺光黑影！」

「對，我們有討論過，但牠們在小島的生態系統中扮演了重要角色。消滅了頂端掠食者，會造成不良的後果。」

「不良的後果？」夕陽抬起左手耙過頭髮。「牠們都該死，全部！我才不在乎妳所擔心的後果，牠們全都該死。」

法緹哼了一聲，撿起提燈，踩熄燃燒起來的燈油。「我以為捕獸人和自然是一體的。」

「我們是，所以才知道消滅了那些東西，對大家比較好。」

「我本來對你們抱有很多浪漫的幻想，現在都被你毀了，夕陽。」法緹說著繞過那頭垂死的野獸。

夕陽吹一聲口哨，抬起手臂。柯克利從高高的樹枝振翅飛下，剛才一陣混亂，再加上爆炸，夕陽並沒看到那隻鳥飛走。瑟珂仍然死抓著他的肩膀，用力到爪子都穿透衣料刺進肌膚裡，但他剛才並沒注意到。柯克利降落在他手臂上，帶著歉意的啾啾叫了一聲。

「不是你的錯，」夕陽安慰著。「牠們是夜間覓食，而且就算感應不到我們的意念，也能嗅聞到我們。」聽說牠們的嗅覺十分靈敏，這頭從後面而來，必定剛好經過他們走過的路徑，聞到氣味，跟了上來。

真危險，他舅舅老是說夜喉越來越聰明，知道不能只靠讀心術獵食人類。我應該帶大家橫越更多的溪流，夕陽在心裡盤算，抬手搓揉著瑟珂的脖子安慰牠。只是沒有時間了……

無論視線落在何處，都有他的屍體躺在那裡，有橫臥在石頭上的，有吊掛在樹藤上，有癱倒在垂死夜喉爪子下的……

那頭禽獸又抖了一下，居然把那顆可怕的頭顱抬了起來，發出最後一聲尖嘯，儘管不像平常夜裡聽到的宏亮，依然令人膽顫心寒。夕陽克制不了心裡的害怕往後退開，瑟珂緊張地啾啾叫。

黑夜傳來其他夜喉的嚎叫，聽起來是在很遠的地方，那叫聲……他接受過訓練，認得那是死神啼聲。

「我們走吧。」夕陽說，大步過去拉著法緹離開那頭奄奄一息的禽獸，而牠已經垂下頭，悄然無聲。

「夕陽？」法緹任由夕陽拉走。

黑夜又傳來一頭夜喉的嚎叫，牠接近了嗎？噢，帕特吉，拜託，夕陽心想，不要，別又來了。

夕陽一面拉著她加快步伐，一面伸手去拿腰側的大砍刀卻摸不到，才想起他剛才拿刀射中夜喉。他抽出從死去敵人接收來的大砍刀，拉著法緹走出空地，再次進入叢林，加速行進，不再擔憂會不會碰觸到死蟻。

更大的危機，逼近了。

死亡啼聲再次響聲。

「牠們要追上了？」法緹問。

夕陽沒有回答。法緹這次是在問他，但他並不知道答案，不過起碼他的聽力恢復了。他放開法緹的手，行走得更快，都快跑起來了，速度比平常無論日夜小心翼翼地穿林而過都要快。

「夕陽！」法緹壓低嗓門沙啞地叫喚他。「牠們會過來嗎？會被那頭垂死的夜喉召喚過來嗎？牠們都會這麼做？」

「我怎麼會知道？就我所知，牠們從未被殺死過。」夕陽看著那根長筒，法緹又把它扛在肩上，在她手中提燈的照耀下發亮。

於是他停下腳步，儘管逃生的本能在大嚷催促他快走，他覺得自己真是個笨蛋。「妳的武器，」他說。「能再射擊嗎？」

「可以，」法緹說。「再一次。」

「再一次？」

黑夜傳來六聲尖嘯。

「對，」法緹回答。「我只帶了三支矛，以及足夠發射三支的火藥。我試過朝那頭黑影射擊一次，但作用不大。」

夕陽不再說話，儘管傷口的繃帶需要更換了，他依然忍痛拉著法緹穿林而去。一聲聲的尖嘯傳來，十分激動，人怎麼可能逃出夜喉的魔掌？分立兩肩的靈羽，收緊爪子用力抓住他。在他們橫越一道溝谷時，他跳過了他的屍體，來到溝谷的另一邊。

如何才能逃過夜喉的追殺？他快速思考，回想舅舅訓練他時的教導。一開始就不要引起牠們的注意！

牠們速度飛快，柯克利可以藏住他的心思意念，但如果牠們從死去的伙伴身上追蹤到他的氣味……

水。他在黑夜之中停了下來，轉向右邊，然後左邊。要去哪裡找溪流？帕特吉是座島嶼，淡水主要來自雨水，最大的湖……唯一的湖……在那座高山通往主峰的路上。沿著小島的東邊有幾處四面全是峭壁的高地，雨水在那裡聚集形成帕特吉之眼，而河水就是它的眼淚。

帶著法緹上去那裡，相當危險。更何況他們已經繞過通往高地的山坡，正要斜切過小島朝北方海岸而去。他們快接近……

後面的尖嘯像馬刺一般，他顧不了那麼多了，帕特吉一定會原諒他接下來的行動。夕陽握住法緹的手，拉她更往東邊深入。法緹沒有抱怨，只是不斷地回頭張望。

尖嘯快速逼近。

夕陽大步奔跑，他從沒想過會在帕特吉如此不顧後果地狂奔。跳過小溝，繞過布滿青苔的橫倒樹幹，穿過陰暗的灌木叢，嚇得馴客四處亂竄，還驚醒在枝頭上昏睡的靈羽。這麼做很荒謬，也很瘋狂，但重要嗎？不知怎麼的，他就是知道其他危機無法取走他的性命。現在追殺他的可是帕特吉之王，小小的危險不敢在強者面前造次，搶走牠們的獵物。

法緹辛苦地跟上他的腳步，她的裙子是個麻煩，但每次夕陽停下來砍樹開路時，她都能趕上來。情況危急，夕陽只能期待她能跟上，而她也做到了，在萬分恐懼之下，夕陽內心湧起一絲絲的敬佩。這女人會是個出色的捕獸人，但她也可能親手毀掉所有的捕獸人。

尖嘯再度響起，如此接近，夕陽一呆，法緹倒抽口氣，夕陽把注意力轉回到手上的工作，已經不遠了。他揮刀在濃密的灌木林中開出一條路，汗水滑下臉旁。從後方法緹手上的提燈投射而來的跳動光芒，在他前方呈現出一個可怕的影子，在交錯的樹枝、樹葉、蕨類和石頭上舞動。

都是你的錯，帕特吉，夕陽莫名憤怒起來。尖嘯幾乎是從頭頂上壓迫而來，後方的聲響是那些野獸穿林而來嗎？我們是你的祭司，但你卻恨我們！你恨一切。

夕陽衝出叢林，來到了河岸邊。按照本土大陸的標準，這是條小河，不過足夠了。他帶領法緹走進河裡，涉過冰冷的河水逃亡。

他往上游而去，還有別的選擇嗎？若是朝下游走，等於是朝那些尖嘯、死神的召喚而去。

夕陽，夕陽，他心裡想著。

河水只到小腿，冰冷徹骨，是小島上最冰的河流，不過他不知道原因。兩人盡全力往上游跑去，又滑又爬地狼狽不堪。跑過幾處兩岸都是覆著苔蘚、兩個男人高的石岸狹谷，最後衝出來到那個大水塘旁。

這裡鮮少人跡，他也只造訪過一次這個偏僻的翠綠色冰湖。

夕陽拉著法緹往旁邊跑去，出了河流，朝灌木林而去。也許法緹會看不到。夕陽和她一起蹲下，豎指就唇，再熄掉她手中的提燈。雖然夜喉的視力極差，不過微弱的燈光依然可能以某種方法曝露他們的行蹤，絕不能冒險。

兩人在小湖邊等待著，希望河水能沖掉他們的氣味，瞞騙過夜喉，甩掉牠們。因為這裡湖壁陡峭，除了河流，沒有別的出口，一旦夜喉追上來這裡，夕陽和法緹就無路可逃了。

尖嘯響起，野獸追到河邊了。夕陽在幾近全黑的黑夜中等待著，乾脆緊閉上眼睛，向帕特吉，這令他又愛又恨的島嶼之父祈禱。

法緹輕輕倒抽口氣。「什麼……？」

所以她看到了，她當然會看到。她是個探險家，熱愛學習，喜歡發問。

人為什麼會問那麼多問題？

「夕陽！這裡有靈羽，就在樹枝之間！好幾百隻。」法緹壓低聲音說，語氣驚訝。即使死到臨頭了，她仍然有心情觀察周遭環境，而且還是忍不住要說話。「你看到了嗎？這是什麼地方？」她猶豫了一下。「好多幼鳥，幾乎都還不能飛……」

「每一座島嶼的每一隻鳥都會來這裡，」夕陽小聲說。「牠們幼年時必須來這裡。」

夕陽張開眼睛，往上看。雖然熄掉了燈火，天光依然足以讓人看見棲息在那裡的幼鳥，有些被剛才的燈火和聲響驚動了，但下游夜喉的尖嘯更進一步造成了騷動。

瑟珂在他肩膀上啾啾叫，相當害怕。柯克利有生一來第一次安靜無聲。

「每一座島嶼的每一隻鳥……」法緹整理思緒中。「牠們全部來這裡，來這個地方，你確定？」

「確定。」捕獸人都知道這件事，在小鳥尚未到過帕特吉之前，不能捕捉牠們。

否則鳥兒就得不到天賦。

「牠們來這裡，」法緹說。「我們知道牠們在島嶼之間遷徙……為什麼要來這裡？」

到了這個地步還能隱瞞下去嗎？她終究會找到答案的，不過夕陽並沒有回應，任由她自己去思索。

「牠們是在這裡獲得天賦的，對不對？」法緹問。「怎麼得到的？牠們在這裡接受訓練？你就是這樣將非靈羽訓練成靈羽的？你把幼鳥帶來這裡，然後……」法緹皺起眉頭，拿高提燈。

「我認得那些樹，它們就是你說的『帕特吉的手指』。」

許多小鳥在這裡成長，是這座島嶼雛鳥最密集的地方。鳥群棲息處的下方，布滿牠們吃剩的果實殘渣，大部分的果肉都被吃光了，但有些只吃掉一半，剩的果肉上有被小鳥啄成的一條條紋路。

法緹看到夕陽正看著她，於是皺眉問。「那些水果？」

「蟲子。」夕陽小聲地回答。

法緹的眼睛逐漸亮了起來。「原來不是小鳥的問題，從來都不是……是寄生蟲。牠們體內帶著擁有天賦的寄生蟲！所以在島嶼之外飼養長大的小鳥，沒有天賦才能，但把本土鳥帶來這裡，就可以。」

「沒錯。」

「這個事實改變了一切，夕陽，一切！」

「對。」

夕陽，他到底是在夕陽時分出生的人，還是將一切帶入夕陽的人？他到底做了什麼？

下游夜喉的尖嘯越來越接近了，牠們決定往上游搜尋，真是聰明，比島外的人以為的更聰明。法緹倒抽口氣，轉頭面向小河谷。

「躲在這裡不是很危險嗎？」法緹小聲問。「樹正在開花，夜喉會被吸引過來的！等等，這裡有這麼多靈羽，足夠像掩藏人類心思一般藏住這些花朵？」

「不，」夕陽說。「在這個地方，所有心思都是隱形的，跟靈羽無關。」

「可是……怎麼會這樣？為什麼？是那些蟲嗎？」

夕陽不知道答案，此時此刻也沒心情去在乎答案是什麼。我在保護你，帕特吉！夕陽朝帕特吉的手指望去。我必須阻止那些人啟動機器。我知道我必須阻止！為什麼？你為什麼獵殺我？也許就是因為他知道得太多，太多了，比別人知道的更多，因為他問了那些問題。問了關於人類，以及他們的問題。

「牠們往上游追來了，對不對？」法緹問。

答案顯而易見，所以夕陽沒有回應。

「不，」法緹說著，站了起來。「有了這個發現，我不願束手待斃，夕陽，我不願意。一定有辦法。」

「的確有。」夕陽說著也站了起來。他深吸一口氣，是時候，接受懲罰了。他輕柔地抓起瑟珂，放到法緹的肩膀上，再抓起柯克利。

「你要做什麼？」法緹問。

「我會盡可能跑遠，」夕陽把柯克利遞過去給她。柯克利氣惱地啄著他的手，但力道永遠不足以啄出血。「妳必須抓住牠，牠會想辦法跟著我。」

「不，等等，我們可以躲到湖裡，牠們——」

「會被牠們找到的！」夕陽說。「湖水不夠深，藏不住我們的。」

「但你不能——」

「牠們快到了，女人！」夕陽說，硬把柯克利塞進她手中。「妳公司的人不會聽我的話。關掉機器。妳很聰明，會有辦法阻止他們，妳可以回到營地，有柯克利的協助，妳可以回到營地。現在做好準備逃跑。」

法緹看著他，一臉的震驚，但似乎也很清楚這是唯一辦法。她雙手抓著柯克利站在原地，夕陽則抽出天空老大的日誌，以及他自己記錄靈羽所在的小冊子，把兩本冊子塞進法緹的背包裡。最後，他終於再次踏入河水中。聽著下游傳來的奔跑聲，他必須盡速趕在牠們抵達前，衝到河谷口。只要能把牠們引到叢林裡，甚至只是往南一點也可以，法緹就有機會溜掉。

他一進入河流裡，死亡異象終於都消失了，他沒再看到自己的屍體在水裡載浮載沉，或者躺在河岸上。瑟珂明白了發生什麼事。

對他啾啾叫了最後一聲。

夕陽邁步奔跑而去。

一棵帕特吉的手指就聳立在河谷口，花朵盛開。

「等等！」

他真的不該應聲停下腳步，應該繼續奔跑，情勢太緊急了。但一看到花朵，再加上法緹的叫喊，他猶豫了。

花朵……

他靈機一動，法緹必定也想到了。法緹朝背包跑去，放開了柯克利，鳥兒立即飛到夕陽的肩膀上，啾啾叫著責罵他。夕陽沒功夫聆聽，抬手摘下花朵。那朵花有人頭那麼大，中央有個大大的隆起。

它在這個水塘跟他們一樣，心思意念都被掩護住了。

「一朵會思考的花，」法緹的呼吸急促起來，趕緊在背包裡翻找著。「一朵能引誘掠食者的花。」

夕陽拉出繩子，法緹拿出武器來填裝彈藥。他把花朵綁在微微突出長筒的箭矛的尾端。夜喉的尖嘯在河谷之間迴蕩而來，夕陽看到了牠們的影子，也聽到牠們踏水而來。法緹蹲了下去，夕陽趕緊後退幾步，法緹把長筒底端放到地上，拉開基座上的控制桿。

爆炸聲又差點把他震聾。

水塘邊的靈羽全被嚇得咶咶亂叫，紛紛沖天飛起，瞬間激起一陣羽毛風暴，與此同時，法緹束著花朵的箭矛弧形般劃過天空，穿過河谷，衝進黑夜之中。

夕陽抓住她的肩膀，拉著她回頭沿著河流，朝湖水衝去。他們悄悄溜進淺淺的湖水，柯可利抓著他的肩頭，瑟珂抓著法緹的肩膀，早已點亮了的提燈，給忽然空蕩蕩的水塘憑添了一分靜謐的柔光。

湖水很淺，不到一公尺深，就算趴在水中，也藏不住他們。

夜喉在狹谷中，停了下來。提燈的火光透露出兩頭的黑影，小屋一般大的夜喉轉身望著天空。牠們是很聰明，但跟馴客一樣沒有人類聰明。

帕特吉，夕陽在心中祈求，帕特吉，拜託……

夜喉轉身沿原路，跟隨花朵發送的意念追去。夕陽盯著牠們，他在附近水面上載浮載沉的屍體，變得越來越透明。

最後褪去得一乾二淨。

他數到一百後，悄悄走出水塘。法緹浸在濕透的裙子之中，緊抓著提燈，不發一語。那支武器射出了最後一發箭矛，再無用途，他們把它留在了原地。

夜喉的嘯聲越來越遠，夕陽帶路出了河谷後，朝北方筆直而去，一路淨是徐緩的下坡。他滿心等待著尖嘯聲突然掉過頭，又追了上來。

幸好沒有。

※

那家公司的堡壘，令人大開眼界。就著海岸用圓木搭建而起，營地中配備了多架大砲，海邊一艘龐大的鐵殼船艦守住了水路。白煙裊裊，早餐正在爐火上烹煮著。不遠處，顯然是頭死掉的黑影在太陽下腐爛，巨碩的屍體一半沉浸在海水裡，一半浮在水面上。

到處都沒看到他的屍體，倒是在即將抵達堡壘的最後一段路程見到過幾次，每次都是在最緊急的當下看到。瑟珂的異象恢復正常了。

夕陽將注意力轉回到堡壘上，他並未進入堡壘，寧願留在這熟悉的石岸上，這裡距離堡壘入口大約六公尺，他忍著受傷手臂的疼痛，看著公司的人衝出大門迎接法緹。塞牆上的守衛緊盯著他，在外人眼中，捕獸人是不可信的。

即使站在這裡，距離那扇寬闊的木頭大門約六公尺遠，依然能嗅出那個地方大錯特錯。濃濃的人類氣味，包含了汗臭味、汽油味，還有別的，是他最近前往本土大陸時認識的新穎氣味。那些新氣味，令他身在族人之中更是感到格格不入。

那些隊員穿著耐磨實用的衣服，他們的長褲和夕陽的一樣，但更合身，襯衫和堅固耐穿的外套也是。外套？在酷熱的帕特吉穿外套？他們對法緹鞠躬行禮，夕陽知道她身分不低，但沒想到大家會那麼尊敬她。那些人和她交談時，會比手畫腳，那是尊敬的象徵。笨，任何人都會像那樣比手畫腳，那並不表示什麼。真正的敬意，比抬手在空中揮動更深刻。

不過他們對待她的態度，顯示她絕非一個普通的抄寫員。法緹在公司的地位，比他以為的更高。但無論如何，那都不再是他的問題了。

法緹看看他，又看看公司的人。「我們快到機器那裡去，」她對他們說。「就是上人的機器，我們必須關掉它。」

好了，她會做她該做的事。夕陽轉身走開，心裡想著該不該去道別？他從來都不覺得有這個必要，但今天，就是覺得……不說些話，很怪。

他邁步走開。言語，他從來都不擅長言語表達。

「關掉？」後面傳來一個男人的聲音。「什麼意思，法緹小姐？」

「你別裝天真了，文德斯，」法緹說，「我知道你趁我不在的時候啟動了機器。」

「可是我們沒有啊。」

夕陽停下腳步。什麼？那個人聽起來是認真的。不過話說回來，夕陽並不是很了解人類的情緒。從他認識的本土人看來，他們虛偽做作，輕易就能心口不一，裝出畢恭畢敬的樣子。

「那你們做了什麼？」法緹問他們。

「我們……把它拆開了。」

噢，不……

「你們為什麼拆開它？」法緹問。

夕陽轉身看著他們，但不需要聽他們的答案了，答案就在眼前，在被他誤解的小島死亡異象中。

「我們想，」那個男人說。「應該拆開來看看，或許能研究出機器的運作原理。法緹，它的內部結構……比我們想像的更複雜。但機器裡有種子，我們可以——」

「不行！」夕陽朝他們衝過去。

上方一個哨兵射來一枝箭，就插在他腳前。他猛地剎住，狂亂地看看法緹，又往牆上望去。他們都看不出來嗎？鼓起的土地，宣告了死蟻的巢穴所在、獵物的蹤跡，以及燕尾藤與眾不同的卷鬚，這些都在警示我們哪裡有危險，難道還不明顯嗎？

「那樣會毀了大家，」夕陽說。「千萬不要研究……你們看不出來嗎？」

他們愣愣地看著他，他有機會說話了，詞語，他需要詞語。

「那台機器是死蟻！」他說。「一個蟻穴，一個……啊！」該怎麼說才能讓他們聽懂？

他做不到，越是焦急，詞句越是像靈羽那般飛走，飛入黑夜中。

那些人終於回過神來，擁護著法緹朝表面安全、其實危機四伏的堡壘而去。

「你說屍體都不見了，」法緹被帶進大門時喊著。「我們成功了。我不會讓那台機器啟動的，我保證，夕陽！」

「可是，」他喊回去。「問題不在啟動它！」

堡壘巨大的木門咯吱咯吱關上，他看不到法緹了。他低咒一聲，為什麼不能把話說清楚呢？因為他不知道如何與人交談，這輩子第一次明白了語言的重要性。

他氣急敗壞，邁開步伐離開那個地方和可怕的氣味，朝叢林而去，但是走到半路時，又停了下來，轉了回去。瑟珂飛下來，停在他肩膀上小聲咕咕叫。

問題，那些問題想要鑽進他腦袋裡。

他並沒有對哨兵大叫，反而要求他們把法緹還給他，他甚至哀求他們。

但沒有用，他們連話也懶得跟他說，他終於明白自己像個傻瓜白費力氣了。他轉身朝叢林而去，繼續自己的路程。他的推測很可能是錯的，畢竟屍體都不見了，一切都會回歸正常的。

……正常，背後那座堡壘陰森森地聳立在那裡，能正常嗎？他搖搖頭，走進樹冠層的庇蔭裡，帕特吉叢林的濃厚濕氣，應該能平撫他的情緒。

結果他反而更煩躁了。他朝他另一個安全營地前進，但就像小時候第一次進入索莉島那般心亂，靜不下來，甚至還差點踩到一個有裂口的死蟻穴，他完全沒看到瑟珂顯示的異象。這次他真的走狗屎運了，當腳趾踢到一個東西時，低頭一看，才同時看到他的屍體和那個爬滿沙粒般小黃蟻的裂口。

怒從中來，冷笑一聲，抬頭對著樹冠頂仰天大叫。「你還是想殺了我？帕特吉！」

寂靜無聲。

「你費盡心力，就是想殺掉保護你的人！」他大叫。「為什麼？」

大叫聲消失在密林中，被吞噬了。

「你活該，帕特吉！」他說。「你的下場，是你自找的。你的山林被破壞，是你活該！」

他大口喘氣，汗水淋漓，終於把心裡話喊出來了，真是心滿意足。也許語言還是有它的用處的。有時候他也跟法緹和她的公司一樣無情無義，幸災樂禍地等著看帕特吉毀在那些機器手中。當然，緊接著滅亡的就是那家公司本身，然後是上人、他的族人和整個世界。

在樹冠層的濃蔭下，頹然垂下頭，汗水從臉龐兩側滴下，他跪了下去，沒注意到只有三步之遙的巢穴。

瑟珂磨蹭著鑽進他頭髮中。頭頂上方的樹枝間，傳來柯克利不安的啾啾聲。

「你看，這是陷阱，」他喃喃自語。「上人的規矩，是要等我們的文明進步到一定程度，才跟我們做生意。這邏輯就像有良心的成人，要等孩子長大了，才會跟他們簽定商業合約。於是他們留下機器協助我們探索和研究，那個死掉的人不過是作戲罷了，況且法緹也早就打定主意要把那些機器弄到手。」

「一定還有假裝不小心留下的說明書，給我們挖掘和學習。所以在不久的將來，我們就能依樣畫葫蘆打造出他們的機器，我們進步的腳步會加快。我們仍然會像孩子一般的無知，但上人的法律會通融讓這些訪客跟我們做交易，接下來，他們就會霸佔這片土地。」

他剛才應該這麼說明的。保護帕特吉是不可能的任務，保護靈羽，也是。想保護整個世界，也同樣的不可能。他剛才為什麼說不出這些話呢？

也許是因為說與不說，都一樣。就像法緹說的……進步的腳步必定會到來的，如果那是所謂的「進步」的話。

夕陽抵達了安全營地。

瑟珂飛離他的肩膀，頭也不回地飛走了。夕陽看著牠的背影，暗罵一聲，母鳥並沒有在附近降落下來。雖然飛行對牠是辛苦的，牠依然拍著翅膀消失在他的視線之外。

「瑟珂？」他呼喚著，起身踉踉蹌蹌朝牠消失的方向追去。他跟著瑟珂的嘎嘎叫聲，掙扎著往來路走去。一會兒後，他蹣跚地走出了叢林。

法緹站在堡壘前方的石頭上。

夕陽在叢林外緣猶豫不決，法緹是一個人，就連哨兵也退回到堡壘裡。難道他們把法緹趕出來了？不對，他看到大門是開著的，一些人正從門裡向外張望著。

瑟珂停在下方法緹的肩膀上。夕陽皺眉，側抬起手讓柯克利降落在手臂上，然後往前大步走去，冷靜地朝岩岸走下去，來到法緹的面前停住。

法緹換上了一套洋裝，但頭髮依然打結，聞著有花香味。她的眼神，充滿恐懼。

夕陽曾跟她冒險穿越夜幕下的島嶼，一起對付過夜喉，清楚她就算在生死一瞬間，也沒像現在如此焦慮。

「什麼事？」他問，發現自己的聲音好沙啞。

「我們在那台機器裡找到說明書，」法緹小聲說。「那本手冊說明了操作步驟，就放在那裡，假裝成之前操作它的人不小心丟下的。手冊上的語言是他們的，但我手上那台小型機器……」

「它翻譯了。」

「手冊詳細記載了機器結構，」法緹說。「它好複雜，我勉強能理解，但它不只解釋了那台機器的運作模式，似乎還說明了構想和概念。」

「妳不高興？」夕陽問。「妳很快就會有飛行器了，法緹，比任何人想像的都快。」

法緹默默地拿高一個物件，是一根羽毛，配種鳥羽。她一直把羽毛留在身邊。

「以後在動手前，先問問自己是不是太容易了？」法緹小聲地說。「我抽走它時，你說那是個陷阱。我們發現手冊時，我……噢，夕陽。他們對我們的計畫……就如同我們對帕特吉的，對不對？」

夕陽點點頭。

「我們會失去所有的。我們無力反抗。他們會找個藉口霸佔靈羽。對，這一定就是他們的計畫。靈羽利用蟲子，我們利用靈羽，最後上人利用我們。躲不掉的，不是嗎？」

對，夕陽在心裡回答。他張口想把心裡話說出來，但瑟珂啾啾叫著。夕陽皺起眉頭，轉身面向島嶼，這座突起於海面，既自大又無助的島嶼。

帕特吉，島嶼之父。

他最後終於想明白了。

「不對。」他輕聲說。

「但是——」

夕陽解開長褲的口袋，伸手到最裡面翻找著，終於拿了一個東西出來。是一根羽毛的殘骸，如今只剩下了羽軸。這配種鳥羽是舅舅送他的，那是好幾年前的事了，當時他在索莉島第一次掉進陷阱內。他拿高羽軸，想起舅舅當時的教導，每一位捕獸人都會領受的教導。

這象徵著你的無知。在潘席恩群島上，沒有容易和簡單這種事。

法緹拿高她的羽毛，新舊羽毛並列。

「不，他們不會得逞，」夕陽說。「我們看穿了他們的陰謀，不會中計。因為島嶼之父親自訓練我們，就是為了這一天。」

法緹凝視著他的羽毛，然後抬眼看著他。

「你真的這麼想嗎？」法緹問。「他們相當狡猾。」

「他們也許狡猾，」夕陽說。「但他們並不住在帕特吉。我們去召集其他捕獸人，絕不讓自己掉入陷阱中。」

法緹遲疑地點點頭，似乎不再那麼害怕了。她轉身朝站在背後的人揮手，示意他們打開堡壘的大門。人類的氣味再次迎面撲來。

法緹轉回來，朝他伸手過去。「你會幫忙嗎？」

他的屍體出現在法緹腳旁，瑟珂啾啾警告著：危險。沒錯，前方的路將會是危機重重。

無論如何，夕陽牽起法緹的手走進了堡壘。

〈夕陽老六〉全文完

中英名詞對照表

〈軍團：膚淺〉

A

Achemed　阿克曼

America the Beautiful
〈美哉美國〉

Armando　阿曼多

Arnaud　奧諾

Audrey　奧黛莉

B

Bianca　碧安卡

Big Bang　大霹靂

C

Carol Westminster
凱蘿．威斯敏斯特

Cayman Islands　開曼群島

CDC　疾管局

CIA　中央情報局

Clive　克里夫

Coppervein　考伯芬

D

Dion　迪昂

Dylan　狄蘭

E

Elsie　艾希

Emperor Constantine
君士坦丁大帝

Étienne　艾蒂安

Exeltec　卓越生技

F

fab lab　自造工作室

FBI　聯邦調查局

First Esdras
《厄斯德拉記上》

Flip　菲利普

Frangos　法蘭戈斯

G

Garvas　加瓦斯

Georgia　喬琪雅

Glen　格蘭

Graves　葛雷夫

Greek　希臘人

Greek Orthodox　希臘東正教

H

Homeland Security
國土安全局

hostile takeover　惡意收購

I

Ignacio　依格納西歐

Innovation Information Incorporated　創新資訊公司

Interdimensional Time Ranger
跨次元時空突擊隊

Israel　以色列

Ivy　艾薇

J

Jack the Ripper　開膛手傑克

Jerusalem　耶路撒冷

John　約翰

K

Kalyani　卡利安妮

KeyTrust　關鍵信託

L

Laramie　勒拉米

Lilia　莉莉雅

Liza　麗莎

Locard's principle　羅卡定律

Loralee　洛菈莉

Lua　路阿

M

Mag　《雜報》

maker　創客

Malcom　馬爾康

Maria　瑪莉雅

Marinda　瑪琳達

Mexican　墨西哥人

Mi Won　袁美

N

Nathan Haight　納坦·海特

Navy SEAL　海軍海豹突襲隊

Ngozi　昂格希

Nigeria　奈及利亞

Nikola Tesla
尼古拉·特斯拉

O

one-time pad　一次性密碼

Owen　歐文

Oxford　牛津

P

Panos Maheras
帕諾斯·瑪榭拉斯

Parkinson's disease
帕金森氏症

R

Rahul　拉胡爾

red-tailed hawk　紅尾鵟

Renton McKay　瑞頓·麥凱

S

Samoan　薩摩亞人

Sandra　珊德菈

SIG Sauer P239
西格紹爾 P239

smarkwat　斯馬夸克

Stan　史單

Stephen Leeds　史蒂芬·立茲

Sylvia　絲薇雅

T

Thomas　湯瑪斯

Tobias　托比亞斯

V

viqxuixs　維克蘇斯

W

White Room　白色空間

Wilson　威爾森

X

Xavier　夏維爾

Y

Yol Chay　蔡烈

Z

Zen Rigby　珊・瑞格比

〈完美境界〉

A

Alornia　亞隆尼亞

Aurorastone　極光石

B

Besk　貝斯克

Border State　邊陲境界

C

churnrock　渾動石

Communal State　公共境界

Concept　概念

E

Emerging Equality State
新興平等境界

empathic link　共感連結

Evasti　伊瓦斯提叢林

F

Fantasy States　奇幻境界

Fantasy Statie　奇幻咖

G

Galbrometh　蓋爾伯麥斯

God-Emperor　天帝

Grand Aurora　大極光

Grand Librarian　大圖書館館長

H

High-Science State
高科技境界

I

Indelebrean　印戴勒碧恩

J

Jasmine　潔絲敏

K

Kai (Kairominas)
阿蓋（蓋洛米納斯）

L

Lance　矛術

Lancesight　矛視

Larkian　拉克人

Lecours　勒寇司

Let-mere　勒梅

Lichfather　巫妖王

Liveborn　實生人

M

Machineborn　虛擬人

Magical Kingdom State
魔法王國境界

Maltese　馬爾地斯

Medieval Statie　中世紀咖

Melhi　密爾西

Molly　茉莉

N

Nightingale124　夜鶯一二四

P

Primary Fantastical State
主要夢幻境界

precepts　戒律

R

Raul　勞爾

S

Shale　薛爾

Simulated Entity　模擬存在

Sindria　辛菊雅

sky nomads　天空遊牧族

Sophie　蘇菲

T

Tendrils of Sashim　薩辛之鬚

W

wildcard　萬用卡

Wode Scroll　沃德卷軸

Wode's Age of Awareness
沃德的知天命年

X

XinWey's Doctrine　辛威學說

〈有絲分裂〉

A

Abraham　亞伯拉罕

Appetite for Tuberculosis
〈結核病的胃口〉

B

Babiar　巴比拉

Babylon Restored　新巴比倫

C

Calamity　禍星

Calumet River　卡柳梅特河

Cody　柯迪

D

David Charleston
大衛·查爾斯頓

E

Edmund　艾蒙德

F

First Union Square
第一聯合廣場

J

Jason　詹森

Jon　喬恩

L

Lawrence Robert
勞倫斯·羅伯特

Library of Congress
國會圖書館

Lorist　學究

M

magnum　馬格南

Manhattan　曼哈頓

Megan　梅根

Mitosi　有絲分裂

N

Newcago　新芝加哥

R

Reckoners　審判者

Ride the Lightrail　〈駕駛捷運〉

Roy　羅伊

S

Sam　山姆

Steelheart　鋼鐵心

T

The Blacker Album
〈更黑的專輯〉

Tia　蒂雅

W

Weaponized Cupcake
武裝碗糕

〈地獄森林之賽倫絲的幽影〉

A

Abraham's Fire
亞伯拉罕之火

Amity　阿密提

B

Bastion Hill　稜堡山

Bloody Kent　血腥肯特

C

Chesterton Divide
切斯特頓・狄拜德

Coronach 悼月

D

Daggon 戴根

Deepest Ones 至深者

Dob 達伯

E

Earnest 厄尼斯特

Elegy 哀星

Evil 邪靈

Ezekiel 以西結

F

Fallen World 殞落世界

fenweed 沼澤草

Forestborn 森林之子

Forests of Hell 地獄森林

fortfolk 堡壘區

G

glowpaste 夜光糊

God Beyond 未知神

H

Hapshire 哈普夏

Harold 哈洛德

homesteader 屯民

J

Jarom 賈洛姆

L

Lamentation Winebare
悲嘆溫納巴雷

Lastport 末世港

M

Monody 孤星

O

Old Bridge 舊橋

P

Purity 純星

R

Red Young 瑞德・楊

S

Sebruki 薛布魯琪

shade 幽影

Silence Forescout
賽倫絲・佛斯考特

Simple Rules 簡明守則

T

the threnodite system 輓歌系統

Theopolis 席奧波里斯

Threnody 輓星

Tobias 陀拜亞

W

waystop 旅店

wetleek sap 濕地韭葱汁

White Fox 白狐

white span 白色路段

William 威廉

William Ann 威廉安

withering 枯萎

〈夕陽老六〉

A

asteroid belt 小行星帶

Aviar 靈羽

B

bloodscratches 血爪子

C

cutaway vines　燕尾藤

D

deathants　死蟻

deathweed bark　死腐樹皮

deepwalker　海底行者

Dusk　夕陽

E

Eelakin　伊拉津人

Eusto　尤斯托

F

fifth of the Sun　環日五星

firesnap lizards　火爆蜥蜴

First of the First　初星首月

First of the Sky　天空老大

First of the Sun　環日初星

fourth of the Sun　環日四星

G

gurratree　古拉樹

H

hungry mud　飢餓泥漿

J

jellywire vines　水母絲藤

K

Kokerlii　柯克利

krell　奎爾

M

meekers　馴客

Mirris　米里斯

N

nightmaw　夜喉

nightwind fungi　晚風蕈

Northern Interests Trading Company　北方同業貿易公司

P

Pantheon　潘席恩群島

Patji　帕特吉

Patji’s Finger　帕特吉的手指

Patji's Eye　帕特吉之眼

S

second of the Sun　環日二星

seventh of the Sun　環日七星

Sak　瑟珂

shadow　黑影

Sisisru　西西魯

sixth of the Sun　環日六星

slimfish　細魚

Sori　索莉島

Suluko　蘇魯窟

T

the drominad system
卓米納系統

the Ones Above　上人

third of the Sun　環日三星

trapper　捕獸人

tuskrun pack　獠牙獸

V

Vathi　法緹

W

Winds　文德斯

Y

Yaalani the Brave　雅阿拉妮

BEST 嚴選 093

軍團：布蘭登·山德森精選集 II

原著書名／Legion: Skin Deep
作　　者／布蘭登·山德森（Brandon Sanderson）
譯　　者／李玉蘭、李鐳、周翰廷、陳錦慧、聞若婷
企劃選書人／王雪莉
責任編輯／王雪莉、陳珉萱

資深行銷企劃／周丹蘋
業務主任／范光杰
行銷業務經理／李振東
副總編輯／王雪莉
發　行　人／何飛鵬
法律顧問／台英國際商務法律事務所　羅明通律師
出版／奇幻基地出版
城邦文化事業股份有限公司
台北市 104 民生東路二段 141 號 8 樓
電話：(02)25007008　傳真：(02)25027676
網址：www.ffoundation.com.tw
e-mail：ffoundation@cite.com.tw
發行／英屬蓋曼群島商家庭傳媒股份有限公司城邦分公司
台北市 104 民生東路二段 141 號 11 樓
書虫客服服務專線：(02)25007718·(02)25007719
24 小時傳真服務：(02)25170999·(02)25001991
服務時間：週一至週五09:30-12:00·13:30-17:00
郵撥帳號：19863813　戶名：書虫股份有限公司
讀者服務信箱 e-mail：service@readingclub.com.tw
歡迎光臨城邦讀書花園　網址：www.cite.com.tw
香港發行所／城邦（香港）出版集團有限公司
香港灣仔駱克道 193 號東超商業中心 1 樓
電話：(852) 2508-6231　傳真：(852) 2578-9337
e-mail：hkcite@biznetvigator.com
馬新發行所／城邦（馬新）出版集團
【Cite(M)Sdn. Bhd】
41, Jalan Radin Anum, Bandar Baru Sri Petaling,
57000 Kuala Lumpur, Malaysia.
Tel: (603) 90578822　Fax:(603) 90576622
email:cite@cite.com.my

封面設計、繪圖／林立
排　　版／極翔企業有限公司
印　　刷／高典印刷有限公司
■2017 年（民 106）2 月 2 日初版

售價／380元

家圖書館出版品預行編目資料

團：布蘭登·山德森精選集 II / 布蘭登·山德
(Brandon Sanderson) 著；李鐳等譯. -- 初版
·臺北市：奇幻基地, 城邦文化出版：家庭傳
城邦分公司發行, 民106.02
面；　公分
自：Legion: skin deep
BN 978-986-94076-6-3（平裝）
4.57　　106000209

N　978-986-94076-6-3

ted in Taiwan.

邦讀書花園
ww.cite.com.tw

廣　告　回
北區郵政管理登記
台北廣字第000791
郵資已付，免貼郵

104台北市民生東路二段141號11樓

英屬蓋曼群島商家庭傳媒股份有限公司城邦分公司 收

請沿虛線對摺，謝謝

奇幻基地

每個人都有一本奇幻文學的啓蒙書

奇幻基地官網：http://www.ffoundation.com.tw

奇幻基地粉絲團：http://www.facebook.com/ffoundation

書號：1HB093　　書名：軍團：布蘭登・山德森精選集II

15 annual

奇幻基地15周年龍來瘋慶典

集點好禮獎不完！還可抽未來6個月新書免費看！

活動期間，購買奇幻基地作品，剪下回函卡右下角點數，集滿點數，寄回本公司即可兌換獎品＆參加抽獎！

集點兌換辦法

2016年6月起至2017年12月20日前（郵戳為憑），奇幻基地出版之新書，剪下回函卡右下角點數，集滿點數貼至右邊集點處，寄回奇幻基地，即可兌換贈品（兌換完為止），並可參加抽獎。

集點兌換獎品説明

5點：「奇幻龍」書擋一個（寬8x高15cm，壓克力材質）

10點：王者之路T恤一件（可指定尺寸S、M、L）

回函卡抽獎説明

1.寄回集滿5點或10點的回函卡，皆可參加抽獎活動！回函卡可累計，每張尚未被抽中的回函卡皆可參加抽獎。寄越多，中獎機率越高！

2.開獎日：2016年12月31日（限額5人）、2017年5月31日（限額10人）、2017年12月31日（限額10人），共抽三次。

回函卡抽獎贈書説明

中獎後，未來6個月每月免費提供奇幻基地當月新書一本！

(每月1冊，共6冊。不可指定品項。)

特別説明：

1.請以正楷書寫回函卡資料，若字跡潦草無法辨識，視同棄權。

2.本活動限台澎金馬。

【集點處】

1	6
2	7
3	8
4	9
5	10

（點數與回函卡皆影印無效）

為提供訂購、行銷、客戶管理或其他合於營業登記項目或章程所定業務之目的，英屬蓋曼群島商家庭傳媒(股)公司城邦分公司，於本集團之營運期間及地區內，將以電郵、傳真、電話、簡訊、郵寄或其他公告方式利用您提供之資料（資料類別：C001、C002、C003、C011等）。利用對象除本集團外，亦可能包括相關服務的協力機構。如您有依個資法第三條或其他需服務之處，得致電本公司客服中心電話(02)25007718請求協助。相關資料如為非必要項目，不提供亦不影響您的權益。

個人資料：

姓名：＿＿＿＿＿＿＿＿＿＿ 性別：□男 □女

地址：＿＿＿＿＿＿＿＿＿＿

電話：＿＿＿＿＿＿＿＿＿＿ email：＿＿＿＿＿＿＿＿＿＿

想對奇幻基地説的話：＿＿＿＿＿＿＿＿＿＿

請剪下右側點數，貼於集點處，集滿5點以上，即可寄回兌換抽獎

2 2017

Brandon Sanderson

布蘭登・山德森

Brandon Sanderson

布蘭登・山德森